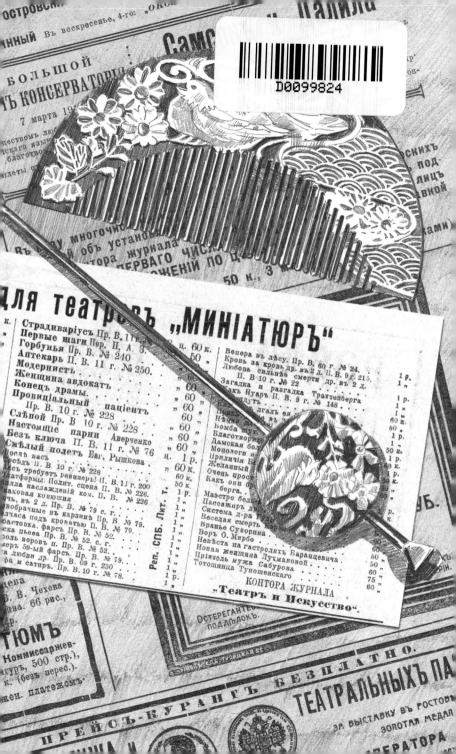

Борис Акунин

ЗАХАРОВ

Борис Акунин

ВЕСЬ МИР ТЕАТР

Иллюстрации Игоря Сакурова

ЗАХАРОВ
МОСКВА

УДК 882-312.4
ББК 84-44
А44

Первый тираж — 500 000 экземпляров.
(300 тыс. экз. печатает типография «Уральский рабочий»
200 тыс. экз. — типография «Правда Севера»)

*Текст печатается в авторских редакции,
орфографии и пунктуации*

Акунин Б.

А44   Весь мир театр : роман / Борис Акунин ; [худож.
И. Сакуров]. — М. : «Захаров», 2010. — 432 с. : ил.
ISBN 978-5-8159-0959-5

УДК 882-312.4
ББК 84-44

ДО БЕНЕФИСА
ВОСЕМЬ ЕДИНИЦ

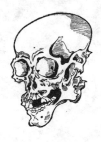

ГАРМОНИЧЕСКИЙ ЧЕЛОВЕК

Гармоническим человеком Эраст Петрович стал себя считать с того момента, когда достиг первой ступеньки мудрости. Произошло это не поздно и не рано, а в самый раз — в возрасте, когда уже пора делать выводы, но еще можно изменить планы.

Самый существенный вывод, извлеченный из прожитых лет, сводился к предельно короткой максиме, которая стоила всех философских учений вместе взятых: *стареть — это хорошо.* «Старсть» означает «созревать», то есть становиться не хуже, а лучше — сильнее, мудрее, завершенней. Если же человек, старясь, ощущает не приобретение, а потерю, значит, его корабль сбился с курса.

Продолжая морскую метафору, можно сказать, что рифы пятидесятилетия, где мужчины так часто терпят крушение, Фандорин миновал на полных парусах, с развевающимся штандартом. Правда, чуть не взбунтовалась команда, но обошлось.

Попытка мятежа произошла как раз в день полувекового юбилея, что, конечно, не было случайностью. В сочетании цифр есть безусловная магия; не чувствуют ее лишь люди, начисто лишенные воображения.

Отметив день рождения прогулкой в скафандре по морскому дну (в ту пору Эраст Петрович страстно увлекался водолазанием), он вечером сидел на веранде, смотрел на фланирующую по эспланаде публику, потягивал ромовый пунш, мысленно повторяя «Мне пятьдесят, мне пятьдесят» — будто пытался распробовать непривычный напиток. Вдруг взгляд остановился на дряхлом старичке в белой панаме; высохшую, трясущуюся мумию катил слуга-мулат в кресле на колесиках. Взор мафусаила был мутен, с подбородка свисала нитка слюны.

«Надеюсь, я не доживу до такого возраста», подумал Фандорин — и внезапно понял, что испугался. А еще больше испугался того, что мысль о старости его испугала.

Настроение было испорчено. Он ушел к себе в номер — перебирать нефритовые четки и рисовать на бумаге иероглиф «старость». Когда листок покрылся изображениями символа 老 во всевозможных стилях, проблема разрешилась, концепция выработалась. Мятеж на корабле был подавлен. Эраст Петрович поднялся до первой ступени мудрости.

Жизнь не может быть спуском, только подъемом — до самого последнего мига. Это раз.

В часто цитируемой пушкинской строфе «Летят за днями дни, и каждый день уносит частицу бытия» содержится смысловая ошибка. Наверное, поэт пребывал в хандре, или же это просто описка. Стихотворение следует читать: «Летят за днями дни, и каждый день *приносит* частицу бытия». Если человек живет правильно, течение времени делает его не беднее, а богаче. Это два.

Старение должно быть выгодной торговой операцией, натуральным обменом физической и умственной крепости на духовную, внешней красоты — на внутреннюю. Это три.

Все зависит от сорта твоего вина. Если оно дешевое, от возраста скиснет. Если благородное, станет только лучше. Отсюда вывод: чем человек делается старше, тем *качественнее* он обязан становиться. Это четыре.

Ну и пятое. Физической и умственной крепостью Эраст Петрович поступаться тоже был не намерен. Для этой цели он разработал специальную программу.

В каждый следующий год жизни нужно осваивать новый рубеж. Даже два рубежа: спортивно-физический и интеллектуальный. Тогда стариться будет не страшно, а интересно.

Довольно быстро составился перспективный план грядущей экспансии — и такой, что следующих пятидесяти лет могло не хватить.

Из пока еще не осуществленных задач интеллектуального направления Фандорин намеревался: выучить, наконец, как следует немецкий язык, поскольку война с Германией и Австро-Венгрией, очевидно, неизбежна; освоить китайский (тут одного года мало, понадобится два — и то лишь благодаря тому, что иероглифику он уже знает); восполнив постыдный пробел в мирознании, капитально познакомиться с мусульманской культурой, для чего надо будет выучить арабский и проштудировать в оригинале Коран (клади года три); прочитать классическую и современную литературу (на это у Эраста Петровича вечно недоставало времени) — и так далее, и так далее.

Из задач спортивных, ближайшего периода: научиться управлять аэропланом; посвятить годик любопытному и полезному для координации движений олимпийскому развлечению — прыжкам с шестом; заняться альпинизмом; непременно освоить бесскафандровое водолазание с ребризером нового типа, где усовершенствованный регулятор подачи кислорода дает возможность совершать длительные погружения на значительную глубину. Эх, всего не перечислишь!

За пять лет, миновавшие со дня, когда Фандорин устрашился страха, методика правильного старения успела дать неплохие результаты. Каждый год он поднимался на одну ступеньку — точнее, на две, так что на себя прежнего, пятидесятилетнего, теперь оглядывался сверху вниз.

К пятьдесят первому дню рождения Эраст Петрович в качестве интеллектуального свершения изучил испанский язык, которого ему так недоставало во время плаваний по Карибскому морю. «Ступенькой» для тела стала джигитовка. Верхом он, конечно, ездил и раньше, но не блестяще, а дело-то полезное и к тому же чрезвычайно увлекательное — много приятней поднадоевших гонок на автомобиле.

К пятидесяти двум Фандорин научился говорить по-итальянски и значительно повысил уровень владения кэндзюцу, японским фехтованием. Преподавал ему эту восхитительную науку японский консул барон Сигэяма, обладатель наивысшего дана. К исходу срока Эраст Петрович выигрывал у барона две схватки из трех (и одну-то уступал, только чтоб не обижать сенсея).

Пятьдесят третий год жизни был посвящен, с одной стороны, античной и новой философии (образование Фандорина, увы, исчерпывалось гимназией); с другой — езде на мотоциклете, которая по остроте ощущений не уступала конному спорту.

В истекшем 1910 году умом Эраста Петровича владела химия, самая быстро развивающаяся из современных наук, а тело он развлекал жонглированием (вроде бы ерунда, безделица, но оттачивает синхронизацию движений и мелкую моторику).

В нынешнем же сезоне ему показалось логичным от жонглирования перейти к канатоходству — отличное средство для укрепления физического и нервного равновесия.

Интеллектуальные упражнения тоже отчасти были связаны с прошлогодним увлечением химией. Фандорин решил посвятить очередные двенадцать месяцев давнему пристрастию — криминалистической науке. Назначенный срок уже истек, но исследования продолжались, поскольку приняли неожиданное и весьма перспективное направление, которым кроме Эраста Петровича, похоже, никто всерьез не занимался.

Речь шла о новых методах разработки свидетелей и подозреваемых: как побудить их к полной откровенности? В варварские времена для этого использовали способ жестокий и малонадежный — пытку. Как выяснилось, максимально полных и достоверных результатов можно достичь, используя сочетание трех типов обработки — психологической, химической и гипнотической. Если человека, обладающего нужной информацией, но не желающего с нею расставаться, сначала правильно типизировать и подготовить, потом ослабить его волю к сопротивлению при помощи определенных препаратов, а затем подвергнуть сеансу гипноза, откровенность будет абсолютной.

Итоги экспериментов выглядели впечатляюще. Однако возникали серьезные сомнения в их практической ценности. Речь даже не о том, что Фандорин ни за что на свете не стал бы делиться своими открытиями с государством (страшно представить, как могли использовать это оружие нещепетильные господа из Охранки или жандармерии). Но и сам Эраст Петрович в ходе очередного расследования вряд ли позволил бы себе превращать другого человека, пускай даже очень плохого, в объект химического воздействия. Иммануилу Канту, утверждавшему, что с людьми нельзя обходиться как со средствами для достижения цели, это бы не понравилось — а после года философских штудий Фандорин считал кенигсбергского мудреца высшим нравственным авторитетом. Поэтому исследование криминалистической «проблемы откровенности» для Эраста Петровича носило скорее отвлеченно-научный характер.

Правда, открытым оставался вопрос об этичности применения новой методики при расследовании особенно чудовищных злодеяний, а также преступлений, чреватых сугубой опасностью для общества и государства.

Именно на эту тему Фандорин сосредоточенно размышлял уже четвертый день — с того момента, когда стало известно о покушении на жизнь председателя совета министров Столыпина. Вечером 1 сентября в Киеве некий молодой человек дважды выстрелил в главного деятеля российской политической жизни.

В этом событии многое выглядело фантасмагорически. Во-первых, кровавая драма произошла не где-нибудь, а в театре, на глазах у многочисленной публики. Во-вторых, спектакль был превеселый — «Сказка о царе Салтане». В-третьих, в зале присутствовал не сказочный, а самый настоящий царь, которого убийца не тронул. В-четвертых, театр охранялся так, что никакой Гвидон туда не проник бы даже под видом комара. Зрителей пускали лишь по личным пропускам, выдаваемым Охранным отделением. В-пятых — самое фантастическое — у террориста такой пропуск имелся, причем не поддельный, а настоящий. В-шестых, убийца сумел не только войти в театр, но и пронести огнестрельное оружие...

Судя по сведениям, доходившим до Эраста Петровича (а источники информации у него были точные), никаких ответов, способных разрешить эту загадку, арестованный пока не давал. Вот где пригодились бы новые способы допроса!

Пока умирал глава правительства (ранение, увы, было смертельным), пока неумелые следователи попусту тратили время, огромная империя, и без того отягощенная многочисленными проблемами, колыхалась и качалась — того и гляди опрокинется, словно перегруженная телега, из которой на крутом повороте выпал возница. Слишком много значил для державы Петр Столыпин.

Отношение Фандорина к этому человеку, в течение пяти лет почти безраздельно управлявшему Россией, было сложным. Уважая в премьере мужество и решительность, Эраст Петрович многое в столыпинском курсе считал неправильным, даже опасным. Однако не вызывало сомнений, что гибель Столыпина наносит страшный удар по государству, грозит стране погружением в новый хаос. Сейчас очень многое зависело от скорости и эффективности расследования.

Можно было не сомневаться, что Фандорина привлекут к этой работе в качестве независимого эксперта. Такое неоднократно происходило и прежде, если следствие заходило в тупик в каком-нибудь чрезвычайном деле, а уж дела экстренней и важнее киевского покушения вообразить невозможно. Тем более что Эраст Петрович с председателем совета министров был знаком — несколько раз по его просьбе участвовал в головоломных или особенно деликатных расследованиях государственного значения.

Времена, когда Фандорин из-за ссоры с властями предержащими был вынужден на долгие годы оставить свою страну и родной город, остались в прошлом. Личный недоброжелатель Эраста Петровича, некогда самый могущественный человек Первопрестольной (вернее, то немногое, что осталось от его августейшего тела) давно почивал в помпезном склепе, не слишком оплакиваемый горожанами. Ничто не мешало Фандорину проводить в Москве столько времени, сколько он пожелает. Ничто — кроме привычки к приключениям и новым впечатлениям.

Бывая в городе, Эраст Петрович жил в съемном флигеле по Малому Успенскому переулку, в обиходе называемому Сверчковым. Давным-давно, лет тому с двести, построил тут каменные палаты какой-то купец Сверчков. Не стало купца, у терема много раз поменялись владельцы, а уютное название осталось в цепкой московской памяти. Отдыхая от странствий или расследований, Фандорин жил здесь размеренно и тихо — запечным сверчком.

Жилище было удобное и для двоих вполне просторное: шесть комнат, ванная, водопровод, электричество, телефон — за 135 рублей в месяц вместе с углем для голландского отопления. Именно в этих стенах по большей части и выполнялась интеллектуально-спортивная программа, изобретенная отставным статским советником. Иногда он с удовольствием представлял, как, пресытившись путешествиями и приключениями, поселится в Сверчковом переулке постоянно, всецело отдавшись увлекательному процессу старения.

Когда-нибудь. Еще не сейчас. Нескоро. Вероятно, после семидесяти.

До пресыщенности Эрасту Петровичу пока было далеко. За пределами сверчковского запечья оставалось слишком много всяких фантастически интересных мест, происшествий и явлений. Некоторые были отделены тысячами километров, некоторые — веками.

Лет десять назад Фандорин всерьез увлекся подводным миром. Даже построил по собственному проекту субмарину, приписанную к далекому острову Аруба, и постоянно совершенствовал ее конструкцию. Это требовало нешуточных расходов, но после того, как при помощи подводной лодки удалось поднять с морского дна драгоценный груз, хобби не только окупило себя с лихвой, но освободило Эраста Петровича от необходимости получать гонорар за расследования и детективно-криминалистическое консультирование.

Теперь он мог браться лишь за самые интересные дела или за такие, от которых по той или иной причине было невозможно отказаться. В любом случае, статус человека, оказывающего благодеяние или услугу, гораздо приятнее положения наемного работника, пускай даже авторитетного.

В покое Фандорина оставляли редко и ненадолго. Виной тому была репутация, которой он достиг в профессиональных международных кругах за последние двадцать лет. Со времен злосчастной японской войны за помощью к независимому эксперту часто обращалось и собственное государство. Бывало, что Эраст Петрович отказывался — его представления о добре и зле не всегда совпадали с правительственными. Например, он крайне неохотно брался за дела внутриполитические, если это только не было какое-нибудь особенно гнусное злодейство.

Вот история с покушением на премьера попахивала именно что гнусностью. Слишком много тут было необъяснимых странностей. По конфиденциально полученным сведениям, кое-кто в Петербурге придерживался того же мнения. Столичные друзья сообщили Фандорину по телефону, что вчера в Киев отправился министр юстиции, дабы лично возглавить следствие. Это означает, что Охранке и Департаменту полиции доверия нет. Не сегодня-завтра привлекут к расследованию и «независимого эксперта» Фандорина. А если не привлекут, значит, гниль в государственном аппарате распространилась до самого верха...

Как действовать, Эраст Петрович уже знал.

Насчет химического способа воздействия еще следовало подумать, но уж психологический и гипнотический методы к убийце применить вполне возможно. Надо полагать, их окажется достаточно. Террорист Богров должен открыть главное: чьим он был орудием, кто именно обеспечил его пропуском и пустил в театр с револьвером.

А еще недурно бы понудить к откровенности начальника киевского охранного отделения подполковника Кулябко и вице-директора департамента полиции статского советника Веригина, отвечавшего за меры безопасности. С этими в высшей степени подозрительными господами, учитывая их род занятий и общую нещепетильность, пожалуй, можно не чистоплюйничать. Гипнотизировать они себя вряд ли позволят, но посидеть бы с каждым тет-а-тет, в неофициальной обстановке, да капнуть секретного препарата подполковнику в его любимый коньяк, а трезвеннику Веригину в чай. И о загадочном пропуске расскажут, и о том, почему рядом с премьером в антракте не оказалось ни одного телохранителя. Это притом, что за Петром Аркадьевичем уж который год охотились и эсеры, и анархисты, и просто одиночки-тираноборцы...

Мысль о том, что к покушению на главу правительства могут быть причастны органы, ответственные за охрану империи, приводила Фандорина в содрогание. Четвертый день он бродил по квартире сам не свой, то перебирая зеленые четки, то рисуя на бумаге какие-то одному ему понятные схемы. Курил сигары, все время требовал чаю, но почти ничего не ел.

Маса — слуга, друг, единственный на свете близкий человек — отлично знал, что, когда господин в таком состоянии, его лучше не трогать. Японец все время был неподалеку, но на глаза не лез, вел себя тише воды. Отменил два любовных свидания, за чаем в китайскую лавку гонял дворничиху. Узкие глаза восточного человека азартно поблескивали — Маса ждал интересных событий.

В прошлом году верному наперснику тоже сравнялось пятьдесят, и он отнесся к этапной дате с истинно японской серьезностью. Переменил свою жизнь еще более радикальным образом, чем господин.

Во-первых, согласно древней традиции, наголо обрился — в знак того, что внутренне переходит в монашеское состояние и, готовясь удалиться в мир иной, отрешается от всего суетного. Правда, Фандорин пока не замечал, чтобы Маса хоть как-то изменил свои селадонские привычки. Впрочем, правила японских монахов не предписывают плотского воздержания.

Во-вторых, Маса решил взять новое имя, чтобы уж совсем разорвать с собою прежним. Тут обнаружилась сложность: оказалось, что по законам Российской империи изменить свое прозвание можно лишь при крещении. Но японца препятствие не остановило. Он с удовольствием принял православие, повесил на грудь солидного размера крестик, начал истово креститься на все купола и даже на колокольный звон, что не мешало ему по-прежнему жечь благовония перед домашним буддийским алтарем. Согласно документам, звали его теперь не Масахиро, а Михаил Эрастович (по крестному отцу). Пришлось Фандорину поделиться с новоиспеченным рабом Божьим и своей фамилией — японец просил об этом как о самой великой награде, которой сюзерен может пожаловать преданного вассала за долгую и усердную службу.

Паспорт паспортом, но Эраст Петрович выговорил себе право называть слугу по-прежнему — Масой. И безжалостно пресек попытки крестника именовать господина «отоо-сан» (отец) и тем более «батюська».

Сидели, стало быть, Эраст Петрович с Михаилом Эрастовичем безвылазно четверо суток дома, нетерпеливо поглядывая на телефон в ожидании вызова. Лакированный ящик молчал. По пустякам Фандорина беспокоили редко, ибо мало кто знал его номер.

В понедельник 5 сентября, в три часа пополудни, наконец позвонили.

Трубку схватил Маса — он как раз надраивал аппарат бархатной тряпкой, будто хотел умилостивить капризное божество.

Фандорин вышел в другую комнату и встал у окна, внутренне готовясь к важному объяснению. «Потребовать максимальных полномочий и абсолютной свободы действий, сразу же, — думал он. — Иначе не соглашаться. Это раз...»

Из двери выглянул Маса. Его лицо было сосредоточено.

— Я не знаю, чьего звонка вы ждали все эти дни, господин, но полагаю, это он и есть. У дамы дрожит голос. Она говорит, дело очень срочное, *те-редзу-би-тяй-ной вазьносчи*. — Последние слова Маса произнес по-русски.

— Д-дама? — удивился Эраст Петрович.

— Сказара «Орига».

Отчества Маса считал излишней декорацией, плохо их запоминал и часто опускал.

Недоумение Фандорина разрешилось. Ольга... Ну разумеется. Этого следовало ожидать. В таком запутанном, чреватом непредсказуемыми осложнениями деле власть не хочет напрямую просить о помощи частное лицо. Уместнее действовать через семью. С Ольгой Борисовной Столыпиной, женой раненого премьер-министра, правнучкой великого Суворова, Фандорин был знаком. Женщина твердая, умная, такую не сломят никакие удары судьбы.

Она, конечно, знает, что очень скоро станет вдовой. Не исключено, что телефонирует по собственной инициативе, чувствуя, что официальное расследование ведется странно.

Глубоко вздохнув, Эраст Петрович взял трубку.

— Фандорин. С-слушаю.

АЙ, КАК НЕХОРОШО!

—Эраст Петрович, ради меня, ради нашей дружбы, ради милосердия, ради моего покойного мужа, наконец, не отказывайте мне! — быстро заговорил звучный женский голос, безусловно знакомый, но искаженный волнением. — Вы человек благородный и отзывчивый, я знаю, вы не сможете мне отказать!

— Значит, он умер... — Фандорин склонил голову, хоть вдова видеть этого и не могла. С искренним чувством сказал. — Примите мои г-глубочайшие соболезнования. Это не только ваше личное горе, это огромная потеря для всей России. Вы человек сильный. Я знаю, вы не потеряетесь. А я, со своей стороны, конечно же, сделаю всё, что смогу.

После паузы голосом, в котором слышалось некоторое замешательство, дама сказала:

— Благодарю вас, но я уже как-то свыклась. Время врачует раны...

— Время?

Эраст Петрович с изумлением уставился на телефон.

— Ну да. Ведь Антон Павлович умер семь лет назад... Это Ольга Леонардовна Книппер-Чехова. Я вас, должно быть, разбудила?

Ай, как нехорошо! Метнув яростный взгляд на ни в чем не повинного Масу, Фандорин покраснел. Неудивительно, что голос показался ему знакомым. С вдовой писателя его связывали давние приязненные отношения — оба состояли в комиссии по чеховскому наследию.

— Б-бога ради п-простите! — воскликнул он, заикаясь сильнее обыкновенного. — Я принял вас за... Неважно...

Последствием глупого и, в сущности, комичного недоразумения было то, что Фандорин с самого начала разговора оказался в положении человека оправдывающегося, виноватого. Если б не это, скорее всего он ответил бы на просьбу актрисы вежливым отказом, и вся его последующая жизнь сложилась бы совсем иначе.

Но Эраст Петрович был смущен, да и слово благородного мужа — не воробей.

— Вы действительно сделаете для меня всё, что можете? Ловлю вас на обещании, — сказала Ольга Леонардовна уже менее взволнованно. — Зная вас как рыцаря и человека чести, не сомневаюсь, что история, которую я вам расскажу, не оставит вас равнодушным.

Впрочем, и без конфузного начала беседы отказать в просьбе этой женщине Фандорину было бы непросто.

В обществе отношение к вдове Чехова было неодобрительным. Почиталось хорошим тоном осуждать ее за то, что она предпочитала блистать на сцене и весело проводить время в кругу своих талантливых друзей из Художественного театра, а не ухаживать за смертельно больным писателем в его тоскливом ялтинском уединении. Не любила, не любила! Вышла замуж за умирающего из холодного расчета, чтоб и чеховской славы зацепить, и своей не упустить, да еще обеспечить себе козырное имя для последующей сценической карьеры, — таков был общий глас.

Эраста Петровича эта несправедливость возмущала. Покойный Чехов был человеком зрелым и умным. Знал, что женится не просто на женщине, а на выдающейся актрисе. Ольга Леонардовна была готова бросить сцену, чтобы неотлучно находиться с ним рядом, но хорош мужчина, который согласится принять такую жертву. Любить — означает желать любимому счастья. Без великодушия цена любви — медный грош. И то, что жена дала мужу победить в этой борьбе великодуший, правильно. Главное, что перед смертью она была с ним и облегчила его уход. Она рассказывала, что в самый последний вечер он много шутил и они от души смеялись. Чего ж еще желать? Хорошая смерть. Ни у кого нет права осуждать эту женщину.

Все эти мысли уже не в первый раз пронеслись в голове Эраста Петровича, пока он слушал сбивчивый, маловразумительный рассказ актрисы. Речь шла о какой-то Элизе, подруге Ольги Леонардовны и, кажется, тоже артистке. Что-то там у этой Элизы стряслось, отчего «бедняжка пребывает в постоянном смертном страхе».

— Прошу извинить, — вклинился Эраст Петрович, когда собеседница прервалась, чтобы всхлипнуть. — Я не п-понял. Альтаирская и Луантэн — это одна особа или две?

— Одна! Элиза Альтаирская-Луантэн — это ее полное имя. Раньше у нее был сценический псевдоним «Луантэн», а потом она вышла замуж и стала вдобавок «Альтаирская», по мужу. Правда, они скоро расстались, но согласитесь, для актрисы было бы глупо отказываться от такой красивой фамилии.

— И все-таки я не вполне... — Фандорин морщил лоб. — Эта дама чего-то боится, вы очень красноречиво описали ее нервическое состояние. Но что именно ее пугает?

«И, главное, чего вы от меня-то хотите?» — мысленно прибавил он.

— Она не говорит, в том-то и дело! Элиза человек очень закрытый, никогда ни на что не жалуется. Для артистки это такая редкость! Но вчера она была у меня в гостях, мы очень хорошо поговорили, и что-то на нее нашло. Она разрыдалась, упала мне на грудь, залепетала, что ее жизнь — кошмарный сон, что она этого больше не вынесет, что она затравлена и измучена. Когда же я стала приставать с расспросами, Элиза вдруг ужасно побледнела, закусила губу и больше я не могла вытянуть из нее ни слова. Она явно раскаивалась в своей откровенности. В конце концов пролепетала что-то невнятное, попросила меня простить ей минутную слабость и убежала. Я не спала ночь, я не могу найти себе места весь день! Ах, Эраст Петрович, я давно знаю Элизу. Она не истеричка и не фантазерка. Я уверена, ей угрожает опасность, причем такого рода, что нельзя рассказать даже подруге. Умоляю вас ради всего, что нас связывает: выясните, в чем там дело. Для вас это пустяк, вы ведь мастер разгадывать тайны. Как гениально отыскали вы пропавшую рукопись Антона Павловича! — напомнила она Фандорину об истории,

с которой началось их знакомство, и он поморщился на столь откровенную лесть. — Я помогу вам попасть в круг ее общения. Элиза сейчас героиней в «Ноевом ковчеге».

— Кем? Г-где? — удивился Эраст Петрович.

— Занимает амплуа героини в этом новомодном театре, который пытается соперничать с Художественным, — пояснила Ольга Леонардовна тоном, в котором сквозила снисходительность — то ли к театральному невежеству Фандорина, то ли к безумцам, осмеливающимся конкурировать с великим МХТ. — «Ноев ковчег» приехал на гастроли из Петербурга, чтобы поразить и покорить московскую публику. Билет достать невозможно, но я всё устроила. Вас пустят на лучшее место, чтобы вы могли хорошо к ним всем присмотреться. А потом наведайтесь за кулисы. Я протелефонирую Ною Ноевичу (это их руководитель, Ной Ноевич Штерн), скажу, чтоб оказал вам полное содействие. Он водит вокруг меня хороводы, всё надеется переманить к себе, так что выполнит мою просьбу, не задавая лишних вопросов.

Эраст Петрович сердито пнул ножку стула, от чего она треснула пополам. Пустейшее, смехотворное дело — ипохондрические капризы какой-то примадонны с невообразимым именем, а отказать совершенно невозможно. И это в момент, когда он ждет приглашения участвовать в расследовании исторического, можно даже сказать эпохального преступления!

Цокая языком, Маса взял покалеченный предмет мебели. Попробовал сесть — стул покосился.

— Вы молчите? Неужто вы откажете мне в этой маленькой просьбе? Если еще и вы покинете меня, я этого не переживу! — сказала вдова великого литератора с интонацией Аркадиной, взывающей к Тригорину.

— Разве я п-посмел бы, — уныло сказал Эраст Петрович. — Когда нужно быть в театре?

— Вы прелесть! Я знала, что могу на вас положиться! Спектакль сегодня в восемь. Сейчас я всё вам объясню...

Ничего страшного, успокаивал себя Фандорин. В конце концов эта выдающаяся женщина заслуживает того, чтоб я потратил на ее блажь один вечер. Ну а если до того времени позвонят по столыпинскому делу, объясню ей, что тут проблема государственной важности...

Но до вечера ни из Петербурга, ни из Киева не протелефонировали. Эраст Петрович надел белый галстук и, тщетно борясь с раздражением, отправился на спектакль. Масе было велено не отлучаться от аппарата и в случае чего нестись в театр на мотоциклете.

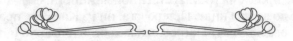

ДЕНЬ ПАМЯТИ ЕЛИСАВЕТЫ

Сам Фандорин поехал на извозчике, зная, что в час, когда одновременно идут спектакли в Большом, Малом и Новейшем, на Театральной площади гарировать автомобиль будет негде. В прошлый раз, будучи на вагнеровской «Валькирии», он неосторожно оставил свою «изотту-фраскини» между двумя пролетками, и разрезвившийся рысак ударом шипованной подковы расколотил ему хромированный радиатор — новый потом два месяца доставляли из Милана.

За несколько часов, прошедших после звонка актрисы, Эраст Петрович собрал кое-какие сведения о театре, где ему предстояло провести вечер.

Оказалось, что эта труппа, в прошлый сезон возникшая в Санкт-Петербурге, успела произвести фурор в первой столице, очаровав публику и поделив критику на две непримиримые фракции, одна из которых превозносила гений режиссера Штерна до небес, а другая обзывала его «шарлатаном от искусства». Много писали и об Элизе Альтаирской-Луантэн, но здесь гамма мнений была несколько иная: от восторженно-обожающей у благорасположенных рецензентов до сочувственной у злобных — жаль-де талант превосходной артистки, вынужденной губить свое дарование в претенциозных постановках г. Штерна.

В общем, писали о «Ноевом ковчеге» много и горячо, просто Фандорин никогда не дочитывал газет до страницы, где обсуждаются театральные новости. Эраст Петрович, увы, не любил драматического искусства, совершенно им не интересовался, и, если бывал в театре, то исключительно в опере либо в балете. Хорошие пьесы предпочитал читать глазами, чтоб не портить впечатления режиссерскими амбициями и дурной игрой (ведь даже в самом расчудесном спектакле обязательно найдется актер или актриса, кто сфальшивит и всё испортит). Театр казался Фандорину искусством, обреченным на умирание. Вот наберет силу кинематограф, овладеет звуком и цветом — кто тогда станет тратить немалые деньги, чтоб лицезреть картонные декорации и прикидываться, будто не слышишь суфлерского шепота, не замечаешь колыхания занавеса и перезрелости примадонн?

Для московских гастролей «Ноев ковчег» арендовал здание бывшего Новейшего театра, которое теперь принадлежало некоей «Театрально-кинематографической компании».

Прибыв на знаменитую площадь, Эраст Петрович был вынужден сойти у фонтана — подъехать к самому подъезду из-за скопления экипажей и публики было невозможно. Притом бросалось в глаза, что толчея перед Новейшим театром гораздо гуще, чем перед расположенным напротив Малым с его вечной «Грозой» и даже перед Большим, где нынче открывали сезон «Гибелью богов».

Как и намеревался, вначале Фандорин направился к афише, чтобы ознакомиться с составом труппы. Скорее всего, как это, кажется, принято в актерском мирке, душераздирающие страдания премьерши вызваны интригами кого-то из коллег. Чтоб разгадать эту ужасную тайну и скорее покончить с дурацкой историей, следовало переписать имена фигурантов.

Название спектакля окончательно испортило настроение театралу поневоле. Мрачным взором он глядел на щегольской плакат с виньетками, думая, что вечер окажется еще мучительнее, чем предполагалось.

Карамзинскую повесть, считающуюся шедевром сентиментализма, Эраст Петрович очень не любил, на что у него были личные, весьма серьезные основания, не имеющие отношения к литературе. Еще болезненней было прочесть, что спектакль посвящен «памяти святой Елисаветы».

Как раз в этом месяце исполнится тридцать пять лет, подумал Фандорин, на миг закрыл глаза и содрогнулся, изгоняя страшное воспоминание.

Чтоб мобилизоваться, дал волю раздражению.

— Дурацкая фантазия — ставить в двадцатом веке старомодную д-дребедень! — пробормотал он. — И где там

ТРУППА ТЕАТРА «НОЕВ КОВЧЕГ»

сегодня 5 сентября, в день памяти святой Елисаветы, впервые в Москве

ПРЕДСТАВЛЯЕТ:

БЕДНАЯ ЛИЗА

Трагедия
в трех действиях по мотивам
КАРАМЗИНА
Постановка Ноя Штерна

Участвующие:

Г-ЖА АЛЬТАИРСКАЯ-ЛУАНТЭН — Лиза, крестьянская дочь
Г. СМАРАГДОВ — Эраст, молодой дворянин
Г-ЖА РЕГИНИНА — мать Лизы
Г. РАЗУМОВСКИЙ — дух отца Лизы
Г. ЛОВЧИЛИН — Яша, молодой пастух
Г-ЖА КЛУБНИКИНА — Марфинька, пастушка
Г-ЖА ЛИСИЦКАЯ — богатая вдова
Г. МЕФИСТОВ — шулер
Г-ЖА ДУРОВА — Фролка, соседский мальчик
Г. ПРОСТАКОВ — Шацкий, однополчанин Эраста
Г. ДЕВЯТКИН — прохожий; человек из игорного клуба; лакей; статуя Пана
Г. ШТЕРН — Смерть

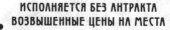

ИСПОЛНЯЕТСЯ БЕЗ АНТРАКТА
ВОЗВЫШЕННЫЕ ЦЕНЫ НА МЕСТА

сюжет на целую «трагедию в трех действиях», хоть бы даже и без антракта? Еще цены на места у них возвышенные!

— Местом интересуетесь, сударь? — сунулся ему под локоть человечек в надвинутом на глаза кепи. — Есть билет в кресла. Мечтал посетить представление лично, но вынужден отказаться по семейным обстоятельствам. Могу уступить. Покупал через третьи руки, так что, извините, дорогонько. — Окинул быстрым взглядом лондонский смокинг, геометрически идеальные воротнички, черную жемчужину в галстуке. — Четвертная-с...

Неслыханно! Двадцать пять рублей за место даже не в ложе, а просто в креслах! Одна из заметок о гастролях «Ноева ковчега», преядовитая, под названием «Возвышенные цены», была посвящена невероятной дороговизне билетов на спектакли приезжей труппы. Ее руководитель господин Штерн обладал незаурядными предпринимательскими способностями. Он придумал эффектнейший способ продажи билетов. Стоимость мест в ложах, партере и бельэтаже вдвое, а то и втрое превышала обычную; зато ярусы и галерка вовсе не поступали в кассу, а предназначались для учащейся молодежи — посредством дешевой лотереи. Среди студентов и курсисток лотерейные билеты распространялись по полтиннику; выигрышных было по одному на десяток. Тот, кому повезло, мог либо сам сходить в театр, о котором все писали и говорили, либо продать билет перед спектаклем, получив за свои пятьдесят копеек очень недурной куш.

Эта придумка, глубоко возмущавшая автора газетной статейки, показалась Фандорину остроумной. Во-первых, выходило, что самые дешевые места у Штерна все равно уходят по пяти рублей (столько стоило хорошее кресло в Большом театре). Во-вторых, о «Ноевом ковчеге» судила и рядила вся студенческая Москва. В-третьих, на спектакли приходило много молодежи, а именно ее энтузиазм больше всего способствует успеху театра.

Не удостоив спекулянта ответом, хмурый Эраст Петрович прошествовал к двери с табличкой «Администратор». Если бы пропуск надо было получить внутри, Фандорин развернулся бы и ушел. Протискиваться через столько спин он бы ни за что не стал. Но Ольга Леонардовна сказала: «В пяти шагах справа от двери, на ступеньках, будет человек с зеленым портфелем...»

И действительно: ровно в пяти шагах от штурмующей дверь толпы, прислонясь к стене, стоял очень высокий, широкоплечий мужчина в полосатом американском костюме, который несколько контрастировал с грубым, будто слепленным из бурой глины лицом. Человек этот был невозмутим, на галдящих поклонников Мельпомены не смотрел, а стоял себе, насвистывал; локтем он прижимал кокетливый бархатный портфель зеленого цвета.

Подойти к полосатому господину у Фандорина получилось не сразу — все время кто-то просовывался вперед. Эти люди были чем-то неуловимо похожи на пройдоху, пытавшегося слупить с Эраста Петровича двадцать пять рублей за билет: такие же вертлявые, тенеобразные, с торопливой приглушенной речью.

Обладатель зеленого портфеля отделывался от них быстро, не произнося ни слова — лишь свистел. Одному коротко и насмешливо, после чего человечек немедленно исчез. Другому угрожающе — тот попятился. Третьему одобрительно.

Распорядитель барышников-перекупщиков, определил Фандорин. Ему наконец наскучило слушать художественный свист и наблюдать беспрестанное мелькание. Он шагнул на ступеньку, удержал за плечо очередную невесть откуда вынырнувшую тень и, согласно инструкции, произнес:

— От госпожи Книппер.

Откликнуться свистун не успел. Снова между ним и Фандориным влез кто-то третий. Хватать его за плечо или иную часть тела Эраст Петрович не стал — из уважения к мундиру. Это был офицер, гусарский корнет, да еще гвардеец.

— Сила Егорович, умоляю! — вскричал молодой человек, глядя на полосатого господина совершенно сумасшедшими глазами. — В партер! Не далее шестого! Ваши совсем осатанели, требуют две красненьких! Пускай, но в долг. Я все, что было, на корзину с цветами потратил.

Вы знаете, Владимир Лимбах всегда расплачивается! Ей-богу, я застрелюсь!

Барышник лениво посмотрел на отчаянного корнета и равнодушно присвистнул.

— Билетов нет. Кончились. Могу дать контрамарку без места, из дружеского расположения.

— Ах, вы же знаете, офицеру без места нельзя!

— Ну как угодно... Минуточку, сударь.

Последние слова, как и почтительная улыбка, с трудом давшаяся этой глиняной физиономии, адресовались Эрасту Петровичу.

— Вот, извольте. Пропуск в четвертую ложу. Мое почтение Ольге Леонардовне. Всегда готовы услужить.

Провожаемый ласковым посвистыванием барышника и завистливым взглядом гусара, Фандорин пошел к главному входу.

— Ладно, давайте хоть контрамарку! — донеслось сзади.

СТРАННЫЙ МИР

Л ожа номер четыре оказалась лучшей из всех. Будь
театр не частным, а императорским, ее, вероятно,
называли бы «царской». Семь кресел с золочеными спин-
ками — три в первом ряду, четыре во втором — были
в полном распоряжении единственного зрителя. Тем впе-
чатлительней был контраст с остальным залом, где буквально яблоку негде было упасть. До начала спектакля
оставалось еще минут пять, но публика вся уже сидела,
словно каждый опасался, не объявится ли претендент на
то же место. И небезосновательно: в двух или трех местах
капельдинеры успокаивали взволнованных людей, потря-
савших билетами. Одна сцена разыгралась прямо под фан-
доринской ложей. Полная дама в горностаевом боа, чуть
не плача, восклицала:

— Как фальшивые? Где ты купил эти билеты, Жако?

Багровый Жако лепетал, что у очень приличного господина, по пятнадцати рублей. Привычные к подобным
происшествиям служители уже тащили два дополнительных стула.

В ярусах сидели еще плотней, даже стояли в проходах.
Там преобладали молодые лица, студенческие тужурки,
белые блузки курсисток.

Ровно в восемь часов, сразу после третьего звонка,
свет в зале погас, двери зала плотно закрылись. Правило
начинать спектакль вовремя и не пускать опоздавших
завел Художественный театр, но даже и там оно не соблю-
далось с такой неукоснительной строгостью.

Сзади послышался скрип.

Эраст Петрович, сидевший падишахом на центральном переднем кресле, обернулся и не без удивления увидел давешнего гусара, обещавшего застрелиться.

Корнет Лимбах — так, кажется, его звали — прошептал:

— Вы один? Отлично! Не возражаете, если я сяду? Куда вам столько мест?

Фандорин пожал плечами — ради Бога, не жалко. Пересел вправо, чтобы не тесниться. Однако офицер предпочел устроиться у него за спиной.

— Ничего, я здесь, — сказал корнет, вынимая из чехла полевой бинокль.

Дверь ложи опять скрипнула.

— Черт его принес! Не выдавайте, я с вами! — еле слышно прошелестел в ухо Фандорину корнет.

Вошел средних лет мужчина во фраке и накрахмаленной рубашке, с таким же, как у Эраста Петровича белым галстуком, только жемчужина в нем была не черная, а серая. Банкир или преуспевающий адвокат, предположил Фандорин, мельком глянув на холеную бородку и торжественно поблескивающую лысину.

Вошедший учтиво поклонился.

— Царьков. А вы — знакомый несравненной Ольги Леонардовны. Всегда рад...

Из этих слов можно было заключить, что господин Царьков — владелец чудесной ложи и что именно его актрису попросила о месте. Было не совсем понятно, какое к этому имеет отношение свистун с зеленым портфелем, но Эраст Петрович не собирался ломать над этим голову.

— Молодой человек с вами? — спросил любезный хозяин, покосившись на корнета (тот разглядывал в бинокль лепнину потолка).

— Да.

— Ну что ж, милости прошу...

Несколько минут, остававшихся до начала — пока публика шуршала, скрипела и сморкалась — новый сосед вполголоса рассказывал Фандорину о «Ноевом ковчеге», причем с таким знанием дела, что первоначальное мнение пришлось переменить: не банкир и не адвокат, а, вероятно, какой-то важный театральный деятель или влиятельный рецензент.

— Есть разные мнения относительно режиссерского таланта Штерна, но в деловом отношении он несомненный гений, — словоохотливо начал господин Царьков,

31

адресуясь исключительно к Фандорину, будто они сидели в ложе вдвоем. Впрочем, корнет Лимбах, кажется, был рад, что на него не обращают внимания.

— Он начал давать спектакли за неделю до открытия сезона и, что называется, использовал монополию на всю катушку. Публика повалила к нему, во-первых, потому, что больше ходить было некуда. А во-вторых, он выстрелил подряд тремя постановками, о которых в прошлом сезоне спорил весь Петербург. Сначала показал «Гамлета», потом «Трех сестер», теперь вот «Бедную Лизу». Причем заранее объявил, что каждый спектакль демонстрируется один раз, без повторов. Смотрите, что творится в третий вечер. — Знаток театральной жизни обвел рукой переполненный зал. — Здесь еще и коварный удар по главному конкуренту — Художественному театру. Они ведь намеревались в этом году удивить публику новыми постановками именно «Трех сестер» и «Гамлета». Уверяю вас, что после Штерна любая, даже самая новаторская трактовка покажется зрителям пресной. А «Бедная Лиза» — это просто эпатаж. Ни Станиславский, ни Южин не осмелились бы выходить с таким драматургическим материалом на современную сцену. Но я видел спектакль в Петербурге. Уверяю вас, это нечто! Луантэн в роли Лизы божественна! — Лысый господин смачно поцеловал кончики пальцев, на одном из которых блеснул внушительный бриллиант.

Вряд ли рецензент, подумал Эраст Петрович. Откуда у рецензента солитер на дюжину каратов?

— Но самое интересное впереди. Я очень многого ожидаю от «Ковчега» в этом сезоне. Дав залп из трех сверханшлаговых спектаклей, они на месяц прекращают выступления. Хитрый Штерн предоставляет возможность Художественному, Малому и Коршу показать публике свои новинки — как бы отходит в сторону. После этого, в октябре обещает дать собственную премьеру, и, конечно, заманит к себе всю Москву.

Хоть Фандорин и мало что смыслил в театральных обыкновениях, но это показалось ему странным.

— П-позвольте, но ведь здание арендовано? Как же театр может целый месяц жить без сборов?

Царьков хитро подмигнул:

— «Ковчег» может себе позволить такую роскошь. «Театрально-кинематографическая компания» предоставила им аренду с полным обслуживанием по цене один рубль в месяц. О, Штерн умеет устраиваться! За месяц-полтора они подготовят совершенно новую постановку, с нуля. Неизвестно, что это будет за пьеса, но уже сейчас за хороший билет на премьерный показ дают до пятидесяти рублей!

— То есть как это «неизвестно»?

— А так! Расчет на эффект. Завтра у них сбор труппы, на котором Штерн объявит актерам, какую они ставят пьесу. Послезавтра об этом напишут все газеты. И готово: публика станет с нетерпением ждать премьеры. Что бы они ни поставили. О, милостивый государь, поверьте моему чутью. Благодаря «Ноеву ковчегу» Москву ожидает небывало плодородный сезон!

Сказано это было с неподдельным чувством, и Эраст Петрович поглядел на соседа с уважением. Такая искренняя, бескорыстная любовь к искусству не могла не вызвать почтения.

— Но тсс! Начинается. Что сейчас будет — все ахнут, — хихикнул театрал. — Этого фокуса Штерн в Петербурге не показывал...

Занавес открылся. Весь задник был затянут белой тканью. Вдруг на ней высветился прямоугольник. Это был экран! На нем появилась карета, запряженная четверкой лошадей. Они неслись вскачь.

Соединение кинематографа с театром? Любопытно, подумал Эраст Петрович.

Прав был знаток — по партеру и ярусам пронесся восторженный вздох.

— Умеет взять зрителя с первой же минуты, чертяка, — прошептал, перегнувшись, Царьков — и шлепнул себя по губам: мол, виноват, умолкаю.

Заиграла пасторальная музыка, на экране появилась надпись:

«Однажды, в исходе царствования великой Екатерины, молодой блестящий гвардеец возвращался из полка в свое имение...»

Постановка оказалась в высшей степени изобретательной, с массой находок, игривая и в то же время философская, в прекрасных декорациях и костюмах, созданных модным художником из «мирискусников». Короткая притча о бедной простушке, утопившейся из-за предательства любимого, была обогащена фабульными поворотами. Появились дополнительные персонажи, частью совершенно новые, частью — поминаемые у Карамзина мимоходом. Спектакль был посвящен страстной, попирающей все запреты любви — ведь бедная Лиза отдается своему Эрасту, не заботясь ни о молве, ни о последствиях. Спектакль повествовал о самоотверженной женской смелости, о мужской трусости перед общественным мнением; о слабости Добра и силе Зла. Последнее очень живо и выпукло олицетворяли богатая вдова (артистка Лисицкая) и шулер (артист Мефистов), нанятый ею, чтобы разорить увлекающегося Эраста и вынудить его к женитьбе по расчету.

Для воссоздания исторической Москвы, пейзажей, явлений природы активно использовался кинематографический экран. Превосходно была задумана сцена с призраком отца Лизы (артист Разумовский), которого подсвечивал голубой луч прожектора. Впечатляли монолог и танец Смерти, заманивающей девушку в пруд (эту роль исполнял сам господин Штерн).

Но более всего поразил публику трюк со скульптурой. Почти все второе действие разворачивалось у статуи Пана, символизирующего пасторальную чувственность любовной линии. Через минуту зрители, разумеется, перестали обращать на статую внимание, сочтя ее принадлежностью декорации. Каков же был восторг, когда в конце акта античный божок вдруг ожил и заиграл на своей свирели!

Впервые Эраст Петрович увидел труппу, в которой, пожалуй, не чувствовалось перепада в уровне актерской игры. Все артисты, даже исполнители маленьких ролей, были безупречны. Выход каждого был истинным фейерверком.

Однако многочисленные достоинства постановки Фандориным были едва замечены. С той минуты, как на сцене первый раз появилась Альтаирская-Луантэн, спектакль поделился для него на две неравноценные части: картины, в которых она играла, и картины, где ее не было.

Едва зазвучал нежный голос, напевающий простенькую песенку о полевых цветах, и будто чьи-то безжалостные пальцы стиснули сердце доселе равнодушного зрителя. Он узнал этот голос! Думал, что забыл, а, оказывается, помнил все эти годы!

И фигура, походка, поворот головы — всё было в точности такое же!

— Разрешите...

Фандорин, повернувшись, чуть не силой вырвал у корнета бинокль.

Лицо... Нет, лицо было другое. Но выражение глаз, но доверчивая улыбка, но ожидание счастья и открытость судьбе! Как можно было столь достоверно, столь безжалостно всё это воспроизвести? Он даже зажмурился и не запротестовал, когда гусар отобрал свои окуляры, сердито шепча:

— Отдайте, отдайте, я тоже хочу ею любоваться!

Смотреть, как бедная Лиза полюбила беспечного Эраста, как он променял ее любовь на иные увлечения и позволил ей погибнуть, было больно и в то же время... *животворно* — вот странное, но очень точное слово. Будто Время острыми когтями сдирало ороговевшую кожу с души, и та засочилась кровью, вновь обретая чувствительность, незащищенность.

Еще один раз Фандорин, не выдержав, закрыл глаза в сцене Лизиного грехопадения, решенной режиссером чрезвычайно дерзко, даже натуралистично. Луч выхватил из темноты обнаженную девичью руку с вытянутыми пальцами; потом она, будто вянущий стебель, поникла и опустилась.

— Ай да Луантэн! — воскликнул Царьков, когда все зааплодировали. — Чудо как играет! Не хуже покойной Комиссаржевской!

Фандорин метнул на него злобный взгляд. Эти слова показались ему кощунством. Эраста Петровича все больше раздражал хозяин ложи. Несколько раз к нему заходили какие-то люди пошептаться — ладно бы еще, когда Лизы, то есть Элизы Луантэн, не было на сцене. Во время музыкальных пауз разговорчивый сосед перегибался через кресло и начинал делиться впечатлениями либо рассказывать что-нибудь про театр или исполнителей. Например, про героя-любовника Смарагдова сказал пренебрежительно: «Партнер не ее уровня». Эрасту Петровичу так не показалось. Он был всецело на стороне этого персонажа, не ревновал, когда сценический Эраст обнимал Лизу, и, вопреки логике, по-детски надеялся, что тот образумится и вернется к своей возлюбленной.

К болтовне опытного театрала Фандорин начинал прислушиваться, лишь когда тот говорил что-нибудь о примадонне. Так, во время длинной и неинтересной Эрасту Петровичу сцены в игорном клубе, где друг-офицер уговаривал героя остановиться, а шулер подбивал отыгрываться, Царьков сообщил о госпоже Альтаирской-Луантэн кое-что, заставившее Фандорина нахмуриться.

— М-да, Луантэн безусловно — жемчужина огромной ценности. Слава Богу, нашелся человек, который не пожалеет средств на достойную оправу. Я имею в виду господина Шустрова из «Театрально-кинематографической компании».

— Это ее п-покровитель? — спросил Эраст Петрович, ощутив неприятный холодок в груди и сердясь на себя за это. — Он кто?

— Очень способный молодой предприниматель. Унаследовал от отца прянично-бараночную фирму. Учился в Америке и дела ведет тоже по-американски, жестко. Задавил всех конкурентов, потом продал свое бараночное княжество за очень хорошие деньги. Теперь создает зрелищную империю — затея новая, перспективная. Не думаю, что к Альтаирской у него сердечный интерес. Шустров человек неромантический. Скорее, тут инвестиция, расчет на ее артистический потенциал.

Он еще рассказывал что-то про наполеоновские планы бывшего бараночника, но успокоившийся Фандорин больше не слушал и даже неучтиво оборвал говоруна жестом, когда на сцене вновь появилась Лиза.

Второй сосед, хоть с разговорами не лез, докучал Эрасту Петровичу не меньше Царькова. На каждый выход Альтаирской-Луантэн он откликался воплями «Браво!». От звонкого голоса у Фандорина закладывало уши. Несколько раз Эраст Петрович сердито говорил:

— Перестаньте! Вы мешаете!

— Пардон, — бормотал корнет Лимбах, не отрываясь от своего увесистого бинокля, а через секунду снова орал. — Божественно! Фора!

Восторженных поклонников у актрисы в зале было множество. Даже странно, что вопли не мешали ей вести роль — она словно их не слышала. Вот ее партнер господин Смарагдов, тот в момент первого выхода, когда в зале завизжали и запищали женские голоса, приложил к груди руку и поклонился.

При иных обстоятельствах эмоциональность публики вызывала бы у Фандорина раздражение, но сегодня он был мало на себя похож. В горле будто стоял ком, и реакция зрителей не казалась Эрасту Петровичу чрезмерной.

Несмотря на волнение, вероятно, вызванное не столько актерской игрой, сколько воспоминаниями, Фандорин отметил, что реакция зала была предопределена психологическим рисунком постановки. Комичные сцены чередовались с сентиментальными, к финалу публика сидела притихшая, всхлипывающая, а закрылся занавес под громоподобные аплодисменты и овации.

За минуту до окончания в ложу вошел полосатый свистун и почтительно встал за спиной у хозяина. Свой зеленый портфель он прижимал локтем, в руках держал книжечку и карандаш.

— Ну так, — сказал ему Царьков, почти бесшумно хлопая в ладоши. — Ее и Штерна поблагодарю лично. Приготовь там что-нибудь по высшему. А со Смарагдова хватит и тебя. Передай от меня карточку, ну и вина, что ли. Он какое любит?

— Бордо, «Шато Латур», по двадцати пяти рублей бутылка, — заглянул в книжечку полосатый и слегка присвистнул. — Губа не дура.

— Полдюжины... Эй вы, потише! — Это было сказано гусару, который, едва закрылся занавес, начал кричать: «Лу-ан-тэн! Лу-ан-тэн!»

Обидел корнета и Эраст Петрович.

— Дайте-ка. — Вновь отобрал у мальчишки бинокль. Очень хотелось рассмотреть, какое у поразительной актрисы лицо, когда она уже не играет.

— Но я должен видеть, как она возьмет мою корзину!

Офицер попробовал вырвать бинокль из руки Фандорина, но с тем же успехом он мог бы попытаться вырвать меч у бронзовых Минина и Пожарского.

— Считайте, что это плата за место, — процедил Эраст Петрович, подкручивая колесико.

Нет, нисколько не похожа, сказал он себе. Лет на десять старше. Лицо не овальное, а скорее угловатое. И глаза совсем не юные, усталые. Ах, какие глаза...

Опустил бинокль, потому что вдруг ощутил непонятное головокружение. Вот еще новости!

Артисты выходили на поклоны не так, как это обычно принято в театре, по очереди, а все разом: впереди премьер и премьерша, прочие во втором эшелоне. Тот, кто играл Смерть, то есть сам Ной Штерн, не появился вовсе — так сказать, блистательно отсутствовал.

Под неумолкающие аплодисменты служители понесли на сцену с двух сторон сначала букеты, за ними корзины с цветами — меньшего размера, потом большего. Примерно половина подношений досталась Смарагдову, половина — Альтаирской. Остальным актерам перепало по одному-два букетика, и то не всем.

— Сейчас вынесут мою! Отдайте же! Вон она! Я потратил на нее месячное жалованье!

Гусар повис на руке у Фандорина — бинокль пришлось вернуть.

Корзина и вправду была пышна — целое облако из белых роз.

— Она возьмет мою, мою! — повторял корнет, кажется не замечая, что от возбуждения дергает соседа за рукав.

— Извольте. Я вижу, вам интересно.

Господин Царьков любезно протянул свой перламутровый лорнет на ручке. Эраст Петрович схватил безделушку, поднес к глазам и с удивлением обнаружил, что оптика не уступает офицерскому биноклю.

Перед его взором снова, очень близко, возникло улыбающееся лицо Элизы Альтаирской-Луантэн. Она покосилась куда-то вниз и в сторону, крылья точеного носа чуть дрогнули. Что могло ее расстроить? Неужели то, что последняя корзина, поднесенная Смарагдову (лимонные орхидеи), роскошнее, чем ее белые розы? Вряд ли. Эта женщина не может быть столь мелко тщеславна!

К тому же на сцену вынесли еще одну корзину, настоящий цветочный дворец. Кому она предназначалась — примадонне или премьеру?

Ей! Чудо флористического искусства под восторженные крики всего зала поставили перед Альтаирской. Она сделала книксен, опустив лицо к бутонам и обняв цветы своими тонкими белыми руками.

— Черт побери, черт побери... — жалобно простонал Лимбах, видя, что его карта бита.

Эраст Петрович на секунду переместил окуляры на Смарагдова. Картинно красивые черты карамзинского Эраста исказились от злобы. Скажите, какие страсти из-за цветов!

Он снова посмотрел на Элизу, ожидая увидеть ее торжествующей. Но прекрасное лицо актрисы было похоже на застывшую маску ужаса: глаза широко раскрыты, на устах застыл так и не вырвавшийся крик. В чем дело? Что ее испугало?

Внезапно Фандорин увидел, что один из бутонов, нераскрытый и темный, покачивается и словно бы тянется вверх.

О Боже! Это был не бутон! В сдвоенном кружке отчетливо возникла ромбическая головка змеи. Это была гадюка, и тянулась она прямо к груди окоченевшей примы.

— Змея! В корзине змея! — завопил Лимбах и, перемахнув через парапет, спрыгнул вниз, в проход.

Все случилось в считанные мгновения.

В первых рядах партера кричали, махали руками. Остальной зал, ничего не поняв, устроил новый взрыв оваций.

Отчаянный гусар вскочил на ноги, выхватил из ножен шашку, понесся к сцене. Но еще раньше на выручку Альтаирской пришел белый, загримированный под мрамор, Пан. Он стоял у актрисы за спиной и потому раньше остальных увидел жуткую обитательницу цветочной корзины. Рогатый божок подбежал, бесстрашно схватил пресмыкающееся за шею и рывком вытащил наружу.

Теперь уже весь зал видел, что происходит. Запищали дамы. Госпожа Альтаирская, покачнувшись, упала навзничь. Потом вскрикнул отважный Пан — гадина ужалила его в руку. С размаху он ударил ее об пол, стал топтать ногами.

Театр наполнился криками, грохотом кресел, писком.

— Доктора! Позовите доктора! — кричали на сцене.

Кто-то обмахивал платком Элизу, кто-то уводил прочь укушенного героя.

А в глубине сцены показался высокий, очень худой человек с наголо обритым черепом.

Он стоял, сложив руки на груди, смотрел на весь этот содом — и улыбался.

— Кто это? Вон там, позади всех? — спросил Фандорин всезнающего соседа.

— Минутку, — сказал тот, заканчивая тихий разговор со своим полосатым клевретом. — ...Выяснить, кто, и наказать!

— Будет исполнено.

Свистун быстро вышел, а господин Царьков, как ни в чем не бывало, оборотился к Эрасту Петровичу с вежливой улыбкой.

— Где? А, это Ной Ноевич Штерн, собственной персоной. Маску Смерти снял. Ишь, сияет. Еще б ему не радоваться. Такая удача! Теперь из-за «Ковчега» москвичи вообще с ума спятят.

Какой странный мир, подумал Фандорин. Невероятно странный!

ПРЕДВАРИТЕЛЬНОЕ ЗНАКОМСТВО

Премьер-министр скончался в то самое время, когда Эраст Петрович был в театре. Назавтра повсюду висели флаги с черными лентами, газеты вышли с огромными траурными заголовками. В либеральных писали: хоть покойный и придерживался реакционных взглядов, но вместе с ним погибла последняя надежда обновления страны без потрясений и революций. В патриотических кляли иудейское племя, к которому принадлежал убийца, и усматривали особый смысл в том, что Столыпин почил в годовщину успения благоверного князя Глеба, тем самым пополнив сонм мучеников земли русской. В изданиях бульварно-мелодраматического толка с надрывом цитировали духовную Петра Аркадьевича, в которой он, оказывается, завещал похоронить его «там, где убьют».

Трагическая новость (Эрасту Петровичу протелефонировали, когда он вернулся из театра) не произвела на него особенного впечатления. Звонивший, высокопоставленный чиновник, также сказал, что в совете министерства внутренних дел обсуждалось, следует ли привлекать к расследованию Фандорина, но командир жандармского корпуса решительно против этого возражал, а министр промолчал.

Примечательно, что Эраст Петрович нисколько не огорчился, а, наоборот, испытал облегчение и, если во всю ночь не сомкнул глаз, то не из-за обиды и даже не из-за тревоги за судьбы государства.

Он расхаживал по кабинету, глядя на бликующий паркет; ложился на диван с сигарой, смотрел в белый потолок; садился на подоконник и впивался взглядом в черноту — но видел одно и то же: тонкую руку, усталые глаза, змеиную головку среди бутонов.

Фандорин привык подвергать анализу факты, но не собственные эмоции. Не стал он сходить с тропинки рациональных умозаключений и теперь, чувствуя, что малейший шаг в сторону — и провалишься в топь, из которой непонятно, как выбираться.

Выстраивание логической линии создавало иллюзию, что ничего особенного не стряслось. Расследование как расследование, мир не перевернулся.

Страх госпожи Альтаирской оправдан. Опасность действительно существует. Это раз, загибал палец Эраст Петрович — и ловил себя на том, что улыбается. *Она не взбалмошная фантазерка, не психопатка!*

Очевидно, у нее есть какой-то лютый, обладающий извращенным воображением враг. Или враги. Это два. *Разве можно ее ненавидеть?!*

Судя по театральности покушения, искать виновного либо виновных следует прежде всего внутри труппы или на ее ближайшей периферии. Вряд ли кто-то, не вхожий за кулисы, мог посадить в корзину рептилию. Впрочем, надо будет проверить. Это три. *А если бы змея ее укусила? О Боже!*

Нужно отправляться в театр, ко всем присмотреться и, главное, попробовать вызвать на откровенность саму госпожу Альтаирскую-Луантэн. Это четыре. *Я вновь увижу ее! Я буду с ней разговаривать!*

Так до самого утра и шел этот внутренний диалог, в котором взбудораженные эмоции постоянно мешали работе мысли.

Наконец, уже после рассвета, Фандорин сказал себе: «Что за черт. Кажется, я болен». Лег, напряжением воли заставил себя расслабиться и уснуть.

Три часа спустя он встал отдохнувшим, проделал обычные физические упражнения, принял ледяную ванну, минут десять походил по канату, протянутому через двор. Контроль над внутренним миром был восстановлен. Эраст Петрович с аппетитом позавтракал, просмотрел доставленные Масой московские газеты: короткий взгляд на печальные заголовки — и скорей на страницу происшествий.

Даже те издания, где отсутствовал раздел театральных рецензий, поместили сообщения о спектакле в «Ноевом ковчеге» и змее. Кто-то ужасался, кто-то остроумничал, но написали все без исключения. Версии репортеров (актерская ревность, отвергнутый поклонник, злая шутка) интереса не представляли в силу своей очевидности. Единственная полезная информация, которую почерпнул из этого чтения Фандорин, заключалась в том, что укушенному актеру (г. Девяткину) сделана инъекция противоядной сыворотки и состояние его здоровья опасений не вызывает.

Несколько раз звонила взволнованная Ольга Леонардовна, но Масе было велено отвечать, что господина нет дома. Тратить время и мыслительную энергию на чувствительные разговоры не хотелось. Эти ресурсы можно было употребить с большей пользой.

Руководитель «Ноева ковчега» встретил гостя у служебного подъезда, пожал руку двумя своими, повел к себе в кабинет — в общем, был само радушие. Во время телефонной беседы он показался Фандорину немного настороженным, но на встречу согласился сразу.

— Воля госпожи Чеховой для меня свята, — говорил Штерн, усаживая Эраста Петровича в кресло. Узкие внимательные глаза скользнули по непроницаемому лицу посетителя, по элегантному кремовому костюму, задержались на остроносых туфлях крокодиловой кожи. — Она звонила вчера, просила контрамарку для вас, но было слишком поздно, не осталось ни одного хорошего места. Ольга Леонардовна сказала, что она как-нибудь устроится без моей помощи, но желала, чтобы я уделил вам время после спектакля. Сегодня утром опять звонила, спрашивала, состоялась ли встреча...

— Не стал вас вчера беспокоить, учитывая обстоятельства.

— Да-да, совершенно чудовищное происшествие. Сколько было крику за кулисами! А как взволновалась публика! — Тонкие губы режиссера расползлись в сладостной улыбке. — Однако в чем причина вашего визита?

Ольга Леонардовна не объяснила. Мол, господин Фандорин сам расскажет... Вы, простите, кто по роду занятий?

Эраст Петрович ограничился ответом на первый вопрос:

— Госпожа Чехова считает, что вашей ведущей актрисе... — Он чуть запнулся. Хотел произнести имя, но почему-то не стал. — ...Угрожает опасность. Вчерашний инцидент доказывает, что Ольга Леонардовна п-права. Я обещал разобраться.

Острый взгляд театрального новатора блеснули любопытством.

— А вы кто? Нсужели ясновидящий? Я слышал, в Москве большая мода на прорицателей и клервуйянтов. Это меня очень, очень интересует!

— Да, я изучал ясновидение. В Японии, — сказал Эраст Петрович с серьезным видом. Ему пришло в голову, что эта версия очень удобна для предстоящего расследования. Опять же, между ясновидением и дедукцией (то есть, ясномыслием) немало общего.

— Феноменально! — Штерн так оживился, что выпрыгнул из кресла. — А можете вы продемонстрировать свое искусство? Ну вот хотя бы на мне? Прошу вас, загляните в мое будущее! Нет, лучше в прошлое, чтобы я мог оценить ваше мастерство.

Какой подвижный господин, подумал Фандорин. Прямо ртутный шарик. (Это сравнение возникло вследствие того, что голый череп режиссера сверкнул в солнечном луче — сентябрьский день выдался погожим.)

Чтение газет и телефонные звонки, на которые Эраст Петрович потратил половину нынешнего дня, мало что прояснили в биографии Ноя Штерна. Он слыл человеком скрытным, не любящим рассказывать о своем прошлом. Известно было лишь, что вырос он в черте оседлости, в крайней нужде, юность провел бродяжничая. Начинал клоуном в цирке, очень долго играл по провинциальным театрам, пока, наконец, не достиг известности. Собственной труппой обзавелся только год назад, обретя покровительство «Театрально-кинематографической компании», сделавшей ставку на его талант. Газетчикам про себя Штерн рассказывал небылицы, все время разные — и, очевидно, делал это намеренно. Все сходились в одном: человек этот одержим одной-единственной страстью — театром. Семьи у него не было, не было, кажется, и дома. Даже интрижек с актрисами за Ноем Ноевичем не водилось.

— Заглянуть в ваше п-прошлое?

Нервное лицо режиссера всё запрыгало от жажды немедленного чуда:

— Да, что-нибудь из моего детства.

Он уверен, что об этом периоде его жизни никто ничего не знает, понял Эраст Петрович.

Ну, ясновидение так ясновидение...

— Скажите, «Ной Ноевич» — ваше настоящее имя?

— Совершенно настоящее. Согласно метрике.

— Понятно... — Фандорин свел к переносице черные брови, закатил глаза ко лбу, с которого свисала седоватая прядь (именно так, по его представлению, повел бы себя ясновидящий). — Начало вашей жизни печально, милостивый г-государь. Ваш батюшка никогда вас не видывал. Он отошел в мир иной, пока вы еще обретались в чреве вашей матери. Смерть была внезапной — нежданный удар Рока.

Шанс ошибиться был невелик. У евреев есть давний обычай называть детей в честь кого-нибудь из умерших родственников и почти никогда в честь живущих. Именно поэтому так редки случаи, когда сына нарекают именем отца. Разве что если тот скончался. Предположение насчет внезапной смерти было тоже не слишком рискованным. Люди, которые долго и тяжело болеют, не производят на свет столь жизнеспособного потомства.

Простенькая дедукция прямо-таки сразила впечатлительного постановщика.

— Феноменально! — вскричал он, хватаясь за сердце. — Я никому этого не рассказывал! Ни одной душе! Около меня нет никого, кто знал бы мою судьбу! Господи, как же я обожаю всё необъяснимое! Эраст Петрович, вы уникум! Чудотворец! Я с первой же минуты, как только увидел вас, сразу понял, что вижу перед собой человека необыкновенного. Если б я был женщиной или последователем Оскара Уайльда, непременно бы в вас влюбился!

Шутка сопровождалась обаятельнейшей улыбкой. Широко раскрывшиеся карие глаза смотрели на Фандорина с искренней симпатией, не откликнуться на которую было невозможно.

Обволакивает, подумал Эраст Петрович, пускает в ход обаяние — и отменно ловко. Этот человек — отличный актер, прирожденный манипулятор. Испугался моего маленького фокуса, теперь хочет понять, что я за птица, приручить, раскусить. Что ж, кусай-кусай. Зубы только не сломай.

— Есть в вас внутренняя сила великодушия, — продолжал ластиться Ной Ноевич. — О, я в подобных вещах разбираюсь. Мне мало с кем хочется откровенничать, но с вами испытываешь желание быть беззащитным... Ужасно рад, что Ольга Леонардовна вас к нам прислала. В труппе действительно идет какая-то зловещая ферментация. Будет отлично, если вы присмотритесь к моим актерам и сумеете прозреть негодяя, спрятавшего в цветах змею. А заодно неплохо бы узнать, кто третьего дня налил мне в калоши кляп. Дурацкая шутка! Пришлось менять подметки на совершенно новых штиблетах, а калоши выкинуть!

Эраст Петрович обещал «прозреть» и погубителя калош, когда ему дадут возможность познакомиться с труппой.

— Так мы прямо сейчас это и провернем! — объявил Штерн. — К чему откладывать? У нас как раз назначено собрание. Через полчаса. Буду объявлять новую пьесу для постановки и распределять, кто кого играет. Актеры лучше всего обнаруживают свое подлинное «я», когда начинается свара из-за ролей. Увидите их, как голеньких.

— Что за пьеса? — спросил Эраст Петрович, вспомнив рассказ соседа по ложе. — Или это еще тайна?

— Помилуйте. — Ной Ноевич рассмеялся. — Какие тайны от ясновидящего? К тому же завтра об этом напишут все газеты. Я выбрал для новой постановки «Вишневый сад». Отличный материал, чтобы разгромить Станиславского его же оружием, на собственной его территории! Пусть публика сравнит мой «Вишневый сад» с их художественными экзерсисами! Не спорю, Художественный театр когда-то был недурен, но выдохся. О Малом и говорить смешно! Театр Корша — балаган для купчишек! Я покажу им всем, что такое истинная режиссура и настоящая работа с актерами! Хотите, я расскажу вам, дорогой Эраст Петрович, каким должен быть идеальный театр? Я вижу, что найду в вас умного и благодарного слушателя.

Отказаться от предложения было бы невежливо, к тому же Фандорину в самом деле хотелось разобраться в причудливом устройстве этого нового для него мира.

— Г-говорите, мне интересно.

Ной Ноевич встал над гостем в позе ветхозаветного пророка, взгляд его заблистал.

— Знаете, почему мой театр называется «Ноев ковчег»? Во-первых, потому что только искусство спасет мир от потопа, а высший род искусства — театр. Во-вторых, потому что у меня в труппе полный набор человеческих особей. Ну а в-третьих, всякой твари у меня по паре.

Заметив недоумение на лице собеседника, Штерн довольно улыбнулся.

— Ну да. У меня есть герой и героиня; резонер-благородный отец и гранд-дама, она же матрона; слуга-проказник-буффон и субретка-проказница-инженю-кокет; злодей и злодейка; простак и травести (не пара, но этим двум амплуа предписано одиночество); ну и наконец есть я и мой помощник для исполнения всех прочих возможных ролей — я второго плана, он третьего. Моя теория актерской игры заключается в том, что не нужно делать ставку на так называемых универсальных артистов, которые способны сыграть что угодно. Вот я, например, универсал. Я могу с одинаковым эффектом сыграть кого угодно — хоть Лира, хоть Шейлока, хоть Фальстафа. Но подобные гении встречаются крайне редко, — сокрушенно молвил Ной Ноевич. — Набрать их целую труппу невозможно. А вот актеров, которые очень хороши в одном-единственном амплуа, сколько угодно. Я беру такого человека и помогаю ему довести сильное, но узкое дарование до совершенства. Амплуа должно стать неотделимо от личности, это лучше всего. Впрочем, артисты на подобную мимикрию податливы, а я отлично умею их направлять.

Принимая кого-нибудь в труппу, я даже обязываю актера взять сценическое имя, совпадающее с ролевым жанром. Знаете, как вещь назовешь, такой она и будет. Прежние псевдонимы оставили себе только примадонна и премьер — у обоих уже были имена, привлекающие публику. Резонер у меня стал Разумовским, злодей — Мефистовым, субретка — Клубникиной и так далее. Вы на них сейчас посмотрите и сразу увидите, что у каждого амплуа буквально срослось с кожей. Они и вне сцены продолжают работать над образом!

Эраст Петрович, успевший выучить наизусть состав труппы, спросил:

— А что же за амплуа у бога Пана, который так храбро вчера себя п-показал? «Девяткин» — такое имя ни с чем не ассоциируется.

— Это второй режиссер, мой незаменимый помощник, прислуга за всё, один в девяти лицах. И, кстати сказать, единственный, не считая меня, кто выступает под своей природной фамилией, — объяснил Штерн. — Я подобрал его в жуткой провинциальной труппе, где он кошмарно играл героев под псевдонимом «Лермонт», хотя сам скорее похож на поручика Соленого. Теперь он на своем месте и абсолютно бесценен, я без него как без рук. Главный фокус в том, что у меня в театре вообще все на своем месте. Кроме, пожалуй, Смарагдова. — Кожа на лбу режиссера собралась трагическими складками. — Жалею, что польстился на эффектную внешность и шлейф из многочисленных поклонниц. Героя должен играть герой, а наш Ипполитушка — просто павлин с яркими перьями...

Печалился гений, однако, недолго. Его лицо вновь залучилось торжеством.

— Мой театр идеален! Знаете, что такое идеальный театр?

Фандорин сказал, что нет, не знает.

— А я вам объясню. Это театр, в котором есть все необходимое и нет ничего излишнего, ибо для труппы вреден как недостаток, так и избыток. Трудность в том, что идеальных пьес на свете очень немного. Знаете, что такое «идеальная пьеса»?

— Нет.

— Это пьеса, в которой выпукло представлены все амплуа. Классическим образцом считается «Горе от ума». Однако теперь так больше не пишут, а нельзя же все время кормиться классикой. Зрителю надоедает. Хорошо бы что-то новое, экзотичное, с ароматом иной культуры. Вот вы говорили, что жили в Японии? Перевели бы что-нибудь про гейш и самураев. После войны публика стала падка на всё японское. — Он рассмеялся. — Шучу. «Вишневый сад» — почти идеальная пьеса. Как раз столько ролей, сколько мне нужно. Кое-что надо подкорректировать, обозначить появственней, и выйдет отличная комедия масок, сплошь на характерах, без привычных чеховских полутонов. Поглядим тогда, Константин Сергеевич, чей сад цветистей!

— Я Эраст Петрович, — напомнил Фандорин и не понял, отчего Штерн поглядел на него с сочувствием.

ВОШЕДШИЕ В КОВЧЕГ

На собрании труппы, проходившем в артистическом фойе, режиссер, согласно договоренности, небрежно представил Фандорина как претендента на место «драмотборщика», то есть заведующего литературной частью. Штерн сказал, что должность эта в театре почитается маловажной и артисты не будут *рисоваться* перед столь незначительной фигурой. Так и вышло. В первый момент все с любопытством уставились на элегантного господина картинной внешности (седые с легкой прочернью волосы на косой пробор, ухоженные черные усики), но, услышав, кто это, скоро перестали обращать на него внимание. Эраста Петровича такое положение устраивало. Он скромненько сел в дальний угол и начал приглядываться — ко всем кроме Альтаирской. Фандорин остро ощущал ее присутствие (она сидела напротив и чуть наискось), словно из той части комнаты струилось мерцающее сияние, но всматриваться в него не решался, опасаясь, что все остальное помещение погрузится в сумерки и тогда нельзя будет работать. Эраст Петрович пообещал себе, что вдоволь наглядится на нее потом, когда изучит остальных.

Вначале Ной Ноевич произнес энергичный спич, поздравив труппу с колоссальным успехом «Бедной Лизы» и посетовав, что из-за «известного происшествия» не получилось, как заведено, произвести разбор спектакля сразу по его завершении.

— Напомню вчерашний уговор: эту пакостную историю мы обсуждать не станем. Расследование будет произведено, а виновный изобличен и наказан, слово Ноя Штерна. — Короткий многозначительный взгляд в сторону Фандорина. — Но такого крика и восточного базара, как вчера вечером, больше не будет. Ясно?

С той стороны, где колыхался переливчатый свет, донесся нежный голос, который Эрасту Петровичу так хотелось услышать вновь.

— Только одно, если позволите, Ной Ноевич. Вчера я была не в состоянии как следует поблагодарить дорогого Георгия Ивановича за его отвагу. Он, рискуя жизнью, кинулся мне на помощь! Я... я не знаю, что бы со мною... Если бы эта мерзость меня не то что укусила, а просто прикоснулась... — Раздалось сдавленное рыдание, от которого у Фандорина защемило сердце. — Георгий Иванович, вы — последний рыцарь нашего времени! Можно я вас поцелую?

Все зааплодировали, и Эраст Петрович позволил себе первый раз, мельком, взглянуть на примадонну. Она была в светлом платье, перехваченном на поясе широким бордовым шарфом, в легкой широкополой шляпе с перьями. Лица было не видно, потому что Альтаирская стояла вполоборота к невысокому, бледному человеку с рукой на перевязи. Его высокий лоб с прилизанными лермонтовскими височками блестел испариной, круглые карие глаза смотрели на Элизу с обожанием.

— Благодарю... То есть, я хотел сказать, не за что, — пролепетал Девяткин, когда она, сняв шляпу, коснулась его щеки губами. И вдруг залился румянцем.

— Браво! — вскочила и звонко крикнула, не переставая хлопать в ладоши, маленькая барышня с забавным курносым личиком, покрытым конопушками (Фандорин про себя окрестил ее Пигалицей). — Милый Жорж, вы как святой Георгий, победивший змия! Я тоже хочу вас поцеловать! И пожать вашу бедную руку!

Она бросилась к сконфуженному герою, приподнялась на цыпочки и обняла его, но поцелуи Пигалицы помощник режиссера воспринял с меньшим удовольствием.

— Не стискивайте так, Зоенька, больно! У вас пальцы костлявые.

— «Так вот где таилась погибель моя, мне смертию кость угрожала. Из мертвой главы гробовая змея шипя между тем выползала», — насмешливо продекламировал умопомрачительный мужчина в белом костюме с алой гвоздикой в петлице. Это, конечно, был премьер Смарагдов, вблизи еще более красивый, чем на сцене.

Эраст Петрович осторожно глянул на Элизу, чтобы посмотреть, какова она без шляпы. Но примадонна поправляла прическу, и видно было лишь, что ее дымчатые волосы подняты вверх и стянуты каким-то не то очень простым, не то, наоборот, невероятно мудреным узлом, придающим силуэту нечто египетское.

— Вынужден прервать эту трогательную сцену. Хватит восторгаться и лобызаться, уже без одной минуты четыре, — сказал режиссер, помахивая вынутыми из кармашка часами. — Дамы и господа, у нас сегодня очень важное событие. Перед тем как мы приступим к разбору новой пьесы, с вами пожелал встретиться наш благодетель и добрый ангел, Андрей Гордеевич Шустров.

Все встрепенулись, некоторые из женщины даже вскрикнули.

Штерн улыбался.

— Да-да. Он хочет познакомиться со всеми. До сих пор только я и Элиза имели удовольствие общаться с этим замечательным меценатом, без которого наш «Ковчег» так и не пустился бы в плавание. Но мы в Москве, и господин Шустров выделил время, чтобы поприветствовать всех вас лично. Он обещался быть в четыре, а этот человек никогда не опаздывает.

— Негодяй, не могли предупредить? Я бы надела свое муаровое платье и жемчуг, — густым контральто посетовала полная, когда-то, верно, очень красивая дама царственной наружности.

— Шустров для вас молод, душа моя Василиса Прокофьевна, — сказал ей представительный мужчина с чудесными голубоватыми сединами. — Ему, я чай, тридцати нет. Жемчугами да муарами вы его не завлечете.

Дама парировала, не повернув головы:

— Старый шут!

В дверь деликатно постучали.

— Я ведь говорил: невиданная пунктуальность! — снова помахал часами Ной Ноевич и кинулся открывать.

О предстоящем визите предпринимателя Фандорин был предупрежден. Режиссер сказал, что это отличный способ познакомиться с труппой — он как раз будет представлять меценату всех актеров.

Хозяин «Театрально-кинематографической компании» был мало похож на промышленного деятеля, во всяком случае русского. Молод, худощав, неброско одет, скуп на слова. Самой интересной чертой в этом, по первому впечатлению, малопримечательном субъекте Фандорину показалась какая-то особенная сосредоточенность взгляда и общее ощущение чрезвычайной серьезности. Казалось, человек этот никогда не шутит, не улыбается, не ведет пустых разговоров. Обычно Эрасту Петровичу подобные люди импонировали, но Шустров ему не понравился.

Пока Штерн произносил приветственную речь — напыщенную, с всегдашними актерскими преувеличениями («достопочтеннейший благодетель», «просвещенный покровитель муз», «опекун искусств и духовности», «образец безупречного вкуса» и прочее), капиталист молчал, спокойно оглядывая труппу. Остановил взор на Альтаирской-Луантэн и больше уже ни на кого не отвлекался.

С этого-то момента Фандорин и начал испытывать к «образцу вкуса» активную неприязнь. Покосился на примадонну — что она? Улыбается, ласково. Тоже не сводит с Шустрова глаз. И хотя это было вроде бы естественно — на молодого человека с лучезарными улыбками смотрели все члены труппы, Эраст Петрович помрачнел.

Мог хотя бы запротестовать против комплиментов, изобразить скромность, зло подумал Фандорин.

Но, по правде говоря, актерам «Ноева ковчега» было за что благодарить Андрея Гордеевича. Он не только оплатил переезд из Петербурга в Москву и предоставил для гастролей прекрасно оснащенный театр. Как можно было заключить из речи Штерна, к услугам труппы оказался полный штат музыкантов и служителей, гримеров и костюмерш, осветителей и рабочих, со всем необходимым реквизитом, с портняжным и бутафорским цехами, где опытные мастера могли быстро изготовить любой костюм или декорацию. Вряд ли какая-то другая труппа, включая императорские, когда-либо существовала в столь оранжерейных условиях.

— Мы живем здесь у вас, как в волшебном замке! — восклицал Ной Ноевич. — Достаточно высказать пожелание, просто хлопнуть в ладоши — и мечта осуществляется. Лишь в таких идеальных условиях можно творить искусство, не отвлекаясь на унизительные и скучные хлопоты о том, как свести концы с концами. Поприветствуем же нашего ангела-хранителя, друзья!

Под аплодисменты и горячие возгласы, к которым не присоединился один лишь Фандорин, господин Шустров слегка поклонился — и только.

После этого началось представление актеров.

Прежде всего Штерн подвел высокого гостя к примадонне.

«Теперь можно», — сказал себе Фандорин и наконец позволил себе целиком сконцентрироваться на женщине, из-за которой второй день пребывал в необъяснимом волнении.

Сегодня он знал про нее гораздо больше, чем вчера.

Возраст — под тридцать. Из актерской семьи. Окончила театральное училище по классу балета, но пошла по драматической линии, благодаря сценическому голосу удивительной глубины и нежнейшего тембра. Играла в театрах обеих столиц, несколько сезонов назад блистала в Художественном. Злые языки утверждают, что ушла, не желая быть на равных с другими сильными актрисами, которых там слишком много. Перед тем как стать примой «Ноева ковчега», Альтаирская-Луантэн имела огромный успех в Петербурге с концертами в модном жанре мелодекламации.

Это имя уже не казалось Эрасту Петровичу чрезмерно претенциозным. Оно ей шло: далекая, как звезда Аль-Таир... В самом начале своей карьеры она ярко сыграла принцессу Грезу в одноименной ростановской пьесе — отсюда «Луантэн» (во французском оригинале принцессу Грёзу ведь зовут Princesse Lointaine, Далекая Принцесса). Вторая часть псевдонима, подчеркивающая недосягаемую отдаленность, появилась недавно, после короткого замужества. Газеты писали о нем как-то смутно. Муж актрисы был восточным князем, чуть ли не полувладетельным ханом, и в некоторых статьях Элизу даже именовали «ханшей».

Что ж, глядя на нее, Фандорин готов был поверить чему угодно. Такая могла быть и принцессой, и ханшей.

Хоть он долго готовился, прежде чем как следует рассмотреть ее вблизи, это не очень-то смягчило удар. В бинокль Эраст Петрович видел ее загримированной, да еще в роли простой, наивной деревенской девушки. В жизни же, в естественном своем состоянии, Элиза была совсем иная — не по сравнению со сценическим образом, а просто *иная*, не похожая на других женщин, единственная... Фандорин затруднился бы объяснить, как именно расшифровать эту мысль, заставившую его крепко взяться за поручни кресла — потому что неудержимо захотелось встать и подойти ближе, чтобы смотреть на нее в упор, жадно, неотрывно.

Что в ней такого особенного, спросил он себя, как обычно пытаясь рационализировать иррациональное. Откуда ощущение невиданной, магнетизирующей красоты?

Он попробовал судить беспристрастно.

Ведь, строго говоря, не красавица. Черты, пожалуй, мелковаты. Стати неклассические: угловатая фигура, острые плечи. Рот тонкогубый, слишком широкий. Нос с небольшой горбинкой. Но все эти неправильности не ослабляли, а только усиливали впечатление чуда.

Кажется, что-то с глазами, главное в них, определил Эраст Петрович. Некая странная неуловимость, вынуждающая ловить ее взгляд, чтобы разгадать его тайну. Он вроде бы и обращен на тебя, но как-то по касательной, словно не видит. Либо видит вовсе не то, что показывают.

Наблюдательности Фандорину было не занимать. Даже в нынешнем своем состоянии, безусловно ненормальном, тайну он быстро вычислил. Госпожа Альтаирская слегка косила, вот и вся неуловимость. Но тут же возникла новая загадка — ее улыбка. Вернее, полуулыбка или недоулыбка, почти не сходившая с ее уст. Видимо, волшебство именно в этом, выдвинул новую версию Эраст Петрович. Эта женщина словно находится в постоянном предвкушении счастья — смотрит, будто спрашивает: «Вы тот, кого я жду? Вы и есть мое счастье?» А еще в удивительной улыбке читалось некое смущение. Как если бы Элиза дарила себя миру и сама немного стеснялась щедрости подарка.

В целом же следовало признать, что до конца секрет притягательности примадонны Фандорин так и не разгадал. Он еще долго разглядывал бы ее, но Шустрова уже подвели к соседу, и Эраст Петрович с неохотой перевел взгляд на Ипполита Смарагдова.

Вот это была красота, над которой ломать голову не приходилось. Строен, широкоплеч, высок, с идеальным пробором, ясным взором, ослепительной улыбкой, превосходнейшим баритоном. Заглядение, сущий Антиной. Газеты пишут, что за ним из Петербурга приехало чуть не полсотни влюбленных театралок, не пропускающих ни одного его выхода и осыпающих своего кумира цветами. Штерн переманил его из Александринки на какое-то неслыханное жалованье, чуть ли не тысяча в месяц.

— Вы превосходно сыграли Гамлета и Вершинина. Карамзинский Эраст вам тоже удался, — сказал, пожимая руку, меценат. — Но главное — у вас чрезвычайно удачная внешность. Ее можно рассматривать вблизи. Это важно.

Манера говорить у миллионера была особенная — чувствовалось, что комплиментов этот человек расточать не станет. Что на самом деле думает, то и сказал. И не слишком озаботился, понятен ли его ход мыслей собеседнику.

С очаровательной улыбкой премьер ответил:

— Сказал бы: «Смотрите-смотрите, за погляд денег не берут», но с вас грех не запросить. В этой связи желал бы знать, нельзя ли все-таки получить в конце сезона бенефисец?

— Нельзя! — отрезал Ной Ноевич. — В уставе «Ковчега» ясно сказано: бенефисов ни у кого не будет.

— И у вашей фаворитки? — качнул головой в сторону Элизы красавец, при этом обращаясь к Шустрову.

Каков наглец, нахмурился Фандорин. Неужто никто не поставит его на место? И в каком смысле про фаворитку?

— Ипполит, заткнись. Ты всем надоел, — громко сказала дама, давеча переживавшая из-за муарового платья.

— А это Василиса Прокофьевна Регинина, наша «гранд-дама», — подвел к ней мецената Штерн. — Гениально сыграла королеву Гертруду, все рецензенты отметили.

— Назвали «неувядающей», — подхватил сосед «гранд-дамы» — тот, что с голубоватыми сединами.

Под приглушенное хихиканье монументальная Василиса Прокофьевна метнула изничтожающий взгляд на шутника.

— Голос с того света, — процедила она. — Покойникам надлежит молчать.

Смешки стали громче.

Отношения внутри труппы непросты, атмосфера перенасыщена электричеством, констатировал Эраст Петрович.

Регинина вскинула полный подбородок:

— Нет худшей беды для актрисы, чем слишком долго цепляться за амплуа героини. Нужно уметь вовремя перейти из одного женского возраста в другой. Я буду вечно благодарна Ною Ноевичу за то, что он уговорил меня покончить с Дездемонами, Корделиями и Джульеттами. Господи, какое освобождение не молодиться, не впадать в истерику из-за каждой новой морщинки! Теперь я могу хоть до самой смерти спокойно играть Екатерин Великих и Кабаних. Ем пирожные, набрала сорок фунтов и нисколько не мучаюсь!

Сказано это было с истинным величием. Штерн воскликнул:

— Королева! Истинно regina! Угрызайтесь, голубчик, что упустили свое счастье, — с укором молвил он седовласому. — Это наш «резонер» Лев Спиридонович Разумовский, мудрейший человек, хоть и бывает колок. В прошлом первый любовник. И, кажется, не только по сцене, а, Лев Спиридонович? Откройте наконец тайну, из-за чего вы развелись с Василисой Прокофьевной? Почему она называет вас «мертвецом» и «покойником»?

Заметив среди актеров оживление, Фандорин догадался, что эта тема в театре пользуется популярностью, и удивился: не странно ли — держать в небольшой труппе бывших супругов, которые к тому же не сумели сохранить добрых отношений?

— Василиса зовет меня так, потому что я для нее умер, — с кроткой печалью ответил «резонер». — Я действительно совершил чудовищную вещь, которой нет прощенья. Не то чтобы я о нем, впрочем, умолял... А подробности пусть останутся между нами.

— Труп. Живой труп, — скривила губы Регинина, употребив название пьесы, о которой в этом сезоне говорила вся Россия.

Шустров вдруг оживился.

— Вот именно, — сказал он. — «Живой труп» — отличный пример того, как театр с кинематографом поддерживают и рекламируют друг друга. После графа Толстого осталась неопубликованная пьеса, ее текст таинственным образом попадает к моему конкуренту Перскому, и тот уже начал снимать фильму, не дожидаясь выхода спектакля! Содержание никому неизвестно, машинописные копии выкрадываются, перепродаются по триста рублей! Семья покойного подает в суд! Представляю, как публика будет рваться и в кинематографы, и в театры! Отличная композиция! Мы с вами об этом поговорим позднее.

Он успокоился так же внезапно, как возбудился. Все смотрели на предпринимателя с почтительным недоумением.

— Мой помощник Девяткин, — показал Ной Ноевич на укушенного. — А также актер без амплуа, так называемый «содействующий». Его история в некотором роде уникальна. Вырос в кадетском корпусе, служил в саперном батальоне где-то в Бешбармаке...

— На Мангышлаке, — поправил Девяткин.

— В общем, в жуткой дыре, где главный культурный аттракцион — свиной рынок.

Второй режиссер опять поправил:

— Не свиной — конный. Свиней там не разводят, это мусульманские земли.

— И вдруг заезжает к ним на гастроли какой-то театришко. Дрянной, но с классическим репертуаром. Наш поручик сражен, влюблен, околдован! Бросает службу,

поступает на сцену под романтическим псевдонимом, кошмарно играет в кошмарных постановках. А потом новое чудо. Проездом в Петербурге попадает на мой спектакль и наконец понимает, что такое настоящий театр. Приходит ко мне, умоляет взять кем угодно. Я разбираюсь в людях — это моя профессия. Взял помощником и ни разу о том не пожалел. А вчера Девяткин проявил себя героем. Ну да вы, Андрей Гордеевич, конечно, знаете.

— Знаю. — Шустров крепко пожал ассистенту левую, не забинтованную руку. — Вы молодец. Спасли всех нас от больших убытков.

У Эраста Петровича приподнялась левая бровь, а настроение вдруг улучшилось. Если для мецената здоровье Элизы — всего лишь вопрос «убытков», то... Это совсем другое дело.

— Я сделал это не из-за ваших убытков, — пробормотал Девяткин, но гостя уже знакомили со следующим артистом.

— Костя Ловчилин. Как следует из псевдонима — актер на роли ловчил и плутов, — представил Штерн молодого человека с невероятно живой физиономией. — Играл Труффальдино, Лепорелло, Скапена.

Тот провел рукой по буйным кудрявым волосам, оскалил толстогубый рот и шутовски поклонился:

— К услугам вашего сиятельства.

— Смешное лицо, — одобрительно заметил Шустров. — Я заказывал провести исследование. Публика любит комиков почти так же, как роковых женщин.

— Наше дело лакейское. Кого прикажете, того и сыграем. Угодно роковую женщину? Рад стараться! — посолдатски отсалютовал Ловчилин и тут же очень похоже изобразил Альтаирскую: затуманил взор, изящно переплел руки и даже полуулыбку воспроизвел.

Все актеры, даже сама Луантэн, засмеялись. Не развеселились только двое: Шустров, который с серьезным видом покивал головой, да Фандорин — ему кривлянье показалось неприятным.

— А вот наша «субретка», Серафимочка Клубникина. Я ее увидел Сюзанной в «Женитьбе Фигаро» и сразу пригласил в труппу.

Хорошенькая пухлая блондинка присела в быстром книксене.

— А правду говорят, что вы холостой? — спросила она — чертики в глазах так и запрыгали.

— Да, но скоро собираюсь жениться, — ровно ответил Шустров, не откликаясь на заигрывание. — Пора уже. Возраст.

Долговязая дама с костлявым лицом, скривив огромный рот, сказала громким сценическим шепотом (как пишут драматурги, «в сторону»):

— Отбой, Сима. Не по наживке рыба.

— Ксантиппа Петровна Лисицкая — «злодейка», — протянул в ее сторону длань режиссер. — Так сказать, лиса-интриганка. Раньше выступала в комическом амплуа, не слишком успешно. Но я открыл ее истинное призвание. Была у меня отменной леди Макбет, и в «Трех сестрах» очень хороша. Ее Наталья заставляет публику прямо-таки кипеть от ненависти.

— Жанр детской сказки тоже очень перспективен, — заметил на это Шустров, следуя какой-то своей внутренней логике. Впрочем, он объяснил: — Снежная королева из вас может получиться. Страшная, малыши плакать будут.

— Мерси, — поблагодарила «злодейка» и церемонно провела рукой по волосам — будто нарочно зачесанным так туго, чтобы выставить несоразмерно большие уши. — Ой, слышите?

Она показала на окно.

Там дружно что-то кричали женские голоса.

«Сма-ра-гдов! Сма-ра-гдов!», разобрал Эраст Петрович.

Должно быть, поклонницы — надеются, что их идол выглянет в окно.

— Что они кричат? — Лисицкая сделала вид, будто прислушивается. — «Ме-фи-стов»? Ей-богу, «Мефистов»! — И в радостном волнении повернулась к соседу. — Антон Иванович, московская публика оценила ваш талант! Ах, вы фантастически исполнили роль шулера!

Фандорин удивился — ослышаться было невозможно.

Тот, к кому обратилась злодейка-интриганка, носатый брюнет с изломанными кустистыми бровями, сардонически ухмыльнулся.

— Если бы популярность определялась талантом, а не внешностью, — он метнул недобрый взгляд на Смарагдова, — то и меня караулили бы у подъезда. Однако как гениально ни сыграй Яго или Клавдия, цветами не осыпят. Эти удовольствия для бездарей со смазливой мордашкой.

С улыбкой прислушиваясь к крикам, премьер лениво протянул:

— Антон Иваныч, я знаю, вы начинаете входить в роль злодея прямо с утра, но сегодня спектакля нет, так что возвращайтесь в мир пристойных людей. Или это уже невозможно?

— Умоляю, не ссорьтесь! — преувеличенно расстроилась Лисицкая. — Это я виновата! Неправильно расслышала, вот Антоша и обиделся...

— Не расслышали? С вашими-то ушами? — съязвил Смарагдов.

«Злодейка» вспыхнула — стало быть, все-таки страдает из-за некрасивости, определил Эраст Петрович.

— Товарищи! Друзья! — Со стула поднялся круглолицый человек в кургузом пиджаке. — Ну перестаньте, право! Вечно мы ругаемся, вонзаем друг в друга шпильки, а зачем? Ведь театр — это такое хорошее, доброе, красивое дело! Если не любить друг друга, если все время тянуть одеяло на себя, оно разорвется!

— Вот суждение человека, которому нельзя заниматься режиссурой, — сказал на это Штерн, кладя круглолицему руку на плечо. — Сядь, Вася. А вы все угомонитесь. Видите, Андрей Гордеевич, в каком сумасшедшем доме я работаю? Так, кто у нас остался? Ну, это, как вы догадались, наш «злодей» Антон Иванович Мефистов, — довольно небрежно махнул он на брюнета. Ткнул пальцем в круглолицего. — Это Васенька — наш «простак», поэтому и псевдоним ему Простаков. К данному амплуа относятся роли верных соратников и симпатичных недотеп.

В «Трех сестрах» он был Тузенбах, в «Гамлете» — Гораций... Вот и вся труппа.

— А Зоя? — раздался укоризненный голос Альтаирской. Эраст Петрович не слышал его всего несколько минут, а уже по нему соскучился.

— Меня всегда забывают. Как малозначительную деталь.

Веснушчатая барышня, которая целовала героя Девяткина и от чувств сжала ему больную руку, произнесла эти слова с наигранной веселостью. Она была очень мала ростом — побалтывала не достающими до пола ногами.

— Виноват, Зоенька! Mea culpa! — Штерн ударил себя кулаком в грудь. — Это наша чудесная Зоенька Дурова. Амплуа — «дура», то есть шутиха. Великолепный талант гротеска, пародии, дуракаваляния, — распинался он, очевидно, желая компенсировать свою промашку. — А еще она — несравненная травести. Играет хоть мальчиков, хоть девочек. Представьте себе, я похитил ее из цирка лилипутов. Она там препотешно представляла обезьяну.

Шустров поглядел на маленькую женщину без интереса и стал смотреть на Фандорина.

— У лилипутов я считалась переростком, а тут я недоросток. — Дурова взяла миллионера за рукав, чтобы он снова к ней обернулся. — Такая судьба — меня вечно или слишком много, или слишком мало. — Она скорчила жалостную рожицу. — Зато я умею то, чего никто больше не умеет. У меня редкий слезный дар. Могу плакать не только двумя глазами, но и одним, на выбор. Правда, в моем амплуа слезы — не более чем средство вызвать смех. — Она закашлялась — неожиданно хрипло. — Извините, много курю... Полезно, чтобы играть подростков.

— Вот и вся труппа, — повторил Ной Ноевич, обводя рукой свое войско. — Так сказать, «вошедшие в ковчег». Господина Фандорина можете не учитывать. Он кандидат в драмотборщики, но в команду еще не зачислен. Покамест приглядываемся друг к другу.

А Эраст Петрович, собственно, уже пригляделся. У него созрели первые предположения и, кажется, обрисовался круг подозреваемых.

Про роковую корзину он уже всё выяснил. Заказана в магазине «Флора» запиской с приложением пятидесяти рублей. Записка не сохранилась, да в ней ничего особенного и не было, только указание прицепить карточку «Божественной Э. А.-Л.». Корзину мальчишка-рассыльный доставил в театр, где она до конца спектакля простояла за кулисами, в капельдинерской. Проникнуть туда, в принципе, мог любой человек, даже и снаружи. Однако Эраст Петрович почти не сомневался, что вчерашнюю мерзость подстроил кто-то из присутствующих. Во всяком случае, представлялось целесообразным пока не рассеиваться на другие версии.

Климат в труппе знойный, всякого рода антагонизмов в избытке, но на роль «змеелова» годились не все.

Трудновато было вообразить за этаким занятием, например, царственную Василису Прокофьевну. И «резонер» при всей своей сардоничности вряд ли стал бы пачкаться — слишком почтенен. Спокойно можно исключить Простакова. Кокетливая субретка Клубникина не стала бы брать своими розовыми пальчиками рептилию. Труффальдино-Ловчилин? Налить клея в калошу режиссеру — такое хулиганство, пожалуй, в его духе, но для пакости с ядовитой змеей требуется особенная злобность натуры. Здесь чувствуется неистовая, патологическая ненависть. Или столь же испепеляющая зависть.

Вот госпожу Лисицкую с ее кривым ртом и ушами летучей мыши запросто можно представить заклинательницей змей. Или господина Мефистова с его нелюбовью к «смазливым мордашкам»...

Вдруг Фандорин спохватился, что невольно попался на удочку хитроумного Ноя Ноевича: спутал живых людей с актерскими амплуа. То-то и получилось, что главными подозреваемыми выходят «злодей» со «злодейкой».

Нет, первыми впечатлениями руководствоваться нельзя. Лучше пока вообще подождать с выводами. В этом мире все не такое, каким кажется. Всё притворное, ненастоящее.

Надо приглядеться лучше. Актеры не похожи на обычных людей. То есть именно что *похожи*, но на самом деле это, возможно, некий особенный подвид homo sapiens, обладающий своими специфическими повадками.

Как раз представилась и возможность продолжить наблюдения — Андрей Гордеевич Шустров начал произносить речь.

ОСКВЕРНЕНИЕ СКРИЖАЛЕЙ

Речь предпринимателя была под стать облику — сухая, точная, лишенная каких бы то ни было излишеств. Шустров будто читал наизусть меморандум или реляцию. Это ощущение усугублялось из-за манеры излагать соображения в виде нумерованных тезисов. Эраст Петрович и сам нередко прибегал к похожему методу для большей ясности умопостроений, но в устах покровителя искусств цифирь звучала странновато.

— Пункт первый, — начал Андрей Гордеевич, обращаясь к потолку, словно прозревал грядущее. — В двадцатом столетии зрелища перестанут быть полем деятельности антрепренеров, импресарио и прочих одиночек, а развернутся в огромную высокоприбыльную индустрию. Кто из промышленников раньше это поймет и умнее развернется, тот и займет господствующие позиции.

Пункт второй. Именно с этой целью я и мой компаньон мсье Симон год назад создали «Театрально-кинематографическую компанию», где я взял на себя театральное направление, а он кинематографическое. На нынешнем этапе мсье Симон подыскивает киносъемщиков и договаривается с прокатчиками, закупает аппаратуру, строит кинофабрику, арендует электротеатры. Он учился всему этому в Париже на студии «Гомон». Я же тем временем помогаю вашему театру прославиться на всю Россию.

Пункт третий. Я решил сделать ставку на господина Штерна, потому что вижу в нем огромный потенциал, идеально подходящий для моего проекта. Теория Ноя Ноевича о соединении искусства с сенсационностью представляется мне стопроцентно верной.

Пункт четвертый. О том, как мы с компаньоном намерены соединить сферы нашей деятельности, я расскажу вам во время нашей следующей встречи. Кое-что наверняка покажется вам непривычным, даже тревожным. Поэтому сначала мне бы хотелось заслужить ваше доверие. Вы должны понять, что мои и ваши интересы полностью совпадают. И это приводит нас к пятому, заключительному пункту.

Итак, пункт пятый. Я заявляю со всей ответственностью, что поддержка «Ноева ковчега» для меня не прихоть и не временный каприз. Возможно, кому-то из вас показалось странным, что я обеспечиваю театр всем необходимым, при этом не покушаясь на вашу выручку — кажется, весьма значительную...

— Благодетель вы наш! — воскликнул Ной Ноевич. — Нигде в Европе актеры не получают такого жалованья, как в нашем, то есть *вашем* театре!

Зашумели и остальные. Шустров терпеливо дождался, пока благодарственный гул утихнет, и продолжил фразу там, где она была прервана:

— ...весьма значительную и, полагаю, еще не достигшую своего максимума. Обещаю всем вам, дамы и господа, что, связав свою судьбу с «Театрально-кинематографической компанией», вы навсегда забудете о финансовых трудностях, с которыми приходится сталкиваться обычным актерам... — Снова оживлснис, прочувствованные возгласы, даже рукоплескания. — ...А артисты первого плана слелаются весьма и весьма состоятельны.

— Ведите в бой, отец-командир!— вскричал премьер Смарагдов. — А уж мы за вами в огонь и в воду!

— ...И в доказательство серьезности моих намерений — это, собственно, и есть пятый пункт — я хочу предпринять шаг, который навсегда обеспечит экономическую независимость «Ноева ковчега». Сегодня я сделал в банке вклад на триста тысяч, процент с которого будет поступать в вашу пользу. Взять эти деньги обратно мне или моим наследникам невозможно. Если вы решите со мной расстаться, капитал все равно останется в коллективном владении театра. Если я умру, ваша самостоятельность все равно будет гарантирована. У меня всё. Благодарю...

Щедрого жертвователя приветствовали стоя, с криками, слезами и лобзаниями, которые Шустров невозмутимо снес, вежливо благодаря каждого лобызающего.

— Тише, тише! — надрывался Штерн. — У меня предложение! Слушайте же!

К нему повернулись.

Срывающимся от чувств голосом режиссер объявил:

— Предлагаю сделать запись в «Скрижалях»! Это исторический день, дамы и господа! Давайте так и запишем: сегодня «Ноев ковчег» обрел истинную независимость.

— И будем отмечать каждое шестое сентября как День независимости! — подхватила Альтаирская.

— Ура! Браво! — закричали все.

А Шустров задал вопрос, возникший и у Фандорина:

— Что это — «Скрижали»?

— Так называется наша священная книга, молитвенник театрального искусства, — объяснил Штерн. — Настоящий театр немыслим без традиций, без ритуала. Например, после спектакля мы непременно выпиваем по бокалу шампанского и я провожу разбор игры каждого артиста. В день нашего дебюта мы решили, что будем регистрировать все важные события, свершения, триумфы и открытия в особом альбоме под названием «Скрижали». Каждый из актеров имеет право записать там свои озарения и высокие мысли, касающиеся ремесла. О, там очень много ценного! Когда-нибудь наши «Скрижали» будут изданы в виде книги, ее переведут на множество языков! Вася, дай-ка.

Простаков подошел к мраморному постаменту, на котором лежал фолиант в роскошном бархатном переплете. Эраст Петрович полагал, что это реквизит из какого-нибудь спектакля, а это, оказывается, был молитвенник театрального искусства.

— Вот, — Штерн стал перелистывать страницы, исписанные разными почерками. — В основном, конечно, пишу я. Излагаю свои заметки по теории театра, заношу впечатления от сыгранного спектакля. Но немало ценного вписывают и другие. Послушайте-ка, это Ипполит Смарагдов: «*Спектакль подобен акту страстной любви, где ты — мужчина, а публика — женщина, которую надобно довести до экстаза. Не сумел — она останется неудовлетворенной и сбежит к более пылкому любовнику. Но коли преуспел, она пойдет за тобою на край света*». Вот слова настоящего героя-любовника! Потому и поклонницы вопят под окнами.

Красавец Ипполит картинно поклонился.

— Здесь и остроумное встречается, — перелистнул еще несколько страниц Штерн. — Смотрите, Костя Ловчилин нарисовал. Сверху надпись: «Вошли в ковчег Ной с чадами, а также звери земныя по роду, и скоты по роду, и гад движущийся на земли, и птица пернатая, мужеский пол и женский». И мы все изображены очень похоже. Вот я с моими «чадами», Элизой и Ипполитом, вот гранд-дама с Разумовским в виде благородных зверей, вот «скоты» — сам Костя с Серафимой Клубникиной, вот наши злодей и злодейка пресмыкаются по земле, вот «птицы пернатые» — филин Вася и колибри Зоенька, а Девяткин изображен в качестве якоря!

Шустров серьезно рассматривал шарж.

— Еще есть перспективный жанр кинематографии — анимированный рисунок, — сказал он. — Это картинки, только движущиеся. Тоже надо будет заняться.

— Эй, кто-нибудь, дайте ручку и чернильницу! — велел Ной Ноевич и начал выводить на пустом листе торжественные письмена.

Все сгрудились, заглядывая ему через плечо. Подошел и Фандорин.

Сверху на странице было типографским способом напечатано: 6 (19) СЕНТЯБРЯ 1911 ГОДА, ПОНЕДЕЛЬНИК.

«День независимости, обретенной благодаря феноменальному великодушию благороднейшего А.Г.Шустрова: праздновать ежегодно!» — написал Штерн, и все троекратно прокричали «Виват!».

Хотели снова накинуться на благодетеля с поцелуями и рукопожатиями, но тот проворно отступил к двери.

— Должен быть в пять часов на заседании городской думы. Важный вопрос — пускать ли гимназистов на вечерние сеансы в электротеатры. Это почти треть потенциальной аудитории. Откланиваюсь.

После его ухода актеры еще какое-то время повосторгались, потом Штерн приказал рассаживаться. Все разом умолкли.

Предстояло важное: объявление новой пьесы и, самое главное, распределение ролей. Лица сделались напряженными; с одинаковым выражением, в котором смешивались подозрительность и надежда, артисты смотрели на руководителя. Спокойнее других выглядели Смарагдов и Альтаирская-Луантэн, им можно было не бояться невыигрышных ролей. Но все же и они, кажется, волновались.

Вернувшись на свой наблюдательный пункт, Фандорин тоже изготовился, вспомнил слова Ноя Ноевича, что именно в этот момент привычные к притворству лицедеи раскрывают свое истинное «я». Возможно, картина сейчас прояснится.

Известие о том, что труппе предстоит играть «Вишневый сад», энтузиазма не вызвало и обстановки не разрядило.

— А поновее ничего не сыскалось? — спросил Смарагдов, и некоторые кивнули. — На что нам драмотборщик, — показал премьер на Фандорина, — коли мы опять берем Чехова? Поживей бы что-нибудь. Позрелищней.

— Где я вам возьму новую пьесу, чтобы там были хорошие роли для каждого? — засердился Ной Ноевич. — А «Сад» отлично раскладывается на двенадцать партий. Сюжет публике известен, это правда. Но мы возьмем революционностью трактовки. О чем, по-вашему, пьеса?

Все задумались.

— О торжестве грубого материализма над бесполезностью красоты? — предположила Альтаирская.

Эраст Петрович подумал: «Она умна, это замечательно». Но Штерн не согласился.

— Нет, Элизочка. Эта пьеса о комизме интеллигентского бессилия и еще о неотвратимости смерти. Это очень страшная пьеса с безысходным концом, и притом очень злая. А комедией она называется, потому что судьба безжалостно потешается над человеками. Здесь у Чехова, как обычно, все намеками, да полутонами. Мы же доведем каждую недомолвку до полной ясности. Это будет античеховская постановка Чехова! — Режиссер все больше воодушевлялся. — У Чехова в этой драме нет конфликта, потому что во время написания автор был тяжело болен, у него уже не оставалось сил бороться — ни со Злом, ни со Смертью. Мы с вами воссоздадим Зло во всеоружии. Оно станет главным двигателем действия. При чеховской многослойности образов и смыслов подобная интерпретация вполне позволительна. Мы придадим психологической размытости персонажей определенность, как бы наведем на фокус, обострим, разделим на традиционные амплуа. В этом и будет состоять новаторство!

— Гениально! — вскричал Мефистов. — Браво, учитель! А кто главный носитель Зла? Лопахин? Погубитель вишневого сада?

— Ишь чего захотел, — усмехнулся Смарагдов. — Лопахина ему подавай.

— Носитель Зла — конторщик Епиходов, — ответил «злодею» режиссер, и Мефистов сник. — Этот жалкий человечек — олицетворение пошлого, мелкого зла, с которым каждый из наших зрителей встречается в жизни гораздо чаще, чем со Злом демонического размаха. Но дело не только в этом. Епиходов еще и ходячий Знак Беды — притом с револьвером в кармане. Его прозвище «22 несчастья». Когда несчастий так много, это страшно. Епиходов — вестник разрушения и смерти, бессмысленной и беспощадной. Недаром персонажи повторяют зловещим рефреном: «Епиходов идет, Епиходов идет». И вот он бродит где-то за сценой, перебирая струны своей «мандолины». У меня она будет исполнять похоронный марш.

— А кто из женщин несет Зло? — спросила Лисицкая.

Штерн усмехнулся.

— Нипочем не догадаетесь. Варя, приемная дочь Раневской.

— Как это? Она такая славная! — поразился Простаков.

— Вы плохо читали пьесу, Васенька. Варя — ханжа. Собирается уйти на богомолье или в монастырь, а сама кормит божьих странников одним горохом. Ее обычно играют скромной, самоотверженной труженицей, а какая она к черту труженица? Экономка, приведшая имение с роскошным вишневым садом к разорению и гибели. Единственная светлая нота в пьесе — это робкая попытка сближения Пети с Аней, но Варя не дает этому ростку расцвести, она все время начеку. Потому что в царстве Зла и Смерти нет места живой Любви.

— Это очень глубоко. Очень, — задумчиво молвила Лисицкая. По ее некрасивому лицу прошла быстрая смена гримас: фальшиво-благочестивая, приторно-сладкая, завистливая, злая.

— А кто будет воплощать собою Добро? Петя Трофимов? — будто подсказал режиссеру Простаков.

— Я думал об этом. Болтливое, прекраснодушное добро перед лицом всепобеждающего зла? Слишком беспросветно. Трофимов, конечно, достается вам, Вася. Играйте его в классической манере «милый простак». А миссию борьбы со Злом возьмет на себя победительный Лопахин. — Ной Ноевич сделал жест в сторону премьера, и тот, поразив Эраста Петровича, показал язык посрамленному Мефистову. — Чтобы вывести Россию из ее убогого, нищего состояния, нужно вырубить вишневые сады, которые больше не дают урожая. Нужно работать на земле, заселить ее активными, современными людьми. Советую вам, Ипполит, играть нашего благодетеля Андрея Гордеевича Шустрова, фотографически. Но — и это очень важный нюанс — Добро, в силу своего великодушия, слепо. Поэтому в конце Лопахин берет на службу Епиходова. Когда публика услышит это известие, она должна содрогнуться от зловещего предчувствия. Зловещее предчувствие — вообще ключ к трактовке спектакля. Всё скоро кончится, и закончится скверно — это настроение как пьесы, так и нашей эпохи.

— Я, конечно, Раневская? — сладким голосом спросила гранд-дама Регинина. — Давно мечтала об этой роли!

— Кто же еще? Стареющая, но все еще красивая женщина, живущая любовью.

— А я? — не выдержала Элиза. — Не Аня же? Она совсем девочка.

Штерн нагнулся над ней, заворковал:

— Что вы, девочку не сыграете? Аня — это Свет и Радость. Вы тоже.

— Помилуйте, рецензенты будут смеяться! Скажут, Альтаирская начала молодиться!

— Вы их очаруете. Я велю вам сшить платье всё в зеркальной крошке, от него так и будут рассыпаться солнечные зайчики. Каждый ваш выход будет праздником!

Элиза спорить перестала, но вздохнула.

— Кто там у нас остался? — Режиссер заглянул в книжку. — Господин Разумовский сыграет Гаева. Стародум, славные, но отжившие ценности, то-сё, тут всё ясно...

— Что ясно? Почему ясно? — закипятился «резонер». — Вы мне дайте рисунок! Развитие характера!

— Какое еще развитие? Скоро вспыхнет всемирный пожар, и сгорит в нем ваш Гаев вместе со своим многоуважаемым шкафом. Вечно вы мудрите, Лев Спиридонович... Так, дальше. — Штерн ткнул пальцем в маленькую Дурову. — Зою подстарим, сыграете фокусницу Шарлотту. Ловчилину достается лакей Яша. Клубникиной — горничная Дуняша. Себе я беру Фирса. Ну а вы, Девяткин, — Симеонов-Пищик и всякая мелочь вроде Прохожего или Начальника станции...

— Симеонов-Пищик? — трагическим шепотом повторил ассистент. — Позвольте, Ной Ноевич, но вы обещали дать мне большую роль! Вам же понравилось, как я исполнил Соленого в «Трех сестрах»! Я рассчитывал на Лопахина!

— Сами вы «многоуважаемый шкаф», — довольно громко пробурчал Разумовский, очевидно, тоже недовольный ролью.

— Ну и Лопахин! — покрутил пальцем у виска Смарагдов, потешаясь над ассистентом.

Крошка травести заступилась за Девяткина:

— А что? И очень было бы интересно! Какой из вас Лопахин, Ипполит Аркадьевич? Вы на мужичьего сына непохожи.

Красавец от нее отмахнулся, как от мошки.

— Когда вы мне дали исполнить Соленого, я подумал, что вы в меня поверили! — всё шептал Девяткин, хватая режиссера за рукав. — Какого-то Пищика после Соленого?!

— Да отстаньте вы! — разозлился Штерн. — Соленого вы не сыграли, а именно что «исполнили». Потому что я дал вам сыграть самого себя. Лермонтов для бедных!

— Ну, это вы не смеете! — Бледная физиономия помощника покрылась пунцовыми пятнами. — Это, знаете, последняя капля! Я ведь немногого прошу, не в режиссеры набиваюсь!

— Ха-ха, — раздельно произнес Ной Ноевич, глядя на него сверху вниз. — Еще не хватало. У вас, стало быть, режиссерские амбиции? Когда-нибудь поразите всех. Такой поставите спектакль, что все ахнут.

Сказано это было с нескрываемой насмешкой, словно он провоцировал ассистента на скандал.

Фандорин поморщился, ожидая крика, истерики или другого какого-нибудь безобразия. Но Штерн оказался превосходным психологом. От прямого афронта Девяткин поник, съежился, опустил голову.

— Я что же? — тихо сказал он. — Я ничего. Пусть будет по вашему слову, учитель...

— Ну то-то. Коллеги, разбирайте текст. Мои ремарки, как обычно, красным карандашом.

Недовольные умолкли. Все взяли из лежащей на столе стопки по экземпляру, причем Эраст Петрович обратил внимание, что папки разноцветные. Очевидно, каждый цвет был закреплен за определенным амплуа — еще одна традиция? Премьер без колебаний взял красную папку. Примадонна — розовую, а Регининой передала голубую со словами: «Это ваша, Василиса Прокофьевна». Резонер мрачно выдернул темно-синюю, Мефистов — черную, и так далее.

В это время заглянул служитель, сказал, что «господина режиссера» просят к телефону. Очевидно, Штерн ждал этого звонка.

— Перерыв на полчаса, — сказал он. — Потом начинаем работать. Пока прошу каждого перелистать свою роль и освежить ее в памяти.

Стоило руководителю выйти, как табу на волновавшую всех тему перестало действовать. Все заговорили о вчерашнем событии, что устраивало Фандорина как нельзя лучше. Он сидел, стараясь не привлекать внимания. Смотрел, слушал, надеялся, что виновный как-то себя выдаст.

Поначалу преобладали эмоции: сочувствие «бедной Элизочке», восхищение подвигом Девяткина. Тот по просьбе мужчин разбинтовал руку и предъявил укус.

— Пустяки, — мужественно говорил помощник режиссера, шевеля пальцами. — Уже не больно.

Но мирная фаза общей беседы длилась недолго.

Бикфордов шнур запалила «интриганка».

— Как вы все-таки ловко успели отдернуть руку, Элизочка, — заметила Лисицкая с неприятной улыбкой. — Я бы окоченела от страха и была бы ужалена. А вы будто знали, что в цветах прячется гадина.

Альтаирская качнулась, как от пощечины.

— На что вы намекаете? — воскликнул Простаков. — Уже не хотите ли вы сказать, что Элиза сама всё подстроила?

— Мне это в голову не приходило! — «Интриганка» всплеснула руками. — Но раз уж вы сами об этом заговорили... Жажда сенсационной славы толкает людей и на более отчаянные поступки.

— Не слушай ее, Элиза! — Простаков взял потрясенную Альтаирскую за руку. — А вы, Ксантиппа Петровна, нарочно это устраиваете. Потому что знаете — все подозревают вас.

Лисицкая громко рассмеялась.

— Ну разумеется, кого ж еще? А я, между прочим, обратила внимание на одну маленькую, но любопытную детальку. Обыкновенно вы, верный рыцарь, на поклонах подхватываете самую красивую корзину и лично подаете ее даме своего сердца. А в этот раз не стали. Почему?

Простаков не нашелся, что ответить, и от возмущения лишь затряс головой.

Господин Мефистов, почмокав, мрачно произнес:

— Я бы не удивился ничему. То есть *никому*. — И поочередно обвел взглядом каждого.

Всякий, на кого устремлялся подозрительный взгляд «злодея», реагировал по-разному. Кто-то протестовал, кто-то бранился. Дурова высунула язык. Регинина, презрительно усмехнувшись, удалилась в коридор. Разумовский зевнул.

— Ну вас к черту. Пойти что ли покурить, роль посмотреть...

Настоящего скандала все-таки не вышло. Через минуту-другую все разбрелись, оставив пару «злодеев» в некотором разочаровании.

— Вы, Антоша, могли бы выкинуть такую штуку, просто чтобы раздразнить гусей, — будто по инерции сказала Лисицкая партнеру. — Признайтесь, ваша работа?

— Бросьте, — вяло ответил Мефистов. — Что нам друг дружку дразнить? Сяду в зале, примерю Епиходова. Тоже еще роль...

«Интриганка», кажется, была недовольна. Поскольку в артистическом фойе никого кроме Фандорина не осталось, попробовала свои когти на новеньком.

— Загадочный незнакомец, — вкрадчиво начала она. — Вы появились так внезапно. Прямо как вчерашняя корзина, которую неизвестно кто прислал.

— Простите, сударыня, не имею времени, — холодно ответил Эраст Петрович и поднялся.

Сначала заглянул в зрительный зал. Там, разместившись по одиночке, на отдалении друг от друга, сидели и смотрели в свои разномастные папки несколько актеров. Элизы среди них не было.

Он направился в коридор.

Прошел мимо Ловчилина, пристроившегося на подоконнике, мимо дымившего трубкой Разумовского, мимо хмурого Девяткина, уставившегося в одну-единственную страничку текста.

Альтаирскую-Луантэн он обнаружил на лестнице. Она стояла у окна, спиной к Эрасту Петровичу, обхватив себя за плечи. Текст в розовом переплете лежал на перилах.

«Хватит валять дурака, — сказал себе Фандорин. — Мне нравится эта женщина. Во всяком случае, она мне интересна, она меня интригует. А стало быть, надо с нею заговорить».

Он посмотрелся в зеркало, кстати оказавшееся неподалеку, и остался удовлетворен тем, как выглядит. Не бывало случая, чтобы дамы оставались равнодушны к его внешности — особенно, если он желал понравиться.

Подойдя, Эраст Петрович деликатно откашлялся и, когда она обернулась, мягко сказал:

— Вы напрасно расстроились. Лишь доставили этой злоязыкой даме удовольствие.

— Да как она посмела?! — жалобно воскликнула Элиза. — Предположить, будто я сама...

Она брезгливо передернулась.

Остро ощущая, как близко она стоит, всего лишь на расстоянии вытянутой руки, Фандорин с тонкой улыбкой продолжил:

— Женщины склада госпожи Лисицкой не способны существовать вне атмосферы скандала. Нельзя позволять, чтобы она затягивала вас в свои игры. Этот психологический тип личности называется «скорпион». В сущности, несчастные, очень одинокие люди...

Начало разговора получилось удачное. Во-первых, удалось ни разу не заикнуться. Во-вторых, собеседница теперь должна была спросить про психологические типы, и тут уж Фандорин сумел бы ее собою заинтересовать.

— А, пожалуй, верно! — удивилась Альтаирская-Луантэн. — В Ксантиппе действительно есть какой-то внутренний надлом. Делает пакости, но в глазах что-то жалкое, просящее. Вы наблюдательный человек, господин... — Она запнулась.

— Фандорин, — напомнил он.

— Да-да, господин Фандорин. Штерн сказал, что вы знаток современной литературы, но вы ведь не просто драмотборщик? В вас чувствуется какая-то... *особость*. — Она не сразу подобрала слово, но оно Эрасту Петровичу пришлось по вкусу. Еще больше понравилось ему, что на ее лице появилась обворожительная улыбка. — Вы так хорошо разбираетесь в людях. Должно быть, вы пишете театральные рецензии? Кто вы?

Немного подумав, он ответил:

— Я... путешественник. А рецензий, увы, не пишу.

Улыбка угасла, равно как и интерес, читавшийся в волшебно неуловимом взоре.

— Путешествовать, говорят, увлекательно. Но я никогда не понимала удовольствия вечно перемещаться с места на место.

Ее взгляд, красноречиво брошенный на розовую папку, мог означать только одно: оставьте меня в покое, разговор окончен.

Но Эраст Петрович не хотел уходить. Нужно было сказать ей нечто такое, отчего она поняла бы, что их встреча не случайна, что тут какая-то непонятная, но в то же время несомненная интрига судьбы.

— Элиза... Простите, не знаю вашего отчества...

— Я не признаю отчеств. — Она взяла текст в руки. — От них тянет мертвечиной и азиатчиной. Будто ты — собственность твоего родителя. А я принадлежу только себе. Можете звать меня просто Элизой. Или, если угодно, Елизаветой.

Тон был безразличен, даже холодноват, но Фандорин пришел в еще большее волнение.

— Вот именно, вы — Елизавета, Лиза. А я Эраст! П-понимаете? — воскликнул он с горячностью, которой в себе и не подозревал, да еще и заикаясь сверх всякой меры. — Я увидел в этом п-перст с-судьбы... Этот ваш жест с п-протянутой рукой... И еще с-сентябрь...

Он запнулся, видя: нет, ничего она не понимает. Никакого ответного движения души, никакой реакции кроме легкого недоумения. Удивляться было нечему. Что ей Эраст, что ей сентябрь, что ей белая рука?

Он стиснул зубы. Не хватало еще, чтобы Лиза, то есть Элиза, сочла его безумцем или экзальтированным поклонником. Вокруг нее и без Фандорина более чем довольно и тех, и других.

— Я хочу сказать, что меня поразила ваша игра во вчерашнем спектакле, — сдержаннее сказал он, всё пытаясь поймать ее уклоняющийся взгляд, задержать его. — Никогда не испытывал ничего подобного. Ну и, конечно, потрясло совпадение имен. Меня ведь тоже з-зовут Эрастом. Петровичем...

— А да, в самом деле. Эраст и Лиза, — снова улыбнулась она, но рассеянно, безо всякого тепла. — Что там за вопли? Опять скандалят...

Он с досадой обернулся. Наверху действительно кто-то кричал. Фандорин узнал голос режиссера. «Кощунство..! Святотатство! ...Кто это сделал?» — доносилось со стороны артистического фойе.

— Нужно идти. Ной Ноевич вернулся и, кажется, на что-то сердится.

Опустив голову, Эраст Петрович шел за Элизой, кляня себя за то, что провалил первый разговор. С ранней юности он не вел себя с женщинами так по-идиотски.

— Я хочу знать, кто это сделал!

У входа в кресельную (иногда актерское фойе называли и так) стоял разъяренный Ной Ноевич с раскрытыми «Скрижалями» в руках.

— Кто осмелился?!

Фандорин заглянул в раскрытую книгу. Прямо под торжественной записью о Дне независимости кто-то фиолетовым химическим карандашом вкривь и вкось, крупно, накарябал: «DO БЕНЕФИСА ВОСЕМЬ ЕDИНИЦ, ODУМАЙТЕСЬ!»

Все подходили, смотрели, недоумевали.

— Театр — это храм! Служение актера — высокая миссия! Без благоговения и сакральных предметов нам нельзя! — чуть не плакал Штерн. — Тот, кто это сделал, хотел оскорбить меня, нас всех, наше искусство! Что это за каляки? Что они означают? Сколько раз повторять: у меня в театре нет и не будет бенефисов. Это во-первых. А во-вторых, надругаться над нашей святыней — все равно что нагадить в церкви! На такое способен только вандал!

Кто-то слушал его с сочувствием, кто-то разделял негодование, но слышались и смешки. Во всяком случае, автор дурацкой надписи не объявлялся.

— Уйдите все, — слабым голосом сказал режиссер. — Никого не хочу видеть... Работать сегодня невозможно. Завтра, завтра...

Пользуясь тем, что все смотрят на страдальца, Фандорин не сводил глаз с Элизы. Она казалась ему недостижимо далекой, воистину звезда Аль-Таир, и эта мысль отчего-то была мучительна.

. Он понимал: с этой болью нужно что-то делать, сама собой она не утихнет.

НЕРЕШАЕМЫХ ПРОБЛЕМ НЕ БЫВАЕТ

Вторую ночь подряд Эраст Петрович не мог уснуть. Притом мысли его были заняты отнюдь не дедукцией по поводу змеи в цветочной корзине. Внутреннее состояние гармонического человека миновало несколько последовательных стадий.

На первой Фандорину вдруг открылась простая истина, которую менее умный и сложный индивидуум осознал бы гораздо раньше. (Правда, нужно сделать скидку на то, что эту страницу жизни Эраст Петрович считал давно прочитанной и навсегда закрытой).

«Я влюблен», — внезапно сказал себе 55-летний мужчина, много всякого повидавший и переживший на своем веку. Удивился до невероятности, даже рассмеялся в тишине пустой комнаты. Увы, сомненья нет — влюблен я? Влюблен, как мальчик, полон страсти юной? Да полно! Какая постыдная нелепость, даже пошлость! Перегореть сердцем к 22-летнему возрасту; потом еще треть века жить над едва тлеющим пеплом, бестрепетно снося разящие удары судьбы и сохраняя холодность рассудка при самых роковых обстоятельствах; достичь душевного покоя и ясности в нестаром еще возрасте — и вновь впасть в ребячество, оказаться в смешном положении влюбленного?!

И, главное, в кого! В актрису, то есть существо заведомо неестественное, изломанное, фальшивое, привыкшее кружить головы и разбивать сердца!

Но это только половина проблемы. Вторая еще унизительней. Влюбленность была неразделенной, без взаимности и даже интереса с противоположной стороны.

За минувшие годы столько женщин — прекрасных и умных, блестящих и глубоких, инфернальных и ангелоподобных — дарили ему обожание и страсть, он же в лучшем

83

случае позволял им себя любить, почти никогда не теряя хладнокровия. А эта заявляет: «Я принадлежу только себе». И смотрит, будто на надоедливую муху!

Так Эраст Петрович, незаметно для себя, перешел на следующую стадию — возмущения.

Да принадлежите вы кому хотите, сударыня, мне что за дело! Влюбился? Взбредет же в голову этакая блажь! Снова рассмеявшись (теперь уже не удивленно, а сердито), он приказал себе немедленно выкинуть примадонну с трескучим псевдонимом из головы. Пусть они там в своем театрике сами разбираются, кто кому подкладывает свинью — то есть гадюку. Бывать в их сумасшедшем доме опасно для психики рационального человека.

Воля у Эраста Петровича была стальная. Решил — как отрезал. Сделал вечернюю гимнастику, даже поужинал. Перед сном почитал Марка Аврелия, выключил свет. И в темноте наваждение навалилось с новой силой. Вдруг возникло ее лицо со смотрящими сквозь тебя глазами, послышался нежный, глубокий голос. И прогонять «принцессу Грезу» не было ни сил, ни, что хуже всего, желания.

До рассвета Фандорин проворочался, время от времени пытаясь отделаться от манящего видения. Но был вынужден признать, что порция яда слишком сильна, организм отравлен безвозвратно.

Он оделся, взял нефритовые четки и занялся проблемой всерьез, по-настоящему. Так началась третья стадия — осмысления.

Я влюблен, отрицать абсурдно. Это раз. (Щелкнул зеленый шарик.)

Видимо, без этой женщины жизнь будет мне не в радость. Это два. (Снова щелчок.)

Значит, нужно сделать так, чтобы она была моей — только и всего. Это три.

Вот и вся логическая цепочка.

Сразу сделалось легче. У человека действия, к каковым относился Фандорин, ясно обозначенная цель вызывает прилив энергии.

Прежде всего пришлось внести поправки в действующую конституцию, которая никак не предусматривала такого неожиданного кульбита на гармоничном пути к старости.

Идет себе человек по полю, перейти которое — жизнь прожить, спокойно смотрит на плавную линию горизонта, и тот вроде бы постепенно проясняется, становится ближе. Дорога приятна, шаг размерен, небо над головой клубится спокойными тучами — ни солнца, ни дождя. И вдруг удар грома, разряд молнии, и неистовая электрическая стрела пронзает все существо, тьма обрушивается на землю, не видно ни дороги, ни горизонта, куда идти непонятно, а главное — нс понятно, надо ли вообще куда-то идти. Человек предполагает, а Бог располагает.

И тело, и душу пронизывала электрическая вибрация. Фандорин чувствовал себя черепахой, внезапно оставшейся без панциря. И страшно, и стыдно, но зато не выразимое словами ощущение, будто... *будто дышит вся кожа*. И еще: словно дремал и вдруг проснулся. Можно и мелодраматичней: восстал из мертвых. Кажется, я похоронил себя раньше времени, думал Эраст Петрович, все быстрее перебирая нефритовые шарики. Пока продолжается жизнь, в ней возможны *любые* неожиданности — как счастливые, так и катастрофические. Причем главные из этих сюрпризов совмещают в себе и первое, и второе.

Фандорин сидел в кресле, глядя на медленно наполняющийся светом оконный проем, и растерянно прислушивался к происходящим внутри переменам.

Таким и застал его Маса, осторожно заглянувший в дверь в восьмом часу утра.

— Что случилось, господин? С позавчерашнего дня вы на себя не похожи. Я вам не докучал, но это меня тревожит. Я никогда вас таким не видел.

Подумав, японец поправился:

— Давно таким не видел. У вас стало молодое лицо. Как тридцать три года назад. Вы, наверно, влюбились?

Когда же Фандорин с изумлением воззрился на ясновидца, Маса шлепнул себя по блестящей макушке:

— Так и есть! О, как это тревожно! Нужно принимать меры.

Это мой единственный друг, который знает меня лучше, чем я сам себя знаю, подумал Эраст Петрович. Таиться от него бессмысленно, а кроме того Маса отлично разбирается в женской психологии. Вот кто может помочь!

— Скажи, как завоевать любовь актрисы? — без обиняков спросил Фандорин о самом главном, по-русски.

— Настоясюю ири понароську? — деловито осведомился слуга.

— То есть? Что значит «любовь понарошку»?

О материях чувствительных Маса предпочитал говорить на своем родном языке, считая его более утонченным.

— Актриса — все равно что гейша или куртизанка высшего ранга, — деловито принялся объяснять он. — У такой женщины любовь бывает двух видов. Легче добиться любви сыгранной — они отлично умеют ее изображать. Нормальному мужчине ничего больше и не нужно. Во имя такой любви красавица может пойти на некоторые жертвы. Например, в доказательство страсти остричь себе волосы. Иногда даже отрезать кусочек мизинца. Но не больше. Однако иногда, довольно редко, сердце подобной женщины пронзается настоящим чувством — таким, ради которого она может согласиться и на двойное самоубийство.

— Поди ты к бесу со своей японской экзотикой! — Эраст Петрович разозлился. — Я спрашиваю не про гейшу, а про актрису, нормальную европейскую актрису.

Маса задумался.

— У меня были актрисы. Три. Нет, четыре — я забыл мулатку из Нового Орлеана, которая танцевала на столе... Пожалуй, вы правы, господин. Они отличаются от гейш. Завоевать их любовь гораздо легче. Только трудно понять, сыгранная она или настоящая.

— Ничего, как-нибудь разберусь, — нетерпеливо сказал Фандорин. — Ты сказал, легче? Да еще гораздо?

— Было бы совсем легко, если б вы были режиссер, сочинитель пьес или писали в газетах статьи про театр. Актрисы признают высшими существами только три эти типа мужчин.

Вспомнив, какая улыбка озарила лицо Элизы, когда она приняла его за театрального рецензента, Фандорин так и впился глазами в своего консультанта.

— Ну? Говори, говори!

Маса рассудительно продолжал:

— Режиссером быть вы не можете, для этого нужно иметь свой театр. Рецензии писать, конечно, нетрудно, но пройдет много времени, прежде чем вы сделаете себе имя. Напишите хорошую пьесу, где у актрисы будет красивая роль. Это самое простое. Я занимался сочинительством. Дело нетрудное, даже приятное. Вот вам мой совет, господин.

— Ты издеваешься?! Я не умею писать пьесы!

— Чтобы доказать женщине свою любовь, приходится совершать подвиги. Для такого человека, как вы, преодолеть сто препятствий или победить сто злодеев — не подвиг. А вот взять и ради любимой сочинить чудесную пьесу — это было бы настоящим доказательством любви.

Эраст Петрович велел специалисту катиться к дьяволу и вновь остался один.

Но идея, вначале показавшаяся дурацкой, все вертелась в голове и постепенно увлекла Фандорина.

Любимой женщине надо дарить то, что доставит ей наибольшую радость. Элиза — актриса. Ее жизнь — театр, ее главная радость — хорошая роль. Ах, если бы в самом деле было возможно преподнести ей пьесу, в которой Элиза захотела бы сыграть! Тогда бы она перестала смотреть с вежливым безразличием. Маса дал очень неглупый совет. Жаль только, неосуществимый...

Неосуществимый?

Эраст Петрович напомнил себе, что много раз в жизни сталкивался с задачами, которые поначалу представлялись неразрешимыми. Однако решение всегда отыскивалось. Воля, ум и знание способны одолеть любую преграду.

За волей и умом дело не станет. Со знанием хуже... Осведомленность Фандорина в сфере драматургии была минимальной. Ему предстояло совершить деяние, подобное подвигу Геракла. Но можно было по крайней мере попытаться — ради такой цели.

Ясно одно. Не видеть Элизу невыносимо, но показываться ей на глаза в качестве человека из толпы, одного из многих, больше нельзя. Один раз уже получил по носу, довольно. Если являться на новую встречу, то во всеоружии.

Так бывший гармонический человек перешел в завершающую стадию — непоколебимой решимости.

К исполнению задуманного Эраст Петрович приступил со всей обстоятельностью. Сначала обложился книгами: сборниками пьес, исследованиями драматического искусства, трактатами по стилистике и поэтике. Навыки быстрого чтения и концентрация внимания вкупе с лихорадочным возбуждением позволили будущему драматургу одолеть за четверо суток несколько тысяч страниц.

Пятый день Фандорин провел в абсолютном бездействии, предаваясь медитации и создавая внутри Пустоту, где должен был зародиться животворящий Импульс, который западные люди называют Вдохновением, а восточные — Самадхи.

Какое именно сочинение он будет писать, Эраст Петрович уже знал — нужное направление подсказала беседа со Штерном об «идеальной пьесе». Оставалось дождаться мига, когда слова потекут сами.

Ближе к вечеру взыскующий озарения Фандорин начал покачиваться в некоем ритме, его полузакрытые веки широко распахнулись.

Он обмакнул стальное перо в чернила и вывел длинное название. Сначала рука двигалась медленно, потом все быстрее и быстрее, едва поспевая за вырвавшимся на свободу потоком слов. Время окутало кабинет колыхающимся, поблескивающим облаком. Глубокой ночью, когда в небе царственно сияла полная луна, Эраст Петрович вдруг замер, почуяв, что волшебная энергия иссякла. Уронив на бумагу кляксу, он выронил ручку. Откинулся на спинку кресла и наконец, впервые за все эти дни, уснул. Лампа осталась гореть.

В комнату бесшумно вошел Маса, накрыл господина пледом. Стал читать написанное, вздыхая и скептически покачивая круглой, как луна, головой.

ДО БЕНЕФИСА СЕМЬ ЕДИНИЦ

МЕСТЬ ЧИНГИЗ-ХАНА

Хоть не ложись совсем. Опять то же: лицо в капусте и борода вокруг беззвучно поющих губ.

Собственно, начиналось сновидение очень мило. Будто едет она по загородному шоссе — не в авто, а в карете. Ритмичный перестук копыт, позвякиванье сбруи, мягко качают рессоры, отчего снизу вверх, утробно, подкатывают сладостные волны. Рядом никого, настроение — так и полетела бы, и душу наполняет предчувствие счастья, и ничего-ничего не нужно, только покачиваться вот так на упругом сиденье и ждать близкой радости...

Вдруг стук в левое окошко. Смотрит — там синюшное лицо с закрытыми глазами, с пышных пегих усов свисают капустные лохмотья. Рука с перстнем поправила галстук, а тот зашевелился. Не галстук это — змея!

И справа тоже стук. Дернулась — а там певец с бородкой ярко-красного цвета. Глядит на нее проникновенно, разевает рот, еще и руку плавно отводит, но ничего не слышно.

Только стук в стекло: так-так-так, так-так-так!

Одно время сны почти прекратились. Она даже не очень испугалась, когда на «Бедной Лизе» увидела в третьем ряду партера знакомую плешь и сияющий ненавистью взгляд из-под сросшихся черных бровей. Знала, что рано или поздно он объявится, была внутренне готова и осталась довольна своей выдержкой.

Но после спектакля, когда из бутонов вдруг высунулась змеиная головка с точно такими же неистовыми маленькими глазками, кошмар обрушился вновь, с еще большей тяжестью. Если б не милый, трогательно влюбленный Девяткин... Бр-р-р, об этом лучше не думать!

Двое суток потом она не давала себе спать, зная, чем это закончится. На третьи усталость возобладала — и, конечно, ужасное пробуждение. С криком, с судорожными рыданиями, икотой. С тех пор каждую ночь одно и то же: старый петербургский сон, в котором отныне еще поселилась и змея.

В дортуаре балетного училища, перед сном, маленькая Лиза часто изображала перед подругами героинь, которые умирают. От медленно действующего яда, как Клеопатра, или от чахотки, как дама с камелиями. Закалывающаяся кинжалом Джульетта тоже годилась, потому что перед тем как зарезаться, она произносит трогательный монолог. Приятно было лежать с закрытыми глазами и слушать, как всхлипывают девочки. Они все потом пошли по танцевальной части, некоторые даже достигли известности, но карьера балерины коротка, а Лиза хотела служить на театре до старости, как Сара Бернар, потому выбрала драму. Она мечтала упасть бездыханной на сцене, как Эдмунд Кин, чтобы увидела тысяча человек и чтоб думали, будто это по роли, но все равно рыдали, и чтобы последний вздох она испустила под аплодисменты и крики «Браво!».

Замуж Лиза выпорхнула рано. Играла принцессу Грезу, Саша Лейкин — влюбленного принца Жоффруа. Первый успех, первое опьянение всеобщим обожанием. В юности так легко спутать пьесу с жизнью! Конечно, разошлись, очень скоро. Актерам нельзя жить вместе. Саша растаял где-то в провинции, от него осталась одна фамилия. Но героиня не может быть «Лизой Лейкиной», и она стала Элизой Луантэн.

Если первый брак был всего лишь неудачным, второй оказался катастрофой. Опять-таки виновата сама. Соблазнилась драматургией жизненного поворота, мишурой внешней эффектности. Звучным титулом, наконец. Мало ли актрис, которые вышли замуж, только чтоб зваться «ваше сиятельство» или «ваша светлость»? А тут еще помпезней: «ваше высокостепенство». Именно так полагалось титуловать супругу хана. Искандер Альтаирский был блестящим офицером лейб-конвоя, старшим сыном владетеля одного из кавказских ханств, присоединенных к империи в ермоловские времена. Сорил деньгами, красиво ухаживал, был недурен собой, несмотря на раннюю плешивость, а плюс к тому по-азиатски пылок и речист. Был готов пожертвовать ради любви всем — и сдержал слово. Когда начальство не дало разрешения на брак, подал в отставку, поставил крест на военной карьере. Испортил отношения с отцом, отказался от своих прав в пользу младшего брата: актриса, да еще разведенная, не могла стать супругой наследника. Но годовое содержание отщепенцу назначили очень приличное. Главное же, Искандер клялся не препятствовать сцене и соглашался на брак без детей. Чего еще, казалось бы, желать? Актрисы-соперницы от зависти чуть не полопались. Лида Яворская, в замужестве княгиня Барятинская, даже из России эмигрировала — княгинь-то в Петербурге пруд пруди, а ханша всего одна.

Второе замужество рассыпалось еще быстрее, чем первое — немедленно после свадьбы и брачной ночи. Причина заключалась не в том, что от чрезмерного возбуждения супруг не сумел проявить себя надлежащим образом (это как раз было трогательно), а в условиях, которые он ей ставил ей наутро. Статус ханши Альтаирской обязывает, строго сказал Искандер. Я обещал не препятствовать вашему увлечению театром и слово свое исполню, но вы должны избегать пьес, в которых вам придется обниматься или, того пуще, целоваться с мужчинами.

Элиза рассмеялась, думая, что он шутит. Когда выяснилось, что муж совершенно серьезен, она долго пыталась его урезонить. Объясняла, что в амплуа героини без объятий и поцелуев обходиться невозможно; более того, сейчас входит в моду довольно откровенно показывать на сцене акт карнального торжества.

— Какого торжества? — переспросил восточный человек, так выразительно скривившись, что Элизе сразу стало ясно: проку от объяснений не будет.

— Того, которое у вас не получилось! — вскричала она, имитируя великолепную Жемчужникову в роли

Марфы Посадницы. — И теперь уж не получится! Прощайте, ваше высокостепенство, медовый месяц окончен! Свадебного путешествия тоже не будет. Я подаю на развод!

Жутко вспоминать, что произошло дальше. Отпрыск древнейшего рода, прямой потомок Чингиз-хана, опустился до рукоприкладства и казарменной брани, а потом кинулся к письменному столу, чтобы вынуть револьвер и застрелить оскорбительницу на месте. Пока он возился с ключом, перепуганная Элиза, конечно, убежала и в дальнейшем соглашалась встречаться с полоумным чингизидом только в присутствии адвокатов.

При свидетелях Искандер держался цивилизованно. Учтиво объяснял, что развода никогда не даст, ибо у них в семье это считается страшным грехом и отец лишит его содержания. Против жизни порознь не возражал и даже изъявил готовность, при соблюдении супругой «приличий», платить ей алименты (от чего Элиза с брезгливостью отказалась — слава Богу, она в театре зарабатывала вполне достаточно).

Свою дикарскую натуру хан проявлял во время встреч наедине. Должно быть, он установил за женой слежку, потому что представал перед нею в самых неожиданных местах и всегда без предупреждения. Выскакивал, как чертик из табакерки.

— Ах так? — говорил он, злобно сверкая выпуклыми глазами, которые когда-то казались ей красивыми. — Театр вам дороже моей любви? Прекрасно. На сцене можете вести себя, как шлюха. Это ваше дело. Но поскольку формально вы продолжаете оставаться моей женой, покрывать грязью мое древнее имя я не дам! Учтите, сударыня: любовники у вас могут быть только при свете рампы и на глазах у публики. Всякий, кого вы пустите в свою постель, умрет. А вслед за ним умрете и вы!

Правду сказать, сначала ее это не очень-то пугало. Наоборот, прибавляло в жизнь огня. Во время спектакля, если любовная сцена, Элиза специально исподтишка оглядывала зал и, если наталкивалась на испепеляющий взгляд брошенного супруга, играла с удвоенной страстью.

Так продолжалось до тех пор, пока ею всерьез не увлекся антрепренер Фурштатский. Видный мужчина, с хорошим вкусом, владелец лучшего киевского театра. Предлагал идти к нему в труппу на невероятно выгодные условия, заваливал цветами, комплиментничал, щекотал ухо пышными благоухающими усами. Сделал предложение и иного рода — матримониального.

Она уже готова была согласиться — и на первое, и на второе. Об этом заговорили по всему театральному миру, завистницы опять кусали локти.

И вдруг, на торжественном обеде, устроенном в честь Фурштатского попечителями Театрального общества, он скоропостижно умирает! Сама Элиза на банкете не присутствовала, но ей очень живописно изобразили, как антрепренер побагровел, захрипел и упал лицом в тарелку с селянкой по-деревенски.

Элиза, конечно, в тот вечер плакала. Жалела бедного Фурштатского, говорила себе: «Значит, не судьба», и всё такое. А потом зазвонил телефон, и знакомый голос с кавказским придыханием прошептал в трубку: «Я предупреждал вас. Эта смерть на вашей совести».

Даже тогда она не начала воспринимать Искандера всерьез, он казался ей опереточным злодеем, который топорщит усы и таращит глаза, а не страшно. Мысленно она насмешливо называла его «Чингиз ханом».

О, как жестоко наказала ее судьба за легкомыслие!

Месяца через три после смерти антрепренера, в естественности которой ни у кого сомнений не возникло, Элиза позволила себе увлечься другим мужчиной, героическим тенором из Мариинки. Тут соображения карьеры были ни при чем. Просто певец был красив (эта ее вечная слабость к картинным красавцам!) и обладал умопомрачительным голосом, от которого по всему телу разливалась дурманная истома. В ту пора Элиза уже служила в «Ноевом ковчеге», но еще дорабатывала свой концертный ангажемент. И вот однажды они с тенором (его звали Астралов) давали одноактную пьеску-дуэт «Красная борода». Милый пустячок: она декламировала и немного танцевала, Астралов пел — и был до того хорош, что потом они

95

поехали в Стрельню и случилось то, чему рано или поздно следовало случиться. Собственно, почему нет? Она взрослая, свободная, современная женщина. Он привлекательный мужчина, не семи пядей во лбу, но зато очень талантливый и галантный. Утром Элиза уехала, ей нужно было к одиннадцати на репетицию, а любовник остался в номере. Он очень тщательно ухаживал за внешностью, повсюду возил с собой туалетный несессер: там маникюрный набор, всякие щеточки, ножнички, зеркального блеска бритва для подбривания бороды.

С этой бритвой в руке его и нашли. Он сидел в кресле мертвый, вся сорочка красная от крови, борода тоже. Полиция пришла к выводу, что после ночи, проведенной с женщиной, тенор перерезал себе горло, сидя перед зеркалом. Элиза была в вуали, и гостиничная прислуга ее лица не видела, так что обошлось без скандала.

На похоронах она рыдала (их там было порядком, зареванных дам), терзаясь горестным недоумением: что она такого сделала или сказала?! Как это непохоже на бонвивана Астралова! Вдруг увидела в толпе Чингиз-хана. Он посмотрел на нее, ухмыльнулся и быстро чиркнул себя пальцем по горлу.

Только тут у Элизы открылись глаза...

Убийство! Это было убийство! Даже два убийства — можно не сомневаться, что Фурштатский отравлен.

День или два она металась, как в угаре. Что делать? Что делать?

Заявить в полицию? Но, во-первых, нет никаких доказательств. Сочтут бредом взбалмошной дамочки. Во-вторых, у Астралова семья. В-третьих... В-третьих, было очень страшно.

Чингиз-хан сошел с ума, ревность к ней стала его параноидальной идеей. Повсюду — на улице, в магазине, в театре — она чувствовала слежку. И это была не мания преследования, нет! В муфте, в шляпной коробке, даже в пудренице Элиза обнаруживала маленькие клочки бумаги. Там ни слова, ни буквы, только рисунки: череп, нож, петля, гроб... От мнительности она уволила нескольких горничных, ей казалось, что они подкуплены.

Хуже всего были ночи. Из-за напряжения, из-за вынужденного одиночества (какие уж тут любовники!) Элизе снились отвратительные сны, в которых чувственность смешивалась с жуткими образами смерти.

Элиза теперь часто о ней думала. Наступит миг, когда безумие Чингиз-хана достигнет кульминации, и тогда изверг ее убьет. Это может произойти очень скоро.

Почему же все-таки она ни к кому не обратилась за помощью?

Причин несколько.

Во-первых, как уже сказано, нет доказательств и никто не поверит.

Во-вторых, стыдно за свою чудовищную глупость — как можно было выходить за монстра? Так тебе, идиотке, и надо!

В-третьих, мучило раскаяние за две погубленные жизни. Виновата — расплачивайся.

А еще — самая странная причина — никогда Элиза так остро не ощущала хрупкую прелесть мира. Доктор-психиатр, с которым она очень осторожно, не называя имен, проконсультировалась насчет Чингиз-хана, сказал, что у параноиков обострение происходит осенью. Это последняя осень моей жизни, говорила себе Элиза, глядя на начинающие желтеть тополя, и сердце ее сжималось от сладкой безысходности. Навепрос, то же чувствует мотылек, летящий на свечку. Знает, что погибнет, но не хочет повернуть...

Единственный раз, поддавшись минутной слабости, проговорилась она о своем страхе — дней десять назад, добрейшей Ольге Книппер. Что называется, сорвалась. Ничего конкретного не объяснила, но плакала, лепетала бессвязное. Потом сама была не рада. Оля со своей немецкой прилипчивостью измучила расспросами. Телефонировала, слала записки, а после истории со змеей примчалась в гостиницу. Делала таинственные намеки на какого-то человека, который поможет в любой ситуации, ахала, охала, выпытывала. Но Элиза была будто окаменевшая. Она решила: чему быть, того не миновать, а посторонних втягивать незачем.

Отвязаться от сердобольной заступницы можно было лишь одним способом, жестоким: рассориться. И Элиза знала, как это сделать. Наговорила обидных, совершенно непростительных вещей про отношения Ольги с ее покойным мужем. Та сжалась, расплакалась, перешла на «вы». Сказала: «Вас за это Бог покарает» — и ушла.

Покарает, вяло подумала Элиза, и скоро. Такая она в тот день была помертвевшая, полуживая, что нисколько не раскаивалась. Лишь ощутила облегчение, что ее оставили в покое. Наедине с последней осенью, безумием и ночными кошмарами...

«Так-так-так! Так-так-так!» — снова постучали в стекло, и Элиза протерла глаза, гоня прочь ужасное сновидение. Нет никакой кареты, и мертвецы не прижимаются к стеклу жадными лицами.

Тьма рассеивается. Вот уже проступили очертания предметов, видно стрелки настенных часов: начало шестого. Скоро рассветет, и страх, как ночной зверек, уползет в свою нору до следующих сумерек. Она знала, теперь можно уснуть без боязни, утром кошмаров не бывает.

Но вновь раздалось тихое «так-так-так».

Она приподнялась на подушке и поняла, что пробуждение было ложным. Сон продолжается.

Ей снится, что она лежит в своем номере, перед рассветом, смотрит в окно, а там опять мертвое лицо с красной растрепанной бородой — огромное, расплывчатое. Господи Боже, сжалься!

Она ущипнула себя, опять потерла слипающиеся глаза. Зрение прояснилось. Это был не сон!

За окном покачивался огромный букет пионов. Из-за него высунулась рука в белой перчатке, постучала: «тук-тук-тук». Сбоку появилось лицо, но не мертвое, а очень даже живое. Губы под закрученными усишками шевелились в беззвучном шепоте, глаза таращились, пытаясь разглядеть внутренность комнаты.

Элиза узнала одного из своих самых настырных поклонников — лейб-гусара Володю Лимбаха. В когорте отчаянных питерских театралов было немало молодых офицеров. В свите всякой мало-мальски известной актрисы, певицы или балерины обязательно имелись эти шумные, восторженные юнцы. Они устраивали овации, забрасывали цветами, могли ошикать соперницу, а в день бенефиса или премьеры выпрягали из коляски лошадей и катили властительницу своих сердец по улицам. Их обожание льстило и было полезно, но некоторые из молодых людей не знали, где остановиться, и позволяли себе переступить черту между поклонением и домогательством.

Будь Элиза в ином состоянии, она, возможно, рассмеялась бы проделке Лимбаха. Бог знает, как ему удалось влезть на карниз высокого бельэтажа. Однако сейчас ее охватила ярость. Проклятый щенок! Как он ее напугал!

Она соскочила с постели и подбежала к окну. Корнет разглядел в сумраке раздетую белую фигуру, жадно приник к стеклу. Не думая о том, что мальчишка может упасть и свернуть себе шею, Элиза повернула шпингалет и толкнула створки, которые распахивались наружу.

Букет улетел вниз, а сам Лимбах от толчка утратил равновесие, однако не сверзся с высоты. Вопреки законам земного тяготения, офицер повис в воздухе, покачиваясь и слегка проворачиваясь вокруг оси.

Загадка объяснилась: нахал спустился с крыши на веревке, обвязанной вокруг пояса.

— Божественная! — сдавленно, короткими фразами заговорил Лимбах. — Впустите! Я желаю только! Поцеловать край! Вашего пеньюара! Благоговейно!

Гнев Элизы вдруг исчез, вытесненный страшной мыслью. Если об этом узнает Чингиз-хан, глупый мальчик погибнет!

Она оглядела Тверскую улицу, в этот глухой час совершенно пустую. Однако где уверенность, что проклятый маниак не прячется где-нибудь в подворотне или за фонарем?

Молча Элиза затворила окно и сдвинула шторы. Вступать в переговоры, увещевать, бранить лишь означало бы усугублять риск.

Но Лимбах не отвяжется. Покоя от него теперь не будет и ночью, в собственном номере. Хуже всего, что окно выходит прямо на улицу...

На время московских гастролей труппа «Ноева ковчега» поселилась в «Лувре-Мадриде», на углу Леонтьевского переулка. «Лувром» называлась шикарная гостиница, расположенная фасадом на Тверскую. Здесь, в апартаментах «люкс», жили режиссер, премьер и примадонна. Более скромная часть комплекса, номера «Мадрид», выходила окнами в Леонтьевский. Там квартировали остальные актеры. Заезжие труппы часто останавливались в этом сдвоенном заведении, будто специально приспособленном для театральной иерархии. Остроумцы из актерской среды прозвали длинный коридор, что соединял блистательный отель и непритязательные номера, «труднопроходимыми Пиренеями».

Если это повторится, надо будет поменяться с кем-нибудь из-за Пиреней, придумала Элиза, немного успокаиваясь и даже начиная улыбаться. Все-таки трудно оставаться равнодушной, когда сталкиваешься с любовными безумствами. Примчался из Петербурга, чертенок. Наверное, втихомолку от начальства. Теперь насидится на гауптвахте. Но это не самое страшное, что может с ним произойти...

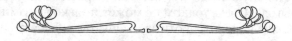

СТРАШНОЕ

После скандала на представлении «Бедной Лизы» о театре так много писали и говорили, что Штерн изменил первоначальные планы — передумал отменять спектакли. Ажиотаж вокруг «Ковчега» достиг небывалых масштабов; спекулянты перепродавали билеты не по тройной, а чуть ли не по десятерной цене. В зале всюду, где можно и нельзя, понаставили дополнительных стульев. На каждом выходе Элиза чувствовала, как в нее жадно впиваются две тысячи глаз — будто ждут, не стрясется ли с примадонной еще что-нибудь диковинное. Но она, в отличие от обычного, в зал старалась не смотреть. Боялась увидеть горящий безумием взгляд из-под сросшихся бровей...

Дали каждый из старых спектаклей еще по разу: «Бедную Лизу», «Три сестры», «Гамлета». Принимали очень хорошо, однако Ной Носвич остался недоволен. На разборах после спектаклей, когда все пили шампанское, делали записи в «Скрижалях», говорили друг другу лестности и колкости, режиссер сетовал, что «понижается накал».

— Безукоризненно, но пресно, — восклицал он. — Как у Станиславского! Так мы растеряем всю фору! Театр без шума, провокации, скандала — это полтеатра. Дайте мне скандал! Дайте пульсацию крови!

Позавчера на «Гамлете» скандал-таки случился, и его объектом вновь стала Элиза. Эффект был меньше, чем 5 сентября, однако еще неизвестно, что омерзительней — увидеть змею или снести гадкую выходку Смарагдова!

Кого Элиза совершенно не выносила, так это своего основного партнера. Напыщенный, неумный, мелочный, завистливый, самовлюбленный павлин! Никак не может смириться с тем, что она равнодушна к его конфетному очарованию и что публика принимает ее лучше. Если б не кучка истерических дамочек, электризующих своим визгом остальную публику, все давно разглядели бы, что король гол! Играть толком не может, только глазами сверкает. А еще норовит, скотина, целоваться по-настоящему, в губы. Даже язык пробует просовывать!

Позавчера вообще перешел все границы. В сцене, где Гамлет пробует ухаживать за Офелией, Смарагдов сыграл принца датского каким-то похабным грубияном. Прижимал, тискал за грудь, а потом к ужасу и восторгу зала ущипнул за ягодицу, с вывертом, как денщик горничную!

За кулисами Элиза влепила ему пощечину, но Смарагдов только ухмыльнулся, будто сытый кот. Она была уверена, что на разборе наглецу влетит по первое число, но Штерн похвалил «новаторскую находку» и посулил, что завтра об этом напишут все газеты. Они и написали, причем бульварная «Жизнь-копейка» позволила себе прозрачно намекнуть на «особенные отношения» между г-жой Альтаирской-Луантэн и «неотразимым г. Смарагдовым», да ввернула «африканскую страстность, столь непосредственно прорвавшуюся на сцене».

Если так пойдет дальше, Ною Ноевичу, чтоб не разочаровать публику, придется каждый раз выдумывать новые фокусы — согласно его «теории сенсационности». Крокодилов, что ли, он станет на сцену выпускать? Или заставит актрис играть голыми? Лисицкая вон уже предлагала в «Трех сестрах» выйти на сцену в дезабилье — якобы, чтоб подчеркнуть, какой Наталья стала распустехой и бесстыдницей, когда освоилась в доме Прозоровых. Кто только захочет любоваться на костлявые мощи Ксантиппы Петровны?

Репетиции «Вишневого сада» шли полным ходом — каждое утро с одиннадцати. Но спектакль как-то не складывался. Много ль сенсационности в «Вишневом саде», пускай и в новой трактовке? Ной Ноевич, кажется, и сам уже понимал, что промахнулся с пьесой, но не желал признавать ошибки. А жаль. Так хотелось сыграть что-нибудь пряное, изысканное, необычное. Роль семнадцатилетней чеховской инженю Элизе совсем не нравилась. Скучная, одномерная, играть почти нечего. Но дисциплина есть дисциплина.

Без четверти одиннадцать она села в авто. Премьеру и премьерше по статусу полагалась открытая машина, остальным выдавались разъездные на извозчика, но сегодня Элиза, слава Богу, ехала одна. Смарагдов в гостинице не ночевал (с ним такое случалось часто).

Придерживая широкополую шляпу со страусиным пером, Элиза прокатилась по Тверской. Ее узнавали — вслед неслись приветственные крики, шофер в знак признательности дудел клаксоном. Элиза любила эти поездки, они помогали зарядиться творческой энергией перед репетицией.

У каждого актера есть свой особенный прием, своя маленькая хитрость, помогающая войти в магическое состояние Игры. Лисицкая, например, обязательно с кем-нибудь ругается, доводя себя до нужного нервического градуса. Регинина нарочно возится и тянет, чтобы опоздать и чтобы режиссер на нее накричал. Пухляшка Клубникина бьет себя по щекам (Элиза не раз видела). Лев Спиридонович Разумовский, все знают, осушает фляжечку. Ну а Элизе был необходим короткий, с ветерком проезд под приветственные крики — или, тоже неплохо, пройтись по улице летящей походкой, чтобы узнавали и оборачивались.

Раскрасневшаяся, вся звенящая внутри, она взбежала по лестнице, сбросила накидку, сняла шляпу, поглядела на себя в зеркало (бледновата, но это к лицу) и минута в минуту, ровно в одиннадцать, вошла в зал. Все кроме Регининой и Смарагдова сидели перед сценой, в первом ряду. Штерн стоял наверху, с часами в руках, уже готовый взорваться. За спиной у него топтался Девяткин, сопереживал.

— Не понимаю, как можно с таким неуважением относиться к своим коллегам, к искусству, наконец, — медоточивым голосом начала Лисицкая.

Мефистов подхватил:

— На настоящий Ноев ковчег они бы тоже опоздали? Человек, претендующий на положение первого актера труппы, кажется, считает нас всех челядью. Включая режиссера. Все должны ждать, пока он соизволит отзавтракать! И эти вечные опоздания Регининой! Входишь в образ, готовишься, настраиваешься играть, а вместо этого...

Тут, как обычно, в зал со словами «Я не опоздала?» полувбежала раскрасневшаяся Василиса Прокофьевна. Лисицкая сказала: «Ха-ха-ха», Штерн схватился за виски, Девяткин укоризненно покачал головой. Теперь можно бы и начать, но Смарагдов все не появлялся. Это было на него не похоже. Где и с кем бы ни провел он ночь, на репетиции Ипполит всегда являлся вовремя, даже когда еле переставлял ноги с похмелья.

— Пойдите кто-нибудь, посмотрите в гримерной. Вероятно, наш красавчик так опух, что никак не может запудрить мешки под глазами, — предположил Разумовский.

— Сами и сходите. Здесь слуг нет, — презрительно бросила ему бывшая жена.

Ловчилин пошутил:

— То есть как «нет слуг»? А я?

Но с места не поднялся. В результате, конечно, пошел безотказный Вася Простаков.

Скука какая, думала Элиза, подавляя зевоту. Прав Мефистов: этак весь настрой на игру пропадет.

Она вынула из ридикюля зеркальце, стала тренировать мимику своей героини: невинная радость, трогательное волнение, умиление, легкий испуг. Всё такое девичье, нежное, в пастельных тонах.

Штерн за что-то отчитывал Девяткина, Костя Ловчилин смешил Серафиму, Лисицкая визгливо препиралась с Регининой.

— Господа... Ной Ноевич!

У кулисы стоял смертельно бледный Вася. Его голос дрожал и срывался. Все повернулись. Шум стих.

— Вы нашли Смарагдова? — сердито спросил Штерн.

— Да... — Губы Простакова задрожали.

— Ну и где же он?

— У себя в уборной... По-моему, он... умер.

— Что за чушь!

Ной Ноевич бросился за сцену. Остальные следом. Зеркальце прыгало в руках у Элизы. В тот миг она ничего такого не подумала, просто была потрясена. Поспешила за остальными.

Все были перепуганы, бестолковы, растеряны. Хотя с первого же взгляда стало ясно, что Ипполит мертв (он лежал на полу, навзничь, выставив вверх скрюченную руку), кто-то пытался его поднять, дуть в рот, кто-то кричал «Врача! Врача!».

Наконец, Ной Ноевич крикнул:

— Вы что, не видите? Он окоченел уже. Все отойдите! Девяткин, телефонируйте в полицию. У них должен быть свой врач... Как это называется... Медицинский эксперт.

Элиза, конечно, заплакала. Ей было ужасно жалко, что Смарагдов, в жизни такой невозможно красивый, лежит теперь на полу с перекошенным лицом, и брючина задралась, а Ипполиту все равно.

Стояли, сгрудившись в дверях, ждали полицейских. Регинина с чувством читала молитвы, Клубникина всхлипывала, Мефистов с Лисицкой шепотом обсуждали, с кем мог провести ночь покойник. Разумовский вздыхал: «Догулялся, допился, жуир несчастный. А я его предупреждал». Не умеющий оставаться без дела Девяткин пробовал навести порядок: поднял опрокинутый стул, подобрал валяющийся на полу оловянный кубок (реквизитный, из «Гамлета»). «Где ж теперь взять Лопахина?» — непонятно у кого спросил Ной Ноевич.

Наконец прибыл полицейский чиновник с врачом и всех попросили выйти, а дверь закрыли. Осмотр тела тянулся долго. Мужчины кроме Ноя Ноевича отправились в буфет помянуть новопреставленного. Появился первый репортер, непонятно откуда пронюхавший о трагедии. За ним другой, третий. Возникли и фотографы.

Элиза немедленно ушла к себе (ей, как и Смарагдову, по контракту полагалась персональная уборная). Села перед зеркалом, думая, как одеться на проводы. Похороны-то будут не здесь, а в Петербурге — у Ипполита есть супруга, ненавидящая театр и всё театральное. Теперь ветреный муж наконец к ней вернется, и она предаст его погребению так, как сочтет нужным.

Она попримеряла лицом разные оттенки скорби.

Потом в коридоре зашумели, послышались шаги, взволнованные голоса, кто-то даже вскрикнул. Элиза поняла,

что полиция закончила и пора выходить к прессе. Встала, накинула перьевое боа из «Трех сестер» — подходящего контура и цвета, траурное. Бровям придала горестный излом, уголки губ приопустила. Лоб и щеки были бледные, естественным образом. И глаза при мысли о бедном Ипполите моментально увлажнились, на фотографиях будут блестеть. Какое горе, какой ужас, сказала себе Элиза, настраиваясь.

Только это еще был не ужас. Ужас начался, когда в дверь просунулось веснушчатое личико Зои Дуровой.

— Представляете, Элизочка? Врач говорит, Смарагдов отравился! Не иначе из-за несчастной любви! Ну кто бы мог ожидать, от Смарагдова-то! Репортеры как с ума сошли!

И умчалась с потрясающей новостью дальше.

А Элиза вспомнила антрепренера Фурштатского. И еще кое-что — вот только сейчас, в эту самую секунду.

Когда Гамлет-Смарагдов ущипнул Офелию и в зале кто-то ахнул, а кто-то загоготал, Элиза боковым зрением заметила, что некто в черном фраке порывисто вскочил и идет к выходу. Тогда она была фраппирована, ошеломлена и не стала вглядываться, но теперь эта картина возникла перед нею, будто на фотокарточке. Взгляд Элизы обладал этой важной для актрисы способностью: удерживать в памяти детали.

У выходившего из зала были квадратные плечи, дерганая походка, блестящая лысина. Это был Чингиз-хан, безусловно он — сейчас она в этом не сомневалась.

Подавившись криком, Элиза схватилась за стол, чтоб не упасть. И все-таки упала. Ноги подогнулись, будто тряпичные.

Проводами Ипполита Смарагдова руководил лично Ной Ноевич, отнесясь к этому печальному мероприятию, как к театральной постановке.

Зрелище получилось впечатляющее. Из театрального подъезда гроб вынесли, как положено, под аплодисменты и завывание целого хора безутешных плакальщиц — осиротевших поклонниц премьера. Площадь была переполнена народом. Процессия двинулась через полгорода, до Николаевского вокзала, растянувшись на версту.

Элиза шла сразу за катафалком, опустив голову и не глядя по сторонам. Она была в вуали, которую изредка поднимала, чтобы утереть слезы.

Состояние панического страха, владевшее ею с той минуты, когда она догадалась об истинной причине смерти Ипполита, на время оставило ее. Элиза чувствовала на себе взгляды и была вся в образе. Покойника, облаченного в костюм Сирано (то была самая знаменитая его роль), разве что без приклеенного носа, везли в открытом гробу, и вообразить себя Роксаной, которая провожает в путь безвременно ушедшего героя, было нетрудно.

Перед отправлением поезда Штерн произнес великолепную речь, от которой женщины в толпе рыдали, некоторые истерически.

— Ушел великий актер, человек-загадка, унеся с собой тайну своей смерти. Прощай, друг! Прощай, талантливейший из моих учеников! О, как осиянно ты жил! О, как кромешно ты ушел! Из света через тьму к еще более лучезарному Свету!

Должна была сказать прощальные слова и Элиза как партнерша усопшего, но после штерновских изысков выглядеть дурочкой не хотелось, поэтому она вскинула руку к горлу, будто пыталась протолкнуть горестный комок. Не справилась, поникла и лишь молча уронила в гроб белую лилию.

Кажется, вышло недурно. Чем хороша вуаль? Сквозь нее можно оглядывать лица, и никто не заметит. Элиза так и поступила. О, как на нее смотрели! Со слезами, с восхищением, с обожанием.

Вдруг ее внимание привлекла поднятая рука в белоснежной перчатке. Сжалась в кулак, большой палец повернулся книзу в жесте, каким приговаривают к смерти поверженного гладиатора. Вздрогнув, Элиза перевела взгляд с перчатки на лицо — и всё будто подернулось туманом. Это был он, Чингиз-хан! Торжествующий, скалящий зубы в мстительной улыбке.

Второй раз за два дня Элиза лишилась чувств. Нервы у нее совсем истончились.

По дороге с вокзала в театр Ной Ноевич ей выговаривал, перекрикивая рев мотора:

— Сцена с лилией была чудесна, не спорю. С обмороком — это уже перебор. И потом, зачем падать так грубо, неэлегантно? Звук от соприкосновения вашего затылка с асфальтом был слышен за десять шагов! С каких пор вы стали приверженкой натуралистической школы?

Она молчала, еще не до конца придя в себя. Пускай Штерн думает, что хочет. Жизнь все равно кончена...

В театр ехали не справлять поминки. Это было бы пошлостью, мещанством. Режиссер сказал: «Лучшая тризна по актеру — продолжить работу над его последним спектаклем» и назначил экстренное собрание по перераспределению ролей. Труппа горячо поддержала предложение. Со вчерашнего дня все рядили: кто же будет играть Эраста, Вершинина, Гамлета и Лопахина?

Перед актерами Ной Ноевич произнес речь в совершенно ином роде, нежели на кладбище.

— Актер был посредственный, а умер красиво. Можно сказать, положил себя на алтарь родного театра, — сказал он прочувствованно, после чего сразу перешел на сугубо деловой тон, да и выглядел не особенно скорбно. — Благодаря Ипполиту о нас все пишут, все говорят. В связи с этим предлагаю смелый ход. Мы объявляем месячный траур. Заменять Смарагдова в репертуарных спектаклях не будем. Так сказать, идем на убытки в дань памяти выдающегося артиста. «Сестер», «Лизу» и «Гамлета» закрываем.

— Грандиозно, учитель! — воскликнул Девяткин. — Благородный жест!

— Благородство тут ни при чем. Публика наш репертуар уже видела. Без Смарагдова и его истеричек спектакли потеряют половину электричества. Отменять возвышенные цены будет ошибкой, а пустых мест в зале я допустить не могу. Отныне, друзья мои, мы сосредоточимся на репетициях «Вишневого сада». Прошу всех быть в 11 часов на месте. Без опозданий, Василиса Прокофьевна, не то стану штрафовать, согласно контракту.

— Всё бы вам на деньги пересчитывать! Вы — торгующий в храме, вот вы кто!

— В храм, Василиса Прокофьевна, билетов не покупают, — парировал Штерн. — И дьячкам по триста рублей в месяц вне зависимости от количества богослужений, то бишь спектаклей, не платят.

Регинина надменно отвернулась, не снизойдя до ответа.

— Для поддержания градуса и пополнения кассы мы проведем несколько концертов памяти Смарагдова. На первом зал наполнят его поклонницы, специально приедут из Петербурга. Самоубийства сейчас в моде. Если повезет, какая-нибудь дура наложит на себя руки вслед за своим кумиром. Мы и ее память почтим особым концертом.

— Но это ужасно! — прошептал Простаков. — Как можно строить подобные расчеты!

— Чудовищный цинизм! — громко подхватила обиженная угрозой штрафа гранд-дама.

А Элиза подумала: Штерн не циник, для него жизнь немыслима без театральности, театральность — без эффектности. Жизнь — декорация, смерть — декорация. Он такой же, как я: хотел бы умереть на сцене под рукоплескания и рыдания публики.

— Всё это чудесно, — спокойно прогудел Разумовский, — но кого вы намерены вводить на роль Лопахина?

Ответ у режиссера был готов:

— Поищу кого-нибудь на стороне. Может быть, уговорю Леню Леонидова на временное сотрудничество — из солидарности с нашим несчастьем. Роль ему знакома, переменить акценты для актера его масштаба пара пустяков. А на период репетиций введу Девяткина. Вы ведь, Жорж, текст знаете?

Ассистент с готовностью кивнул.

— Вот и отлично. Симеонова-Пищика и прохожего подыграю сам. А начальника станции можно вообще выкинуть, у Чехова он ни слова не произносит. Прямо сейчас и начнем. Прошу всех открыть папки.

В эту минуту дверь (сидели в артистическом фойе) скрипнула.

— Кто там еще? — раздраженно сказал Ной Ноевич, не выносивший, когда во время репетиции или собрания заявлялись посторонние.

— А это вы, господин Фандорин! — Худое лицо режиссера моментально сменило выражение, осветившись обаятельнейшей улыбкой. — Я уж не чаял...

Все обернулись.

В дверном проеме, держа в руках серый английский цилиндр с невысокой тульей, стоял кандидат на должность драмотборщика.

ТЕОРИЯ НАДРЫВА

— **Н**ой Ноевич, мне сказали по телефону, что вы з-здесь, — сказал он с легким заиканием. — Приношу соболезнования и прошу прощения, что беспокою в этот п-печальный день, но...

— У вас есть для меня новости? — оживился режиссер. — Входите же, входите!

— Да... То есть нет. Не в том смысле, а в д-другом, довольно неожиданном...

Вошедший держал под мышкой кожаную папку. Он сдержанно поклонился присутствующим.

Холодно кивнув, Элиза отвернулась и подумала: как неумело он изображает смущение. Вряд ли это чувство ему знакомо. Вчера, в куда более неловкой ситуации, смущенным он не выглядел.

Вчера Элиза была в экзальтации. Рыдала, тряслась в нервном ознобе, не находила себе места. А поздно вечером, охваченная внезапным порывом, помчалась в театр. В руках у нее был огромный букет черных роз. Она хотела, в знак раскаяния и памяти, положить цветы к месту, где умер человек, которого она так не любила и кого невольно погубила.

Дверь служебного подъезда она открыла сама. По теории Ноя Ноевича, театр должен быть не вторым, а даже первым домом актера, поэтому у каждого члена труппы имелся свой ключ. Ночного сторожа на месте не оказалось, но Элиза не придала этому значения. Она поднялась на этаж, где располагались уборные, пошла по длинному темному коридору, вдыхая аромат роз. Повернула за угол — остановилась.

Дверь Смарагдова была нараспашку. Внутри горел свет, доносились голоса.

— Вы уверены, что он остался з-здесь, когда все ушли? — спросил кто-то. Кажется, она уже слышала это заикание.

Ответил сторож:

— Что я, врать буду? Позавчера «Гамлета, принца датского» давали, чувствительная пьеса. После представления господа выпили, пошумели. Ну, это завсегда так. Разошлись. А господин Смарагдов тут остался. Я заглянул, думал, опять свет не погасил. А он мне: «Ступай, грит, Антип. Встреча у меня». Веселый был, пел чего-то. Одежу казенную переодел уже — ну портки энти, с пузырями, шляпку с пером, саблю. А кружки, из которых на пиру пьют, с собой притащил. Красивые такие, с орлами.

— Да-да, вы г-говорили. И что же, пришел к нему кто-то?

— Врать не буду. Не видал.

Возмутившись, Элиза молча встала в дверях.

Надо же, а при первой встрече этот господин, Эраст Иванович, нет, Эраст Петрович с какой-то не вполне обычной фамилией, произвел на нее хорошее впечатление. Красивый, хорошего мужского возраста, лет сорока пяти, выигрышное сочетание свежего лица с благородной сединой. Единственно, со вкусом в одежде не очень — чересчур элегантен, и кто из понимающих мужчин сейчас носит жемчужину в галстуке? Но держится безупречно. Сразу видно человека из общества. Он, пожалуй, мог бы ее даже заинтересовать, если бы занимался чем-нибудь стоящим. Но драмотборщик — это так скучно, это для Башмачкина какого-то. Он, правда, назвался «путешественником». Скорее всего, какой-нибудь фанатичный театрал из светских бездельников, жаждет проникнуть в мир театра. Типаж не особенно редкий. В Художественном вон бывший генерал на третьих ролях бесплатно играет.

— Не думала, сударь, что вы из числа любопытствующих, — презрительно сказала Элиза, когда он ее заметил.

Как только стало известно о драматичной смерти Ипполита Смарагдова, здание театра подверглось настоящей осаде — репортеры, безутешные поклонницы, любители скандалов чуть не в окна лезли. Ну а «путешественник», видимо, поступил хитрее: пришел в поздний час, когда толпа разошлась, да и сунул ночному сторожу бумажку.

— Да, сударыня, тут много любопытного, — ответил Фандорин (вот как его фамилия) так же холодно, причем нисколько не сконфузился.

— Прошу вас уйти. Посторонним сюда нельзя. Это, в конце концов, непристойно!

— Хорошо, ухожу. Я, собственно, всё уже видел. — На прощанье он слегка, даже небрежно поклонился и сказал Антипу. — Госпожа Луантэн совершенно права. Заприте дверь на ключ и никого сюда больше не пускайте. До свидания, мадам.

Она неприязненно проговорила:

— «До свидания»? Вы еще не передумали поступать к нам в драмотборщики?

— Передумал. Но мы скоро увидимся.

И действительно увиделись.

— Я бы хотел п-перемолвиться наедине, — сказал седовласый господин Фандорин режиссеру, все так же бездарно изображая волнение. Человек с ледяными глазами не может знать, что такое волнение! — Но я могу дождаться, пока вы закончите...

— Нет-нет, ни в коем случае. Мы поговорим немедленно, и безусловно наедине.

Штерн взял «путешественника» под руку и повел прочь.

— Займитесь чем-нибудь. Я скоро вернусь. Присмотритесь к новому Лопахину. Пусть каждый прикинет рисунок психологических отношений с этим человеком... Пожалуйте ко мне в кабинет, Эраст м-м-м Петрович.

Однако штерновское «скоро» растянулось надолго. К новому Лопахину присматриваться Элизе было незачем: во-первых, ее Аня с крестьянским сыном по пьесе почти не соприкасалась; во-вторых, Лопахина все равно в спектакле будет играть Леонидов или кто-то равновеликий, уж во всяком случае не Девяткин, хоть он и очень славный.

Бедняжка потыркался к одному, к другому, прижимая к груди смарагдовскую папку, но никто не пожелал с ним «выстраивать психологических отношений».

Кутаясь в шаль, Элиза сидела, рассеянно прислушивалась к разговорам.

Антон Иванович Мефистов высказывал язвительные предположения по поводу «импозантных седин» драмотборщика, затем поинтересовался у Разумовского как «специалиста по сединам», какое количество синьки потребно для поддержания столь благородной белизны. Флегматичный Лев Спиридонович на провокацию не поддался.

— Вы не любите красавцев мужчин, это всем известно. Бросьте, Антон Иваныч, в мужчине главное не мордашка, а калибр, — благодушно сказал он.

— Послушайте его, какой он рассудительный да добренький, — зашептала про бывшего мужа Регинина, присаживаясь рядом. — Сама не понимаю, как я могла прожить с этим человеком целых семь лет! Расчетливый, злопамятный, ничего не забывает! Прикидывается агнцем, а потом нанесет удар исподтишка, как змея ужалит.

Элиза кивала. Она и сама недолюбливала рассудочных людей — и в жизни, и на сцене. В отношении же к Разумовскому они с Василисой Прокофьевной были союзницы. Единственная из всей труппы, Элиза знала, за что гранд-дама ненавидит резонера, чего не может ему простить.

Однажды, разоткровенничавшись, Регинина рассказала историю, от которой просто мурашки по коже. Как чудовищно мстительны бывают обманутые мужья!

В пору, когда приключилась та история, Василиса Прокофьевна еще играла героинь. Вместе со Львом Спиридоновичем они служили в первоклассном императорском театре. Регинина играла Маргариту в «Даме с камелиями» — в весьма удачной инсценировке романа, где роль благородной куртизанки была выписана с пронзительной мощью. «Я умирала так, что весь зал рыдал и сморкался, — вспоминала Регинина и сама тоже расчувствовалась, потянулась за платком. — Как вы знаете, Элизочка, лучшей исполнительницей роли Маргариты Готье принято считать Сару Бернар. Но, хотите верьте, хотите нет, я играла еще сильней! Все иностранцы, кто меня видел, просто сходили с ума. О спектакле писала европейская пресса. Вы не помните, вы еще были девочкой... И что вы думаете? Слух о моей Маргарите дошел до Самой. Да-да, до великой Бернар! И вот приезжает она в Петербург. Вроде бы на гастроли, но я-то знаю: хочет посмотреть на меня. Настает великий день. Мне говорят: она в зале! Боже, что со мною стало! В тот день приехали и государь с государыней, но понимающие люди, конечно, смотрели только в ложу, где сидела Бернар. Что она, оценит ли? Ах, как я играла! И всё по нарастающей, по нарастающей. Мне потом рассказывали, что великая Сара сидела ни жива, ни мертва — иссохла от зависти. Вот дело идет к кульминации. У меня сцена с Арманом, я при смерти. Армана играл Лев Спиридонович, он в этой роли тоже был недурен. Все называли нас восхитительной парой. А тут мы ужасно рассорились, как раз перед спектаклем. Так вышло, что я, по минутной слабости — закружилась голова — уступила домогательствам второго любовника Звездича (очень был обходительный мужчина), и кто-то донес мужу — ну, вы знаете, как это у нас бывает. Хорошо, я виновата. Ударь меня, изрежь ножницами мое любимое платье, измени с кем-нибудь в отместку! А что сделал Лев? Я произношу свою коронную реплику: «Мой милый, все что я прошу — немножко поплачьте обо мне». И вдруг... Вообразите: у Армана приклеены такие красивые густые брови. И оттуда вылетают две струи! Этот негодяй каким-то образом прицепил под грим клоунские водяные трубки! Зал от хохота чуть не обвалился. И царь смеялся, и царица. С Сарой Бернар чуть не припадок... Главное, я лежу при последнем издыхании, вся такая сломанная, и ничего не могу понять! Потом, правда, рецензенты писали, что это революция в трактовке, что это гениальная находка, подчеркнувшая трагифарсовость жизни и мизерность дистанции между мелодрамой и буффонадой. Неважно! Он украл и растоптал главный миг моей жизни! С тех пор этот человек для меня мертв».

«Ужасно, ужасно, — прошептала Элиза. — Да, такое простить нельзя».

Более отвратительного злодейства один актер по отношению к другому совершить не может. От человека, способного на такую жестокость, можно ожидать чего угодно.

Коварный Ной Ноевич, конечно, не случайно свел разведенных супругов в одной труппе. Согласно его «теории надрыва», отношения внутри труппы должны все время клокотать на грани взрыва. Зависть, ревность, даже ненависть — любые сильные эмоции создают продуктивный энергетический фон, который при умелом руководстве со стороны режиссера и правильном распределении ролей накладывается на игру и придает ей неподдельную живость.

— Вы знаете, Элизочка, — продолжала шептать Регинина, — я не то, что другие, я нисколько не завидую вашему успеху. Ах, когда-то и я заставляла зал томиться от страсти. Конечно, в моем нынешнем амплуа тоже есть прелесть. Но скажу вам честно, по-дружески, без чего обходиться трудно — так это без поклонников. Пока играешь героинь, настырные обожатели, преследующие тебя повсюду, как свора кобелей, раздражают. Но до чего же потом не хватает этой, простите за вульгарность, собачьей свадьбы! О, вам еще предстоит узнать, что с возрастом чувства — и чувственность, чувственность — не ослабевают, а становятся сильнее. До чего мил и свеж этот ваш Керубино в гусарской форме! Я про Володеньку Лимбаха. Подарили бы мне его, от вас не убудет.

Хоть сказано было в шутку, Элиза нахмурилась. Значит, уже ходят сплетни? Кто-то видел, как мальчишка лезет к ней в окно? Беда!

— Ничего он не мой. Забирайте его себе вместе с саблей, шпорами и прочей амуницией! Простите, Василиса Прокофьевна, повторю роль. А то вернется Штерн, будет ругаться.

Она пересела, открыла папку, но тут рядом пристроилась Симочка Клубникина, начала болтать:

— А Ловчилин Костя сбежал. Говорит, в «Мадрид» сгоняю. Будто бы папку с ролью забыл. Врет, наверно.

Он все время врет, ничему нельзя верить. А вы утром куда ходили? Я стучалась, вас в номере не было. Хотела одолжить стразовый аграф для шляпки, он прелесть, а вы его все равно не носите. Так где вы были?

Жизнерадостная, ясная, вся насквозь земная, безо всяких изломов и второго дна, Серафима благотворно действовала на измученные нервы Элизы. В театре редко бывает, чтобы две актрисы не вступали друг с другом в соперничество, а меж ними такого совсем не было. Клубникина с присущим ей здравым смыслом объясняла это просто. «Вы привлекательны для одного типа мужчин, я — для другого, — однажды сказала она. — Вам хорошо даются печальные роли, мне веселые. Ни на сцене, ни в жизни нам делить нечего. Вам, правда, платят больше, зато я моложе». Симочка была милая, непосредственная, немножко жадная до денег, тряпок и безделушек, но в ее возрасте это так понятно и извинительно.

Элиза обняла ее за плечи:

— Выходила пройтись. Рано проснулась. Не спалось.

— Пройтись? Одна? Или с кем-нибудь? — оживленно спросила Серафима. Она обожала сердечные тайны, романы и всякого рода пикантности.

— Ничего ей не рассказывайте, Элизочка, — сказала подошедшая Ксантиппа Лисицкая. Эта особа не могла спокойно наблюдать, как люди по-дружески, весело разговаривают. — Вы заметили, что наша субретка все время у вас что-то выпытывает, подглядывает? Вы давеча отошли, так она в вашу записную книжку нос сунула.

— Что вы врете! — вскинулась Клубникина. Ее васильковые глаза моментально наполнились слезами. — Как вам не стыдно! Я просто взяла оттуда карандаш, на минутку. Нужно было записать ремарку по роли, а мой сломался!

— Это вы вечно за всеми шпионите, — сердито сказала Элиза «злодейке». — Главное, даже не слышали, о чем разговор, а вмешиваетесь.

Лисицкой только этого было и надо. Она уперлась в бок острым кулаком, встала над Элизой и пронзительно вскричала:

— Внимание! Прошу всех в свидетели! Эта особа только что обозвала меня шпионкой! Я, конечно, человек маленький, главных ролей не играю, но и у меня есть свои права! Я требую товарищеского суда, как записано в нашем уставе! Никто не имеет права безнаказанно оскорблять актеров!

Своего она добилась. На шум подтянулись все. Но обороняться Элизе не пришлось, у нее нашлись защитники. Добрейший Вася Простаков стал урезонивать скандалистку. И второй верный паладин, Жорж Девяткин, тоже заслонил даму грудью.

— В отсутствие режиссера его полномочия осуществляю я! — гордо заявил он. — И попрошу вас, госпожа Лисицкая, не кричать. В уставе имеется пункт и о нарушителях дисциплины во время репетиций!

Ксантиппа немедленно перенацелилась на новую мишень, ей, в сущности, было все равно, с кем собачиться.

— А, рыцарь печального образа! Что вы носитесь с лопахинским текстом, будто дурень с писаной торбой? Не видать вам этой роли, как своих ушей! Потому что вы бездарь! Прислуга за всё!

Девяткин весь побелел от обиды, но и у него, в свою очередь, сыскался защитник. Точнее, защитница. Зоя Дурова вскочила на стул — очевидно, чтоб ее было лучше видно — и что было сил выкрикнула:

— Вы не смеете с ним так! Не слушайте ее, Жорж! Вы гениально сыграете!

Этот отчаянный вопль разрядил атмосферу. Раздался смех.

— Какая пара, загляденье, — пропела довольная Лисицкая. — Вы бы сели ему на плечо, милая. И ступайте себе по дворам, по улицам с песней «Мой сурок со мною». Сборы обеспечены.

Она так смешно изобразила, как Дурова сидит на плече у Девяткина, а тот крутит шарманку и поет, что смех стал пуще.

Несчастный ассистент почему-то разозлился не на провокаторшу, а на непрошеную заступницу.

— Кто просил вмешиваться?! — нервно обернулся он. — Лезут всякие!

И ретировался.

Элиза вздохнула. Жизнь возвращается на круги своя. Всё как обычно. «Теория надрыва» продолжает действовать. Только вот Смарагдова нет...

Ей стало жалко маленькую травести, которая так и осталась торчать на стуле, только присела на корточки, похожая на нахохлившегося воробышка.

— Зачем же вы так откровенно, мужчины этого не любят, — мягко сказала Элиза, пересев к Зое. — Жорж вам нравится?

— Мы созданы друг для друга, а он этого не понимает, — тихонько пожаловалась та. — В сущности, я должна была бы вас ненавидеть. Когда вы рядом, все мужчины поворачиваются к вам, как подсолнухи к солнцу. Вы думаете, я не вижу, что мой интерес ему неприятен, даже оскорбителен? Я, хоть и Дурова, но не дура.

— Зачем же вы вмешались?

— Он такой гордый, такой несчастный. В нем столько нерастраченной страсти! Я хорошо вижу такие вещи. Мне ведь немного нужно. Я не вы, я не избалована. — Зоя оскалила зубы в клоунской ухмылке. — О, мои жизненные запросы миниатюрны, а любовные даже микроскопичны. Под стать размеру. — Она, кривляясь, шлепнула себя по макушке. — Мне было бы довольно улыбки, доброго слова — хоть изредка. Я же не из тех, кого любят. Я из тех, кому в виде особой милости позволяют любить. И то не всегда.

Ее было ужасно жалко — некрасивую, щуплую, смешную даже в минуту искренности. Хотя (это в Элизе сказалась профессиональная память) ту же самую интонацию комикующего отчаяния Дурова, кажется, использовала в роли Гавроша. Актриса — всегда актриса.

Они понуро сидели рядом и молчали, каждая думала о своем.

А потом, после получасового отсутствия, наконец вернулся Ной Ноевич, и начались чудеса.

К ЧЕРТУ «ВИШНЕВЫЙ САД»!

Давно уже Элиза не видела Штерна в таком приподнятом настроении. Последнее время он довольно искусно изображал энтузиастический подъем, но взгляд актрисы не обманешь: она отлично видела, что Ной Ноевич недоволен, что он терзается, сомневается в успехе новой постановки. И вдруг такое окрыление. С чего бы?

— Дамы и господа! Друзья мои! — воскликнул Штерн, обводя коллег сияющим взглядом. — Чудеса бывают не только на сцене. Сегодня, словно в воздаяние за нашу утрату, мы получили щедрый подарок судьбы. Посмотрите на этого человека. — Он широким жестом показал на своего спутника. — Кто это, по-вашему?

— Драмотборщик, — удивился кто-то. — Да мы его сегодня уже видели.

— Господин Фандорин, Эраст Петрович, — подсказал неизвестно когда успевший вернуться Ловчилин. Он всегда отличался превосходной памятью на имена.

— Нет, товарищи мои! Этот человек — наш спаситель! Он принес нам фантастически перспективную пьесу!

Девяткин ахнул:

— А «Вишневый сад»?

— К черту «Вишневый сад»! Под топор его, прав ваш Лопахин! Пьеса Эраста Петровича новая, никем кроме меня не читанная! Она во всех отношениях идеальна. По набору ролей, по теме, по сюжету!

— Где вы ее раздобыли, господин драмотборщик? — спросила Регинина. — Кто автор?

— Он и есть автор! — захохотал Штерн, наслаждаясь всеобщим удивлением. — Я объяснил Эрасту Петровичу, какая пьеса нам нужна, и он, вместо того чтобы искать, сел и — раз-два — сочинил ее сам. В десять дней! Именно такую, о какой я мечтал! Даже лучше! Это феноменально!

Конечно, поднялся шум. Те, кто был доволен своей ролью в «Вишневом саде», негодовали; другие, наоборот, выражали самое горячее одобрение.

Элиза молчала, с новым интересом приглядываясь к седовласому красавцу.

— Хватит спорить, — сказала она. — Когда можно будет ознакомиться с текстом?

— Прямо сейчас, — объявил Ной Ноевич. — Я проглядел глазами. Вы знаете, у меня чтение фотографическое, однако это надо воспринимать на слух. Пьеса написана белым стихом.

— Даже так? — поразился Простаков. — В стиле Ростана, что ли?

— Да, но с восточным колоритом. Как это вовремя! Публика с ума сходит по всему японскому. Прошу вас, Эраст Петрович, садитесь на мое место и читайте.

— Но я з-заикаюсь...

— Это ничего. Попросим, господа!

Все захлопали, и Фандорин, подергивая себя за аккуратный черный ус, вынул из папки стопку листов.

— «ДВЕ КОМЕТЫ В БЕЗЗВЕЗДНОМ НЕБЕ», — прочел он и пояснил. — Это такое название, в традиции японского театра. Тут у меня некоторая эклектика, что-то взято из кабуки, что-то из дзёрури — старинного театра к-кукол, что-то из...

— Да вы читайте, непонятное после объясните, — нетерпеливо перебил его Штерн, подмигивая актерам: погодите, мол, сейчас ахнете.

— Хорошо. Конечно. Извините. — Автор откашлялся. — Еще подзаголовок есть. *«Пьеса для театра кукол в трех действиях с песнями, танцами, трюками, фехтовальными сценами и митиюки».*

— Чем-чем? — переспросил Разумовский. — Последнее слово не понял.

— Это такая традиционная сцена, где п-персонажи находятся в пути, — пояснил Фандорин. — Для японца понятие Пути, Дороги имеет важное значение, поэтому сцены митиюки выделяются особо.

— Всё, больше никаких вопросов! — рявкнул Штерн. — Читайте!

На местах притихли. Никто не умеет слушать новую пьесу так, как актеры, которым предстоит в ней играть.

На лицах появилось одинаково напряженное выражение — каждый пытался вычислить, какая роль ему достанется. По мере чтения слушатели один за другим расслаблялись, определив свой персонаж. Уже по одной этой реакции можно было понять, что пьеса нравится. Редко встретишь драму, где у всякого актера имелся бы эффектный выход, но «Две кометы» относились именно к этому разряду. Амплуа легли очень точно, так что и ссориться было не из-за чего.

Без труда определила свою роль и Элиза: гейша высшего ранга Идзуми. Очень интересно! Петь она умеет, танцевать тем более — слава Богу, заканчивала балетное. А какие можно сделать кимоно, какие прически!

Просто поразительно, до чего она, вроде бы неглупая, пожившая на свете женщина, была слепа! Как могла она не оценить по достоинству господина Фандорина? Его седые волосы и черные усы — это так стильно! Он похож на Дягилева с его знаменитой прядью. Или на Станиславского, пока тот не стал бриться. Только еще красивей! И какой приятный мужественный голос! На время чтения заикание совершенно исчезло. Даже жалко — в этом легком дефекте речи, пожалуй, есть свой шарм.

Ах, что за пьеса! Чудо, а не пьеса!

Даже Лисицкая была в восхищении. Еще бы — ей редко выпадала столь аппетитная роль.

— Браво, Эраст Петрович! — первой воскликнула злюка Ксантиппа Петровна, когда автор произнес «Занавес. Конец». — Новый Гоголь явился!

Все вскочили, аплодировали стоя. Кричали:

— Это успех!

— Сезон будет наш!

— Банзай!

Костя Ловчилин всех развеселил, изобразив японский акцент:

— Немилёвись со Станислявским сделяют халякили! — и показал, как взрезают себе животы бородатый полный Немирович и тощий Станиславский в пенсне.

Во всеобщем ликовании не участвовал только Девяткин.

— Я не понял, какие роли достанутся нам с вами, учитель, — со смесью надежды и подозрительности проговорил он.

— Ну я, разумеется, буду Сказителем. Уникальная возможность прямо со сцены руководить темпом действия и игрой актеров. Режиссер-дирижер, великолепная находка! А вам, дорогой Жорж, достанутся три роли: Первого Убийцы, Второго Убийцы и Невидимого.

Ассистент заглянул в записи, которые он делал во время чтения.

— Но позвольте! Тут две роли без слов, а третья хоть и со словами, но персонажа не видно!

— Естественно. Он же Невидимый. Зато сколько экспрессии! И потом, Невидимый — стержень, двигатель действия. А в роли наемных убийц вы сможете продемонстрировать свои блестящие навыки сабельного боя. Вы сами рассказывали, что в юнкерском училище шли первым по фехтованию.

Девяткин, польщенный комплиментами, кивнул, но как-то неуверенно.

— Японское фехтование существенно отличается от з-западного, — заметил Фандорин, вновь начавший заикаться. — Здесь потребуется некоторая подготовка.

— Да, проблема, которая меня беспокоит, это японские реалии. Все эти жесты, музыкальные инструменты, песни, пластика и прочее. Надо будет где-нибудь найти живого японца и взять его в консультанты. Я не могу себе позволить ставить клюкву вроде миланской постановки «Мадам Баттерфляй». — Штерн озабоченно нахмурился, но автор пьесы его успокоил:

— Естественно, я подумал об этом. Во-первых, я сам неплохо разбираюсь в японских материях. А во-вторых, я привел к вам японца. Он ждет в вестибюле.

Все так и ахнули, а Элиза подумала: этот человек кудесник, ему не хватает только усеянного звездами плаща и волшебной палочки. Подумать только — водит с собой настоящего живого японца!

— Так зовите его скорей! — воскликнул Ной Ноевич. — Воистину вас послал нам театральный бог! Нет-нет, оставайтесь! Господа, кликните капельдинера, пусть приведет нашего японского гостя. А я, Эраст Петрович, пока хочу вас спросить: может быть, раз уж вы столь предусмотрительны, у вас есть какие-нибудь соображения по поводу исполнителя роли этого... как его... — Он заглянул в пьесу. — ...этого си-но-би по прозвищу Неслышимый? Насколько я понял, синоби — это клан профессиональных убийц, вроде арабских ассасинов. Он у вас и жонглирует, и по канату ходит, и от клинка уворачивается.

— В самом деле, — сказал Разумовский. — А героя-то у нас нет. Был бы жив Смарагдов...

Регинина заметила:

— С трудом представляю себе Ипполита, разгуливающего по канату.

— Да, это проблема, — подхватил Девяткин. — Боюсь, неразрешимая.

Режиссер не согласился с ним:

— Ну уж неразрешимая. Можно поискать какого-нибудь акробата из цирка. Циркачи иногда бывают довольно артистичны.

— Быть может, здесь необязателен профессиональный актер, — высказал здравое предположение чудесный Эраст Петрович. — Роль Неслышимого без слов, а лицо его до самого конца закрыто маской.

— Скажите-ка, — Штерн с надеждой воззрился на Фандорина, — а вы, проживая в Японии, не занимались всякими этими восточными штуками? Нет-нет, не отказывайтесь! Из вас с вашей фигурой и внешностью могла бы получиться отличная пара для Элизы!

Красавец заколебался, впервые за все время поглядев в ее сторону.

— Да, я всё это умею, даже ходить по канату, но... Я ни за что не решился бы выйти на сцену... Нет-нет, увольте.

— Просите его, Элиза! Умоляйте! Падайте на колени! — закричал взбудораженный Ной Ноевич. — Посмотрите на эти черты! Сколько в них изящества! Какая сила! Когда Неслышимый в конце снимет маску и луч высветит его лицо, публика с ума сойдет!

Элиза протянула к автору руки жестом молящей о милосердии Дездемоны и послала ему лучезарнейшую из своих улыбок — перед такой не удавалось устоять никому из мужчин.

Но разговор прервался, потому что в дверь заглянул капельдинер.

— Ной Ноевич, привел. Заходите, господин хороший.

Обращение было адресовано невысокому, коренастому азиату в клетчатой паре. Он сделал несколько шагов и в пояс, не сгибая спины, всем поклонился, сняв при этом канотье. Блеснул идеально круглый, бритый, будто отполированный череп.

— Михаир Эрастовить Фандорин, — громко представился он и поклонился еще раз.

— Это ваш сын?! — удивленно спросил Штерн у автора. Тот сухо ответил:

— Не родной. На самом деле его зовут Масахиро Сибата.

— Феноменально, — протянул Ной Ноевич свое любимое словечко, жадно разглядывая восточного человека. — Скажите, Михаил Эрастович, вы случайно не умеете жонглировать?

— Зёнгурировачь? — повторил японец. — А. Немнозько умею.

Вынул из нагрудного кармана часы, из брючного складной ножик, из бокового почему-то половинку бублика и стал ловко подбрасывать всё это в воздух.

— Превосходно! — На лице режиссера появилось хищное выражение, хорошо знакомое Элизе. Так Ной Ноевич выглядел, когда в голове у него рождалась какая-нибудь особенно дерзкая творческая идея. — А по канату ходить вам не приходилось? — Он молитвенно сложил руки. — Хотя бы чуть-чуть! Я читал, что ваша нация необычайно ловка в физических упражнениях.

— Немнозько умею, — повторил Фандорин-младший и, подумав, осторожно прибавил. — Есри не очень высоко.

— Феноменально! Просто феноменально! — едва не прослезился Штерн. — Мы не будем вас мучить, Эраст Петрович. Я понимаю, в вашем возрасте выходить на сцену странно. Есть идея грандиозней. Господа, у нас в пьесе будет играть настоящий японец! Это придаст спектаклю достоверность и новизну. Взгляните на это лицо! Вы видите эту азиатскую лепку, эту животную мощь? Изваяние Будды! — Под простертой дланью режиссера японец приосанился, сдвинул брови и сузил свои и так неширокие глаза. — Мы будем держать в тайне до самой премьеры, что исполнитель главной мужской роли японец. Зато, когда в момент раскрытия он снимет маску, это будет фурор! Такого героя-любовника на европейской сцене еще не бывало! Скажите, друг мой, а могли бы вы изобразить любовную страсть?

— Немнозько умею, — невозмутимо ответил Михаил-Масахиро.

Поглядел вокруг, выбрал в качестве объекта Клубникину и впился в нее внезапно загоревшимся взглядом. Ноздри его небольшого носа плотоядно раздулись, на лбу выступила жила, губы слегка затрепетали, будто не в силах сдержать стон.

— Мама моя, — слабо пролепетала Симочка, заливаясь краской.

— Феноменально! — пророкотал Штерн. — Никогда не видел ничего подобного! Но я еще не спросил главное: согласитесь ли вы сыграть в пьесе вашего приемного батюшки? Мы все, все вас об этом просим. Просите его!

— Просим, просим, пожалуйста! — зашумели актеры.

— От этого будет зависеть успех пьесы и судьба нового драматурга, — весомо молвил Штерн. — Вы ведь хотите помочь своему приемному родителю?

— Отень хочу.

Японец посмотрел на Фандорина, который стоял с совершенно застывшим лицом, словно всё происходящее было ему крайне неприятно.

Михаил Эрастович сказал что-то довольно длинное на странно звучащем наречии, адресуясь к Фандорину-старшему.

— *Сорэ ва тасикани соо да кэдо...* — будто нехотя признавая что-то, ответил тот.

— Я сограсен. — И японец поклонился сначала Штерну, потом всем остальным.

Труппа разразилась рукоплесканьями, радостными криками.

— Для декораций сегодня же выпишу Судейкина или Бакста, кто свободен, — перешел на деловитый тон Ной Ноевич. — Костюмы не проблема. Кое-что осталось от постановки «Микадо», что-то есть в здешних запасниках, наши предшественники ставили джонсовскую «Гейшу». Остальное сошьем. Реквизитом разживемся в «Театрально-кинематографической компании». Сцену переделаем. Девяткин! Текст в машинопись, по ролям, по папкам, как обычно. Секретность строжайшая! До анонса никто не должен знать, что мы ставим! Лишь дадим в прессу, что «Вишневый сад» заменяется. Обязательно сообщите, что мы нашли более сильную пьесу!

Элиза заметила, что при этих словах Фандорин вздрогнул и даже поежился. Может быть, скромность ему все-таки не чужда? Как мило!

— Выходные отменяются! — гремел Штерн. — Репетировать будем каждый день!

НЕПРОСТИТЕЛЬНАЯ СЛАБОСТЬ

О**н был странный, Эраст Петрович Фандорин. В последующие дни Элиза убеждалась в этом все больше.**
Что она ему действительно понравилась, сомнений не
вызывало. Ей, впрочем, редко встречались мужчины,
смотревшие на нее без вожделения. Разве какой-нибудь
Мефистов, который, кажется, искренне ненавидит красоту. Или одержимый театром Ной Ноевич — тот способен
видеть в актрисе только актрису, средство для исполнения своего творческого замысла.

Вожделеющие мужчины ведут себя двумя способами.
Или сразу кидаются в атаку. Или — если гордого нрава —
делают вид, что остались равнодушны, но при этом все
равно стараются произвести впечатление.

Вначале Фандорин вроде бы изображал равнодушие.
Во время репетиции, вернее в перерыве, завел какой-то
пустячный разговор, со скучающим видом. Что-то такое
про кубок королевы Гертруды да про ключи от реквиз-
зитного склада. Элиза вежливо ему отвечала, внутренне
улыбаясь: какой он смешной, думает одурачить меня этой
галиматьей. Ему просто хочется слушать мой голос, думала
она. Еще думала, что он очень красивый. И трогательный.
Взглянет из-под своих густых ресниц — и покраснеет. Ей
всегда импонировали мужчины, которые в зрелые лета не
разучились краснеть.

Она уже предвидела, что разговор он прервет, как бы
заскучав. Отойдет с небрежным видом, а сам обязательно
искоса подсмотрит — что она? Впечатлилась или нет?

Но Фандорин повел себя иначе. Вдруг перестал вы-
пытывать, кто из труппы имеет доступ в реквизитную,
покраснел еще пуще, решительно поднял глаза и говорит:

— Не стану п-прикидываться. Актер из меня неваж-
ный. И вас, я думаю, все равно не проведешь. Спрашиваю

одно, а думаю совсем о д-другом. Я, кажется, в вас влюблен. И дело не только в том, что вы талантливы, красивы и прочее. Есть особенные причины, по которым я потерял г-голову... Неважно какие... Отлично знаю, что вы избалованы ухажерами и привыкли к п-поклонению. Тесниться в толпе ваших обожателей мне мучительно. Я не могу соперничать свежестью с каким-нибудь юным гусаром, богатством с господином Шустровым, талантами с Ноем Ноевичем, красотою с героями-любовниками и так далее, и так далее. У меня был единственный шанс заинтересовать вас собой — сочинить пьесу. Для меня это был подвиг потруднее, чем для коммодора Пири покорение Северного полюса. Если б не постоянное г-головокружение, которое меня не оставляет с момента нашей первой встречи, я бы вряд ли написал драму, да еще в стихах. Воистину влюбленность творит чудеса. Но я хочу вас п-предупредить...

Здесь она его перебила, встревоженная этим «но»:

— Как хорошо вы говорите! — взволнованно сказала Элиза, беря его горячую руку. — Со мной никто и никогда так просто и серьезно не разговаривает. Я ничего сейчас не могу вам ответить, мне нужно разобраться в своих чувствах! Поклянитесь, что всегда будете столь же открыты. И я, со своей стороны, обещаю вам то же самое!

Ей показалось, что тон и текст получились правильными: искренность в сочетании с нежностью и явное, но в то же время целомудренное приглашение к развитию отношений. Однако он понял ее иначе. Иронически улыбнулся одними губами:

— «Останемся друзьями»? Что ж, я ждал такого ответа. Даю слово, что больше никогда не обременю вас сентиментальными п-признаниями.

— Но я совсем не в том смысле! — с тревогой воскликнула она. Этот сухарь, чего доброго, сдержит свое слово, с него станется. — Друзья у меня есть и без вас. Вася Простаков, Сима Клубникина, Жорж Девяткин — он человек нелепый, но самоотверженный и благородный. Это все не то... Я не могу быть с ними абсолютно откровенной. Они тоже актеры, а это особенный тип людей...

Он слушал, не перебивая, а смотрел так, что Элиза ощутила экстатический трепет, как на сцене в самые высшие моменты. Глаза у нее наполнились слезами, грудь — восторгом.

— Я устала все время играть, все время быть актрисой! Вот сейчас говорю с вами, а сама думаю: диалог, как у Елены Андреевны с доктором Астровым из третьего акта «Дяди Вани», но только лучше, гораздо лучше, потому что наружу почти ничто не прорывается. Так и надо вести дальше: внутри огонь, снаружи — ледяная корочка. Господи, до чего же я боюсь превратиться в Сару Бернар!

— П-простите? — Его синие глаза расширились.

— Мой вечный кошмар! Про великую Сару Бернар говорят, что она никогда не бывает естественной. Это ее принцип существования. У себя дома она расхаживает в костюме Пьеро. Спать ложится не в постель, а в гроб, чтобы проникнуться трагизмом существования. Вся — манерность, вся — аффект. Это ужасная опасность, подстерегающая актрису — потерять себя, превратиться в тень, в маску!

И она заплакала, закрыв лицо руками. Заплакала горько и по-настоящему — до красного носа и опухших глаз, но сквозь пальцы все-таки подглядела, как он на нее смотрит.

О, как он смотрел! Такой взгляд не променяешь на овацию целого зала!

Долго на этой стадии отношения, конечно, оставаться не могли. Дружба с красивым мужчиной — это что-то из романтической баллады. В жизни подобного не бывает.

На третий день, после очередной репетиции, Элиза заехала к нему домой, в небольшой флигель, что притаился в старом, тихом переулке. Предлог для визита был почтенный: Эраст предложил ей выбрать для роли кимоно, веера и еще какие-нибудь японские вещицы, которых у него дома видимо-невидимо. Ничего *такого* она и в голове не держала, честное слово. Ей просто было любопытно посмотреть, как живет этот загадочный человек. Дом может очень многое рассказать о своем обитателе.

И дом действительно многое поведал об Эрасте Петровиче — даже слишком, во всем сразу и не разберешься.

Повсюду идеальный, можно сказать, неживой порядок, как это бывает у застарелых, педантичных холостяков. Следов постоянного женского обитания никаких, но кое-где острому взгляду Элизы попались штучки, очень похожие на кипсейки прошлых увлечений: миниатюрка юной блондиночки в глубине книжного шкафа; изящный гребешок, какие были в моде лет двадцать назад; маленькая белая перчатка, будто случайно забытая под зеркалом. Что ж, он прожил жизнь не монахом, это нормально.

Неловких пауз не возникало. Во-первых, в обществе этого мужчины ничуть не тягостно было и помолчать — Эраст Петрович фантастически владел трудным искусством паузы: просто смотрит на тебя, и уже не заскучаешь. А во-вторых, в доме было столько интересного, обо всем хотелось расспросить, и он охотно начинал рассказывать, после чего беседа дальше шла сама, в любом направлении.

Элиза чувствовала себя в полной безопасности — даже наедине, в пустом доме, джентльмен вроде Фандорина ничего неподобающего себе не позволит. Не учла она лишь одного: умные разговоры с умным мужчиной всегда действовали на нее возбуждающе.

Как же всё вышло?

Началось с абсолютно невинной вещи. Она стала разглядывать гравюры, спросила про диковинное существо: лисицу в кимоно, с высокой дамской прической.

Это кицунэ, японский оборотень, объяснил Фандорин. Коварнейшее создание. Она сказала, что кицунэ ужасно похожа на Ксантиппу Лисицкую и позволила себе несколько уничижительных замечаний по поводу сей малоприятной особы.

— Вы говорите о г-госпоже Лисицкой с ожесточением, — покачал он головой. — Она ваш враг?

— А вы разве не видите? Эта злобная, мелочная тварь меня просто ненавидит!

И тут он произнес маленькую речь, каких за эти три дня она слышала уже несколько и, хоть иронически

называла их про себя «проповедями», успела к ним привыкнуть, даже полюбить. Возможно, в них и заключалась главная прелесть общения с «путешественником».

— Никогда не делайте этой ошибки, — сказал Фандорин с очень серьезным видом. — Не принижайте своих врагов, не обзывайте их оскорбительными словами, не изображайте их ничтожными. Тем самым вы принижаете себя. Что вы собою п-представляете сами, если имеете столь презренного противника? Если вы уважаете себя, вы не станете враждовать с тем, кто не достоин уважения. Не будете же вы, если вас облаяла дворняжка, вставать на четвереньки и г-гавкать на нее в ответ. Кроме того, когда враг знает, что вы относитесь к нему с уважением, он отвечает вам тем же. Это не означает п-примирения, но помогает избегать в борьбе подлостей, и к тому же дает возможность закончить войну не истреблением, а миром.

Он был дивно хорош, когда нес эту очаровательную околесицу.

— Вы настоящий интеллигент, — с улыбкой молвила Элиза. — Я сначала приняла вас за аристократа, а вы классический интеллигент.

Фандорин тут же разразился филиппикой в адрес интеллигенции — он сегодня был непривычно разговорчив. Наверное, так на него действовала ее близость. Хотя не исключено и другое (это Элиза уже потом додумалась). Как человек умный и знаток психологии, Эраст Петрович мог заметить, сколь сильно действуют на слушательницу его «проповеди», и сполна воспользовался этим оружием. Ах, она так и не научилась его понимать!

Орация, на которой Элиза окончательно растаяла, была следующая:

— Я не считаю это комплиментом! — горячо заговорил Фандорин. — «Классический интеллигент» — существо для России вредное, даже г-губительное! Сословие вроде бы симпатичное, но обладает роковым недостатком, который так верно подметил и высмеял Чехов. Интеллигент умеет достойно переносить невзгоды, умеет сохранять благородство при поражении. Но он совершенно не умеет побеждать в борьбе с хамом и мерзавцем, которые у нас так многочисленны и сильны. До тех пор, пока интеллигентское сословие не научится д-драться за свои идеалы, ничего путного в России не будет! Но когда я говорю «драться», я не имею в виду драку по правилам хама и мерзавца. Иначе сам станешь таким же, как они. Это должна быть драка по своим правилам, правилам б-благородного человека! Принято считать, что Зло сильнее Добра, потому что не ограничивает себя в приемах — ставит подножку, бьет из-за угла или ниже пояса, нападает вдесятером на одного. Поэтому, борясь со Злом по правилам, победить якобы невозможно. Но подобные разговоры происходят от г-глупости и, простите, импотенции. Интеллигенция — сословие мыслящее, в этом его мощь. Если оно проиграет, то из-за того, что плохо воспользовалось своим главным оружием, интеллектом. Довольно приложить интеллект, и станет ясно, что у благородного человека арсенал гораздо мощнее, а броня неуязвимей, чем у самых ловких махинаторов из охранки или у революционных вождей, что посылают на смерть альтруистических мальчиков. Вы спросите, в чем состоит арсенал и б-броня благородного человека, не опускающегося до низменных средств борьбы..?

Ни о чем подобном Элиза спрашивать не собиралась. Волнение, с которым говорил Эраст Петрович, тембр его голоса действовали на нее мощнее любого афродизиака. В конце концов она перестала противиться растекающейся по телу слабости, прикрыла глаза и сама, первая, с тихим вздохом положила руку ему на колено. В чем арсенал и броня благородного человека, Элиза так и не узнала. Фандорин умолк не докончив фразы и, разумеется, притянул ее к себе.

Дальнейшее, как это происходило с нею в подобных случаях, запомнилось обрывками и отдельными образами — скорей, осязательными и обонятельными, нежели зрительными. Мир любви волшебен. В нем становишься совсем иным существом, делаешь невообразимые вещи и нисколько их не стесняешься. Время меняет темп, разум милосердно отключается, звучит неизъяснимо прекрасная музыка, и чувствуешь себя античной богиней, парящей на облаке.

Но сверкнула молния, грянул гром. В буквальном смысле — за окном началась гроза. Элиза приподняла голову, обернулась к окну и удивилась, что оно совсем черное. Оказывается, уже стемнело, а она и не заметила. Однако в миг, когда темнота осветилась зарницей, к Элизе вернулся рассудок, а вместе с ним его вечный спутник, страх, о котором она совершенно забыла.

Что я натворила?! Эгоистка! Преступница! Я погублю его, если уже не погубила!

Столкнув со своего плеча серебристо мерцающую в полумраке голову возлюбленного, она вскочила и, шаря по полу, принялась быстро одеваться.

— В чем дело? Что случилось? — поразился он.

Неистово, со слезами на глазах Элиза крикнула:

— Это никогда, слышите, ни-ко-гда не должно повториться!

Он уставился на нее, раскрыв рот. А Элиза выбежала вон из дома, прямо под хлесткие струи.

Ужас, ужас! Самые худшие ее опасения подтвердились: под навесом ворот темнела чья-то плотная фигура. Кто-то таился напротив раскрытого окна и подглядывал...

«Боже, спаси его, спаси!» — молила Элиза и бежала, стуча каблучками по мокрому тротуару. Бежала, не разбирая дороги.

СЕРДЦЕ НА ЦЕПИ

Потом она, конечно, немного успокоилась. Наверное, под воротами просто прятался от грозы случайный прохожий. Чингиз-хан — человек страшный, но не вездесущий же дьявол.

А если всё же это был он? Не надо ли предупредить Эраста об опасности?

Поколебавшись, она решила этого не делать. Если Фандорину всё рассказать, он как человек чести станет опекать свою возлюбленную, не захочет оставлять ее одну. И уж тогда Искандер точно узнает об их связи. Новой потери, особенно *такой*, Элизе не пережить.

Она позволила себе единственную поблажку: немного помечтала, как бы всё у них могло получиться, если б не ее злая карма (это каркающее японское слово она почерпнула из пьесы). Ах, что за парой бы они были! Знаменитая актриса и немолодой, но красивый и безумно талантливый драматург. Как Ольга Книппер и Чехов, только не расставались бы, а жили вместе счастливо и долго — до старости. Про старость Элиза мечтать не стала, ну её.

Вот еще одна причина, по которой нельзя рисковать жизнью Эраста: ответственность перед литературой и театром. Человек, который никогда не брался за перо и вдруг сразу создал шедевр, да-да, шедевр, может стать новым Шекспиром! Пускай Мефистов, кривя рот, шепчет, что пьеска удобна для штерновской теории, а более в ней ничего интересного нет. Он просто бесится, что роль купца, которая ему досталась, самая невыигрышная. Пьеса, продиктованная любовью, не может не быть великой! А для женщины нет высшего оммажа, нет более лестного комплимента, чем стать музой-вдохновительницей. Кто бы помнил какую-то там Лауру, девчонку Беатриче или легкомысленную Анну Керн, если б не посвященные им великие произведения? Благодаря Элизе Луантэн в драматургии воссияет новое имя. Так можно ли допустить, чтоб из-за нее же оно погасло?

И она взяла себя в руки, посадила бедное сердце на цепь. На следующий день, когда Фандорин кинулся к ней, чтобы выяснить, в чем дело, Элиза была с ним сдержанна, даже холодна. Сделала вид, будто не понимает, отчего он обратился к ней на «ты». Дала понять, что случившееся вчера вычеркнуто. Этого попросту *не было* — и всё тут.

Достаточно было продержаться первые две минуты. Элиза знала: как человек гордый, он не станет выяснять отношений, тем более ее преследовать. Так и вышло. На третьей минуте Фандорин мертвенно побледнел, опустил глаза и закусил губу, борясь с собой. Когда же вновь поднял глаза, они смотрели уже совершенно иначе — будто кто-то наглухо задвинул шторы.

Сказал:

— Что ж, прощайте. Больше не обеспокою. — И ушел.

Как она не разрыдалась — Бог весть. Выручил актерский навык владеть внешним проявлением чувств.

На репетиции после этого он приходить перестал. Собственно, особенной нужды в этом не было. На все вопросы, касающиеся Страны Восходящего Солнца, мог отвечать и японец, который относился к работе с примерной серьезностью: раньше всех приходил, позже всех уходил и оказался на редкость старателен. Ной Ноевич на него не мог нарадоваться.

В общем, избавиться от Фандорина оказалось еще легче, чем думала Элиза. Даже досада взяла. Приходя к одиннадцати в театр, она все ждала — не появится ли он, внутренне себя настраивала на твердость. Но Эраст не приходил, настрой пропадал зря. Элиза страдала. Утешалась тем, что всё к лучшему, а боль со временем притупится.

Очень помогала работа над ролью. Было столько всего интересного! Оказывается, японки, и тем более гейши, ходят иначе, чем европейские женщины, иначе кланяются, особенным образом говорят, поют, танцуют. Элиза представляла, что она — живое воплощение изысканнейшего из искусств, самоотверженная служительница «югэна», японского идеала неявной красоты. Понять эту концепцию было непросто: в чем смысл Красоты, если она себя прячет от взглядов, укутывается в покрова?

Ной Ноевич каждый день фонтанировал новыми идеями. Вдруг затеял перекраивать уже сложившийся рисунок спектакля. «Раз пьеса написана для театра кукол, то давайте и играть по-кукольному! — объявил он. — Не занятые в сцене актеры надевают черные балахоны и превращаются в кукловодов. Будто бы водят персонаж, дергают его за ниточки. — И показал изломанную пластику движений. — Смысл в том, что все герои — марионетки в руках кармы, непреклонного Рока. Однако в какой-то момент ваша кукла, Элиза, вдруг сорвется с нитей и задвигается, как живой человек. Это будет эффектно!»

В перерывах, выходя из заколдованного сценического состояния, в котором не ощущаешь ни страха, ни боли, Элиза словно сжималась: ужасная реальность наваливалась на нее своей пыльной тяжестью. Призрак Чингиз-хана витал в темных глубинах кулис, убитая любовь царапала сердце кошачьими когтями, а выйдешь в коридор — там мертвым кленовым листом лепилась к стеклу осень, скорее всего последняя в ее жизни...

Единственной отдушиной этих неизбежных интервалов в работе стали разговоры с Фандориным-младшим. Естественно, Элиза не смела слишком явственно выказывать интерес к Эрасту Петровичу, приходилось себя сдерживать, но все же время от времени, между обсуждением японских штучек, удавалось навести беседу и на материи более важные.

— Но вы были женаты? — спросила однажды Элиза, когда Михаил Эрастович по какому-то поводу обмолвился, что холост.

— Нет, — жизнерадостно улыбнулся японец. Он почти все время жизнерадостно улыбался, даже когда вроде бы не было повода.

— А ваш... приемный отец? — небрежно продолжила она. Кстати сказать, она так и не выяснила, при каких обстоятельствах у Эраста появился столь необычный пасынок. Может быть, в результате брака с японкой? Эту тему она решила исследовать позже.

Михаил Эрастович подумал-подумал и ответил:

— На моей памячи не быр.

— Вы давно его знаете?

— Борьсе торицачи рет, — просиял собеседник. К его нечистой, но совершенно понятной и почти правильной русской речи Элиза быстро привыкла.

Она повеселела: значит, Эраст (ему ведь около сорока пяти?) никогда женат не был. Почему-то это ее обрадовало.

— Что же это он не женился? — развивала она тему дальше.

Круглое лицо японца обрело важность. Он потер на макушке щетину (Штерн велел ему для роли не брить голову, это-де неромантично):

— Не мог найчи зеньсину, досутойную его. Так мне сам говорир, много раз.

Надо же, какое самомнение! В голос Элизы прокралась язвительность:

— И что, усердно искал?

— Очень сирьно старарся, — подтвердил Михаил Эрастович. — Много зеньсин хотери с ним зеничься. Он пробовар-пробовар — спрасивар меня: как чебе, Маса? Нет, говорю, недосутойная. Он сограсярся. Он вусегда меня срусяет.

Элиза вздыхала, принимала к сведению.

— Многих, значит, перепробовал?

— Отень! Быри настоясие принцессы, быри реворюционерки. Одни зеньсины быри как ангер, другие хузе дьявора.

— Красивые? — забыла она об осторожности. Больно уж захватывающий получился разговор.

Маса (это имя, пожалуй, шло ему больше, чем «Михаил Эрастович») как-то странно поморщился.

— У господзина суторанный вкус. — И, как бы спохватившись, поправился. — Отень курасивые.

И даже показал, какие именно красивые: с огромным бюстом, полными боками, широченными бедрами, большими щеками и маленькими глазками.

У Фандорина действительно странные пристрастия, делала выводы Элиза. Он любит крупных, я совсем не в его вкусе.

Тут она призадумалась, загрустила, и беседа окончилась. Элиза даже не спросила, почему Маса называет Эраста «господином».

Однако при более близком знакомстве обнаружилось, что не все сведения, полученные от японца, следует принимать на веру. Партнер по роли оказался не дурак приврать — или, во всяком случае, пофантазировать.

Когда, в результате сложных маневров, Элиза вновь навела разговор на Эраста и спросила, чем он, собственно, в жизни занимается, Маса коротко ответил:

— Супасает.

— Кого спасает? — изумилась она.

— А куто попадзётся, того и супасает. Иногуда родзину супасает.

— Кого?

— Родзину. Россию-матуську. Раз дзесячь узе супас. И раза тори-четыре супас весь мир, — ошарашил ее Маса, сияя обычной своей улыбкой.

Так-так, сказала себе Элиза. Не исключено, что сообщение про принцесс с революционерками из того же разряда.

Сентябрь подошел к концу. Город пожелтел, пропитался запахом слез, печали, умирания природы. Как это совпадало с состоянием ее души! По ночам Элиза почти не спала. Лежала, закинув руки за голову. Бледно-оранжевый прямоугольник на потолке, проекция подсвеченного фонарем окна, был похож на киноэкран, и она видела там Чингиз-хана и Эраста Петровича, гейшу Идзуми и японских убийц, бледные образы прошлого и черноту будущего.

Во вторую ночь месяца октября очередной такой «киносеанс» закончился потрясением.

Владимир
Лимбах

PHOTO   MOEBIUS

Как обычно, она перебирала события дня, ход сегодняшней репетиции. Посчитала, сколько дней не видела Фандорина (целых пятнадцать!) — вздохнула. Потом улыбнулась, вспомнив очередной скандал в труппе. Кто-то опять нахулиганил, сделал дурацкую запись в «Скрижалях»: *«ДО БЕНЕФИСА СЕМЬ ЕДИНИЦ»*. Когда она появилась, неизвестно — в журнал давно не заглядывали, поскольку не было спектаклей. Но тут Штерну пришел в голову какой-то «феноменально гениальный афоризм», он раскрыл книгу — а на странице за 2 октября грубые каракули химическим карандашом. Режиссер закатил истерику. Мишенью стала почтенная Василиса Прокофьевна, которая как раз перед этим вспоминала, какие великолепные бенефисы бывали у нее в прежние времена: с серебряными подносами, с шикарными адресами, с тысячными кассами. Вообразить, что Регинина тайком от всех слюнит карандаш и выводит в священной книге кривыми буквами хулиганские письмена, мог только Ной Ноевич. Как же потешно он на нее наскакивал! А как громоподобно она возмущалась! «Не смейте меня оскорблять подозрениями! Ноги моей больше не будет в этом вертепе!»

Вдруг на потолочном «экране», куда рассеянно глядела Элиза, появились две огромных черных ноги и закачались туда-сюда. Она взвизгнула, рывком сев на кровати. Не сразу догадалась взглянуть в сторону окна. А когда посмотрела, страх перешел в бешенство.

Ноги были не химерические, а совершенно настоящие, в кавалерийских сапогах и чикчирах. Они медленно

142

опускались, о них бились ножны шашки; вот появился задравшийся доломан, и, наконец, весь корнет Лимбах, спускающийся по веревке. Недели две, после того случая, он не появлялся — должно быть, сидел на гауптвахте. И вот снова заявился, как лист перед травой.

На этот раз паршивец подготовил вторжение более основательно. Встав на подоконник, он вынул отвертку или какой-то другой инструмент (Элизе было не очень хорошо видно) и стал возиться с оконной рамой. Закрытый шпингалет, тихонько скрипнув, начал поворачиваться.

Этого еще не хватало!

Вскочив с постели, Элиза повторила тот же трюк, что в прошлый раз: толкнула створки. Но результат получился иной. Должно быть, крутя свою отвертку или что там у него было, Лимбах некрепко держался за веревку, а может, и вовсе ее выпустил. Во всяком случае, от неожиданного толчка он жалобно вскрикнул и, перекувырнувшись, полетел вниз.

Элиза, обмерев от ужаса, перегнулась через подоконник, ожидая увидеть на тротуаре неподвижное тело (все-таки высокий бельэтаж, добрых две сажени), но корнет оказался ловок, как кошка. Он приземлился на четыре конечности, а увидев высунувшуюся из окна владычицу сердца, умоляюще прижал руки к груди.

— Разбиться у ваших ног — счастье! — крикнул он звонким голосом.

Поневоле рассмеявшись, Элиза закрыла окно.

Однако продолжаться так не могло. Придется все-таки поменяться номерами. С кем бы?

Да хоть с Дуровой. Малышку вечно селят хуже всех. А если Лимбах снова полезет в окно, Зоя, даром что птичка-невеличка, сумеет дать отпор. Если, конечно, пожелает, лукаво подумала Элиза. А не пожелает — одним выстрелом будут подстрелены два зайца: и Зое развлечение, и офицерик отвяжется.

Элиза даже прыснула, представив себе изумление настырного корнета, когда он обнаружит подмену. А Зою, пожалуй, предупреждать ни к чему. Так выйдет интересней — сценка из комедии дель арте. От жуткого до комичного в жизни один маленький шаг.

Вот только есть ли в зоиной конурке зеркало? Можно попросить, чтобы перенесли отсюда.

Элиза не могла жить в помещении, где нет зеркал. Если не поглядела на себя хотя бы раз в две-три минуты, возникало ощущение, будто ее на самом деле не существует. Довольно распространенный среди актрис психоз, называется «рефлекциомания».

ЧЕРЕЗ ПИРЕНЕИ

События, приключившиеся в «Лувре-Мадриде» следующей ночью, Элиза наблюдала лишь частично, так что общую картину пришлось восстанавливать по рассказам очевидцев.

Следует сказать, что поздно вечером в отеле и номерах отключилось электричество. Монтеров из-за позднего времени вызвать было невозможно, и драматические события происходили либо в полной темноте, либо в неверном свете керосина и свечей.

Начать лучше с рассказа Зои Дуровой.

«Я всегда засыпаю, как кошка. Коснулась головой подушки — и нету меня. А тут ложе, можно сказать, царское. Перины лебяжьего пуха! Подушки из ангельских перьев! Перед тем еще в горячей ванне нанежилась. В общем, сладко сплю, вижу сон. Будто я лягушка, сижу в болоте, мне там тепло и сыро, но очень одиноко. Глотаю невкусных комаров, квакаю. Что вы, Элизочка, смеетесь? Правда-правда! Вдруг — шлеп! — втыкается в землю стрела. И я соображаю: я не просто земноводное, я царевна-лягушка, и сейчас за стрелой явится прекрасный царевич. В стрелу покрепче вцепиться, и будет мне удача.

Царевич немедленно появляется. Наклоняется, сажает меня на ладонь. «Ой, говорит, какая ты зелененькая, да миленькая! А какие славные у тебя бородавочки! Дай я тебя поцелую!» И, действительно, целует, горячо и страстно.

Тут я вдруг просыпаюсь, и что вы думаете? Царевич не царевич, но какой-то ферт с усишками пыхтит мне в лицо и слюнявит губы поцелуями. Я как заору! Он мне рукой хочет рот закрыть — я его зубами за палец.

Села, хотела дальше орать, только гляжу — знакомый. Корнет гусарский, который вас цветами засыпает. Окно нараспашку, следы на подоконнике.

145

Смотрит он на меня, укушенным пальцем машет, а физиономия перекошенная.

— Ты кто такой? — сипит. — Откуда тут взялся?

У меня же волосы короткие, он меня за мальчишку принял.

Я ему:

— Это ты откуда взялся?

Он мне кулак к носу. «Где она, шепчет, где моя Элиза? Говори, чертенок!» И давай мне ухо крутить, скотина.

Я перепугалась: «В «Мадрид», мол, переехала, в десятый номер». Сама не знаю, почему. Ляпнула первое попавшееся. Честное слово! Что вы смеетесь? Не верите? Зря. Почему шум не подняла, когда он ушел? Испугалась очень, отдышаться не могла. Ей-богу».

Свидетелей перехода бравого корнета через темные коридорные Пиренеи из «Лувра» в «Мадрид» не сыскалось, поэтому следующий эпизод драмы разыгрался уже непосредственно в десятом номере.

«Как злоумышленнику удалось открыть дверь, не разбудив меня, я не знаю. Сон у меня легчайший, просыпаюсь от малейшего дуновения... Не лгите, Лев Спиридонович, никогда я не храпела! И вообще откуда вам знать, как я теперь сплю? Слава Богу, вы давно уже компании мне не составляете. Пусть он вообще выйдет, я не стану при нем рассказывать!

...И слышу сквозь свою легкую дрему, как кто-то шепчет: «Королева, царица, владычица небес и земли! Сгораю от страсти, от аромата ваших духов». А надо сказать, что на ночь я всегда душусь «Флер-де-лисом». И кто-то целует мне шею, щеку, прижимается к губам. Естественно, я решила, что вижу сон. А во сне что ж стесняться? И потом, раз мужчин рядом нет, признаемся откровенно: кому из нас не понравится подобное сновидение? Ну и я, естественно, раскрываю чудесной грезе объятья... Перестаньте хихикать, а то рассказывать не буду!

Всё, заметьте, происходит в кромешном мраке, я этого мерзкого мальчишку и узнать-то не могла...

146

Но когда он обнаглел и дошел до вольностей, каких я и в сновидении себе не позволяю, я наконец осознала, что это не сон, а самое настоящее покушение на мою честь. Оттолкнула негодяя — он на пол отлетел. И подняла крик. А этот гадкий Лимбах, поняв, что его замысел провалился, удрал в коридор».

Если рассказ Зои вызывал почти полное доверие (кроме случайности направления злодея в десятый номер), то к истории Региииной приходилось делать некоторые коррекции. Иначе трудно объяснить, отчего она закричала на весь «Мадрид» с таким запозданием и почему Лимбах у нее вдруг сделался «мерзким» и «гадким», хотя раньше она к нему благоволила.

Гораздо вероятней, что это сам Лимбах, утопув в телесах монументальной Василисы Прокофьевны, понял, что попал не туда, забарахтался и вырвался на свободу, чем и вызвал негодующие вопли гранд-дамы.

Как бы то ни было, следующий пункт маршрута ночного налетчика был достоверно известен. На крики из соседнего восьмого номера выглянул Разумовский с лампой в руке и увидел улепетывающую вдаль по коридору вертлявую фигуру с болтающейся на ремне шашкой.

Повернув за угол, Лимбах налетел на Ксантиппу Петровну. Она, в ночной рубашке и папильотках, тоже высунулась из своей комнаты.

Вот ее рассказ.

«Мне сослужила дурную услугу вечная отзывчивость. Услышав крики, я поднялась с постели и выглянула в коридор. Вдруг кому-то нужна помощь?

Ко мне бросился молодой человек. Я не сразу узнала в нем этого вашего поклонника, Лимбаха. Но он назвался, умоляюще сложил руки на груди:

— Укройте меня, сударыня! За мной гонятся! Если попаду в полицию, мне влепят минимум месяц гауптвахты!

Вы знаете, я всегда на стороне тех, кого преследует полиция. Я впустила его и заперла дверь на засов, дура!

И что вы думаете? Неблагодарный стал меня домогаться! Я пыталась его образумить, зажгла лампу, чтобы он увидел: я гожусь по возрасту ему в матери. Но он был, как сумасшедший! Хотел сорвать с меня сорочку, гонялся за мной по комнате, а когда я начала кричать и звать на помощь, обнажил свою саблю! Не знаю, как жива осталась. Другая на моем месте подала бы на скотину в суд, и он загремел бы не на гауптвахту, а на каторгу — за попытку изнасилования и убийства!»

Здесь правды, очевидно, было еще меньше, чем в словах Василисы Прокофьевны. Что Лимбах пробыл в номере Лисицкой несколько минут, сомнений не вызывало. Возможно также, что он зашел туда сам, надеясь пересидеть шумиху. Но вот насчет домогательств — это что-то сомнительно. Скорее всего, Лисицкая сама начала к нему подбираться, но по оплошности зажгла лампу, и бедный корнет пришел в ужас от внешности своей спасительницы. Очень возможно, что у него не хватило такта скрыть отвращение, и это не могло не оскорбить Ксантиппу Петровну. Обиженная и разъяренная, она способна кого угодно вогнать в трепет. Легко представить, что перепуганный Володя был вынужден выхватить шашку — как Д'Артаньян обнажил шпагу, убегая от оскорбленной миледи.

В коридор он действительно выскочил с клинком наголо. Там уже собралось целое общество разбуженных актеров: Антон Иванович Мефистов, Костя Ловчилин, Сима Клубникина, Девяткин. При виде вооруженного лиходея все кроме храброго Жоржа попрятались по комнатам.

К сему моменту от невероятных перипетий Володя совсем ополоумел.

Он кинулся к ассистенту режиссера, потрясая шашкой.

— Где она?! Где Элиза?! Куда вы ее запрятали?!

Жорж — отважное сердце, но не самая светлая голова — попятился к двери третьего номера и загородил ее собою.

— Только через мой труп!

А Лимбаху уже было все равно — через труп так через труп. Ударом эфеса в лоб он сшиб Девяткина на пол и оказался перед комнатой, которую прежде занимала Зоя.

Дальнейшие события в реконструкции не нуждались, ибо Элиза их наблюдала сама и принимала в них непосредственное участие.

Измученная вечным недосыпанием, накануне вечером она выпила настойку лауданума и проспала весь тарарам. Разбудила ее лишь громкая возня прямо за дверью. Элиза зажгла свечу, открыла — и оказалась лицом к лицу с растерзанным, багровым от беготни Лимбахом.

Он со слезами кинулся к ней.

— Я нашел вас! Боже, сколько я перенес!

Плохо соображая спросонья, она посторонилась, и корнет, видимо, принял это движение за приглашение войти.

— Тут повсюду какие-то эротоманки! — пожаловался он (этими его словами и объясняются позднейшие предположения относительно Региной и Лисицкой). — А я люблю вас! Только вас!

Объяснение на пороге номера было прервано, когда из-за угла выбежал Вася Простаков. Сон у него крепкий, поэтому из всех «мадридцев» он пробудился последним.

— Лимбах, вы что тут делаете? — закричал он. — Оставьте Элизу в покое! Почему Жорж на полу? Вы его ударили? Я позову Ноя Ноевича!

Тогда корнет проворно шмыгнул внутрь и запер за собой дверь. Элиза оказалась с ним наедине.

Не сказать, чтобы ее это испугало. На своем веку она повидала всяких сорвиголов. Иные, особенно офицеры или студенты, бывало, вытворяли и не такое. К тому же Володя вел себя довольно смирно. Он пал на колени, шашку бросил на пол, взял краешек ее пеньюара и благоговейно прижал к груди.

— Пускай ради вас я погибну... Пускай меня даже выгонят из полка... Мои престарелые родители этого не переживут, но мне все равно без вас не жизнь, — выкрикивал он невнятное, но чувствительное. — Если вы меня оттолкнете, я распорю себе брюхо, как делали японцы во время войны!

При этом его пальцы как бы ненароком комкали тонкую шелковую ткань, она собиралась складками и поднималась все выше. Гусар прервал свою слезницу, чтобы наклониться и поцеловать Элизу в голое колено — да там и остался, дочмокиваясь все выше и выше.

Внезапно она ощутила озноб. Не от его бессовестных прикосновений, а от ужасной мысли, пришедшей в голову.

«Что если мне его судьба послала? Он отчаянный, он влюблен. Если рассказать ему о моем кошмаре, он просто вызовет Чингиз-хана на дуэль и убьет его. И я буду свободна!»

Но сразу же сделалось стыдно. Рисковать жизнью мальчишки из эгоистических видов — подлость.

— Перестаньте, — слабо сказала она, кладя ему руки на плечи (голова Лимбаха уже вся скрылась под пеньюаром). — Встаньте. Мне нужно с вами поговорить...

Она и сама не знала, чем бы всё это закончилось. Хватило бы ей храбрости или, наоборот, малодушия втравить мальчика в смертельно опасную историю.

До объяснения не дошло.

Дверь сорвалась с петель от могучего удара. В проеме теснились гостиничный швейцар, Простаков и Девяткин — с пунцовой шишкой на лбу и пылающим взором. Их раздвинул Ной Ноевич. Негодующе смерил взглядом непристойную картину. Элиза двинула Лимбаха коленкой по зубам.

— Вылезайте оттуда!

Тот поднялся, взял под мышку свое холодное оружие, нырнул под растопыренные руки швейцара и дунул в коридор, вопя: «Я люблю вас! Люблю!»

— Оставьте нас, — велел Штерн.

Его глаза метали молнии.

— Элиза, я в вас ошибся. Я считал вас женщиной высшего порядка, а вы позволяете себе... — И так далее, и так далее.

Она не слушала, глядя вниз, на кончики туфель.

«Ужасно? Да. Подло? Да. Но простительней рисковать жизнью глупого офицерика, чем жизнью великого драматурга. Даже если дуэль кончится смертью Лимбаха, Чингиз-хан все равно исчезнет из моей жизни. Сядет в тюрьму, сбежит в свое ханство или в Европу — неважно. Я буду свободна. *Мы* будем свободны! За это счастье можно заплатить и преступлением... Или нельзя?»

ДО БЕНЕФИСА
ПЯТЬ
ЕДИНИЦ

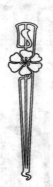

ЛОВ НА ЖИВЦА

К акой-то мудрый человек, кажется Ларошфуко, сказал: очень немногие люди умеют становиться стариками. Эраст Петрович полагал, что принадлежит к этому счастливому меньшинству — и выходит, ошибался.

Куда подевалась разумная, достойная уравновешенность? Где вы, покой и воля, отрешенность и гармония?

Собственное сердце устроило Эрасту Петровичу штуку, которой он никак не ожидал. Жизнь перевернулась, все незыблемые ценности обернулись прахом. Он чувствовал себя вдвое помолодевшим и втрое поглупевшим. Последнее, впрочем, не совсем верно. Рассудок словно бы сбился с установленного курса, утратил целеустремление, однако сохранил всегдашнюю остроту и безжалостно регистрировал все фазы и повороты болезни.

При этом у Фандорина не было уверенности, что происходящее с ним следует считать болезнью. Может быть, он, наоборот, выздоровел?

Вопрос был философский, и ответ на него помог найти лучший из философов — Кант. От рождения он был хил, без конца хворал и очень расстраивался по этому поводу, пока в один прекрасный день мудрецу не пришла в голову превосходная идея: считать свое болезненное состояние здоровьем. Неможогать — это нормально, печалиться тут нечему, das ist Leben*. А если с утра вдруг ничего не болит — это подарок судьбы. И сразу жизнь наполнилась светом радости.

Так же поступил и Фандорин. Перестал топорщиться, сталкивать разум с сердцем. Любовь так любовь, пусть считается нормальным состоянием души.

---

* Это жизнь *(нем.)*.

Сразу стало чуть легче. По крайней мере, с внутренним разладом было покончено. У Эраста Петровича и без самоедства хватало поводов для терзаний.

Воистину тяжкий крест — влюбиться в актрису. Эта мысль посещала Фандорина по сто раз на дню.

С ней никогда и ни в чем нельзя быть уверенным. Кроме того, что в следующий миг она будет не такой, как в предыдущий. То холодная, то страстная, то фальшивая, то искренняя, то прильнет, то оттолкнет! Первая фаза отношений, длившаяся всего несколько дней, заставила его думать, что Элиза, невзирая на актерскую манерность, все-таки обыкновенная, живая женщина. Но как объяснить то, что произошло в Сверчковом переулке? Он был, этот взрыв всесокрушающей страсти, или примерещился? Разве бывает, чтобы женщина сама бросалась в объятья, а потом убегала прочь — да не просто, а с ужасом, даже с отвращением? Что он сделал не так? О, как дорого заплатил бы Эраст Петрович, чтобы получить ответ на мучающий его вопрос. Гордость не позволяла. Оказаться в жалкой роли просителя, *выясняльщика* отношений? Никогда!

В общем, и так понятно. Вопрос-то риторический.

Элиза в первую очередь актриса, а женщина — во вторую. Профессиональная чаровница, которой необходимы сильные эффекты, надлом, болезненные страсти. Внезапный перепад в ее поведении имеет двойную природу: во-первых, она испугалась серьезных отношений и не хочет потерять свою свободу, а во-вторых, конечно же, хочет таким образом покрепче посадить его на крючок. Подобная парадоксальность устремлений естественна для женщины лицедейского сословия.

Он же стреляный воробей, всякие штучки повидал, в том числе и вечную женскую игру в кошки-мышки. Притом в более искусном исполнении. В науке привязывать к себе мужчин европейской актрисе далеко до опытной японской куртизанки, владеющей дзёдзюцу, «мастерством страсти».

Но, отлично понимая эту немудрящую игру, он тем не менее поддавался ей и страдал, страдал по-настоящему. Самоувещевания и логика не выручали.

И тогда Эраст Петрович стал себя убеждать, что ему очень повезло. Есть глупая поговорка «полюбить — так королеву», но королева — ерунда, это и не женщина вовсе, а ходячий церемониал. Если уж влюбляться, то в великую актрису.

Она олицетворяет вечно ускользающую красоту югэна. Это не одна женщина, а десять, двадцать: и Джульетта, и принцесса Греза, и Офелия, и Орлеанская Дева, и Маргарита Готье. Покорить сердце великой актрисы очень трудно, почти невозможно, но если все же удастся — это как завоевать любовь всех героинь разом. Если и не завоюешь, все равно: ты будто любишь разом самых лучших женщин мира. Борьбе за взаимность придется посвятить всю жизнь. Ведь, даже если одержишь победу, она никогда не станет окончательной. Расслабленности и покоя не будет, но кто сказал, что это плохо? Настоящая жизнь и есть этот вечный трепет, а вовсе не стены, которые он вокруг себя понастроил, когда решил правильно стариться.

После разрыва, лишив себя возможности видеть Элизу, он часто вспоминал одну беседу с ней. Ах, как хорошо они разговаривали в тот короткий, счастливый период! Помнится, он спросил ее: что означает быть актрисой? И она ответила.

«Я вам скажу, что такое быть актрисой. Постоянно испытывать голод — безысходный, ненасытимый! Он так огромен, что его не способен утолить никто, как бы сильно меня ни любили. Мне всегда будет мало любви одного мужчины. Мне нужна любовь всего мира — всех мужчин, и всех стариков, и всех детей, и всех лошадей, кошек, собак, и, что самое трудное, еще любовь всех женщин или хотя бы большинства из них. Я смотрю на официанта в ресторане и улыбаюсь ему так, чтобы он меня полюбил. Глажу собаку и прошу ее: полюби меня. Вхожу в залу, полную людей, и думаю: «Вот я, любите меня!» Я самый несчастный и самый счастливый человек на свете. Самый несчастный — потому что невозможно быть любимой всеми. Самый счастливый — потому что живу в постоянном ожидании, как влюбленная перед свиданием. Эта сладко подсасывающая мука и есть мое счастье...»

В тот миг она говорила на пределе доступной ей искренности.

Или то был монолог из какой-нибудь пьесы?

Чувства чувствами, а дело делом. Превратности любви не должны мешать расследованию. То есть мешать-то они безусловно мешали, периодически взвихряя и замутняя ясность дедукции, но от розыскных действий Фандорина не отвлекали. Гадюка в корзине с цветами — злодейство скорее опереточного толка, а вот умышленное убийство — это не шутки. Тревога за любимую и, в конце концов, общественный долг требовали изобличить коварного преступника. Московская полиция вольна приходить к любым выводам (о ее профессиональных способностях Эраст Петрович был невысокого мнения), но лично у него не вызывало сомнений, что Смарагдова отравили.

Открылось это в первый же вечер, во время ночного визита в театр. Не то чтобы Фандорин сразу заподозрил во внезапном самоубийстве премьера неладное — вовсе нет. Но поскольку в непосредственной близости от Элизы вновь произошло нечто зловещее и труднообъяснимое, надо было разобраться.

Что же выяснилось?

Актер задержался в театре, поскольку у него была назначена какая-то встреча. Это раз.

Пребывал в чудесном расположении духа, что странно для будущего самоубийцы. Это два.

Третье. Кубок, из которого, согласно полицейскому заключению, Смарагдов добровольно испил яд, следователь, естественно, забрал с собой. Однако на полированной поверхности стола просматривались следы *двух* кубков. Итак, неведомый гость у актера все-таки побывал, и они пили вино.

Четвертое. Судя по следам, один из кубков был целым, а второй слегка подтекал: от первого остались водяные круги, от второго — винные. Очевидно, перед употреблением реквизитную посуду сполоснули под краном и не вытерли. Потом из второго просочилось немного вина.

Эраст Петрович взял подсохшие частицы красного цвета жидкости на анализ. Яда в вине не содержалось. Значит, из пропавшего кубка пил предполагаемый отравитель. Это пять.

Назавтра картина сделалась еще ясней. Рано утром, вновь использовав полезный метод под названием «барашек в бумажке», Фандорин при помощи капельдинера проник в реквизитную. Точнее говоря, капельдинер только показал ему, где находится склад, и удалился, а дверь Эраст Петрович открыл сам, элементарной отмычкой.

И что же? Второй оловянный кубок преспокойно стоял на полке, рядом с коронами, кувшинами, блюдами и прочим реквизитом из «Гамлета». Фандорин сразу узнал искомый предмет по описанию: он тут один был такой, с орлом и змеей на откидывающейся крышке. Судя по пыли, некоторое время назад кубков здесь стояло два. В вечер убийства Смарагдов их взял прямо со сцены, а потом кто-то (предположительно убийца) поставил на место только один. Исследование через сильную лупу помогло обнаружить в стенке сосуда микротрещину, через которую и просочилось вино. Кроме того, было видно, что кубок хорошенько вымыли. Из-за этого отпечатков пальцев, увы, не осталось.

И все же половина дела была сделана. Список подозреваемых очертился. Оставалось лишь проникнуть в этот круг, чтобы определить убийцу.

Прошел еще день, и все идеально устроилось. Больше не будет нужды действовать украдкой или подкупать прислугу. Пьеса про две кометы была принята к постановке, и Фандорин стал в труппе своим человеком. Воистину счастливое сочетание личного интереса с гражданским долгом.

Во время репетиции, задав разным людям по одному-два вроде бы случайных вопроса, он выяснил самое главное: кто в труппе имеет свободный, в любое время суток, доступ в реквизитную. Список подозреваемых сразу сжался до минимума. Бутафорским, реквизитным и костюмерным складами заведовал помощник режиссера Девяткин. К своим обязанностям он относился очень серьезно, ключей никому не давал и непременно сопровождал всякого, кому требовалось оттуда что-то взять. Проще всего положить на место кубок было бы ему.

Но в труппе имелся человек, которому санкции Девяткина не потребовалось бы — руководитель театра. Для того чтобы выяснить, брал ли Штерн у помощника ключ, пришлось бы задавать вопросы, а это было ни к чему, поэтому Фандорин решил оставить на подозрении обоих.

Третий фигурант прибавился почти случайно. По пьесе «плуту» Ловчилину выпала роль Киндзо, вора-карманника, то есть, выражаясь корректней, вора-рукавника, поскольку в японской одежде карманов не заведено и ценные вещи принято было хранить в рукавах. Косте доводилось играть карманника в пьесе по «Оливеру Твисту», и в ту пору он усердно изучал это непростое ремесло, чтобы убедительно выглядеть на сцене. Вот и теперь, вспомнив старое и расшалившись, молодой человек вздумал продемонстрировать свое искусство: во время перерыва потерся возле одного, другого, третьего, а после с хохотом вернул Регининой кошелек, Девяткину — носовой платок, Мефистову — пузырек с каким-то лекарством. Василиса Прокофьевна добродушно обозвала ловкача «прохвостом», Девяткин просто заморгал, а вот Антон Иванович закатил скандал, крича, что порядочный человек не позволит себе шарить по чужим карманам даже в шутку.

После этого комичного инцидента Фандорин занес в свой мысленный реестр и Ловчилина. Вытащил у Девяткина платок, значит, мог изъять и ключ.

Еще через день нехитрая операция в старинном сыщицком жанре «лов на живца» была разработана и осуществлена.

Днем Эраст Петрович втихомолку наведался в реквизитную, прибегнув к помощи отмычки. Положил возле кубка свой хронометр «Буре». Обернулся на шорох — заметил на полке слева большую крысу, наблюдавшую за ним с презрительным спокойствием.

— Д-до скорого свидания, — сказал ей Фандорин и вышел.

Потом, когда в пять часов (еще одна традиция) все пили чай из самовара, разговор опять зашел о Смарагдове. Актеры принялись гадать, с какой-такой беды он решил уйти из жизни.

Эраст Петрович, вроде бы размышляя вслух, но при этом громко протянул:

— Самоубийство? Как бы не так...

Все к нему обернулись.

— А что ж, если не самоубийство? — удивился Простаков.

— На этот вопрос я вам скоро отвечу, — уверенно сказал Фандорин. — Есть кое-какие предположения. Собственно, даже не предположения, а факты. Ни о чем пока не спрашивайте. Завтра я буду знать наверняка.

Элиза (это было еще самое начало их отношений) укорила его:

— Персстаньтс говорить загадками! Что вы узнали?

— Это из области ясновидения? — спросил Штерн — без иронии, а совсршснно ссрьсзно. (Щека у него дернулась нервным тиком. Или показалось?)

Мефистов стоял спиной и не обернулся. Это было странно — неужто не заинтересовался такой пикантной темой?

Что Девяткин? Улыбнулся, оскалив зубы. Глаза смотрели на Фандорина неподвижно.

Ладно, переходим ко второму акту.

Перед Эрастом Петровичем стояли два стакана чая. Он взял их в руки, посмотрел на один, на другой и задумчиво повторил реплику Клавдия, на глазах у которого Гертруда выпивает яд:

— «Отравлен кубок тот. Теперь уж поздно...» Да, именно так все и было. Два кубка, в одном из них с-смерть...

Эти слова он нарочно произнес еле слышно, почти шепотом. Чтобы их разобрать, убийце пришлось бы приблизиться или вытянуть шею. Отличный метод, изобретенный принцем Датским в сцене «мышеловка». Когда подозреваемые определены, проследить за их реакцией нетрудно.

Штерн ничего не слышал — он о чем-то заговорил с Разумовским. Мефистов так и не повернулся. Зато помощник режиссера весь подался в сторону Фандорина, а странная его улыбка сделалась похожа на гримасу.

Вот и всё расследование, с некоторым даже сожалением подумал Эраст Петрович. Попадались нам шарады позаковыристей.

Можно было бы, конечно, взять преступника в оборот прямо сейчас, косвенных улик достаточно. Вычисляется и предположительный мотив: жажда сыграть Лопахина. Тем, кто не знает театральной среды, версия покажется фантастической. Вряд ли в нее поверит и правосудие, тем более что улики сплошь косвенные.

Значит, преступника нужно взять с поличным, чтоб не отвертелся.

Что ж, начнем акт третий.

Эраст Петрович полез в жилетный карман.

— Вот тебе раз. А где же мой хронометр? Г-господа, никто не видел? Золотой, «Павел Буре»? У него еще брелок в виде лупы.

Часов, естественно, никто не видел, но большинство актеров, желая услужить драматургу, немедленно начали искать. Заглядывали под кресла, просили Эраста Петровича вспомнить, не мог ли он оставить хронометр в буфетной или, пардон, в ватерклозете.

Он хлопнул себя по лбу.

— Ах да, в рекви... — и, как бы спохватившись, не договорил — закашлялся.

Интермедия примитивнейшая, рассчитанная на дурачка. Но Фандорин, честно сказать, и не был склонен высоко оценивать умственные способности оппонента.

— Ничего, не б-беспокойтесь, господа, я вспомнил, — объявил он. — После заберу. Оттуда не пропадет.

Девяткин вел себя, как злодей в какой-нибудь провинциальной постановке, то есть почти карикатурно: весь пошел пятнами, кусал губы, кидал на Эраста Петровича бешеные взгляды.

Ждать оставалось недолго.

Репетиция закончилась. Актеры стали расходиться.

Эраст Петрович нарочито медлил. Сел нога на ногу, закурил сигару. Наконец, остался в одиночестве. Но и тогда не заторопился. Пускай преступник понервничает, потомится.

Вот в здании стало совсем тихо. Пожалуй, пора.

СУД РОКА

Он вышел на лестницу, спустился на служебный этаж. Глухой коридор, куда выходили двери складских помещений и мастерских, был темен.

Фандорин остановился перед реквизитной. Подергал ручку. Заперто — надо полагать, изнутри.

Открыл отмычкой. Внутри — кромешный мрак. Можно было бы включить электричество, но Эраст Петрович хотел облегчить преступнику задачу. Полоски тусклого света, сочившегося из коридора, было вполне достаточно, чтобы дойти до полки и взять оставленные там часы.

Идя через тьму и каждый миг ожидая нападения, Фандорин не без стыда ощутил приятнейшее возбуждение: пульс отбивал барабанную дробь, кожа покрылась мурашками, каждый нерв звенел от напряжения. Вот истинная причина, по которой он не припер доморощенного Борджиа к стенке, не опутал цепочкой улик. Захотелось встряхнуться, освежиться, разогнать кровь. Любовь, опасность, предвкушение победы — это и есть настоящая жизнь, а старость подождет.

Не так уж он и рисковал. Разве что преступник вздумает стрелять, но это маловероятно. Во-первых, услышит сторож, вызовет полицию. Во-вторых, судя по представлению, которое сложилось у Фандорина об ассистенте, сей «лермонтов для бедных», как метко и безжалостно обозвал его Штерн, выберет какой-нибудь способ потеатральней.

Тем не менее слух Эраста Петровича был в полной мобилизации, готовый уловить тихий щелчок взведенного курка. Попасть в темной комнате по быстро двигающейся черной кошке (Фандорин сегодня был в черном сюртуке) не так-то просто.

Местоположение убийцы он уже определил. Из правого угла донеслось легчайшее шуршание. Никто кроме Фандорина, в свое время специально учившегося слушать тишину, не придал бы этому звуку значения, а Эраст Петрович сразу понял: это шелест ткани о ткань. Затаившийся в засаде человек поднял руку. Что в ней? Холодное оружие? Что-нибудь тупое и тяжелое? Или все-таки револьвер, а курок был взведен заранее?

На всякий случай Фандорин сделал быстрый шаг в сторону, из сероватой полосы света во тьму. Стал насвистывать романс Алябьева «Соловей мой, соловей», особенным образом: сдвинул губы вбок, сложил трубочкой. Если преступник целится, у него возникнет иллюзия, что мишень стоит на шаг левее.

Ну же, мсье Девяткин. Смелей! Жертва ни о чем не подозревает. Нападайте!

Однако Эраста Петровича ожидал сюрприз. Щелкнул выключатель, и реквизитную залило электрическим, очень ярким по контрасту с темнотой, светом. Вот, оказывается, зачем поднимал руку ассистент.

Это, разумеется, был он — с растрепанной челкой, лихорадочно сверкающим взглядом. Дедукция не подвела Фандорина. Но все-таки не обошлось без еще одной неожиданности, помимо электричества. В руке у Девяткина был не нож, не топор, не какой-нибудь вульгарный молоток, а две рапиры с чашеобразными эфесами. Раньше они лежали одной полкой ниже кубка — бутафория из того же спектакля.

— Очень эффектно, — беззвучно похлопал в ладоши Эраст Петрович. — Жаль только, зрителей нет.

Одна зрительница все же была: уже знакомая крыса сидела на прежнем месте, блестела злющими глазками. Должно быть, с точки зрения крысы оба они были невежами, бесцеремонно вторгшимися в ее владения.

Ассистент загородил выход из помещения, рапиры он почему-то держал рукояткой вперед.

— З-ачем же вы свет включили? В темноте было бы проще.

— Не в моих правилах нападать со спины. Отдаю вас на суд Рока, лже-сочинитель. Выбирайте оружие и защищайтесь!

Какой-то он был странный, Девяткин. Спокойный, можно даже сказать, торжественный. Разоблаченные убийцы так себя не ведут. И что за балаган с бутафорским оружием? Зачем?

Рапиру Фандорин тем не менее взял — первую попавшуюся, не разбирая. Мельком взглянул на острие. Таким человека не проткнешь, разве что поцарапаешь. Или шишку набьешь, если как следует размахнуться.

Не успел Эраст Петрович занять оборонительную позицию (то есть даже еще не решил, участвовать ли ему в этой клоунаде), как противник с криком «гарде-ву!» перешел в атаку, сделал стремительный выпад. Если б Фандорин не обладал отменной реакцией, рапира кольнула бы его прямо в грудь, но Эраст Петрович качнулся в сторону. Все же кончик порвал ему рукав и оцарапал кожу.

— Туше! — вскричал Девяткин, смахнув с клинка капельку крови. — Вы мертвец!

Отличный сюртук был безнадежно испорчен, а вместе с ним и рубашка. Не передать, до чего рассердился Эраст Петрович, выписывавший свою одежду из Лондона.

Надо сказать, фехтовал он недурно. Когда-то в юности чуть не лишился жизни на сабельном поединке и после того случая озаботился восполнить опасный пробел в образовании. Фандорин перешел в наступление, обрушив на противника целый каскад ударов. Хотите позабавиться? Так получайте же!

Между прочим, с психологической точки зрения верный способ подавить волю оппонента — одержать над ним победу в каком-нибудь состязании.

Девяткину пришлось туго, но оборонялся он грамотно. Всего однажды Эрасту Петровичу удалось как следует треснуть ассистента плашмя по лбу, да еще разок рубящим ударом прихватить по шее. Пятясь под натиском, помощник режиссера пялился на бледного от злости Фандорина с все большим изумлением. Видимо, не ожидал от драматурга такой сноровки.

Ну, хватит дурака валять, сказал себе Эраст Петрович. Finiamo la commedia*.

Двойным захватом подцепил оружие противника, сделал выверт — и рапира полетела в дальний угол. Прижав Девяткина к стене клинком, Фандорин язвительно сказал:

— Довольно театра. Предлагаю вернуться в пределы реальной жизни. И реальной смерти.

Побежденный враг стоял неподвижно, скосив глаза вниз, на приставленное к груди острие. На бледном лбу, где наливалась багрянцем шишка, выступили капли пота.

— Только не надо меня колоть, — хрипло сказал он. — Лучше убейте как-нибудь иначе.

— Зачем же я стану вас убивать? — удивился Фандорин. — К тому же сделать это тупой железкой довольно трудно. Нет, милый мой, вы пойдете на каторгу. За хладнокровное и подлое убийство.

— О чем вы говорите? Я не понимаю.

Эраст Петрович поморщился.

— Милостивый государь, не запирайтесь против очевидных фактов. С театральной точки зрения это выйдет очень с-скучно. Если не вы отравили Смарагдова, с какой бы стати вы стали устраивать на меня засаду?

Ассистент поднял свои круглые карие глаза, захлопал ими.

— Вы обвиняете меня в убийстве Ипполита? *Меня?*

Для актера третьего плана изумление было разыграно неплохо. Эраст Петрович даже рассмеялся.

— Кого же еще?

— А разве это сделали не вы?

С подобной наглостью Фандорину доводилось встречаться нечасто. Он даже слегка растерялся.

— Что?

— Но ведь вы сами себя выдали. Сегодня, во время чаепития! — Девяткин осторожно коснулся клинка, отводя его от своей груди. — Я с позавчерашнего дня терзаюсь сомнениями. Не мог такой человек, как Ипполит, сам себя убить! Это в голове не укладывается. Он слишком

_____
* Заканчиваем комедию *(ит.)*.

166

себя любил. И вдруг вы заговариваете о кубках. Меня как ударило! Кто-то был там, с Ипполитом! Пил с ним вино! И подсунул ему отраву! Я пошел в реквизитную посмотреть на второй кубок. И вдруг вижу — часы «Буре»! У меня будто пелена с глаз. Все сходится! Таинственный господин Фандорин, непонятно откуда взявшийся, потом исчезнувший, потом появившийся вновь — назавтра после гибели Ипполита! Проговорка про кубки! Забытые часы! Я догадался, что вы вернетесь за ними. Знаете, я не мастер разгадывать тайны, но я верю в справедливость судьбы и Божий суд. Потому решил: если он придет, я вызову его на поединок. И коли Фандорин преступник, Рок покарает его. Я сходил к себе в уборную, вернулся сюда, стал вас ждать, и вы пришли. Но вы остались живы, и теперь я не знаю, что думать...

Он растерянно развел руками.

— Бред! — хмыкнул Фандорин. — С какой стати мне убивать Смарагдова?

— Из ревности. — Девяткин смотрел на него с унылым укором. — Смарагдов слишком явно ее домогался. А вы в нее влюблены, это видно. Вы тоже потеряли из-за нее голову. Как многие...

Почувствовав, что краснеет, и даже не спросив, про кого речь, Эраст Петрович повысил голос:

— Мы говорим не обо мне, а о вас! Что за чушь вы тут п-плели про Божий суд? Этими прутиками убить невозможно!

Ассистент опасливо поглядел на клинок.

— Да, рапира бутафорская. Но при точно направленном ударе проколоть ею кожу можно — я сделал это первым же выпадом.

— Ну и что? От царапины еще никто не умирал.

— Смотря от какой. Я ведь сказал, что взял кое-что у себя в уборной. У меня там аптечка, в ней есть средства на все случаи жизни. В труппе, знаете, всякое бывает. У господина Мефистова эпилептические припадки, у Василисы Прокофьевны вапёры, бывают у нас и травмы. А я отвечаю за всё и за всех. Должен быть на все руки мастер. Нас в офицерской школе учили: хороший командир обязан уметь всё.

— 3-зачем вы мне это рассказываете? Что мне за дело до вашей аптечки? — раздраженно оборвал его Фандорин, раздосадованный, что его сердечные тайны столь очевидны постороннему взгляду.

— У меня там среди прочего есть пузырек с концентрированным ядом среднеазиатской кобры. Из Туркестана привез. Незаменимое средство для нервных болезней. С нашими дамами часто бывают тяжелейшие истерики. У госпожи Лисицкой, если очень разойдется, до судорог доходит. А тут две капельки на ватку, протереть виски — и как рукой. — Девяткин показал, как он втирает в кожу яд. — Вот мне и пришло в голову. Смазал кончик одной из рапир. Как Лаэрт в пьесе «Гамлет». Подумал: если Фандорин отравил Ипполита, пусть тоже умрет от яда, это будет Божий суд. Рапиры совершенно одинаковы на вид, я и сам не знал, какая из них отравлена. Так что поединок у нас был не театральный, а самый что ни на есть смертельный. Если яд попадает в кровь, предсмертные спазмы начинаются через две минуты, потом наступает паралич дыхания.

Эраст Петрович затряс головой — всё-таки бред.

— А если бы отравленной рапирой ц-царапнули вас? Пожав плечами, ассистент ответил:

— Я же сказал, я верю в Рок. Для меня это не пустые слова.

— Зато я вам не верю! — Фандорин поднес кончик рапиры к самым глазам. Кажется, он в самом деле влажно поблескивал.

— Осторожней, не уколитесь! А если мне не верите — дайте сюда.

С готовностью Эраст Петрович протянул оружие, а левую руку опустил в карман, где лежал револьвер. Странный тип этот ассистент. Непонятно, чего от него ожидать. Притворяется полоумным? Сейчас снова накинется? Это была бы самая простая развязка. Фандорин специально повернулся спиной, благо за движениями Девяткина можно было следить по тени на полу.

Силуэт бывшего поручика качнулся, с молниеносной быстротой сложился пополам, вытянутая рука заканчивалась тонкой чертой рапиры. Эраст Петрович был готов к нападению, отпрыгнул влево и обернулся. Однако тень ввела его в заблуждение. Оказалось, Девяткин сделал выпад в ином направлении.

С криком: «Держу дукат, мертва!» он ткнул рапирой мирно сидевшую на полке крысу, но не пронзил ее, а лишь слегка уколол и отшвырнул к стене. Пискнув, зверек стреканул прочь, сшибая картонные бокалы и вазы из папье-маше.

— Дукат вы п-проиграли. Дальше что? — зло спросил Эраст Петрович. Ему было неловко за свой отчаянный прыжок. Хорошо хоть не успел револьвер выхватить.

Но Девяткин, казалось, и не заметил, что Фандорин шарахнулся от него в сторону. Очень осторожно ассистент вытер кончик клинка платком и стал отодвигать стеллаж.

— Полюбуйтесь.

Крыса лежала брюхом кверху, дергаясь всеми четырьмя лапками.

— На маленькое животное яд подействовал почти мгновенно. Говорю вам, я хотел покарать убийцу. Но Рок оправдал вас. Вы очистились в моих глазах.

Только сейчас Эраст Петрович поверил, что чудом избежал нелепой, жестокой смерти. Если б не всегдашняя везучесть, побудившая его не задумываясь выбрать отравленное оружие, он сейчас валялся бы на полу, как эта крыса, судорожно разевая рот. Идиотская была бы смерть...

— М-мерси. Только *вы* в моих глазах пока не очистились. Смарагдов пил вино с кем-то из своих. Потом отравитель отнес второй кубок в реквизитную. Свободный доступ в реквизитную имеете только вы. Имелся у вас и мотив: Смарагдову досталась роль, на которую вы рассчитывали.

— Если бы мы убивали друг дружку из-за ролей, театры давно превратились бы в кладбища. У вас чересчур романтическое представление об актерах. — Девяткин даже улыбнулся. — А что касается реквизитной, ключ действительно у меня. Но ваш пример показывает, что попасть сюда можно и без его помощи. И еще. Вы знаете, когда именно Ипполит встретился со своим убийцей?

— Знаю. Ночной сторож видел его в начале десятого. А смерть, по заключению экспертизы, наступила не позднее полуночи. Я справлялся в полиции.

— То есть преступление свершилось между началом десятого и двенадцатью? Тогда у меня алиби.

— Какое?

Поколебавшись, Девяткин сказал:

— Никогда бы не стал говорить, но я чувствую себя виноватым, что чуть не убил вас. Повторяю, я был уверен, что вы отравитель, а вы, оказывается, разыскиваете отравителя... Рок оправдал вас.

— Перестаньте вы про Рок! — взорвался Эраст Петрович. Он уже чувствовал, что промахнулся с версией, и оттого злился. — А то у меня ощущение, будто я разговариваю с лунатиком!

— Напрасно вы так. — Девяткин вскинул руку и поднял глаза к потолку, или, если употребить более торжественное выражение, возвел очи горе. — Человек, который верит в Высшую Силу, знает: ничего случайного не бывает. Особенно, когда речь идет о жизни и смерти. А тот, кто не верит в Высшую Силу, ничем не отличается от животного.

— Вы что-то сказали про алиби, — перебил его Фандорин.

Вздохнув, ассистент сказал уже без декламации, а обычным голосом:

— Это, разумеется, строго между нами. Дайте слово. Речь идет о репутации дамы.

— Никакого слова я вам не д-дам. Вы были в тот вечер с женщиной? С кем?

— ...Ладно. Полагаюсь на вашу порядочность. Если вы когда-нибудь расскажете про это *ей* (вы понимаете, о ком я), это будет низко. — Девяткин опустил голову, вздохнул.— В тот вечер я ушел из театра с Зоей Николаевной. Мы не расставались до самого утра...

— С Дуровой? — после секундной паузы переспросил Эраст Петрович, не сразу поняв, о ком речь. При нем никто не именовал маленькую травести по отчеству. Однако если он и удивился признанию, то лишь в первый миг.

— Да. — Ассистент неромантично почесал ушибленный лоб. — Как говорил Теренций, я человек, и ничто человеческое мне не чуждо. Вы мужчина, вы меня поймете. В конце концов есть и физиологические потребности. Только не спрашивайте меня, люблю ли я Зою Николаевну.

— Не буду, — пообещал Фандорин. — Но с госпожой Дуровой обязательно поговорю. А мы с вами эту беседу еще продолжим...

МИЛЬОН ТЕРЗАНИЙ

Прямо из театра, невзирая на довольно поздний час, он поехал на автомобиле в гостиницу, чтобы Девяткин не успел его опередить и сговориться с Дуровой. Предосторожность была излишняя. Эраст Петрович уже не сомневался, что алиби подтвердится, но в серьезном деле нужно проверять все детали.

Не без труда разыскав в «Мадриде» номер маленькой актрисы, Фандорин извинился за нежданный визит и еще более за бесцеремонность вопроса. Разговаривать с этой барышней следовало без обиняков и экивоков. Так он и поступил.

— Это касается обстоятельств смерти господина Смарагдова, — сказал он. — Поэтому соображения п-приличия давайте временно оставим. Скажите мне, где и с кем вы были вечером и ночью 13 сентября?

Веснушчатая рожица Дуровой расплылась в дурашливой улыбке.

— Ого! По-вашему, я похожа на женщину, которая может быть с кем-то ночью? Это даже лестно.

— Не тратьте времени на увертки. Я спешу. Просто ответьте: вы были с господином Девяткиным? Да или нет? Меня не интересует ваша нравственность, сударыня. Я хочу знать п-правду.

Улыбка не исчезла, но утратила всякую, даже напускную веселость. Зеленоватые глаза смотрели на незваного гостя безо всякого выражения. О чем думает их обладательница, догадаться было невозможно. Хорошо, что госпожа Дурова изображает детей на театральной сцене, а не в кинематографе, — сказал себе Эраст Петрович. — На крупном плане с таким взглядом ребенка не представишь.

— Вы давеча сказали, что Смарагдов не покончил с собой, — медленно произнесла Дурова. — Стало быть, у вас есть подозрения... И подозреваете вы Жоржа, я угадала?

Данный тип личности Фандорину был знаком. Окружающие не склонны принимать их всерьез — так уж выглядят и держатся эти люди. И чаще всего окружающие на их счет ошибаются. Человек маленького роста, вне зависимости от пола, обыкновенно силен характером и очень неглуп.

— Не знаю, кто вы на самом деле. И не желаю знать, — продолжила Зоя. — Однако Жоржа из своих расчетов можете исключить. Он провел ночь вот на этой постели. — Она, не оглядываясь, ткнула пальцем на узкую железную кровать и оскалилась еще неприятней. — Сначала мы предавались греховной страсти. Потом он спал, а я лежала рядом и на него смотрела. Кровать узкая, но, как вы можете заметить, я занимаю немного места. Подробности вас интересуют?

— Нет. — Не выдержав ее сверкающего взгляда, он опустил глаза. — Прошу п-простить. Но это было необходимо...

Потом, в домашней лаборатории, он исследовал взятую из реквизитной рапиру. Господин Девяткин оказался человеком обстоятельным. В самом деле, на все руки мастер. Острие было смазано смесью яда naja oxiana с животным жиром, очевидно, добавленным, чтобы токсин не высох. Инъекция этой гадости несомненно повлекла бы за собой очень скорую и мучительную смерть.

Утром, еще до репетиции, Фандорин завершил необходимую проверку визитом в уголовную полицию, где его отлично знали. Задал вопрос, получил ответ. Смарагдов отравился совсем другим ядом — классическим цианидом.

По пути в театр Эраст Петрович предавался мрачным мыслям о том, что он сильно порастратил детективные навыки и здорово поглупел от влюбленности. Мало того что выстроил ложную версию, так еще и раскрылся перед чудаковатым Жоржем Девяткиным. Надо будет с ним нынче же объясниться, потребовать, чтоб держал язык за зубами — иначе можно спугнуть настоящего отравителя.

Однако в тот день потолковать с Девяткиным не удалось, потому что Элиза неожиданно согласилась ехать к нему в Сверчков за кимоно и случилось чудо, а вслед за тем чары рассеялись, и Эраст Петрович остался один в опустевшем, совершенно мертвом доме.

Девяткин нагрянул сам, на следующий день пополудни. После того как убежала Элиза, Фандорин из дому не выходил. Он сидел в халате, охваченный непонятным оцепенением, курил сигару за сигарой. Время от времени вдруг приходил в возбуждение, начинал ходить по комнате, разговаривая с кем-то невидимым, потом снова садился и застывал. Волосы всегдашнего аккуратиста висели белыми прядями, на подбородке чернела щетина, под синими глазами прорисовались — в тон — синие круги.

Помощник режиссера являл собою контраст с опустившимся драматургом. Когда Фандорин, вяло шаркая туфлями, открыл дверь (в нее звонили, верно, минут пять или десять), он увидел, что мсье Девяткин нарядился в новую визитку, пристегнул сверкающие воротнички и повязал шелковый галстук, в руке белели перчатки. Офицерские усики воинственно торчали в стороны, как две изготовившиеся к нападению кобры.

— Я справился о вашем адресе у Ноя Ноевича, — строго сказал Девяткин. — Поскольку вчера вы не соизволили уделить мне время, а сегодня не явились вовсе, я пришел сам. Есть две темы, по которым нам следует объясниться.

«Наверное, он только что видел Элизу» — вот всё, что подумал Фандорин, когда увидел ассистента. И спросил:

— Разве репетиция уже закончилась?

— Нет. Но господин Штерн отпустил всех, кроме исполнителей главных ролей. Госпожа Луантэн и ваш приемный сын готовят любовную сцену. Я мог остаться, но предпочел уйти. Он проявляет чересчур много рвения, этот ваш японец. Мне было тяжело на это смотреть.

Тема для Эраста Петровича была болезненная, он покривился.

— Вам-то что?

— Я люблю госпожу Луантэн, — спокойно, будто констатируя хорошо известный факт, заявил Девяткин. — Как многие другие. В том числе и вы. На этот предмет я и желал бы объясниться.

— Ну п-проходите...

Сели в гостиной. Жорж держал спину прямо, перчаток не выпускал. Снова что ли на поединок будет вызывать, безжизненно усмехнулся Фандорин.

— Слушаю вас. П-продолжайте.

— Скажите, честные ли у вас намерения по отношению к госпоже Луантэн?

— Честнее не б-бывает.

«Никогда ее больше не видеть и постараться забыть», мысленно прибавил он.

— Тогда предлагаю как благородный человек благородному человеку. Условимся в борьбе за ее руку не прибегать к низменным, вероломным приемам. Пусть она соединится с более достойным в браке, который будет осенен небесами! — Очи ассистента, по привычке к возвышенности, устремились к люстре, откуда свисали покачивающиеся на сквозняке японские бубенчики. Динь-динь, нежно позвякивали они.

— И пусть. Мне не жалко.

— Превосходно! Дайте вашу руку! Но учтите: если вы нарушите наше соглашение, я убью вас.

Фандорин пожал плечами. Случалось ему выслушивать подобные угрозы и от более опасных оппонентов.

— Ладно. С первой темой всё, больше к ней возвращаться не б-будем. Что за вторая тема?

— Убийство Ипполита. Полиция бездействует. Мы с вами должны найти преступника. — Жорж подался вперед и воинственно дернул себя за ус. — В подобных делах я еще менее ловок, чем вы. — (Здесь Эраст Петрович сдвинул брови.) — Но все-таки могу оказаться полезен. Вдвоем нам будет легче. Согласен быть вашим помощником, функция ассистента мне привычна.

Благодарю, но у меня есть ассистент, ответил бы ему на это Фандорин еще несколько дней назад, а сейчас глухо сказал:

— Хорошо. Буду иметь в виду.

К страданиям, вызванным разрывом с любимой женщиной, прибавлялось еще одно, не менее тяжкое: трещина в отношениях с Масой, единственным близким человеком. Тридцать три года они были неразлучны, прошли вместе через тысячу испытаний, привыкли во всем полагаться друг на друга. Но в последние дни Эраст Петрович испытывал постоянно растущее раздражение против своего товарища.

Началось это 15 числа, в день чтения пьесы. Фандорин взял Масу с собой в театр, чтобы произвести на Штерна максимальное впечатление. Когда имеешь дело с театральными людьми, действуй по-театральному. Вот вам пьеса из японской жизни, а вот в виде приложения к ней настоящий японец, который может вас консультировать по любым вопросам.

Предвидя, что перед режиссером встанет вопрос, где взять исполнителя главной мужской роли — чтоб умел жонглировать, ходить по канату, выделывать разные акробатические кульбиты, Эраст Петрович не сомневался: такого актера на свете не существует, Штерну придется звать на роль самого драматурга. Собственно, под самого себя Фандорин эту роль и написал. Она была без слов, чтоб не мешало проклятое заикание; без необходимости демонстрировать свое лицо (только один раз, в самом конце); главное же — там была любовная сцена с героиней. Представляя себе, как он будет обнимать Элизу, автор получал мощный дополнительный импульс вдохновения...

И что же вышло? Роль досталась японцу! Его круглая узкоглазая физиономия, видите ли, показалась режиссеру более интересной, чем лицо Эраста Петровича. Маса, скотина такая, имел наглость принять предложение. Когда же увидел, что господин недоволен, объяснил по-японски, что так будет гораздо удобней следить за труппой изнутри. Это было вполне логично, и Фандорин кисло пробормотал: *Сорэ ва тасикани соо да кэдо...** Не устраивать же спор из-за роли при свидетелях. Мысленно он проклинал себя: во-первых, за то, что не посвятил Масу в свои планы; во-вторых, за то, что притащил японца с собой.

Потом он высказал слуге всё, что думал. Напирал в основном на то, что Маса не сумеет правильно сыграть синоби, потому что, в отличие от Фандорина, не проходил обучения в клане. Маса возражал, что русские таких тонкостей не заметят, они неспособны даже отличить удон от собы. Он, конечно, был прав. В любом случае, режиссер уже принял решение. Надежда сблизиться с Элизой в качестве пускай хоть сценического возлюбленного провалилась.

Правда, сближение случилось всё равно, причем не на сцене, а в жизни. Но закончилось катастрофой, которой наверняка не произошло бы, если б они играли в одном спектакле. Эраст Петрович уже достаточно разбирался в актерской психологии, чтобы понимать: настоящая артистка ни за что не позволила бы себе разорвать отношения с партнером по роли — это погубило бы постановку.

Однако причин для терзаний хватало и до катастрофы. Пока Фандорин еще посещал репетиции, он все время испытывал мучительную зависть к Масе, который имел право касаться Элизы, притом самым интимным образом. Чертов режиссер, помешанный на чувственности, хотел, чтобы любовная сцена выглядела «убедительной». Он, например, ввел небывало смелый элемент: герой Масы под воздействием вырвавшихся на волю чувств, не просто обнимал гейшу, а запускал руку ей под кимоно. Ной Ноевич уверял, что от этакой натуральности публика остолбенеет. Пока же столбенел Эраст Петрович. У него в пьесе никакого натурализма не было, речь там шла о любви небесной.

Маса вел себя просто отвратительно. Смачно целовал Элизу в шею, охотно лез в вырез кимоно, а с бюстом

---

* Так-то оно так... *(яп.)*

177

актрисы обращался так, что Фандорин вставал и выходил. Особенно бесили его похвалы, которые японец расточал в адрес Элизы. «Губы отень мягкие, а грудзь наоборот твёрудая, упуругая! Господзин сдерар хоросий выбор», — весь лоснясь и причмокивая, рассказывал он после репетиции — и всё это с видом самого заинтересованного, дружеского участия!

Лицемер! О, Фандорин отлично знал повадки своего слуги. И жадный блеск в глазах, и плотоядное причмокивание! Загадка из загадок, как Масе удавалось завоевывать женские сердца (и тела), но на этом поприще он дал бы своему господину сто очков вперед.

С другой стороны, несправедливо было осуждать японца за то, что тот не устоял перед Элизиным волшебством. Такая уж это женщина. От нее все теряют голову.

Настоящая любовь и настоящая дружба несовместимы, горько размышлял Эраст Петрович. Или одно, или другое. Вот правило, которое не ведает исключений...

ТЕЧЕНИЕ БОЛЕЗНИ

С Фандориным стряслось то, что происходит со всяким рассудочным, волевым человеком, который привык держать чувства в тугой узде, а скакун вдруг сделал свечку и выкинул опостылевшего всадника из седла. Такое с Эрастом Петровичем прежде случалось всего дважды, оба раза из-за трагически оборвавшейся любви. Правда, теперь ее финал выглядел скорее фарсовым, но от этого беспомощное состояние, обрушившееся на прежнего рационалиста, было еще унизительней.

Воля куда-то исчезла, от душевной гармонии не осталось и следа, рассудок объявил забастовку. Фандорин погрузился в постыдную апатию, растянувшуюся на долгие дни.

Он не выходил из дома. Часами сидел, глядя в раскрытую книгу и не видя букв. Потом, когда наступал период возбуждения, начинал неистово, до изнеможения заниматься физическими упражнениями. Лишь полностью себя вымотав, он мог уснуть. Просыпался в непредсказуемое время суток — и всё начиналось сначала.

Я болен, говорил себе он. Когда-нибудь это кончится. *В те разы* было несравненно хуже, но ведь прошло же. И сам себе возражал: тогда он был молод. От длинной жизни душа устает, ее способность к реабилитации ослабевает.

Возможно, болезнь миновала бы быстрее, если бы не Маса.

Каждый день после репетиций в театре он приходил оживленный, очень собою довольный и начинал отчитываться об успехах: что он сказал Элизе да что ответила она. Эраст Петрович, вместо того чтоб велеть ему замолчать, безвольно слушал, а это было для него вредно.

Жалкое состояние, в котором пребывал господин, японца не удивляло. По-японски оно называлось *кои-вадзураи*, «любовный недуг», и считалось вполне респектабельным для самурая. Маса советовал не противиться тоске, писать стихи и почаще «орошать слезами рукава», как это делал великий герой Ёсицунэ в разлуке с прекрасной Сидзукой.

В роковую ночь, когда Элиза сделала Фандорина сначала самым счастливым, а потом самым несчастным мужчиной на свете (именно в таких смехотворно высокопарных выражениях мыслил теперь недужный Эраст Петрович), Маса всё видел. Японец деликатно выскользнул черным ходом и несколько часов проторчал во дворе. Начался проливной дождь — Маса спрятался под воротами. Вернулся в дом только после того, как Фандорин остался один. И сразу начал допытываться:

— Что вы с ней сделали, господин? Спасибо, что не задвинули в спальне шторы, мне было интересно. Но под конец стало совсем темно, и я перестал что-либо видеть. Она убежала, не разбирая дороги, громко всхлипывала и даже немножко качалась. Должно быть, вы позволили себе нечто совершенно необычное. Расскажите, ради нашей дружбы — я умираю от любопытства!

— Я не знаю, что я сделал, — ответил ему растерянный Фандорин. — Я не понял.

Лицо у него было несчастное, и слуга перестал приставать. Погладил страдальца по голове и пообещал:

— Ничего. Я всё улажу. Это особенная женщина. Она как американский мустанг. Вы помните американских мустангов, господин? Их нужно приручать постепенно. Доверьтесь мне, хорошо?

Фандорин безжизненно кивнул — и тем самым обрек себя на муку выслушивать ежедневные рассказы японца.

Если верить Масе, в театр он ходил исключительно для того, чтобы «приручить» Элизу. Будто бы только тем и занимался, что повыгоднее расписывал достоинства господина перед Элизой. И она якобы постепенно смягчалась. Начала о нем расспрашивать, не проявляя обиды или неприязни. Ее сердце тает день ото дня.

Фандорин угрюмо слушал, не верил ни единому слову. Смотреть на Масу было неприятно. Душили зависть и ревность. Японец разговаривал с ней, а по роли сжимал в объятьях, целовал, касался ее тела (проклятье!). Можно ли представить мужчину, который в таких условиях не поддастся колдовским чарам этой женщины?

Закончился сентябрь, начался октябрь. Дни ничем не отличались один от другого. Фандорин ждал очередного рассказа об Элизе, как вконец опустившийся опиоман новой порции дурмана. Получал ее, но облегчения не испытывал, а лишь презирал себя и ненавидел поставщика отравы.

Первый признак исцеления наметился, когда Эрасту Петровичу вдруг пришло в голову посмотрться в зеркало. В обычной жизни он уделял немало внимания своей внешности, а тут за две с лишним недели ни разу не причесался.

Посмотрел — ужаснулся (тоже обнадеживающий симптом). Волосы свисают, почти совсем белые, а борода, наоборот, сплошь черная, ни одного седого волоска. Не лицо, а рисунок Бердслея. Благородный муж не опускается до свинства даже при самых тяжких обстоятельствах, сказал мудрец. «А в твоих обстоятельствах ничего тяжкого нет, — укорил Фандорин свое отражение. — Просто временный паралич воли». И немедленно понял, каким должен быть первый шаг для восстановления самоконтроля.

Уйти из дома, чтобы не видеть Масу и не слушать его рассказов про Элизу.

Эраст Петрович привел себя в порядок, оделся со всей тщательностью и вышел прогуляться.

Оказывается, пока он сосал лапу в своей берлоге, осень сделалась в городе полновластной хозяйкой. Перекрасила деревья на бульваре, промыла дождями мостовую, высветлила небо в пронзительно-лазурный цвет и пустила по нему орнамент из улетающих к югу птиц. Впервые за эти дни Фандорин попытался спокойно проанализировать случившееся.

Причины две, говорил себе он, расшвыривая тростью сухие листья. Возраст — это раз. Я слишком рано вознамерился похоронить чувства. Они, как гоголевская Панночка, выпрыгнули из гроба и напугали меня до полусмерти. Странное совпадение — это два. Эраст и Лиза, годовщина, «день памяти Елисаветы», белая рука в луче прожектора. Ну и третье — театр. Этот мир, подобно болотным испарениям, отуманивает голову и придает всем предметам искаженные очертания. Я отравился этим пряным воздухом, он мне противопоказан.

Размышлять и выстраивать логическую линию было отрадно. Эрасту Петровичу делалось лучше с каждой минутой. А недалеко от Страстного монастыря (он сам не заметил, как дошагал до этого места по Бульварному кольцу) произошла случайная встреча, которая окончательно направила больного на путь выздоровления.

От размышлений его отвлек грубый вопль.

— Хам! Скотина! Гляди, куда едешь!

Обычная история: лихач проехал близ тротуара по луже и окатил прохожего с ног до головы. Забрызганный господин (Фандорину было видно лишь узкую спину в крапчатом пиджаке и серый котелок) разразился руганью, вскочил на подножку и принялся охаживать мужичину палкой по плечам.

Извозчик обернулся и, должно быть, мигом определил, что перед ним птица небольшой важности (как известно, лихачи на этот счет психологи), а поскольку был вдвое шире агрессора, вырвал у него палку, переломил ее пополам и схватил обрызганного за грудки, да занес здоровенный кулак.

Все-таки полвека без крепостного рабства до некоторой степени размыли границы между сословиями, отрешенно подумал Эраст Петрович. Представитель низшего класса в 1911 году уже не позволяет господину в шляпе безнаказанно чинить над собою расправу.

Господин в шляпе задергался, пытаясь вырваться, повернулся в профиль и оказался знакомым — то был актер на амплуа злодеев и интриганов Антон Иванович Мефистов. Фандорин счел своим долгом вмешаться.

— Эй, бляха 38-12! — закричал он, перебегая улицу. — Руки не распускать! Сам виноват!

«Психологу» довольно было одного взгляда, чтобы понять: а вот этому человеку перечить не надо. Извозчик выпустил Мефистова и сказал, проявив похвальное намерение бороться за свои права цивилизованным образом:

— А я его к мировому! Ишь, палкой драться! Нет такого обычая!

— Это п-правильно, — одобрил Эраст Петрович. — Его оштрафуют за побои, а тебя за испорченное платье и сломанную трость. Сочтетесь.

Извозчик поглядел на брюки Антона Ивановича, что-то прикинул, крякнул и хлестнул свою лошадку.

— Здравствуйте, господин Мефистов, — поздоровался тогда Фандорин с бледным «злодеем».

Тот воскликнул, грозя кулаком вслед коляске:

— Скот! Пролетарий! Если бы не вы, я бы ему всю морду расквасил... Впрочем, спасибо, что вмешались. Здравствуйте.

Он вытирал платком одежду, костлявая физиономия дергалась от злости.

— Помяните мое слово, если Россия от чего-то погибнет, то исключительно от хамства! Хам на хаме сидит и хамом погоняет! Сверху донизу сплошные хамы!

Впрочем, он довольно быстро успокоился — все-таки актер, существо с чувствами бурными, но неглубокими.

— Давно вас не видно, Фандорин. — Оглядел Эраста Петровича получше, впавшие глазки блеснули любопытством. — Эк вы подурнели. Стали на человека похожи, а то были как картинка из дамского журнала. Болеете, что ли? Ваш японец не говорил.

— Болел немного. Теперь почти з-здоров.

Встреча была Фандорину неприятна. Он коснулся пальцами цилиндра, собираясь откланяться, однако актер схватил его за рукав.

— Слыхали наши новости? Скандал! Порнография! — Ящероподобное лицо просияло счастьем. — Красотка-то наша, недотрога, принцесса египетская как осрамилась! Я об Элизе Альтаирской, если вы не поняли.

Но Фандорин его отлично понял. Понял он и то, что случайная встреча произошла неспроста. Сейчас он узнает нечто важное, и это, возможно, ускорит выздоровление. Однако грубость в *ее* адрес спускать было нельзя.

— Отчего вы так злобно отзываетесь о госпоже Альтаирской-Луантэн? — неприязненно спросил он.

— Оттого что я терпеть не могу красоток и всяческих красивостей, — объяснил Мефистов с большой охотой. — Один некрасивый писатель сказал глупые слова, которые всякие болваны без конца повторяют: «Красота спасет мир». Брехня-с! Не спасет, а погубит! В вашей пьеске об этом замечательно изложено. Настоящая красота не мозолит глаза, она сокрыта и доступна немногим избранным. Профану и хаму она не видна! Первое впечатление от мощного, новаторского произведения искусства — страх и отвращение толпы. Будь моя воля, на каждое смазливое личико я ставил бы огненное клеймо, чтоб оно не сияло своей конфетной миловидностью! Я бы перестроил пышные дворцы в конструкции из железа и бетона! Я бы вытряс заплесневелую чепуху из музеев и...

— Не сомневаюсь, именно так бы вы и поступили, будь ваша воля, — перебил его Фандорин. — Однако что все-таки случилось с госпожой Альтаирской-Луантэн?

Антон Иванович затрясся в беззвучном хохоте.

— Застигнута с обожателем в пикантнейшей позе! У себя в гостиничном номере! С гусарским корнетом Лимбахом, юным адонисом. Она почти без ничего, а любовник стоит на коленках, весь влез к ней прямо под рубашечку и знай нацеловывает. Говорю вам — порнографическая открытка!

— Не верю, — глухо сказал Эраст Петрович.

— Сам бы не поверил. Но гусар к ней не втихомолку проник — полгостиницы в любовном раже разнес. А непристойную сцену собственными глазами видели люди, которые выдумывать не станут: Штерн, Васька Простаков, Девяткин.

Должно быть, черты Фандорина исказились. Во всяком случае Мефистов сказал:

— Даже странно, что раньше вы казались мне слащавым красавчиком. У вас довольно интересная внешность, лицо римского патриция времен упадка империи. Только вот усы лишние. Я бы на вашем месте сбрил. — Антон Иванович показал в качестве образца на свою верхнюю губу. — А я вот после репетиции решил до гостиницы пешочком пройтись, развеяться. Не составите компанию? Можем заглянуть в буфет, выпить.

— Благодарю. Занят, — сквозь зубы ответил Эраст Петрович.

— А к нам в театр когда? Мы далеко продвинулись, вам будет интересно. Право, приходите на репетицию.

— Непременно.

Наконец чертов «интриган» оставил его в покое. Фандорин посмотрел на куски мефистовской палки, валяющиеся на тротуаре, и свою ни в чем не повинную тросточку из крепчайшего железного дерева тоже переломил надвое, а потом еще раз пополам.

Еще и вспомнил идиотский комплимент по поводу своей внешности. Это у Федора Карамазова было «лицо римского патриция периода упадка»! Между прочим, согласно роману, отвратительному старому эротоману было примерно столько же лет, сколько мне, подумал он. И в тот же миг раскисшая воля встрепенулась, ожила, наполнила все его существо долгожданной силой.

— Каленым железом, — сказал Фандорин вслух и сунул обломки трости в карман, чтоб не мусорить на тротуаре.

Еще сказал:

— С мальчишеством п-покончено.

Судьба в лице развратной актриски, прыткого корнета и злоязыкого «злодея», вовремя подвернувшегося на пути, милосердно объединились, чтобы вернуть больному рассудок и покой.

Кончено.

На душе стало свободно, холодно, просторно.

За завтраком, на следующий день, Фандорин читал накопившиеся газеты и впервые слушал болтовню Масы без раздражения. Японец, видимо, хотел рассказать о гадком инциденте с корнетом: он деликатно начал с рассуждения об особенном складе нравственности у куртизанок, гейш и актрис, но Эраст Петрович перевел беседу на поразительные события в Китае, где начиналась революция и зашатался трон маньчжурской династии Цин.

Маса снова попробовал завести разговор о театре.

— Я заеду туда сегодня. Позже, — сказал Фандорин, и японец умолк, очевидно, пытаясь понять перемену, произошедшую в господине.

— Вы больше не любите ее, господин, — подумав, заключил он с всегдашней проницательностью.

Эраст Петрович не удержался от язвительности:

— Да. Можешь чувствовать себя совершенно свободным.

Ничего на это не ответив, Маса вздохнул и призадумался.

На Театральную площадь Фандорин подъехал к двум, рассчитывая попасть как раз к обеденному перерыву в репетиции. Он был спокоен и собран.

Госпожа Луантэн вольна устраивать свою частную жизнь, как ей заблагорассудится, это ее дело. Однако прерванное из-за душевного недуга расследование следовало продолжить. Убийца должен быть найден.

Не успел Фандорин выйти из своей «изотты», как к нему подскочил юркий человечек.

— Сударь, — прошептал он, — имею билет на премьеру нового спектакля «Ковчега». Шикарная пьеса из азиатской жизни. Оригинальное название — «Две кометы в беззвездном небе». С невероятными фокусами и неслыханно откровенными сценами. Билеты в кассу еще не поступали, а у меня имеется. Пятнадцать рубликов в амфитеатре, тридцать пять в креслах. Потом будет дороже.

Стало быть, название и тема пьесы секретом уже не являются и, более того, определен день премьеры. Ну, эти материи Эраста Петровича теперь не занимали. Черт бы с ней, с пьесой.

Пока он шел до подъезда, барышники приставали к нему еще дважды. Торговля у них шла бойко. А в отдалении, на том же месте, что в прошлый раз, маячил предводитель спекулянтов с неизменным зеленым портфелем под мышкой. Он поглядывал в осеннее небо, постукивал по земле башмаком на толстой каучуковой подошве, рассеянно насвистывал, но при этом, кажется, успевал оглядывать все вокруг. Эраст Петрович поймал взгляд маленьких глазок, впившихся в него не то с любопытством, не то с подозрением. Бог знает, почему он вызвал у мутного типа с глиняной мордой столь живую реакцию. Вспомнил о пропуске в ложу? Ну и что с того? Впрочем, это не имело значения.

За время, когда Фандорин здесь не появлялся, произошли некоторые изменения. Слева от входа висел большой фотографический портрет покойного Смарагдова — с горящей лампадой и грудой цветов, сваленной прямо на тротуар. Рядом две фотографии поменьше. Какие-то истерички, оказывается, наложили на себя руки в безутешной скорби по своему кумиру. Объявление в кокетливой траурной рамке извещало, что в малом зале «для узкого круга приглашенных» состоится «Вечер слез». Цены, разумеется, возвышенные.

С другой стороны от подъезда Эраст Петрович увидел (сердце слегка сжалось) портрет премьерши в кимоно и с прической такасимада. «Г-ЖА АЛЬТАИРСКАЯ-ЛУАНТЭН В НОВОЙ РОЛИ ЯПОНСКОЙ ГЕЙШИ» — гласила броская надпись. Перед фотографией знаменитой артистки тоже лежали цветы, хоть и в меньшем количестве.

Все таки кольнуло, констатировал Фандорин и заколебался: не отложить ли визит на завтра? Кажется, рана затянулась недостаточно.

Сзади остановилась пролетка.

Звонкий голос крикнул:

— Жди!

Прозвенели шпоры, простучали каблуки. Рука в желтой перчатке поставила к портрету корзинку с фиалками.

Тут Эраста Петровича кольнуло в грудь еще чувствительней. Он увидел корнета, которого пустил когда-то в ложу. Узнал его и Лимбах.

— Каждый день ставлю! — Юное, свежее лицо осветилось восторженной улыбкой. — Считаю своим долгом. Вы тоже с цветами? Не признали меня? Мы на «Бедной Лизе» вместе были.

Молча Эраст Петрович отвернулся, отошел в сторону, негодуя на бешеный стук сердца.

Болен, все еще болен...

Нужно было немного подождать, взять себя в руки. Благо оказался он прямо перед объявлением о новом спектакле. Стоит себе театрал, изучает афишу. Ничего особенного.

ДВЕ КОМЕТЫ В БЕЗЗВЕЗДНОМ НЕБЕ
Пьеса из японской жизни

Буквы пытаются быть похожими на иероглифы. Художник нарисовал какие-то нелепые фигурки, скорее китайского, нежели японского вида. Непонятно с какой стати увенчал всю композицию веткой сакуры, хотя в пьесе упоминается цветущая яблоня. Но это неважно. Главное, что не нарушено условие: вместо имени автора значатся лишь инициалы «Э.Ф.».

Поскорей бы забыть этот постыдный эпизод, подумал Фандорин. И мысленно помолился русскому и японскому богу, а заодно музе Мельпомене, чтобы пьеса с треском провалилась, была выкинута из репертуара и навеки стерта из анналов театрального искусства.

Сам того не желая, Эраст Петрович искоса поглядывал на своего счастливого соперника. Злился, страдал от унижения, но это было выше его сил.

Мальчишка всё не уходил — к нему приблизился человек с портфелем, они о чем-то заговорили. Постепенно беседа приобрела оживленный характер. Собственно, глава барышников вел себя тихо и голоса не повышал, кричал главным образом корнет. Долетали обрывки фраз.

— Это свинство! Вы не смеете! Я офицер гвардии его величества!

В ответ — насмешливое посвистывание.

Потом прозвучало нечто очень странное для «офицера гвардии его величества»:

— Подите вы к черту с вашим царем!

Человек с портфелем присвистнул уже не насмешливо, а с угрозой, и опять что-то тихо, настойчиво произнес.

— Я все отдам! Скоро! — выкрикнул Лимбах. — Слово дворянина!

— Вы уже давали слово дворянина! — наконец взорвался его собеседник. — Или гоните деньги, или...

188

Он грубо схватил корнета за плечо, а рука у этого господина, видно, была не из легких, юнец даже присел.

«Жаль, *она* не видит, как ее любовник юлит перед кредитором, — с недостойным благородного мужа злорадством подумал Фандорин. — В мои времена гусарские офицеры себя такими дворняжками не вели. Поставил бы грубияна к барьеру на пяти шагах, и дело с концом».

Лимбах, однако, вышел из скандальной ситуации иначе. Он толкнул обидчика в грудь, с разбегу впрыгнул в пролетку и заорал:

— Гони! Гони!

От толчка у кредитора слетела с головы шляпа, из-под руки выпал портфель. Замок расстегнулся, на тротуар высыпались бумаги и среди них желтая картонная папка, показавшаяся Фандорину знакомой.

Он сделал несколько шагов вперед, чтобы рассмотреть ее лучше. Так и есть: в подобной обложке Штерн выдавал роли своим актерам. Острый взгляд Эраста Петровича разобрал и крупно напечатанные слова «ДВЕ КОМЕТЫ...».

Быстро запихивая в портфель бумаги, любитель свиста ощерился на Фандорина.

— Что вы тут все вертитесь, все вынюхиваете, Пат Пинкертон?

А вот это было уже интересно.

— Стало быть, вы меня з-знаете? — Эраст Петрович остановился над сидящим на корточках невежей.

— Такая работа — всё знать. — Тот встал и оказался на полголовы выше. — Вы, мсье сыщик, из каких видов здесь третесь? Из профессиональных или, быть может, из сердечных?

Дерзкие слова сопровождались подмигиванием, да еще и глумливым присвистом.

Настроение у Фандорина нынче было скверное, нервы не в порядке. Поэтому повел он себя не самым достойным образом. Обыкновенно не считал для себя возможным касаться господ этакого типа руками без крайней на то необходимости, а тут оскоромился. Взял двумя пальцами за пуговицу на пиджаке, слегка дернул — пуговица осталась в руке. Так же поступил с тремя остальными. Сунул их нахалу в нагрудный карман.

— Ну, раз вы знаете, кто я такой, не д-дерзите мне. Не люблю. А пуговицы пришейте, неприлично.

Господи, отставной статский советник, солидный человек пятидесяти пяти лет, а повел себя, как задиристый молокосос!

Надо отдать обер-барышнику должное. Видимо, он и вправду кое-что о Фандорине выяснил, потому что на рожон не полез. Однако и страха в маленьких злых глазках не было. На сей раз свист был ёрнически-почтительный.

— Юпитер сердится. Стало быть, интерес сердечный. Ну, пожелаю удачи. Всё-всё-всё. Ухожу пришивать пуговицы.

И, приподняв шляпу, попятился.

Этот маленький срыв окончательно убедил Фандорина, что его душевное состояние еще не нормализовалось. «Завтра, — сказал он себе. — Завтра я буду в лучшей форме».

Сел в авто, уехал.

ПРЕМЬЕРА

Болезненная операция была проведена на следующий день и прошла, в общем, успешно. Только в самый первый момент, когда *она* обернулась, посмотрела на вошедшего и вскинула руку к горлу, будто ей стало трудно дышать, у Фандорина тоже перехватило дыхание, но он с собою справился. Все кинулись жать ему руку, шумно приветствовать, сетовать по поводу его бледности и пенять «Михаилу Эрастовичу», что ничего не рассказывал о недомогании «приемного отца».

Эраст Петрович со всеми поздоровался, в том числе и с Элизой — учтиво, отстраненно. Она не подняла глаз. Аромат ее волос представлял явную опасность. Ощутив головокружительный запах пармских фиалок, выздоравливающий поскорей отошел.

Всё, сказал он себе с облегчением, теперь будет легче.

Но легче не стало. При каждой встрече, при каждом случайном (тем более не случайном) скрещении взглядов, а особенно при обмене хотя бы парой самых незначащих слов снова происходил паралич дыхания и кололо в груди. К счастью, на репетициях Фандорин появлялся нечасто. Только если просил режиссер или если того требовало расследование.

После конфуза с Девяткиным и двухнедельного вынужденного перерыва пришлось начинать почти с нуля, выстраивать список подозреваемых наново.

Не было ответа на главный вопрос: зачем кому-то понадобилось отравлять пустого хлыща Смарагдова. И есть ли связь между убийством и змеей в корзине.

Версий получалось с десяток — практически по числу членов труппы — но все какие-то неубедительные, надуманные. С другой стороны, в этом странном мире многое казалось надуманным: поведение актеров, их манера говорить, их отношения, мотивации поступков. В добавление к версиям «внутренним» (то есть ограниченным пределами «Ковчега») имелась одна «внешняя», несколько более реалистичная, но она требовала активной проработки, а с активностью у Эраста Петровича пока было не очень. Хоть он и считал себя выздоровевшим, но все еще был подвержен приступам апатии, да и мозг работал хуже обычного.

Вести расследование в таком состоянии без помощника, в одиночестве, было все равно что грести одним веслом — лодка без конца описывала все тот же круг. Фандорин привык обсуждать ход дедукции с Масой, это помогало систематизировать и прояснять направление мысли. Японец часто делал полезные замечания, а уж в этом причудливом деле его здравый смысл и хорошее знание фигурантов пришлись бы очень кстати.

Но одним из свидетельств неполного выздоровления было то, что Эраст Петрович по-прежнему с трудом выносил общество старого друга. Зачем, зачем были произнесены те слова: «Можешь чувствовать себя совершенно свободным»? Проклятый азиатский казанова охотно воспользовался разрешением и теперь почти не отходил от Элизы. Они шептались о чем-то, словно два голубка. Видеть, как они репетируют сцену страсти, было выше сил Эраста Петровича. Если в этот момент он оказывался в зале, то сразу вставал и уходил.

Слава Богу, японец ничего не знал о расследовании, иначе от него было бы не отвязаться. В самом начале, когда речь шла всего лишь об опереточной гадюке в корзине, Фандорин не видел необходимости привлекать помощника к столь несерьезному делу. Не слишком сложным показалось Эрасту Петровичу на первом этапе и дело о смерти Смарагдова. Ну а к моменту неудачной операции «Лов на живца» в отношениях господина и слуги, как известно, уже пролегла трещина — Маса бесцеремонно узурпировал роль, которую Фандорин написал для себя.

Так и тянулись дни. Труппу лихорадило перед премьерой, Маса возвращался с репетиций поздно вечером —

и неизменно обнаруживал, что господин уже удалился в спальню. А Фандорин, ненавидя себя за вялость мысли, все ходил по одному и тому же кругу: выписывал на бумаге имена и гипотетические мотивы.

«Мефистов: патологическая ненависть к красивым людям?

Лисицкая: обида; патология сознания?

Клубникина: не было ли тайного романа с убитым?

Регинина: крайне неприязненные отношения со Смарагдовым.

Штерн: патологическое пристрастие к сенсационности.

Простаков — вовсе не так прост, как кажется».

И прочее в том же духе.

Потом сердито всё перечеркивал: детский лепет! Слово «патология» в списке встречалось чаще, чем допускала криминалистическая теория. Но ведь и сама эта среда, внс всякого сомнения, была патологической. Штерн любил повторять шекспировскую фразу: «Весь мир театр, в нем женщины, мужчины — все актеры». Актеры действительно уверены, что вся жизнь — это большая сцена, а сцена — это и есть вся жизнь. Мнимость становится здесь непреложной реальностью, маска неотделима от лица, притворство является естественной нормой поведения. Эти люди считают несущественным то, что составляет главный смысл для обычного человека; и, наоборот, готовы лечь костьми за вещи, которым все остальные не придают значения...

За несколько дней до премьеры Ной Ноевич вызвал Фандорина для срочной консультации. Хотел выяснить, не будет ли автор возражать, если главный акцент концовки будет несколько смещен — с текста на зрительный эффект. Поскольку в финальной сцене героиня сидит перед раскрытой шкатулкой, нужно «заставить реквизит работать», ибо в театре не должно быть ружей, которые не выстреливают. Поэтому Девяткин придумал интересную штуку. Он долго возился с какими-то проводами, висел в люльке под потолком, колдовал над шкатулкой и в конце концов предъявил режиссеру плод своей инженерной мысли. Штерн пришел в восторг — находка была в его вкусе.

После фразы, которой автор завершает пьесу, случится чудо: над залом вдруг засияют две кометы, составленные из маленьких лампочек. Запрокинув голову и подняв правую руку, к которой будет приковано внимание зрителей, героиня левой рукой незаметно нажмет маленькую кнопочку — и все ахнут.

Жорж продемонстрировал изобретение. Работа была выполнена безукоризненно, а спереди, чтоб не было видно зрителям, мастер вмонтировал в шкатулку электрическое табло, показывающее время: часы, минуты и даже секунды.

— Этому меня научили на специальном курсе по электросаперному делу, — с гордостью сказал он. — Красиво, правда?

— Но для чего на шкатулке часы? — спросила Элиза.

— Не для чего, а для кого. Для вас, моя милая, — сказал ей Ной Ноевич. — Чтоб вы не тянули паузы. За вами этот грешок водится. Следите за секундами, не увлекайтесь. Отлично придумано, Жорж! Хорошо бы такие же мигающие часы, только большие, привесить над сценой с внутренней стороны. Для господ актеров. А то у нас много любителей на себя одеяло тянуть.

Ассистент смешался:

— Да нет, я не для этого... Я подумал, что потом, когда спектакль снимут с репертуара, шкатулка может остаться у Элизы — на память. Часы — вещь полезная... Вот тут сбоку колесико, можно подкрутить, если они отстали или, наоборот, спешат. Сейчас внутри много проводов, но после я их все отсоединю, и можно будет пользоваться шкатулкой для всяких косметических надобностей... А работают они от обычного электроадаптера.

Элиза ласково улыбнулась покрасневшему Девяткину.

— Спасибо, Жорж. Это очень мило. — Посмотрела на Фандорина. — Вы ведь не станете возражать, если спектакль закончится иллюминацией? Господин Девяткин так старался.

— К-как угодно. Мне все равно.

Эраст Петрович отвел глаза. Почему она смотрит с мольбой? Неужто из-за этой безделицы? Должно быть, обычная аффектация актрисы — уж если просить, то со слезой во взоре. А сама всего лишь хочет поощрить усердие еще одного обожателя. Ей ведь необходимо, чтобы все вокруг ее любили — вплоть до «лошадей, кошек и собак».

Насчет финала ему действительно было все равно. Он охотно не приходил бы на премьеру — и вовсе не из-за авторского волнения. Эраст Петрович по-прежнему надеялся, что спектакль с треском провалится. Если зрители испытают хоть сотую долю отвращения, которое ныне вызывала у драматурга эта слюнявая любовная мелодрама, в результате можно не сомневаться.

Увы, увы.

Премьера «Двух комет», состоявшаяся ровно через месяц после того, как труппа ознакомилась с пьесой, прошла с триумфом.

Аудитория с восторгом впитывала экзотику *карюкай*, то есть «мира цветов и ив», как называют в Японии химерическое царство чайных домов, где невообразимо элегантные гейши ублажают взыскательных клиентов эфемерными, неплотскими изысками. Декорации были чудо как хороши, актеры играли отменно, превращаясь то в марионеток, то в живых людей. Таинственный стук гонга и медовый речитатив Сказителя попеременно убаюкивали и гальванизировали публику. Элиза была ослепительна — другого слова не подберешь. Пользуясь темнотой и положением одного из тысячи зрителей, Фандорин мог беспрепятственно на нее смотреть и сполна насладился запретным плодом. Странное чувство! Она была совсем чужая, но в то же время говорила его словами и повиновалась его воле — ведь пьесу-то написал он!

Принимали Альтаирскую-Луантэн великолепно, после каждой картины с ее участием кричали «Браво, Элиза!», однако еще больший успех выпал на долю никому не известного актера, исполнявшего роль рокового убийцы. В программке было написано просто «Неслышимый — г. Газонов» — так Маса перевел свою японскую фамилию Сибата, состоящую из иероглифов «лужайка» и «поле». Его акробатические пируэты (с пристрастной точки зрения Эраста Петровича, выполненные очень средненько) приводили неизбалованную трюками театральную публику в восхищение. А когда, следуя сюжету, ниндзя сдернул маску и оказался настоящим японцем, зал разразился криками. Никто этого не ждал. Освещенный прожектором Маса весь сиял и лоснился, как золотой Будда.

Потрясло зрителей и электротехническое изобретение Девяткина. Когда свет сначала погас, а затем высоко над головами залучились две кометы, по театру прокатился вздох. Партер побелел от повернутых к потолку лиц, что само по себе было довольно эффектно.

— Гениально! Штерн превзошел себя! — говорили в директорской ложе, где сидел Фандорин, важные рецензенты. — Где он взял этого чудесного азиата? И что за «Э.Ф.» написал пьесу? Должно быть, какой-нибудь японец. Или американец. Наши так не умеют. Штерн нарочно скрывает имя, чтобы другие театры не перекупили автора. А как вам любовная сцена? На грани скандала, но сильно.

Любовную сцену Эраст Петрович так и не видел. Опустил глаза и ждал, пока зрители закончат сопеть и сглатывать. Противные звуки были отлично слышны, потому что в зале воцарилась шокированная тишина.

Выходы на поклон длились целую вечность. В зале попробовали кричать «Автора! Автора!», но как-то неуверенно. Никто толком не знал, присутствует ли он в театре. Со Штерном было условлено, что Эраста Петровича приглашать на сцену не будут. Зрители пошумели и перестали. Публике и без драматурга было кого чествовать и осыпать цветами.

Он смотрел в бинокль на прекрасное, сияющее счастьем лицо Элизы. Ах, если б она хоть раз в жизни с таким выражением посмотрела на него, все прочее не имело бы значения... Маса церемонно кланялся в пояс и тут же с видом заправского премьера посылал в зал воздушные поцелуи.

На этом испытания еще не заканчивались. Фандорину предстояло вынести банкет за кулисами — не пойти на него было совершенно невозможно.

ИСПОРЧЕННЫЙ БАНКЕТ

Он долго курил в фойе уже после того, как разошлась публика и умолк шум в гардеробе. Наконец, с тяжелым вздохом поднялся на актерский этаж.

Сначала Эраст Петрович прошел темным коридором, куда выходили двери уборных. Вдруг неудержимо захотелось заглянуть в комнату, где Элиза готовится к выходу, превращаясь из живой женщины в роль: сидит перед зеркалом и, словно кицунэ, меняет одну сущность на другую. Быть может, вид помещения, которое она использует для этих метаморфоз, как-то поможет понять ее тайну?

Он оглянулся, нет ли кого вокруг, дернул медную ручку, но дверь не поддалась, она была закрыта на ключ. Странно. Насколько было известно Фандорину, у актеров «Ковчега» не принято запирать уборные. Этот маленький факт показался Эрасту Петровичу символичным. Элиза не пустит его в свой секретный мир, не даст подглядеть туда даже одним глазком.

Зашагал дальше, качая головой. Большинство уборных были не то что незаперты, но даже приоткрыты, а самая дальняя хоть и оказалась плотно затворенной, но, когда он на пробу повернул ручку, дверь тут же распахнулась.

Перед взором удивленного Фандорина предстала картина в духе непристойных гравюр *сюнга*, которые пользуются таким успехом у иностранцев. Прямо на полу, меж гримерных столов с зеркалами, Маса в черной облегающей куртке ниндзя, но без нижней половины костюма, сосредоточенно заворачивал кимоно Серафиме Клубникиной, исполнявшей в спектакле роль гейши-ученицы.

— Ой! — воскликнула субретка и вскочила, оправляя одежду. Эрасту Петровичу не показалось, что она сильно смущена. — Поздравляю с премьерой!

И, подобрав подол, выскочила за дверь.

Японец с сожалением смотрел ей вслед.

— Я вам нужен, господин?

Фандорин спросил:

— Так у тебя роман с Клубникиной, а не с..?

Он не договорил.

Поднимаясь, Маса философски сказал:

— Ничто не кружит женские головы сильнее, чем Большой Успех. Раньше эта красивая девушка не проявляла ко мне интереса, но после того, как мне похлопала и покричала тысяча человек, Сима-сан стала смотреть на меня такими глазами, что было бы глупо и невежливо оставить это без последствий. В зале многие женщины глядели на меня точно так же, — заключил он, с удовольствием разглядывая себя в зеркале. — Некоторые говорили: «Как он красив! Настоящий Будда!»

— Надень штаны, Будда.

Оставив новоиспеченную звезду любоваться своей неотразимой красотой и приводить в порядок одежду, Фандорин пошел дальше. Определенно Маса стал ему неприятен. Главное, этот самодовольный пузырь прав: теперь он станет для Элизы еще привлекательней, ведь актрисы так падки на мишурное сияние успеха! Рассказать бы ей про его шашни с Клубникиной — но это, увы, невообразимо для благородного мужа...

Снедаемый хандрой, Эраст Петрович как-то не подумал о том, что он и сам теперь окутан сверкающим облаком Большого Успеха. Это обстоятельство открылось ему, когда он тихо вошел в буфетную, стараясь не привлекать к себе внимания. Как бы не так!

— Это он, наш дорогой автор! Наконец-то! Эраст Петрович! — Все кинулись к нему, наперебой поздравляя с блестящей премьерой, с грандиозным триумфом, с большой славой.

Штерн поднял бокал шампанского:

— За новое имя на театральном Олимпе, господа!

Госпожа Регинина в лиловом кимоно, с удлиненными тушью глазами (все актеры остались в сценических костюмах и гриме) проникновенно молвила:

— Я всегда была сторонницей не актерского и не режиссерского, а авторского театра! Вы мой герой, Эраст Петрович! Ах, если б вы написали пьесу про немолодую женщину с живой душой и сильными страстями!

Ее оттер бывший супруг, блестя накладной плешью с навощенной самурайской косичкой:

— Я лишь нынче по-настоящему понял замысел вашего произведения. Это грандиозно! У нас с вами очень много общего. Когда-нибудь я расскажу вам историю своей жизни...

Но вперед уже лезла «интриганка», раздвигала губы в широченной мелкозубой улыбке:

— Самые интересные на свете пьесы — те, в которых главный персонаж на стороне Зла. Вы гениально это показали.

Вася Простаков, так и не вынувший из-за пояса мечей, наоборот, благодарил за «воздаяние злодейству», которое, по его мнению, составляло главный смысл и фандориной пьесы, и вообще бытия.

А потом Эраст Петрович перестал их всех видеть и слышать, ибо к нему подошла Элиза, обняла горячей рукой за шею, оглушила ароматом фиалок, поцеловала и тихо-тихо шепнула:

— Самый лучший! Прости меня, милый, иначе было нельзя...

Она ускользнула, уступая место другим, а Фандорин всё мучился: она сказала «прости» — или «простите»? У него не было уверенности, что он правильно расслышал. От этого так многое зависело! Но не переспрашивать же?

«Успокойся, это ровным счетом ничего не значит, — приказал себе он. — Госпожа Луантэн — актриса, она тоже поддалась волшебству Большого Успеха. Для нее я стал не просто мужчина, а Многообещающий Драматург. Цена этакому поцелую известна, второй раз в ту же ловушку меня не заманить, слуга покорный». И нарочно подбавил горечи, мысленно поинтересовавшись: «А что ж это, сударыня, вашего избранника не видно?»

Лимбаха сегодня он действительно на премьере не видел и сделал единственно возможный логический вывод. Корнету незачем вести осаду крепости, коли она уже взята. Должно быть, ждет в номере с цветами и шампанским. Ну и пожалуйста. Как говорится, мягкой вам перины!

После актеров драматурга поздравляли гости, очень немногочисленные — банкет был «для своих». Подошли влиятельные рецензенты, которых Эраст Петрович видел в ложе, роняли снисходительные комплименты. Затем его взяли под локти два в высшей степени обходительных господина, один в пенсне, второй в душистой бороде. Этих интересовало, нет ли у него в запасе или «в проэкте» других сочинений. Тут же подлетел Штерн, шутливо погрозил пальцем:

— Владимир Иванович, Константин Сергеевич, авторов не воровать! Не то отравлю обоих, как Сальери Моцарта!

Последним, когда все уже вернулись за стол, приблизился покровитель муз Шустров. Этот комплиментов не говорил, сразу взял быка за рога:

— А могли бы вы сделать сценариус из японской жизни?

— Что, п-простите? Я не знаю этого слова.

— «Сценариусом» называется кинематографическая пьеса. Это новая идея в сфере киносъемки. Подробное изложение действия, с драматургией, с подробно расписанными картинами.

Фандорин удивился:

— Но зачем? Насколько я знаю, киносъемщик просто говорит исполнителям, как встать и куда двигаться. Диалогов все равно нет, а сюжет может меняться в з-зависимости от денег, погоды, занятости актеров.

— Так было прежде. Но скоро всё переменится. Мы поговорим об этом позже.

Режиссер стучал вилкой по бокалу, звал миллионера:

— Андрей Гордеевич, вы желали сказать речь! Самое время, все в сборе!

Как раз явился и сердцеед Газонов, лоснясь ежиком отросших волос. Сел, наглец, рядом с Элизой, которая ласково ему что-то сказала. Хотя где еще сидеть исполнителю главной мужской роли?

Эраста Петровича тоже усадили на почетное место, с противоположного торца, около режиссера.

Господин Шустров начал спич в обычной манере, то есть без преамбул и цветистостей.

— Дамы и господа, спектакль хороший, о нем будут писать и говорить. Я вновь убедился, что правильно рассчитал, поставив на Ноя Ноевича и всю вашу труппу. Особенно порадовала меня госпожа Альтаирская-Луантэн, которую ожидает великое будущее... Если мы найдем общий язык, — прибавил он после паузы, пристально глядя на Элизу. — Позвольте сделать вам, сударыня, небольшой символический подарок, смысл которого я объясню чуть позднее.

Он вынул из кармана бархатный футляр, а оттуда очень тонко сделанную розу красноватого золота.

— Какая прелесть! — воскликнула Элиза. — Что за мастер исполнил такую филигранную работу?

— Имя этого мастера — природа, — ответил ей предприниматель. — Вы держите в руках живой бутон, опыленный слоем золотой пыльцы — новейшая технология. Благодаря пленке из золота красота живого цветка стала вечной. Он не увянет никогда.

Все захлопали, но капиталист поднял руку.

— Пришло время разъяснить главную цель создания нашей «Театрально-кинематографической компании». Я решил вложить деньги в вашу труппу, потому что Ной Ноевич первым из театральных деятелей осознал, что истинно грандиозный успех невозможен без сенсационности. Но это лишь первый этап. Теперь, когда о «Ноевом ковчеге» пишут газеты обеих столиц, я предполагаю вывести вашу известность на более высокий уровень — сначала всероссийский, а затем и всемирный. Сделать это при помощи театральных гастролей невозможно, но есть иное средство: кинематограф.

— Вы хотите снимать наши спектакли на пленку? — спросил Штерн. — Но как же звук, слова?

— Нет, мы с моим компаньоном хотим создать кинематограф нового типа, который станет полноправным искусством. Сценариусы будут сочиняться литераторами с именем. Играть в фильмах мы пригласим не случайных людей, а первоклассных актеров. Мы не будем, как другие, довольствоваться картонными или холщовыми декорациями. Но самое главное — мы заставим миллионы людей полюбить лица наших «старов». Это американское слово значит «звезда». О, у этой концепции огромное будущее! Игра выдающегося театрального актера подобна живому цветку — она очаровывает, но чары заканчиваются, когда закрывается занавес. Я же хочу сделать ваше искусство нетленным при помощи золотой пленки. Что вы об этом думаете?

Все молчали, многие обернулись к Штерну. Тот поднялся. Было видно, что он не хочет расстраивать благодетеля.

— М-м-м... Почтеннейший Андрей Гордеевич, я понимаю ваше желание иметь бо́льшую прибыль, оно естественно для предпринимателя. Я и сам, видит Бог, никогда не упускаю случая подоить золотую телочку. — По комнате прокатился смешок, и Ной Ноевич комично склонил голову: мол, грешен, грешен. — Но разве вас не устраивают результаты наших московских гастролей? Думаю, таких сборов не знавал еще ни один театр, не в обиду друзьям из Художественного будь сказано. Сегодняшняя премьера дала более десяти тысяч! Разумеется, будет только справедливо, если прибыль мы станем делить с приютившей нас компанией во взаимовыгодной пропорции.

— Десять тысяч рублей? — повторил Шустров. — Это смешно. Удачную фильму посмотрит не менее миллиона человек, каждый заплатит в кассу в среднем полтинник. Минус затраты на производство и комиссия театровладельцев, плюс продажа за границу и торговля фотооткрытками — чистого барыша выйдет не меньше двухсот тысяч.

— Сколько? — ахнул Мефистов.

— А в год мы намерены производить таких картин не менее дюжины. Вот и считайте, — спокойно продолжил Андрей Гордеевич. — Притом учтите, господа, что «стар» будет получать у нас до трехсот рублей за день съемки, актер второго плана вроде господина Разумовского или госпожи Регининой — сто, третьего плана — пятьдесят. И это не считая всенародного обожания, которое обеспечит наша собственная пресса вкупе с гениальным даром Ноя Ноевича создавать сенсации.

Внезапно поднялась Элиза. Ее лицо пылало вдохновением, в высокой прическе мерцали жемчужные капельки.

— Где во главе угла оказываются деньги, настоящему искусству конец! Вы подарили мне эту розу, и она, конечно, прекрасна, но вы ошибаетесь, когда называете ее живой! Она умерла, как только вы подвергли ее золотому плену! Она превратилась в мумию цветка! То же и с вашим кинематографом. Театр — это жизнь! И, как всякая жизнь, он одномоментен, неповторим. Точно такого мгновения никогда больше не будет, оно неостановимо, и именно поэтому прекрасно. Вы, фаусты, мечтающие остановить прекрасное мгновение, не возьмете в толк, что зафиксировать красоту нельзя, она тут же умрет. Об этом и пьеса, которую мы сегодня сыграли! Поймите, Андрей Гордеевич, вечность и бессмертие — враги искусства, я боюсь их! Спектакль может быть хорошим или плохим, но он живой. А фильма — это муха в янтаре. Совсем как живая, только мертвая. Никогда, вы слышите, ни-ко-гда не стану я играть перед этим вашим ящиком с его стеклянным зраком!

Боже, до чего она была хороша в этот миг! Эраст Петрович прижал к левому боку ладонь — защемило сердце. Он отвел глаза, сказал себе: «Да, она прекрасна, она — волшебство и чудо, но она не твоя, она тебе чужая. Не поддавайся слабости, не теряй достоинства».

Надо сказать, что математически сухое выступление Шустрова мало кому понравилось. Предпринимателю если и похлопали, то из вежливости, а вот страстную речь Элизы встретили одобрительными криками и рукоплесканиями.

Гранд-дама Регинина громко спросила:

— Стало быть, сударь, вы расцениваете меня втрое дешевле, чем госпожу Альтаирскую?

— Не вас, — стал объяснять ей предприниматель, — а весомость вашего амплуа. Видите ли, я намерен активно использовать при съемке новый прием под названием «блоу-ап», то есть показ лица актера во весь экран. Для этой техники предпочтительны лица безупречно привлекательные и молодые...

— ...А старые хрычи и хрычовки вроде нас с вами, Василисочка, кинематографическому бизнэсу не интересны, — подхватил резонер. — Нас выкинут, как изношенные башмаки. Однако на все воля Божья. Я старый калач, и от бабушки ушел, и от дедушки, а от кинематографа подавно укачусь. Правда, лисичка-сестричка? — обратился он к своей соседке Лисицкой.

Но та смотрела не на Разумовского, а на миллионера, улыбаясь ему приятнейшим образом.

— Скажите, милый Андрей Гордеевич, а намерены ли вы делать картины готического направления? Я читала в газете, что американская публика полюбила фильмы про вампирш, колдуний и ведьм.

Поразительная все-таки у господина Шустрова была особенность — учтивейшим тоном говорить людям ужасные вещи:

— Мы думаем об этом, мадам. Но исследования показывают, что даже отрицательная героиня, будь то колдунья либо вампирша, должна обладать привлекательной внешностью. Иначе публика не станет покупать билеты. Думаю, с вашим специфическим лицом крупного плана лучше избегать.

«Специфическое лицо» Ксантиппы Петровны немедленно рассталось с улыбкой и исказилось презлобной гримасой, которая шла ему гораздо больше.

Разговор о кинематографе вскоре заглох, хоть Шустров и пытался к нему вернуться. Когда все встали из-за стола и разбрелись кто куда, он подошел к Эрасту Петровичу и стал объяснять, что киносценарист — очень перспективная профессия, сулящая большую славу и огромные доходы. Капиталист предложил устроить встречу со своим партнером, мсье Симоном, который сумеет рассказать об этом лучше и вообще очень занимательный человек. Но Фандорин ни перспективной профессией, ни занимательным партнером не заинтересовался и поспешил отделаться от нудного собеседника.

Тогда Шустров взял в оборот Элизу. Отвел ее в сторону и начал что-то говорить с очень серьезным видом. Она слушала, вертя в руках золотую розу, и благосклонно улыбалась. Наглец позволил себе взять ее за локоть, а она не отстранилась. И уж совсем не понравилось Фандорину, что молодой человек вывел ее из комнаты. Эраст Петрович проходил мимо с сигарой и слышал, как Шустров сказал:

— Элиза, мне нужно поговорить с вами наедине по важному делу.

— Что ж, проводите меня до уборной, — ответила она, скользнув быстрым взглядом по фандоринскому лицу. — Я хочу снять грим.

И они вышли.

«С меня довольно, — сказал себе Эраст Петрович. — Мне нет до этой женщины дела, но наблюдать, как она флиртует с мужчинами, незачем. Это отдает захер-мазохизмом». Он прикинул, когда можно будет удалиться, чтобы это не выглядело афронтом, и решил, что минут через десять.

Ровно через десять минут он подошел к Штерну и шепотом попрощался, попросив не привлекать к его уходу ничьего внимания.

Ной Ноевич выглядел то ли расстроенным, то ли озабоченным. Вероятно, его встревожила речь мецената.

— Блестящий дебют, блестящий, поздравляю, — пробормотал он, пожимая Эрасту Петровичу руку. — Давайте думать о следующей пьесе.

— Б-беспременно.

С облегчением Фандорин направился к выходу, лавируя между актерами и гостями, большинство которых держало в руках чай или коньячные рюмки.

Двери сами распахнулись навстречу Эрасту Петровичу. Он едва успел подхватить Элизу, буквально ударившуюся об него всем телом. На ее лице застыла маска ужаса, из-за расширенных зрачков глаза казались черными.

— А-а-а... — простонала она, кажется, не узнавая Фандорина. — А-а-а...

— В чем дело? Что случилось?

По коридору бежал Шустров, утирая платком лоб.

— Что вы с ней сделали, черт бы вас побрал?! — крикнул ему Эраст Петрович.

— Там... — Предприниматель, всегда такой спокойный, указывал куда-то дрожащим пальцем. — ...Там, в уборной... Элиза взяла ключ со щита, открыла дверь... А там... Нужно вызвать полицию! Телефон... Где телефон?

Мертвец лежал в уборной, прямо под дверью, в позе зародыша — скрюченный, прижавший руки к животу. Стараясь не наступить в огромную лужу крови, Фандорин осторожно взял из разжатых пальцев складной нож с очень острым, слегка изогнутым лезвием.

— Рассекуха, — сказал за спиной Маса.

— Без тебя вижу. Отодвинься, никого не подпускай. Здесь много с-следов, — не оборачиваясь, сухо велел Эраст Петрович.

В комнате повсюду были пятна крови, кровавые отпечатки рук покрывали изнутри дверь, на полу виднелись красные следы остроносых подошв. Именно такие были на кавалерийских сапогах покойника.

— Пустите меня! — послышался сердитый голос Штерна. — Это мой театр! Я должен знать, что тут произошло!

— Входить не с-советую. Полиции это не понравится.

Ной Ноевич заглянул в уборную, побледнел и перестал настаивать, чтобы его пустили.

— Бедный мальчик. Его зарезали?

— Пока не знаю. Полагаю, корнет умер от потери крови. Широкая резаная рана живота не вызвала мгновенной смерти. Он метался по комнате, хватался за дверную ручку, потом силы его оставили.

— Но... почему он не выбрался в коридор?

Фандорин не ответил. Он вспомнил, как по дороге на банкет проходил здесь и удивился, что дверь заперта на ключ. Оказывается, Лимбах лежал всего в одном шаге, к тому времени, очевидно, уже мертвый или потерявший сознание.

— Море крови, — обернувшись, сообщил остальным Штерн. — Гусара зарезали или же он сам зарезался. В любом случае, завтра мы снова будем во всех газетах.

Репортеры вмиг разнюхают, что юноша был поклонником Элизы. Кстати, что она?

— С ней Симочка, Зоя Дурова и Простаков, — ответила Василиса Прокофьевна. — Бедняжка в полуобморочном состоянии. Представляю себе, каково это — открыть дверь в собственную уборную и увидеть такое... Не знаю, как она это переживет.

Сказано это было с особым значением, которое Фандорин отлично понял.

— По крайней мере теперь ясно, почему корнет не бесновался на премьере, — хладнокровно заметил Разумовский. — Интересно, как он вообще сюда попал? И когда?

Ступив на носок между брызг крови, Фандорин потянул за уголок картонку, что высовывалась из кармана парадного красного доломана. Это был пропуск на артистический этаж, без которого в день премьеры постороннего сюда не пустили бы.

— Судя по тому, что никто из актеров Лимбаха не видел, он попал в к-коридор уже после начала спектакля. Господин Штерн, кто выдает подобные пропуска?

Ной Ноевич взял картонку, пожал плечами.

— Любой из актеров. Иногда я или Жорж. Обычно гости пользуются пропуском во время антракта или после спектакля. Однако мы играли без перерыва, а сразу после спектакля все отправились в буфст. Сюда никто не заходил.

— Борьно, — сказал Маса.

— Ты о чем?

— Когда зивот попорам — борьно. Он не самурай, он кричар. Гуромко.

— Конечно, кричал. Но в зале играла музыка, а здесь не было ни души. Никто не услышал.

— Смотрите, господин. — Палец Масы показал на дверь.

Среди подсыхающих потеков крови виднелись две грубо намалеванные буквы: «Ли», причем вторая была смазана, словно пишущего оставили силы.

— Ну вот что. — Эраст Петрович перешел на японский. — Не спускай глаз со всех, кто тут есть. Больше мне от тебя ничего не нужно. Я займусь этим делом сам, а поможет мне Субботин. Все равно без полиции не обойтись.

— Что вы говорите? — нахмурился Ной Ноевич. — И почему вы не дали Жоржу вызвать полицию?

— Я как раз и сказал Масе, что теперь пора. Сначала нужно было убедиться, что никто не войдет в уборную и не испортит следов. С вашего позволения, протелефонирую я. У меня есть в сыскной полиции знакомый, очень хороший специалист. Господа, прошу всех вернуться в б-буфетную! А вы, господин Штерн, поставьте у двери двух капельдинеров.

СПЕЦИАЛИСТЫ ЗА РАБОТОЙ

— Нет никаких сомнений — это самоубийство. — Следователь московской сыскной полиции Сергей Никифорович Субботин по всегдашней привычке вдавил в переносицу дужку очков и, будто извиняясь, улыбнулся. — На сей раз, Эраст Петрович, ваше предположение не подтвердилось.

Фандорин не поверил своим ушам.

— Вы шутите? Человек сам распорол себе живот, а потом, опять-таки сам, запер дверь снаружи и повесил ключ на щит?

Субботин похихикал, отдавая должное шутке. Промокнул платком редкие белесые волосы — время шло к рассвету, позади осталось несколько часов напряженной работы.

— А вот я, Эраст Петрович, согласно вашей науке, по пунктам пройдусь. Вы сообщили мне, что корнет Лимбах не имел оснований для самоубийства, ибо одержал любовную победу. По вашим сведениям, его одарила своей э-э-э благосклонностью знаменитая артистка госпожа Альтаирская, так?

— Так, — лсдяным тоном подтвердил Фандорин. — Корнету не с чего было н-накладывать на себя руки, к тому же столь жестоким образом.

— Изволите ошибаться, — еще виноватей молвил Сергей Никифорович, конфузясь, что вынужден поправлять бывшего наставника. Когда-то давно, тому двадцать лет, молоденьким полицейским чиновником он начинал службу под шефством статского советника Фандорина. — Пока вы сопровождали тело в прозекторскую, чтобы установить точное время смерти, я тут провел кое-какие изыскания. Артистка с гусаром в интимной связи не состояли.

209

Титулярный советникъ Субботинъ

Фотографъ М. Руднёвъ

Слухи не имеют под собой основания. Вы знаете мою дотошность, я это установил точно.

— Не с-состояли?

У Эраста Петровича дрогнул голос.

— Никак нет. Более того, я поговорил по телефону с приятелем Лимбаха по эскадрону, и свидетель утверждает, что корнет в последнее время ходил сам не свой от любовных терзаний, неоднократно восклицал, что убьет себя. Это, как вы говорите, раз.

— А что будет «два»?

Субботин достал блокнот.

— Свидетели Простаков и Девяткин показали, что в ночь, когда Лимбах проник в номер госпожи Альтаирской, они слышали из-за двери, как он грозился на японский манер распороть себе брюхо, ежели она его отвергнет. Вот вам два. — Он перелистнул страничку. — Лимбах каким-то пока не установленным образом раздобыл пропуск и пробрался в уборную дамы своего сердца. Предполагаю, он хотел наказать мучительницу, когда она с триумфом, вся в цветах, вернется после спектакля. Уже не надеясь добиться взаимности, Лимбах возжелал умертвить себя ужасным японским образом. Как самурай, делающий ради гейши хирикири.

— Харакири.

— А я как сказал? Он разрезает себя ножом, терпит страшные муки, истекает кровью, хочет написать на двери ее имя — «Лиза», но силы оставляют его.

Увлекшись, следователь стал показывать, как всё это было: вот корнет держится за живот, корчится, макает палец в рану, начинает писать на двери и падает. Ну, падать Сергей Никифорович, правда, не стал — пол в уборной только что вымыли, он еще не высох.

— Кстати, недописанное имя — это три. — Субботин показал на дверь, которую, по его указанию, оставили нетронутой. — Что сказал вам эксперт? Когда наступила смерть?

— Примерно в п-половине одиннадцатого, плюс минус четверть часа. То есть во время третьего акта. Агония длилась пять, максимум десять минут.

— Ну вот, видите. Он ждал, пока спектакль подойдет к концу. Иначе был риск, что в уборную случайно заглянет не госпожа Луантэн, а кто-то другой, и тогда пропал бы весь эффект.

Фандорин вздохнул.

— Что с вами, Субботин? Вашей дедукции и реконструкции грош цена. Забыли вы, что ли, про запертую дверь? Кто-то ведь закрыл ее на ключ?

— Сам Лимбах и закрыл. Очевидно, боялся, что, не совладав с болью, в полубеспамятстве, выбежит наружу. Ключ — вернее, его дубликат — я обнаружил в кармане рейтуз самоубийцы. Вот он — и это четыре.

На ладони у следователя блеснул ключ. Фандорин достал лупу. В самом деле, это был дубликат, причем изготовленный недавно — на бородке еще виднелись следы напильника. Никакого торжества или, упаси Бог, злорадства в голосе следователя не было — лишь спокойная гордость за честно выполненную работу.

— Я проверил, Эраст Петрович. Ключи от актерских уборных висят на щите, без присмотра. Все равно комнаты обычно не запирают, поэтому ключами почти никогда не пользуются. Лимбах мог потихоньку сделать слепок во время какого-нибудь предыдущего визита.

И снова Фандорин вздохнул. Очень недурной сыщик Субботин, обстоятельный. Звезд с неба не хватает, но для полицейского чиновника оно и необязательно. Мог бы далеко пойти. К сожалению, после того как Эраст Петрович был вынужден уйти в отставку, судьба у молодого человека не задалась. В послефандоринские времена полицейскому для успешной карьеры стали потребны совсем иные качества: красиво отчитаться да угодить начальству. Ни тому, ни другому Сергей Никифорович у статского советника не научился. Фандорин ему все больше про сбор улик и про опрос свидетелей втолковывал. И вот результат неправильного воспитания: человеку перевалило за сорок, а всё титулярный советник, и дела поручают самые невыигрышные, бесперспективные, на которых не отличишься. Если б не прямое ходатайство Эраста Петровича, нипочем бы Субботин не получил в ведение этакую конфету, как кровавая драма в модном театре. Ведь все газеты напишут, вмиг знаменитостью станет. Если, конечно, не опростоволосится.

— А теперь п-послушайте меня. Ваша версия о «самоубийстве по-японски» несостоятельна. Уверяю вас, что никто кроме самурая прежних времен, с детства готовившегося к подобной смерти, не способен сделать себе харакири. Разве что буйнопомешанный в приступе острого безумия. Но Лимбах сумасшедшим не был. Это раз. Второе: вы обратили внимание на угол разреза? Нет? А я для того и поехал с трупом в п-прозекторскую, чтобы как следует изучить рану. Удар нанесен человеком, который стоял к Лимбаху анфас. В момент нападения корнет сидел, то есть агрессии никак не ждал. У перевернутого стула, как вы помните, натекла изрядная лужа. Именно там и был нанесен удар. Это три. Теперь обратите внимание на нож. Что он собою представляет?

Сергей Никифорович взял оружие, повертел.

— Обычная «рассекуха».

— Вот именно. Любимое оружие московских б-бандитов, с успехом вытесняет из их арсенала «финку». Такой нож позволяет наносить режущий удар без размаха, исподтишка. Раскрывают его за спиной, потихоньку вынимая из рукава, чтобы не видела жертва. Бьют, держа в закрытом кулаке рукояткой к большому пальцу. Дайте-ка сюда. Покажу, как это делается.

Он сделал быстрое движение рукой из-за спины — Субботин от неожиданности согнулся пополам.

— Остается характерная рана, мелкая у края пенетрации и постепенно углубляющаяся к месту изъятия. То есть противоположного рисунка сравнительно с ударом харакири, когда клинок сначала глубоко вонзают, а потом рывком, наискось, выдергивают. Еще раз повторяю, что сделать себе разрез такой протяженности, как у Лимбаха, смог бы только самурай невероятной выдержки, долго ставивший руку. Обыкновенно у японского самоубийцы хватало силы воли лишь вонзить в себя кинжал, после чего секундант немедленно отсекал бедняге г-голову. — Фандорин укоризненно смотрел на бывшего питомца. — Скажите мне, Сергей Никифорович, откуда у гусарского корнета бандитский нож?

— Не знаю. Купил по случаю. Возможно, именно для этой цели, польстившись на остроту лезвия, — ответил поколебленный, но еще не переубежденный Субботин. — Позволю себе напомнить о надписи на двери. — Он показал на кровавые буквы «Ли». — Если это не начало имени той, из-за которой молодой человек решил уйти из жизни, то что же?

— У меня есть предположение, но сначала давайте зададим кое-какие вопросы свидетелям. Самое время.

В артистическом фойе ждали Элиза и режиссер с помощником. Первую попросил задержаться следователь; Штерна и Девяткина — Фандорин.

Субботин послал за ними полицейского. Но тот привел только актрису и ассистента.

— Ной Ноевич рассердился и уехал, — объяснил Девяткин. — Действительно, неудобно, господа. Такой человек, а его, будто мелкого воришку, заставляют ждать вызова. Я могу ответить на любые вопросы, касающиеся распорядка, режима, устройства уборных и всего прочего. Это моя компетенция.

— Как вы себя чувствуете? — спросил Фандорин актрису.

Она была очень бледна, с опухшими глазами. Прическа гейши сбилась вбок, на широких рукавах кимоно виднелись следы туши — должно быть, Элиза утирала слезы. Лицо, впрочем, было чисто вымыто, грима на нем не осталось.

— Благодарю, я чувствую себя лучше, — тихо ответила она. — Со мной почти все время была Симочка. Помогла мне привести себя в порядок, а то я была похожа на ведьму, вся в черных разводах... Сима ушла полчаса назад, ее вызвался проводить господин Маса.

— П-понятно.

Взревновал меня к Субботину, догадался Эраст Петрович. Ну и черт с ним. Пусть утешается со своей Клубникиной, обойдемся.

— Два вопроса, сударыня, — перешел он на деловой тон. — Первый: ручка была такой и прежде?

Эраст Петрович показал на внутреннюю сторону двери. Медная скоба была немного погнута.

Но Элиза, кажется, видела только следы крови. Она зажмурилась, слабым голосом произнесла:

— Я... не знаю... Не помню...

— Я помню, — заявил Девяткин. — Ручка была в полном порядке. А что это тут написано?

— Об этом б-будет мой второй вопрос. Госпожа Луантэн, называл ли вас когда-нибудь покойный «Лизой»? — Эраст Петрович постарался, чтобы вопрос прозвучал совершенно нейтрально.

— Нет. Меня никто так не называет. Давно.

— Может быть, в минуты... интимности? — Интонация спрашивающего стал еще суше. — Прошу вас быть откровенной. Это очень важно.

Ее щеки порозовели, глаза гневно сверкнули.

— Нет. А теперь прощайте. Мне нехорошо.

Она повернулась и вышла. Девяткин кинулся за ней.

— Куда же вы в кимоно?

— Неважно.

— Я провожу вас до гостиницы!

— Меня довезет авто.

Ушла.

Что означало ее «нет», терзался Фандорин. Что Лимбах даже в минуты интимности не называл ее «Лизой» или что минут интимности не было? Но если не было, к чему такие бурные проявления скорби? Тут не просто потрясение от вида смерти, тут сильное, настоящее чувство...

— Итак, — бесстрастно резюмировал он. — Как видите, «Лизой» корнет госпожу Альтаирскую-Луантэн никогда не называл, и было бы странно, если бы он вздумал именовать ее по-новому в миг расставания с жизнью.

— Что же тогда означает это недописанное слово? Не расписаться же он вздумал напоследок собственной фамилией: «Лимбах, с почтением»?

— Б-браво. Раньше в вас не замечалось склонности к иронии и сарказму. — Фандорин улыбнулся.

— При моей жизни без иронии пропадешь. В самом деле, Эраст Петрович, что же тут, по-вашему, произошло?

— Думаю, было так. Убийца, — человек, знакомый Лимбаху и не вызывавший у него опасений, — внезапным ударом рассек корнету живот, после чего вышел или выбежал в коридор и запер дверь, либо просто навалился на нее телом. Смертельно раненый, истекающий кровью, но не потерявший сознания офицер кричал, но никто кроме преступника его не слышал. Корнет пытался выбраться из уборной, хватался за дверь, даже погнул ручку — ничего не вышло. Тогда Лимбах попробовал написать на двери имя убийцы или какое-то слово, которое его разоблачило бы, но силы оставили умирающего. Когда стоны и шум стихли, преступник вошел в уборную и сунул мертвецу в карман дубликат. Другим к-ключом, взятым со щита, он снова запер дверь снаружи. Чтобы полицейские подумали, будто самоубийца закрылся сам. Вы помните показания госпожи Луантэн и господина Шустрова? Когда они подошли к двери и она оказалась запертой, актриса несколько удивилась, но нашла ключ на его обычном месте — на щите. То, что преступник, войдя в комнату после смерти Лимбаха, не заметил написанные кровью буквы, неудивительно — среди других пятен и потеков они не бросаются в глаза. Я и сам не сразу обратил на них внимание.

— Как вы правдоподобно всё описываете, — поразился простодушный Девяткин. — Будто заправский сыщик!

Следователь покосился на Эраста Петровича с усмешкой, однако иронизировать больше не пытался.

— Убедили, — признал он. — Полагаю, у вас уже есть какие-то версии?

— Несколько. Вот вам п-первая. У Лимбаха были странные, запутанные отношения с одним человеком, который, насколько я понимаю, заправляет театральными барышниками. Вполне уголовный типаж. Очень высокий, малоприятный субъект с кирпичного цвета физиономией. Одевается в американские костюмы, все время насвистывает...

— У него и прозвище «Мистер Свист», — кивнул Сергей Никифорович. — Фигура известная. Правая рука господина Царькова, так называемого «Царя». Это правитель целой империи спекулянтов, очень влиятелен. Со всем городским начальством в дружбе, в каждом театре у него своя ложа.

— Я знаю, о ком вы говорите. И следующий мой вопрос был бы о г-господине Царькове. Я имел удовольствие сидеть с ним в одной ложе. Мистер Свист там тоже появлялся. Так вот о каком царе говорил г-гусар... — Версия становилась все более убедительной. — Видите ли, несколько дней назад я стал случайным свидетелем объяснения между Мистером Свистом и Лимбахом. Барышник требовал от корнета уплаты какого-то долга, а молодой человек сказал: «Подите вы к черту с вашим Царем». Я еще удивился... Не знаю толком, в чем у них там был конфликт, но, если б у криминальной личности вроде Свиста в кармане оказалась рассекуха, это меня нисколько бы не удивило. И перед убийством такой человек не остановится, это читается по г-глазам. Вот вам версия номер один. Оставим ее пока и перейдем к версии номер д-два...

Однако до версии номер два дело не дошло.

— Я знаю этого Свиста! — вмешался Девяткин, слушавший с жадным вниманием. — И Царькова знаю. Кто же их не знает? Господин Царьков человек вежливый, обходительный, от него актерам всегда подносят и букеты, и подарки. После удачного спектакля, как бы в благодарность. Режиссера и первых артистов господин Царьков обычно благодарит лично, а к остальным посылает Мистера Свиста. Только вы ошибаетесь, Эраст Петрович, он никакой не уголовник, а совсем наоборот. Правда, господин полицейский?

— Это так. — Субботин охотно вернулся к первой версии — она его заинтересовала. — Прежде он служил околоточным надзирателем в Мясницкой части. Ушел не совсем добровольно. Что-то там было со взятками, однако без судебных последствий. У нас ведь, вы знаете, не любят выносить сор из казенной избы.

— З-знаю. Но продолжайте.

— Господа, — встрял Девяткин, беспокойно переминавшийся с ноги на ногу. — Если я вам больше не нужен... Вдруг автомобиль не дождался госпожу Альтаирскую? Не может же она идти по ночному городу одна — в таком наряде, притом в расстроенных чувствах! Я проверю и, если что, догоню ее. Она не могла далеко уйти в этих своих японских сандалиях.

И убежал, не дождавшись позволения. Эраст Петрович проводил ассистента завистливым взглядом.

— ...А настоящее имя Мистера Свиста, — продолжил следователь, — Липков Сила Егорович...

Он запнулся и умолк, так и не закрыв рта. Светлые ресницы замигали.

— Вот видите, — вкрадчиво протянул Фандорин, разом забыв и об Элизе, и о ее верном паладине. — «Лиза» здесь совершенно ни при чем. Липков, стало быть? М-да, переходить к версии номер два пока погодим.

Взяв стул, он поставил его перед собой и оседлал, усевшись лицом к спинке.

— Садитесь и вы. Настоящий разговор только начинается. Запахло д-добычей.

Сел и Субботин — рядом, точно таким же манером. Расследователи были похожи на двух конных витязей у перекрестка дорог.

— С чего прикажете начать?

— С г-головы. То есть с Царькова. А я вам для пущего азарта сейчас в огонь к-керосину подолью. Вы помните, как в начале сезона кто-то подсунул в цветы госпоже Луантэн змею?

— Что-то читал в газетах. При чем здесь это?

— А вот при чем. — Эраст Петрович сладко улыбнулся. — Я припоминаю — а память у меня, как вы знаете, хорошая — фразу Царькова. Он сказал своему адъютанту примерно следующее: «Выяснить, кто, и наказать». Это раз.

Перед тем он же велел Свисту отнести в подарок премьеру полдюжины дорогого бордо. Это два. Ну и третье: Смарагдов не отравился, как было объявлено в газетах. Его отравили, причем именно вином. Жаль, я не догадался сделать анализ, каким именно. В любом случае, это т-три. И четвертое: кто подсунул змею, осталось загадкой, но учитывая характер покойного премьера и его соперничество с госпожой Луантэн, вполне возможно, что пакость сделал именно Смарагдов.

— Второе убийство в одном и том же театре! — Субботин вскочил, снова сел. — Свист мог отравить артиста Смарагдова?! Но не слишком ли сильное наказание за мелкую гадость?

— Не такую уж мелкую. Укус гадюки вкупе с шоком вполне мог отправить б-барышню на тот свет. Кроме того, насколько я припоминаю, Царьков был очень невысокого мнения о первом любовнике. Мог сильно рассердиться, если бы выяснил, что м-мерзость со змеей подстроил Смарагдов. Но чтобы я понимал, насколько опасен гнев Царькова, расскажите мне о нем подробней. Всё, что знаете.

— О, я много что о нем знаю. В прошлом году подобрал матерьяльчик, думал прищучить, но куда там. — Сергей Никифорович махнул рукой. — Не для моих зубов. Слишком высокие покровители. Скажу сразу: гнев Августа Ивановича Царькова и его угрозы следует воспринимать с максимальной серьезностью. Человек он солидный, выдержанный, волю чувствам дает редко. Но уж если осерчал... — Следователь красноречиво провел по горлу ребром ладони. — Спекуляция билетами — любимое, но отнюдь не главное направление его деятельности. Царь может обеспечить спектаклю успех. Может и провалить. Ажиотаж вокруг театра, слухи, клакеры, рецензии — всё это в его власти. Он может сделать безвестную дебютантку знаменитостью, но может и погубить актерскую карьеру. Принадлежащие ему ложи всегда в распоряжении городских тузов, за что все они, а еще больше их супруги, почитают Августа Ивановича славным и обходительным человеком, к которому шушера вроде титулярного советника Субботина не смеет подступаться со своими мелочными придирками.

Полицейский горько улыбнулся.

— Неужто подпольная торговля билетами дает столь значительные барыши? — удивился Фандорин.

— Считайте сами. Согласно постановлению градоначальства, в целях борьбы со спекуляцией, кассы не имеют права давать в одни руки более шести мест. Однако для Царя это не помеха. На него работает два десятка так называемых «закупщиков», которые всегда оказываются перед окошком первыми — нечего и говорить, что все кассиры подмазаны. Если взять сверхмодный спектакль вроде вчерашней премьеры, чистый прибыток Царя от перепродажи составит не менее полутора тысяч. А еще есть Художественный театр, куда так запросто не попадешь. Есть Большой. Есть труднодоступные спектакли в Малом и у Корша. Бывают востребованные концерты и вечера. С театрального барышничества Царь когда-то начинал и по-прежнему не пренебрегает этим во всех смыслах прибыльным занятием, однако главный доход ему приносит другое. По моим сведениям, он подчинил своему влиянию все дорогие бордели Москвы. Кроме того, Царь предоставляет заинтересованным лицам услуги еще более деликатного свойства: солидным мужчинам, избегающим публичности, поставляет не желтобилетных, а вполне благопристойных барышень. Может оказать подобную любезность и скучающим дамам — за хорошую плату находит чичисбеев из числа красивых молодых людей. Как вы понимаете, в царьковском предприятии всё взаимосвязано: танцовщики и танцовщицы из кордебалета или оперетты, а бывает, что и вполне известные актеры с актрисами часто не прочь обзавестись влиятельным покровителем или щедрой любовницей.

— Стало быть, у Ц-царькова целая организация. Как она устроена?

— Идеальным образом. Работает, как часы. Имеются «штатные» сотрудники, есть и «внештатные». Низовое звено, «закупщики», выполняют поденную работу. Подручные Свиста нанимают на Хитровке голодранцев из

219

спившихся чиновников или студентов. С ночи они встают в хвост перед кассой, выкупают все лучшие места на модные спектакли. Ради такого случая «закупщиков» приодевают — выдают манишку, шляпу, пиджак. Специальные «десятники» приглядывают, чтоб хитрованец не сбежал с деньгами и не напился. Есть специально обученные «толкачи», они создают давку у кассы, пропихивая вперед своих и оттесняя чужих. Есть «жучки» — эти крутятся возле каждого театра, распространяют билеты. Их опекают «пинчеры», обязанность которых — договариваться с городовыми и пресекать деятельность барышников-дилетантов. Ах да, я еще забыл про «информантов». Это, так сказать, секретная агентура. У Царя в каждом театре состоит на жалованьи кто-нибудь из дирекции или труппы. Сообщает о грядущем репертуаре, заменах спектаклей, внутренних происшествиях, запоях премьеров и мигренях премьерш — обо всем на свете. Именно благодаря «информантам» Царь никогда не ошибается. Не было случая, чтобы он скупил билеты на спектакль, который будет отменен, или на премьеру, которая провалится.

— Что ж, в целом п-понятно. Теперь про Мистера Свиста, пожалуйста. Чем конкретно он ведает в этой иерархии?

— Всем понемногу, но главным образом «пинчерами». Это род летучего отряда. Свист подобрал туда лихих парней, которые могут кого надо отмолотить, а понадобится — и прикончить. Опека над борделями Царю досталась не за здорово живешь, ему пришлось отобрать этот жирный кусок у очень серьезных людей.

— Знавал я этих серьезных людей, — кивнул Эраст Петрович. — Левончик с Грачевки, сухаревский Циркач. Что-то давно про них не слышно.

— Потому и не слышно. Прошлой весной Левончик вернулся к себе в Баку. На инвалидном кресле. Представьте, случайно выпал из окна и сломал хребет. А Циркач объявил, что удаляется от дел. Как раз перед тем у него сгорел дом и куда-то пропали двое ближайших помощников.

— Прошлой весной? Я был в Карибском море. П-пропустил. — Фандорин покачал головой. — Ай да Мистер Свист. И никаких полицейских неприятностей?

— Ноль. Мои рапорты не в счет. Официально постановлено оставить без последствий. А в доверительном разговоре сказано: «Будем благодарны Августу Ивановичу, что выполняет нашу работу, очищает город от фартовых». Еще ведь вот что, Эраст Петрович. Липков очень популярен среди городской полиции, особенно околоточных надзирателей. Можно сказать, их герой и кумир. Раз в год, в свои именины, он устраивает званый вечер в Театре-Буфф для бывших коллег — так и называется: «Бал околоточных». Об этом празднестве потом по всем полицейским участкам год вспоминают. Еще бы! Превосходный концерт с куплетистами, канканом и клоунами, шикарное угощение, общество веселых барышень. С одной стороны, Мистер Свист красуется перед прежними товарищами — вот, мол, какой я стал богатый да могущественный. А с другой, поддерживает полезные связи. Проводить облавы на барышников бесполезно. Дружки из полиции всегда предупреждают Свиста заранее. Когда я подбирался к Царю, думал произвести налет на его так называемую Контору, чтоб добыть улики и доказательства преступной деятельности. Но был вынужден от этой затеи отказаться. Мои же помощники первые известили бы Свиста об операции, и Контора мигом сменила бы адрес. Она и так все время переезжает с места на место.

— З-зачем? Ведь Царь полиции не опасается?

— Зато опасается фартовых, те на него зуб точат. Кроме того, Август Иванович маниакально осторожен. Неделя, другая — больше нигде не задерживается. Вроде бы заметный господин, его автомобили и экипажи можно встретить у любого театра, а поинтересуйтесь узнать, где он в настоящий момент проживает — никто не ведает.

Эраст Петрович поднялся, слегка покачался на каблуках, что-то обдумывая.

— М-м-м, а что за улики рассчитывали вы добыть в его Конторе?

— Царь ведет скрупулезную бухгалтерию по американской системе делопроизводства. Для этой цели он выписал из Чикаго два больших шкафа на колесиках. Там и картотека, и отчетность, и всё на свете. Уважает Август Иванович порядок, а обыска не боится. Плюс вооруженная охрана, которая оберегает и бумаги, и их владельца. Царь всегда квартирует там же, где Контора. И Мистер Свист с ним. Они неразлучны, как Сатана с хвостом.

Следователь, вдавливая в переносицу очки, недоверчиво смотрел на Фандорина:

— Неужто вы задумали..? Бросьте. Рискованное дело. Тем более в одиночку. На полицию не рассчитывайте. Мои люди вам только помешают, я объяснял. Я в частном порядке, конечно, мог бы, но...

— Нет-нет, я не хочу вас к-компрометировать перед начальством. Раз уж оно специально предупреждало вас не докучать господину Царькову. Но, может быть, вы хотя бы знаете, где располагается пресловутая Контора в настоящее время?

Сергей Никифорович развел руками:

— Увы...

— Ничего. Это т-трудность небольшая.

ПРИЯТНО ТРЯХНУТЬ СТАРИНОЙ

Фандорин думал, что установит нынешнее местоположение Конторы господина Царькова элементарным способом: проследит за Мистером Свистом. Но всё оказалось не так просто.

Дело было хорошо знакомое, небесприятное. Эраст Петрович по праву считал себя мастером выслеживания. В последние годы ему самому редко доводилось исполнять роль «хвоста». Тем охотнее тряхнул он стариной.

Удобная штука автомобиль — можно взять с собой и несколько нарядов, и гримерные принадлежности, и необходимые инструменты, и даже чай в термосе. В девятнадцатом веке приходилось вести слежку в менее комфортных условиях.

На Театральной площади Эраст Петрович объекта не обнаружил, поэтому перебрался в Камергерский проезд и увидел начальника барышников у подъезда Художественного театра. Липков, как обычно, стоял вроде бы без дела, насвистывал, иногда к нему подходили люди — наверняка «жучки» или «пинчеры», а может быть, «информанты». Разговор всякий раз был недлинный. Иногда Свист открывал свой зеленый портфель и что-то доставал или, наоборот, прятал. В общем, трудился в потс лица, не отходил от рабочего места.

Машину Фандорин поставил в полусотне шагов, возле магазина дамского платья, где были гарированы несколько экипажей и авто. Наблюдение вел при помощи отличной немецкой новинки: фотобинокля, который давал возможность делать моментальные снимки. На всякий случай Эраст Петрович фотографировал всех, с кем беседовал Мистер Свист — не столько для практической пользы, сколько для проверки аппарата.

В половине третьего объект двинулся с места — пешком, из чего следовало, что идет он недалеко. Сначала Фандорин хотел проследовать за ним прямо в авто, благо движение в Камергерском было оживленное и пешеходов хватало, однако вовремя заметил, что Свиста сопровождают: по обеим сторонам улицы, отстав на 15-20 шагов, шли двое молодых людей крепкого сложения. Обоих Эраст Петрович некоторое время назад запечатлел на камеру. Очевидно, это были «пинчеры», исполняющие при своем начальнике функцию телохранителей.

Пришлось расстаться с «изоттой-фраскини». Одет Фандорин был в неприметную тужурку-реверси (с одной стороны она была серой, а вывернешь наизнанку — коричневой). В заплечной сумке, с какими ходят коммивояжеры, имелся запасной наряд, еще одна двухсторонняя куртка. Накладная бородка на клею собственного рецепта снималась одним движением; очки в роговой оправе делали лицо почти неузнаваемым.

Объект проследовал по Кузнецкому Мосту, свернул направо и занял позицию у крайней колонны Большого театра. Там всё повторилось: Свист щелкал замком портфеля, обменивался несколькими словами с суетливыми людишками.

Пожалуй, можно отлучиться за автомобилем, рассудил Фандорин. Уже понятно, что от Большого объект переберется к «Ноеву ковчегу» — очевидно, это его привычный маршрут.

Десять минут спустя «изотта-фраскини» стояла между двумя театрами, откуда удобно было вести наблюдение в обе стороны.

Мистер Свист переместился к кассам «Ковчега» ровно в четыре. «Жучки» тут были иные, чем у Художественного и Большого, а «пинчеры» те же самые. Они прикрывали своего предводителя справа и слева, но близко не подходили.

Недалеко от служебного входа торчал еще какой-то человек в надвинутой на глаза шляпе и легком пальто из чесучи. Фандорин обратил на него внимание, потому что человек этот вел себя странно: всякий раз, когда дверь открывалась, прятался за обклеенную афишами тумбу. Пришлось выйти из машины и разглядеть интригующего господина поближе. Он был черняв, с большим кавказским носом и сросшимися на переносице бровями. Судя по выправке, из военных. Эраст Петрович его сфотографировал — не биноклем, конечно. Для незаметной съемки на близком расстоянии имелась у него детективная камера Штирна: плоская коробочка, закрепляемая под одеждой, с мощным светосильным объективом, который был замаскирован под пуговицу. Неудобство чудесного изобретения заключалось в одном: оно было однозарядное, и вскоре Фандорин убедился, что потратил кадр впустую. К Мистеру Свисту кавказец не проявлял ни малейшего интереса и в контакт с ним не вступал. В начале шестого, после окончания репетиции, из подъезда начали выходить актеры. Когда появилась Элиза в сопровождении Простакова и Клубникиной, подозрительный тип спрятался.

Фандорин жадно припал к биноклю. Женщина, лишившая его гармонии, сегодня была бледна и грустна, но все равно невыразимо прекрасна. Она махнула рукой — отпустила автомобиль. Вместе с двумя остальными пошла в сторону Охотного Ряда. Должно быть, решили прогуляться до гостиницы пешком.

Мужчина в чесучовом пальто двинулся вслед за актерами, и Эраст Петрович понял, что это всего лишь очередной воздыхатель. Ждал появления красавицы, дождался, теперь будет красться за нею по пятам, млея от восторга.

Нет, подтанцовывать в этом мимансе я не стану, сердито подумал Фандорин и заставил себя перевести бинокль с изящного силуэта Элизы на опостылевшую глиняную физиономию Липкова.

«Пора бы тебе, дружок, домой. Что уж так на службе надрываться?» прошептал Эраст Петрович.

Мистер Свист, будто услышав, махнул рукой — к театру подъехал черный закрытый «форд», прежде стоявший близ фонтана. «Пинчеры» кинулись к машине. Один распахнул дверцу, второй озирался по сторонам. Вот все трое уселись.

Фандорин включил двигатель, готовый следовать за «фордом». Подавил зевок. Дело шло к концу. Сейчас выясним, где у Царя лежбище.

Не тут-то было!

Когда «форд» отъехал от тротуара, мостовую перегородил еще один автомобиль, открытый «паккард». Внутри сидели трое молодцов точно того же типа, что липковские телохранители. Не обращая внимания на крики извозчиков и гудение клаксонов, шофер «паккарда» дал машине Свиста повернуть за угол и лишь потом неспешно тронулся с места. Можно было, конечно, проследовать за автомобилем прикрытия — он наверняка ехал тем же маршрутом, но рисковать не стоило. От слежки на колесах придется отказаться. Москва не Нью-Йорк и не Париж, машин на улице мало, каждая бросается в глаза. Охранники «паккарда» непременно срисуют настырную «изотту», именно для этой цели Свиста и сопровождает второй автомобиль.

Получалось, что день потрачен впустую. Если не считать того, что Фандорин убедился в труднодостижимости поставленной цели. И того, что несколько секунд смотрел на Элизу.

Внезапные препятствия для Эраста Петровича всегда были не более чем поводом мобилизовать дополнительные ресурсы интеллекта. Так случилось и в этот раз, причем особенных усилий не понадобилось. Задачка все-таки была не из сложных, и новое решение сыскалось быстро.

На следующий день он поехал в театр вместе с Масой. Согласно установленным Штерном правилам, репетиции репертуарного спектакля должны были идти каждый день. Учение Ноя Ноевича гласило, что премьера — это только начало настоящей работы, всякое новое представление пьесы должно быть совершеннее предыдущего.

Господин и слуга позавтракали в кладбищенской тишине, всю дорогу до театра молчали, причем Маса демонстративно глядел в окно. Японец все еще дулся из-за того, что Эраст Петрович не посвящает его в ход расследования. И очень хорошо, думал Фандорин. Желания мириться у него пока не возникало.

В начале репетиции, дождавшись, когда интересующее его лицо освободится, Эраст Петрович исполнил то, ради чего приехал.

Интересовал Фандорина исполнитель роли воришки Константин Ловчилин.

— Вы — «информант»? — без предисловий спросил Эраст Петрович, уведя актера в коридор.

— То есть?

— Вы обслуживаете Царя? Не з-запирайтесь. За десять дней до премьеры я видел папку с вашей ролью в портфеле у Мистера Свиста. Ведь цвет вашего амплуа желтый?

Подвижное лицо «проказника» все запрыгало, глаза быстро замигали. Костя молчал.

— Если станете упрямиться, я расскажу о вашем побочном приработке Штерну, — пригрозил Фандорин.

— Не надо, — быстро сказал Костя и оглянулся, нет ли кого поблизости. — Я ведь ничего плохого... Ну, отвечаю на вопросы: как у нас и что. Рассказываю об изменениях в репертуаре. Когда внезапно появилась ваша пьеса, Царь, конечно, заинтересовался. Между прочим, ему очень понравилось. Он предсказал большой успех.

— Мерси. Значит, вы находитесь с Царем в постоянном общении?

— Нет, я всё больше со Свистом. С Царем редко. Последний раз, когда про вас разговаривали. Он очень любопытствовал...

— В самом деле?

— Да. Спрашивал мое мнение — можно ли ему сделать вам ценный подарок по случаю премьеры. Я отсоветовал. Говорю, господин Фандорин — человек замкнутый, нелюдимый. Ему это может не понравиться...

— Да вы п-психолог.

— Царь не удивился. По-моему, он про вас больше моего знает...

Эраст Петрович вспомнил свою стычку со Свистом. Понятно. Царь заинтересовался новым драматургом, велел навести о нем справки и узнал много интересного. Что ж, это очень кстати.

— Где вы виделись с Царем? У него в Конторе?

— Да. Меня отвезли куда-то за Останкино.

— Место запомнили? — небрежно спросил Эраст Петрович.

— Запомнил. Но Свист сказал, они оттуда завтра съезжают. А это почти две недели назад было...

— Где Царь квартирует сейчас, знаете?

— Откуда же?

С минуту подумав, Фандорин сказал:

— Тогда вот что. Подите передайте Царю з-записку через Свиста. Он как раз торчит перед театром. Вот вам карандаш, листок. Пишите. «Фандорин расспрашивал про вас. Нужно встретиться». Вас немедленно отвезут в Контору.

Ловчилин послушно записал все под диктовку, однако скептически покривил толстые губы.

— С какой стати? Подумаешь, драматург задает какие-то вопросы. Вы не знаете, что за человек Царь. Это ого-го какой человек!

— Свист отвезет вас к Царю немедленно, — повторил Эраст Петрович. — Они будут нервничать. Вы скажете им, что в разговоре с вами я обмолвился о своих п-подозрениях. Мол, Фандорин думает, что Смарагдова и Лимбаха убили люди Царя.

— Как это «убили»?! Они покончили с собой! — взволновался Костя. — И потом, на вашем месте я не стал бы задирать этих людей. Они могут обидеться.

— Вечером я заеду к вам в г-гостиницу и вы мне расскажете, обиделись они или нет. Но самое главное — хорошенько запомните, куда вас отвезут.

Из окна фойе Фандорин наблюдал, как подтверждается его предположение.

Вот вышел Ловчилин, приблизился к Мистеру Свисту. Что-то сказал, искательно вжав голову в плечи. Передал свернутый листок. Липков развернул, нахмурился. Начал о чем-то расспрашивать. Потом махнул рукой — и дальше всё было, как накануне. Подбежали два «пинчера», подкатил «форд», вторая машина перегородила улицу. Актера повезли на беседу с самодержцем московских спекулянтов.

До вечера Эраст Петрович предпринял еще один демарш — провел встречу с господином Шустровым, предварительно протелефонировав в «Театрально-кинематографическую компанию». Предприниматель сказал, что примет драматурга немедленно.

— Ну что, надумали? — спросил Андрей Гордеевич, пожимая посетителю руку. — Будете писать для меня сценариусы?

Кабинет у него был какой-то нерусский. Мебель тонкокостная, из жердочек и металлических палок; огромные от пола до потолка окна с видом на Москву-реку и торчащие за нею фабричные трубы; на стенах странные картины — всё сплошь кубы, квадраты да ломаные линии. Эраст Петрович современного искусства не понимал и не любил, но относил это на счет своего немолодого возраста. У каждой новой эпохи собственные глаза и уши — хотят другое видеть, другое слышать. Когда-то и уютные импрессионисты казались хулиганами, а теперь у почтенного капиталиста над письменным столом висит жуткая фиолетовая баба с тремя ногами, и ничего.

— Игра, которую вы затеваете, серьезная, — степенно молвил Фандорин, задержав взгляд на афишах новейших европейских фильмов («Дантов ад», «Древнеримская оргия», «Шерлок Холмс против профессора Мориарти»). — Но и я человек серьезный. Должен знать и понимать правила.

— Естественно, — кивнул молодой миллионер. — Что вызывает у вас опасения? Я отвечу на любые вопросы. Меня чрезвычайно интересует сотрудничество с таким человеком, как вы. Зачем вы скрываетесь от репортеров? Почему обозначили свое имя на афишах одними инициалами? Это неправильно, это ошибка. Я хотел бы и вас сделать «старом».

С этим господином нужно было говорить напрямую. Потому Фандорин спросил без обиняков:

— Как вы уживаетесь с Царьковым? Насколько я понимаю, без хороших отношений с этим дельцом создание в Москве театрально-зрелищной индустрии очень з-затруднительно, а то и невозможно.

Вопрос в лоб Шустрова не смутил.

— С Царем я уживаюсь отлично.

— Вот как? Но ведь вы сторонник ц-цивилизованного предпринимательства, а он — ловец рыбы в мутной воде, полубандит.

— Я прежде всего реалист. Не могу не учитывать специфики российского бизнеса. Для успеха любого большого начинания у нас необходима поддержка сверху и снизу. С облаков, — Андрей Гордеевич показал на кремлевские башни, видневшиеся в крайнем окне, — и из-под земли. — Он ткнул пальцем в пол. — Власть позволяет тебе делать дело. И только. Но если ты хочешь, чтобы оно двигалось, приходится обращаться за помощью к силе неофициальной. В нашем неуклюжем и неудобном для бизнеса государстве именно она помогает смазать ржавые шестеренки и стесать заусенцы.

— Вы г-говорите о деятелях вроде Царькова?

— Разумеется. Сотрудничество с подпольным воротилой совершенно необходимо в сфере, которой я занимаюсь. Работать без его помощи — все равно что обходиться без одной руки. А если б он был враждебен, наше предприятие вообще стало бы невозможным.

— В чем же заключается его помощь?

— Во многом. Например, известно ли вам, что на спектаклях «Ноева ковчега» не орудуют карманники? В одной газетной статье сей феномен приписали благотворному воздействию высокого искусства даже на загрубелые воровские души. На самом же деле карманников расшугали люди Царькова. Это была любезность в мой адрес. Дополнительную шумиху вокруг гастролей тоже создает он — если считает их перспективными. Ему это полезно в смысле спекуляции билетами, мне — для повышения акций театра, на который я сделал ставку. Но главную пользу Царь станет нам приносить, когда мы развернем кинематографическое направление деятельности. Тогда его подпольное предприятие выйдет на общероссийский простор. Нужно будет контролировать прокатчиков, следить за порядком в электротеатрах, пресекать незаконное размножение копий. Полиция эту работу выполнять не сможет и не захочет. Так что у нас с Царем друг на друга большие планы.

Шустров долго и с увлечением рассказывал, как будет функционировать создаваемая им зрелищная империя. В ней каждый станет заниматься делом, к которому имеет талант. Блестящие литераторы вроде господина Фандорина придумывают сюжеты. Гениальные режиссеры вроде господина Штерна изобретательно снимают картины и ставят спектакли, причем первые тематически связаны со вторыми: то есть, если ставка делается на ориентализм, то вслед за пьесой из японской жизни выходят две или три фильмы на ту же тематику. Это развивает спрос и к тому же дает экономию на декорациях и костюмах. Собственные журналы и газеты компании раздувают культ своих же актеров и актрис. Собственные электротеатры позволяют ни с кем не делиться сборами. Вся эта разветвленная система прикрыта сверху и снизу. Хорошие отношения с властями оберегают от неприятностей с законом, а хорошие отношения с Царем гарантируют защиту от уголовников и вороватых сотрудников.

Эраст Петрович слушал и думал о том, почему у нас во все времена для успеха любого начинания самое важное — «хорошие отношения». Должно быть, оттого, что законы российским человеком воспринимаются как досадная условность, придуманная некоей враждебной силой в собственных интересах. Название этой враждебной силы — «государство». Ничего разумного и доброжелательного в действиях государства не бывает. Чудище сие «обло, озорно, огромно, стозевно и лаяй». Единственное спасение в том, что оно к тому же слеповато и туповато, а каждый отдельный его «зев» поддается прикармливанию. Без этого жить в России было бы совсем невозможно. Наладил хорошие отношения с ближней к тебе зубастой пастью, и делай что хочешь. Только не забывай в нее вовремя куски мяса кидать. Так было при Рюриковичах, так есть при Романовых и так останется до тех пор, пока отношения обывателей с государством коренным образом не переменятся.

Пообещав как следует поразмыслить над деловым предложением миллионера, Эраст Петрович вышел из

«Театрально-кинематографической компании», действительно призадумавшись. Противник, которому он бросил вызов, оказывался серьезней, чем представлялось вначале.

Технологический дух двадцатого столетия начинает проникать и в дебри московского криминального мира. Вон у Царя и американская бухгалтерия, и структурность, и автомобили, и грамотное прикрытие. В одиночку против такой организации действовать, пожалуй, неразумно. Хочешь не хочешь, придется мириться с Масой...

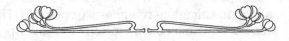

НАСТОЯЩИЙ ДРУГ

Ночевать японец не пришел. Эраст Петрович не придал этому особенного значения. Подумал: отправился по ягоду-клубнику. Это ничего, план небольшого визита в Сокольники можно обсудить и завтра.

Вечером Ловчилин доложился о своей поездке к Царю. Актер был напуган и заинтригован. Известие о фандоринских подозрениях не на шутку встревожило главаря барышников.

— А вы кто? Я имею в виду, на самом деле? — боязливо спросил Костя у Эраста Петровича. — Они велели немедленно сообщать о каждом вашем слове... Что они вас так напугались-то?

— Понятия не имею, — ответил Фандорин, глядя на актера немигающим взглядом. — Но очень не советую сообщать Мистеру Свисту о каждом моем с-слове.

Ловчилин сглотнул:

— П-понял... — И переполошился. — Ой, я не хотел вас передразнивать! Случайно получилось!

— Верю. Значит, двухэтажный особняк в Сокольниках, в конце Оленьей Рощи? Вот что, сядьте-ка и нарисуйте поточнее местность. Меня интересует, что там вокруг...

У себя в Сверчковом переулке при помощи подробного полицейского плана Мещанской части, к которой принадлежала Оленья Роща вместе со всеми Сокольниками, Эраст Петрович установил нынешний адрес Конторы господина Царькова. Особняк, куда отвезли Ловчилина, когда-то был загородной мызой, а ныне оказался на территории парка. На карте он так и был обозначен: «Оленья мыза». Под покровом ночи Фандорин наведался в северо-восточный сектор Сокольников, чтобы присмотреться к объекту, а коли подвернется шанс, так разом и исполнить задуманное.

От кавалерийской атаки пришлось отказаться. На первый взгляд, особняк был расположен удачно: с трех сторон к нему почти вплотную подступал густой кустарник. Однако легкодоступность была мнимой. Контора хорошо охранялась. Один «пинчер» все время дежурил на крыльце, не сводя глаз с ведущей к уединенному дому аллеи. Направив бинокль на окна, Фандорин насчитал еще четверых, карауливших внутри. Шторы повсюду были плотно задвинуты, но сверху, под самым карнизом, все-таки образовались небольшие зазоры. Чтоб получить представление об устройстве первого этажа, Эрасту Петровичу пришлось влезать на деревья с трех разных сторон. Занятие было несолидное, зато освежающее — Фандорин чувствовал себя помолодевшим. А заодно получил довольно ясное представление об устройстве Конторы.

На втором этаже находились покои Царя и комната Мистера Свиста. Внизу располагались два больших помещения. В одном, судя по мебели, была столовая. В другом, где постоянно торчали охранники, — рабочий кабинет. Фандорину даже удалось рассмотреть, как в оранжевом свете керосиновых ламп поблескивают два больших лакированных шкафа необычной формы. Это несомненно и был личный архив его спекулянтского величества.

Конечно, не Бог весть какая Плевна, однако штурмом, да еще в одиночку не возьмешь. Другое дело — вдвоем с Масой.

После удачной рекогносцировки, впервые за целый месяц чувствуя себя почти выздоровевшим, он вернулся домой, четыре часа поспал, а там уже пора было в театр. Масу следовало подловить до начала репетиции, поэтому с половины одиннадцатого Эраст Петрович сидел в зрительном зале, закрывшись газетой — отличное средство избежать пустопорожней болтовни, на которую так охочи актеры. Давно замечено, что чтение газет, особенно если придать себе сосредоточенный вид, внушает окружающим почтение и ограждает от лишних контактов. А Фандорину и не пришлось ничего изображать. «Утро России» сегодня поместило интереснейшее интервью с министром торговли и промышленности Тимашевым о превосходном валютно-финансовом положении империи: в фонде свободной наличности из бюджетных излишков накопилось свыше 300 миллионов рублей, курс отечественной валюты крепнет день ото дня, и энергичная политика правительства вне всякого сомнения сумеет привести Россию на путь светлой будущности. Прогнозы Эраста Петровича относительно российской будущности были неоптимистичны, но как славно было бы ошибиться!

Время от времени он поглядывал на дверь. Труппа постепенно собиралась. Все были в обычном платье — по заведенным правилам, репетиции проходили в декорациях, но без грима и костюмов. Гениальный Ной Ноевич верил, что это «обнажает» игру актера, делая ошибки и просчеты более очевидными.

Вошла Клубникина. Эраст Петрович не опустил глаз к газете, ожидая, что вслед за ней появится и Маса, но ошибся — субретка явилась одна.

Пришлось прочитать еще одну статью, об исторических событиях в Китае. Восстание одного-единственного батальона в провинциальном городе Учань, начавшееся неделю назад, привело к тому, что китайцы повсеместно отрезают себе косы, не желают повиноваться императорской власти и требуют республики. Подумать только, какая махина пришла в движение из-за маленькой искорки — 400 миллионов человек! А европейцы, кажется, не отдают себе отчета в том, что это пробудилась великая сонная Азия. Теперь ее не остановить. Медленно раскачиваясь, набирая амплитуду, она накроет своими волнами всю планету. Мир перестает быть белым и, как говорят японцы, «круглоглазым», теперь он будет желтеть, глаза его неминуемо сузятся. Как это всё интересно!

Он оторвался от «Утра России», пытаясь наглядно представить себе пробудившуюся черноголовую Азию в союзе с просвещенной златовласой Европой. И обмер. В зал под руку с Масой входила Элиза. Они улыбались друг другу и о чем-то перешептывались.

У Фандорина с колен, шурша, упала газета.

— Здравствуйте, господа, — поздоровалась мерзейшая, прекраснейшая на свете женщина. Увидела Эраста Петровича — взглянула на него с явным смущением, даже робостью. Не ждала встретить.

А Маса посмотрел на господина с самым независимым видом и гордо выпятил подбородок. Под мышкой у японца тоже были газеты. Пристрастие к чтению прессы у него появилось недавно — с тех пор, как журналисты начали писать об «азиатском открытии» режиссера Штерна. Теперь с утра пораньше Маса скупал все московские издания.

— Сегодня нисево. Торько писют, сьто посрезавтра второе пуре-до-су-то-бу-рение, — тщательно выговорил он, кладя газеты на режиссерский столик. — И сьто публика зьдет с нечерупением нового ториумфа госупози Руантэн и непофуторимова Газонова. Вот тут. — Показал жирно обведенную красным карандашом крохотную заметку.

Некоторые актеры подошли посмотреть — не написано ли там и про них. Судя по выражению лиц, кроме двух главных исполнителей никто упомянут не был.

Чувствуя себя совершенно раздавленным этим новым — двойным! — предательством, Фандорин стиснул зубы. О том, что собирался наладить отношения с другом, он уже не помнил. Хотел только одного — уйти. Но сделать это, не привлекая к себе внимания, можно будет только после начала репетиции, а она почему-то всё не начиналась.

На сцену вышел Девяткин.

— Телефонировал Ной Ноевич. Просит извинения. Он у господина Шустрова, задерживается.

Актеры, рассевшиеся было в кресла первого ряда, снова встали, разбрелись по залу.

«Злодейка» Лисицкая подошла к столику, около которого голубком и голубкой сидели исполнители заглавных ролей. Взяла «Столичную молву», сладким голосом попросила:

— Милый Газонов, почитайте нам что-нибудь интересненькое.

236

— Да-да, я тоже люблю вас послушать! — подхватил Мефистов, улыбаясь во весь свой громадный рот.

Японец не заставил себя упрашивать.

— Сьто читачь?

— А что угодно, неважно. — Лисицкая незаметно подмигнула Мефистову. — У вас такой звучный голос! Такой очаровательный выговор!

В иное время Фандорин не позволил бы ехиднам издеваться над его товарищем, но сейчас испытал скверное чувство злорадства. Пускай индюк, «стар» новоявленный, выставит себя перед Элизой и всеми остальными на посмешище! Это тебе не кувыркаться по сцене без единой реплики!

Масе очень нравилось звучание собственного голоса, поэтому просьба его не удивила. С удовольствием он развернул лист, откашлялся и с интонацией заправского декламатора стал читать все подряд. Сверху на странице были напечатаны объявления в красивых рамках — не пропустил и их.

Начал с рекламы пастилы «Трезвость», обещающей исцеление от запоев, прочитав текст с выражением до самого конца:

— «...Гуромадное коритество горьких пуяниц присрари то-ро-га-че-ри-ные бу-ра-го-да-ру-но-сучи, во-суто-ру-га-ясь тю-до-дей-су-то-бенной сирой пасучиры».

— Пробовали мы эту «Трезвость», — пробасил Разумовский. — Не помогает. Одна изжога.

С не меньшим чувством Маса зачитал призыв «классного художника В.Н.Леонардова» записываться к нему в ученики на курс живописи и рисования.

— Сьто такое «курасный»? — спросил он.

— Это значит «очень хороший», «очень красивый», — не моргнув глазом, объяснил Мефистов. — Например, Курасная прощадь. Или про вас можно сказать: курасный актер.

Эраст Петрович нахмурился. Он видел, с какими ухмылками слушают Масу некоторые из актеров, но это не доставило ревнивцу ожидаемого удовольствия.

Однако потешались над коверкающим слова японцем не все. Клубникина, например, мечтательно улыбалась.

Вероятно, для женщины ее склада измена лишь повышает котировку любовника. С умильной улыбкой слушала чтеца и гранд-дама Регинина.

— Ах, почитайте что-нибудь про животных, — попросила она. — Я очень люблю рубрику «Новости Зоологического сада», на последней странице.

Маса перевернул лист.

— «Нападзение удава на докутора Сидорова».

И не просто прочитал, но, можно сказать, воспроизвел всю ужасную сцену нападение питона на заведующего террариумом. Доктор был укушен за руку, и рептилия расцепила зубы, лишь когда ее окатили водой.

— Какой ужас! — схватилась за пышную грудь Василиса Прокофьевна. — Я сразу вспомнила кошмарную змею в корзине! Не представляю, Элизочка, как вы это выдержали. Право, я бы скончалась на месте!

Госпожа Луантэн побледнела и зажмурилась. Маса (наглец, наглец!) встал, успокоительно погладил ее по плечу, стал читать дальше — про новорожденного львенка, от которого отказалась мать. «Дзичёнысь» был спасен сукой-дворняжкой, которая согласилась выкармливать его своим молоком.

Эта заметка понравилась Регининой куда больше.

— Представляю, какая прелесть — крошечный львеночек! И эта чудесная, великодушная дворняжка! Право, я бы съездила посмотреть!

Ободренный успехом Маса сказал:

— Тут дарьсе очень инчересная дзаметотька. «Дзизнь медоведзей в опасуночи». — И прочитал статейку о загадочной болезни двух чернобурых медведей, секрет которой открыл ветеринарный врач г. Тоболкин. Были подозрения, что животные поражены чумой, но, как радостно сообщил слушателям Маса: — «По мунению докутора, борезнь произосьра от усиреннаго дзанячия онанидзумом, ка-ко-во-му медьвердзи пуредаюца с утора до вечера. Эта участь средзи медзьведзей редка, но тясто посчигает обедзьян и веру-бу-рю-дов». Чисутая пуравда! Я сам муного радз видзер в дзюнгурях, как мартыськи...

238

Он запнулся, на его круглой физиономии отразилось недоумение: чего это вдруг Василиса Прокофьевна с возмущением отвернулась, а «злодеи» зашлись истерическим смехом.

И стало Фандорину жалко бедолагу. Различие в кодексах воспитания, во впитываемых с детства представлениях о пристойном и непристойном — преграда трудноразрушимая. Почти тридцать лет бывший иокогамский паренек существует вдали от своей Японии, но все не может до конца свыкнуться с обыкновениями «красноволосых»: то ляпнет что-нибудь, с точки зрения этакой гранд-дамы, скандальное, то сам зальется краской стыда от чего-то, с западной точки зрения совершенно невинного — например, сидящая женщина уронила зонтик и придвинула его носком туфельки (чудовищная вульгарность!).

От сочувствия до взаимопонимания всего один шаг. Эраст Петрович посмотрел на покрасневшего Масу — и будто прозрел. Японец специально приударил за Элизой, и пришел с ней после ночи отсутствия тоже неслучайно! Это поступок не предателя, а, наоборот, настоящего верного друга. Отлично зная своего господина и видя, в каком жалком состоянии тот пребывает, Маса захотел исцелить его от губительной обсессии жестоким, но действенным способом. Не стал убеждать, попусту тратить слова, они все равно бы не подействовали. Вместо этого наглядно продемонстрировал, чего стоит женщина, которая — исключительно по коварному стечению обстоятельств — пробила брешь в давно ороговевшем сердце. Этой актриске все равно, кого завоевывать — лишь бы трофей был презентабельным. Мальчишке-корнету она вскружила голову, но в постель не пустила — не того полета птица. Другое дело — успешный драматург или модный актер-японец. Тут нечему удивляться и не на что негодовать. Ведь Фандорин интуитивно чувствовал это с самого начала, когда еще только вычислял самый верный путь к сердцу (нет, всего лишь к телу) госпожи Луантэн. Знаток женских душ Маса эту дорогу ему и подсказал.

Кончено. Эраст Петрович больше не сердился на своего товарища. Даже был ему благодарен.

И все же смотреть, как Элиза ласково улыбается японцу, а тот берет ее за локоть и что-то шепчет на ухо, было нестерпимо.

Без помощника задуманную операцию не осуществить. Но Эраст Петрович почувствовал, что не может и не хочет брать с собой Масу. Сама мысль показалась ему невыносимой, и Фандорин тут же нашел своему чувству логическое обоснование. Хирургический надрез, пусть сделанный с благой целью, саднит и кровоточит. Нужно время, чтоб шрам затянулся.

— Дамы и господа! — громко воззвал к труппе помощник режиссера. — Не расхолаживайтесь! Вы знаете, Ной Ноевич требует перед репетицией абсолютной собранности! Давайте начнем первую сцену. А когда прибудет Ной Носвич, исполним ее еще раз.

— Чего захотел, — проворчал Разумовский. — Репетиция репетиции — это что-то новенькое.

Остальные тоже оставили призывы Девяткина без внимания. Страдая, ассистент прижал к груди руки — из рукава куцего пиджачишки высунулся край фальшивой манжеты.

— Никто из вас не любит искусства по-настоящему! — восклицал он. — Вы только делаете вид, что верите в теорию Ноя Ноевича! Господа, так нельзя! Нужно целиком отдаваться своему призванию! Помните: «Весь мир — театр!» Давайте попробуем начать! Я сам прочту текст Сказителя!

Никто кроме Фандорина его не слушал. А Эрасту Петровичу пришла в голову неожиданная идея.

Почему бы не взять с собой на дело Жоржа Девяткина?

Он, конечно, со странностями, но зато очень храбр — достаточно вспомнить отравленную рапиру. Это раз.

Бывший офицер. Это два.

Не теряется в критической ситуации, что продемонстрировала история со змеей. Это три.

И, что особенно важно, не болтлив. Никому не проговорился о фандоринском расследовании смерти Смарагдова. Мало того: ни разу после того случая не приставал с разговорами, хоть Эраст Петрович и ловил на себе его пытливый, вопросительный взгляд. Редкостная для актера сдержанность!

Нет, в самом деле. План операции можно скорректировать, чтобы роль помощника была сведена к минимуму. В сущности, таланты Масы — боевые навыки, инициативность, молниеносная реакция — тут не понадобятся. Довольно будет исполнительности и твердости. С этими качествами у Жоржа, кажется, все в порядке. Недаром Штерн выбрал его в ассистенты...

Разговор с помощником режиссера подтвердил правильность спонтанного решения.

Эраст Петрович отвел расстроенного Девяткина в карман сцены.

— Однажды вы п-предложили мне помощь. Час настал. Вы готовы? Но должен вас предупредить, что дело сопряжено с известным риском. — Он поправился. — Я бы даже сказал, со з-значительным риском.

Тот ни секунды не раздумывал.

— Я в полном вашем распоряжении.

— Вы даже не спрашиваете, чего я от вас хочу?

— Нет необходимости. — Жорж бестрепетно смотрел своими круглыми глазами. — Во-первых, вы человек бывалый. Я видел, с каким почтением слушал вас полицейский чиновник.

— А во-вторых? — с любопытством спросил Фандорин.

— Во-вторых, вы не можете мне предложить что-то недостойное. У вас благородный склад души. Это видно и по вашей пьесе, и по всей вашей манере. Особенно я ценю, что после нашего тогдашнего разговора ваше поведение по отношению к известной особе было безукоризненным. И о моей злосчастной слабости (я имею в виду мадемуазель Дурову) вы никому не рассказали. Одним словом, что бы вы ни придумали, я готов следовать за вами. А если дело предстоит опасное, то тем более. — Ассистент с достоинством задрал подбородок. — Если б я отказался, то перестал бы себя уважать.

Он был, конечно, несколько смешон с этой своей высокопарностью, но в то же время трогателен. Эраст

Петрович, привыкший тщательно следить за своим нарядом, не мог не заметить, что одет Девяткин бедно: пиджак опрятный, но видавший виды; вместо рубашки манишка; башмаки начищены, но со стоптанными каблуками. Ной Ноевич не слишком щедро оплачивал труд своего ассистента — не иначе как по «третьему плану», согласно масштабу исполняемых ролей.

А всё оттого, подумалось Фандорину, что в модели человечества, созданной Штерном, недостает одного важного амплуа. Оно довольно экзотично, но без него палитра драматических ролей неполна, а жизнь пресна. Притом в литературе этот типаж встречается чаще, чем в повседневной жизни. Жорж отлично подошел бы на роль «благородного чудака» — Дон Кихота, Чацкого, князя Мышкина.

Безусловно, неуклюжесть Девяткина может обернуться неожиданными проблемами. Мысленно Эраст Петрович пообещал себе предельно упростить роль помощника. Ничего. На серьезное дело лучше идти с человеком пусть нескладным, но благородным, нежели с каким-нибудь полицейским-шкурником, который в ключевой момент решит, что своя рубаха ближе к телу. Люди, обладающие развитым чувством собственного достоинства, могут подвести тебя по оплошности, но никогда из подлости или трусости.

Насколько легче жилось бы на свете, если бы всякий человек относился к себе с уважением, думал Фандорин после разговора с ассистентом.

Существовал разряд человеческих особей, к которому Эраст Петрович всегда относился с брезгливостью. Есть люди, спокойно и без всякой конфузливости говорящие про себя: «Я знаю, что я дерьмо». Они даже видят в этом некую доблесть, особый род честности. Правда, за безжалостным признанием непременно следует продолжение: «И все вокруг тоже дерьмо, только прячутся за красивыми словами». Во всяком благородном поступке такой человек немедленно начинает выискивать низменный мотив и очень злится, если не сразу может его разгадать. Но в конце концов, конечно, что-нибудь исчисляет и вздыхает с облегчением. «Бросьте! — говорит он. — Меня не проведешь. Все одним миром мазаны». Филантроп щедр, потому что тешится сознанием своего превосходства. Гуманист добр только на словах, а на самом деле насквозь фальшив и желает лишь покрасоваться. Идущий из-за убеждений на каторгу всего-навсего глуп, как пробка. Мученик отдал себя на заклание, потому что субъектам этого склада жертвенность доставляет извращенное половое удовлетворение. И так далее. Без подобных растолкований люди, согласные считать себя дерьмом, не смогли бы жить — это развалило бы всю их картину бытия.

ОПЕРАЦИЯ В ОЛЕНЬЕЙ РОЩЕ

П о дороге он попросил напарника еще раз продемонстрировать результат тренировок. Время было
вечернее, почти ночное, «изотта» мчалась средь пустырей
и бараков недоброй славы Сокольничьих улиц, и заливи-
стая трель, которую исторг Девяткин, приложив к зубам
сложенные колечком пальцы, прозвучала зловеще. Если
где-то неподалеку через темноту брел припозднившийся
прохожий, у бедняги, верно, душа ушла в подметки.

После репетиции, уединившись с Жоржем в пустой
гримерной, Эраст Петрович рассказал ему о результатах
расследования.

Последовательность событий, согласно фандоринским
выводам, была следующая.

Из ревности и зависти к успеху партнерши Смарагдов
осуществляет гнусный трюк с гадюкой.

Царь поручает своему подручному выяснить, чьих это
рук дело. Мистер Свист докладывает шефу о виновности
актера. Сознавая, что успех в высшей степени прибыль-
ных гастролей «Ковчега» зависит в первую очередь от
Элизы, и опасаясь, что Смарагдов подстроит ей какую-нибудь новую каверзу, Царь приказывает устранить угрозу. С его точки зрения (и он оказывается прав), для
труппы лишиться такого премьера — потеря невеликая.
Когда Свист является к Ипполиту с вином, актер ничего
плохого не подозревает. Вероятно, им и раньше доводилось выпивать вместе. Бывший полицейский подсыпает
в «Шато Латур» яду. Если б во втором кубке не было
трещины, инсценировка самоубийства полностью бы
удалась.

Со вторым убийством не все ясно. Очевидно, Лимбах
задолжал Конторе много денег и не желал их отдавать,

причем всячески уклонялся от объяснений — одну подобную сцену Фандорин видел перед входом в театр. Во время премьеры «Двух комет» Свист откуда-то прознал, что Лимбах прокрался в уборную Элизы и ждет ее там — вероятно, чтобы поздравить тет-а-тет. Тут уж корнету от разговора было не уйти. Видимо, дело закончилось ссорой, и Свисту пришлось пустить в ход рассекуху. Убийство скорее всего было непреднамеренным — иначе преступник добил бы жертву. Вместо этого в панике он выбежал в коридор и ждал там, пока раненый не затихнет. Дубликат ключа, вероятно, был сделан корнетом — специально, чтобы прокрасться в уборную. Можно предположить, что Свист выяснил это во время их бурного объяснения. Пока он держал дверь, не давая раненому выбраться в коридор, у Свиста возник план. Если он запрет дверь ключом, взятым со щита, а второй обнаружится у мертвеца, все будут уверены, что Лимбах закрыл себя сам и сам же взрезал себе живот. Для этого достаточно сунуть в руку покойнику нож, что и было исполнено. Однако, как в случае с кубком, Мистер Свист опять проявил невнимательность. Он не заметил, что умирающий вывел кровью на двери первые буквы фамилии «Липков», что в конечном итоге и вывело полицию (скромно сказал Фандорин) на след.

Девяткин слушал с напряженным вниманием.

— Когда всё закончится, вам нужно написать про это пьесу, — заявил он. — Это будет сенсация — криминальная драма по свежим следам злодеяния! Ною Ноевичу идея понравится. А жадному до барышей Шустрову того паче. Я бы мечтал сыграл Свиста! Вы напишете для меня эту роль?

— Сначала сыграйте самого себя, — остудил его Эраст Петрович, внутренне уже раскаиваясь, что связался с актером. — Нынче ночью. Только смотрите: в нашем с вами театре п-провал может закончиться смертью. Настоящей.

Нисколько не устрашенный, Жорж воскликнул:

— Тогда давайте репетировать! Что я должен буду делать?

— Художественно свистеть. Считайте это подготовкой к роли Мистера Свиста. У каждой уважающей себя

московской шайки есть собственная манера к-коммуни-
кации. Это как в животном мире — звуковой сигнал выполняет двойную функцию: чтоб распознавали свои и чтоб
боялись чужие. Я собрал целую музыкальную коллек-
цию бандитских посвистов. Сухаревская банда некоего
Циркача, которую наши д-друзья некоторое время назад
отогнали от сытной кормушки, пользуется вот такой тре-
лью. — Эраст Петрович сложил пальцы особенным образом и выдал гулкий, разухабистый свист, хулигански
прокатившийся по пустому театру. — Ну-ка попробуйте
повторить.

— А зачем? — подумав, спросил Девяткин.

— Давайте договоримся. — Фандорин вежливо улыбнулся. — Если я поручаю вам что-то, вы не раздумываете
и не спрашиваете «зачем», а просто делаете это. Иначе
наша з-затея может плохо кончиться.

— Как в армии? Приказы не обсуждаются, но испол-
няются? Слушаюсь.

Ассистент попросил командира показать еще раз,
а потом, к удивлению Эраста Петровича, с первой же
попытки довольно похоже изобразил боевой клич сухаревских лиходеев.

— Браво, Жорж. У вас талант.

— Я ведь актер. Подражать — моя профессия.

К ночи, после усердных упражнений, Жорж достиг
истинного мастерства, что и продемонстрировал со всей
старательностью.

— Д-доволько! Уши заложило. — Эраст Петрович от-
нял руку от руля и жестом остановил увлекшегося свис-
туна. — У вас отлично получается. Царь и его охрана
будут в полной уверенности, что на них напали сухаревские. Повторите еще раз, что вы будете делать.

— Слушаюсь. — Девяткин по-военному кинул ладонь
к лихо заломленному картузу, который был ему выдан
специально для операции. Подобными головными убора-
ми щеголяют фартовые с Сухаревки — в отличие от
хитровских, предпочитающих кепки-восьмиклинки, или
грачевских, у которых шиком считается ходить с непо-
крытой головой.

— Я сижу в кустах с юго-западной стороны от дома...

— Там, где я вас размещу, — уточнил Фандорин.

— Там, где вы меня разместите. Смотрю на часы. Ровно через 300 секунд начинаю свистеть. Когда из дома выскочат люди, два раза палю. — Ассистент достал из-за пояса офицерский «наган». — В воздух.

— Не просто в воздух, а вертикально вверх, спрятавшись за стволом дерева. Иначе «пинчеры» определят ваше местонахождение по вспышкам и откроют п-прицельный огонь.

— Так точно.

— Потом?

— Потом начинаю отход в сторону Яузы, время от времени стреляя.

— По-прежнему в воздух. В наши намерения не входит никого убивать. Вы просто должны увести за собой охранников.

— Так точно. В тактике это называется «привлечением на себя главных сил противника».

— Вот-вот. — Эраст Петрович с сомнением покосился на пассажира. — Ради Бога, не давайте им сокращать дистанцию. Не б-бравируйте. Ваше дело — утянуть их за собой до речки, а там вы перестаете стрелять и просто убегаете. Всё. На этом ваша миссия окончена.

Девяткин с достоинством возразил:

— Господин Фандорин, я офицер российской армии. В тактических целях я могу произвести ложное отступление, однако бегать, да еще от какой-то шпаны, не считаю возможным. Поверьте, я способен на большее.

«Что я делаю? — спросил себя Эраст Петрович. — Подвергаю риску жизнь дилетанта. И все из-за того, что по-идиотски надулся на Масу. Не отменить ли операцию, пока не поздно?»

— А впрочем, дисциплина есть дисциплина. Приказ будет выполнен, — вздохнул Девяткин. — Но пообещайте: если вам понадобится помощь, вы свистнете мне по-сухаревски, и я немедленно кинусь на выручку.

— Отлично. Д-договорились. Если я не свистнул, значит, вы мне не нужны, — облегченно сказал Фандорин. — Но волноваться не о чем. Никаких осложнений не будет. Поверьте моему опыту.

— Вы командир, вам видней, — коротко ответил отставной поручик, и Эраст Петрович почти совсем успокоился.

Теперь, согласно психологической науке, чтоб снять лишнюю нервозность, следовало завести разговор на какую-нибудь отвлеченную тему. Ехать до Сокольнического парка оставалось минут десять. Пошел мелкий дождь — для операции это было кстати.

— Мне кажется странным, что человек вашего склада оставил военную службу ради подмостков, — сказал Фандорин легким тоном, словно они ехали на какое-нибудь светское мероприятие. — Мундир вам, вероятно, был к лицу, а военная карьера прекрасно подходит к вашему характеру. Ведь вы идеалист, романтик. А существование театрального режиссера, каким вы желаете стать, в конечном итоге сводится к весьма п-прозаичным материям: хороша ли пьеса, сделает ли она кассу, пойдет ли на ваших актеров публика. Статус театра определяется не уровнем искусства, а ценой билета. Ной Ноевич или тот же Станиславский почитаются гениями, потому что у них на афише написано: «Цена на места возвышенная».

Отвлечь собеседника посторонней темой удалось. Девяткин горячо воскликнул:

— О, как вы заблуждаетесь! Я театроцентрист. Для меня не просто весь мир — театр, для меня театр — центр мироздания, его идеальная модель, лишенная пошлых и ненужных примесей! Да, тут, как и в обычном мире, всё имеет свою цену. Но в том-то и дело, что она *возвышенная*. Возвышеннее, чем цена жалкой реальности. Когда я на сцене, всё остальное перестает существовать! Ничто не имеет значения — ни зрители в зале, ни город за стенами театра, ни страна, ни земной шар! Это как подлинная любовь, когда тебе на всем белом свете нужна только одна женщина. Ты готов любить в ней всё человечество, а без нее человечество для тебя ничего не стоит и ничего не значит.

— Вы несколько п-преувеличиваете, но я понимаю, что вы имеете в виду, — сумрачно заметил Эраст Петрович.

Жорж пробурчал:

— Я никогда не преувеличиваю. Я человек точный.

— Ну, тогда в точности исполните всё, как д-договорились. Мы приехали. Дальше пешком.

Идти было довольно далеко. От Сокольничьего проспекта к Оленьей мызе вела длинная аллея. Ехать по ней на авто, само собой, было невозможно — в ночной тиши гул мотора переполошил бы охрану. Двигались молча. Каждый думал о своем. А может быть, об одном и том же, вдруг подумалось Фандорину. То есть *об одной и той же*...

Из-за низких туч, из-за тягучего дождика дороги было не видно. Фонарик зажигать Эраст Петрович поостерегся. В кромешной тьме даже слабый отсвет виден издалека. Ориентировались по силуэтам высаженных вдоль аллеи тополей. Шли хоть и рядом, но не в шаг. Вдруг Девяткин глухо вскрикнул и исчез — в буквальном смысле. Провалился.

— Что с вами?!

— Я здесь...

Голова в картузе возникла прямо из земли.

— Тут канава. Дайте руку...

Поперек дороги действительно зачем-то была прорыта узкая канава. На проезжей части ее перекрывали доски, но на обочине, по которой двигались сообщники, покрытия не было. Эрасту Петровичу повезло — он перешагнул и не заметил, а нога Жоржа угодила аккурат в дыру.

— Ничего, я цел... — Ассистент кряхтя выкарабкался наружу. — Благодарю вас.

Маленький инцидент, кажется, не вывел Девяткина из равновесия. Эраст Петрович отдал должное крепости нервов бывшего сапера. Отряхивая одежду, тот задумчиво сказал:

— Еще недавно я счел бы это падение недобрым предзнаменованием, сигналом нерасположенности Рока. Помните, я говорил вам, что привык свято доверяться фатуму. Но я пересмотрел свои взгляды. В том, что вы перешагнули через канаву, а я упал, нет ничего фатального. Просто вы более везучи, чем я. Знаете, теперь я думаю, что никакого Рока не существует. Рок слеп.

Зряч только Художник! Всё решает и определяет твоя собственная воля.

— Я более или менее того же мнения, однако, если вы уже привели в порядок свой т-туалет, давайте двигаться. И ради Бога, смотрите под ноги!

Когда вдали, посреди небольшой поляны, показался дом, тускло светясь занавешенными окнами, Эраст Петрович сошел с обочины в кусты. Ему хотелось поскорей окончить это нетрудное, но затянувшееся дело.

— Будьте здесь, — шепнул он Девяткину, оставляя его на краю поляны, за старой березой. — Вот вам мои часы, они с фосфоресцирующими стрелками. Ровно пять минут.

— Будет исполнено.

Жорж бодро взмахнул «наганом».

Сняв кожаную куртку и кепи, Фандорин остался в черном гимнастическом трико. Пригнулся, выбежал на поляну, потом вовсе распластался, пополз, отсчитывая секунды. На двухсотой он уже был на нужной позиции, в пятнадцати шагах от крыльца, где скучал часовой.

План с выманиванием «пинчеров» был предельно примитивен, но Фандорин всегда руководствовался правилом: не нужно усложнять то, что не требует сложности. Ему противостояли не шпионы, не диверсанты, даже не банда убийц. Эти мазурики не привыкли вести войну, их поведение в критической ситуации легко предсказуемо. Очевидно, Царь не очень-то опасается прямого нападения — иначе не сселился бы в таком глухом месте. Залогом безопасности они со Свистом считают мобильность Конторы и отдаленность от городских кварталов. Тем большим сюрпризом для этих господ будет визит сухаревских, которых они считают побежденными.

Не подвел бы только «театроцентрист»...

Не подвел. Когда Эраст Петрович досчитал до трехсот, из кустов донесся лихой свист. Молодец Жорж сумел исполнить сухаревский клич в трех разных регистрах, будто соловьев-разбойников было несколько. Именно так и повели бы себя люди Циркача, если б прознали, где находится Контора, и спьяну, среди ночи, решили поквитаться с обидчиками. Примчались бы на лихачах в парк, но по мере приближения к Конторе воинственность у них повыветрилась бы. На то, чтобы грозно свистнуть из кустов, куражу хватило бы, однако на открытое место, под пули «пинчеров» никто бы не полез.

Часовой слетел по ступенькам, вырывая из кармана револьвер. Похоже, Мистер Свист набирал молодцов не робкого десятка. В зарослях ударили два выстрела — Девяткин вел свою партию безукоризненно. «Пинчер» тоже выстрелил наугад. Слава Богу, не в ту сторону, где прятался ассистент.

А из дома уже выбегали остальные четверо, держа оружие наготове.

— Где они? Где? — кричали дозорные.

Выскочил Мистер Свист — в подтяжках, без пиджака.

Наверху стукнула рама. Это выглянул Царь. Он был в халате и ночном колпаке.

— Чепуха, Август Иваныч! — задрал голову Свист. — Сухаревские с ума сошли. Сейчас мы их проучим. Пегий, остаешься на месте. Остальные, вперед! Надерите им задницу!

Четверо «пинчеров», беспорядочно паля, с криками, ринулись вперед. Из кустов тоже грохнул выстрел — уже с некоторого отдаления.

— Тикают! Вон там они!

Затопали сапоги, затрещали ветки, и свора скрылась. Пальба и вопли начали удаляться.

Пока всё шло идеально.

— Я вам говорил, Липков, — сердито крикнул сверху Царь. — Надо было гориллу эту, Циркача сухаревского, вчистую вывести. Поднимайтесь! Потолкуем.

— Вчистую — это никогда не поздно, Август Иваныч! Выведем.

Но Царя в окне уже не было.

Свист озадаченно поскреб щеку. Кинул часовому по кличке Пегий:

— В оба смотреть. — И скрылся в доме.

Тем временем Фандорин подобрал удобного размера голыш. Искусством прицельного камнеметания Эраст Петрович владел в совершенстве еще с японских времен.

Глухой, сочный звук — и господин Пегий без крика или стона повалился со ступенек. Профессия, которую он себе выбрал, сопровождалась разнообразными рисками. Например, риском получить сотрясение мозга средней тяжести.

Беззвучно двигаясь, Фандорин проник в дом. Пробежал столовую, оказался в кабинете.

«Нет, это не настоящее приключение, — разочарованно думал он. — Это какие-то записки сыщика Путилина».

Он взял с собой целый набор отмычек, для всех замков, но хваленые американские шкафы открылись первой же из них, самой элементарной.

Ну те-с, поглядим, что тут за тайны мадридского двора...

В первом шкафу, поделенном на секции, хранились все дозволенные и недозволенные развлечения Первопрестольной (Эраст Петрович немедленно окрестил сие вместилище «Садом наслаждений»). Ящиков было шесть. На каждом красивая табличка с напечатанным названием и рисованной эмблемкой — прямо заглядение. Здесь были «Театр» с маской, «Кинематограф» с лучиком, «Цирк» с гирей силача, «Рестораны, трактиры» с бутылочкой, «Спорт» с боксерской перчаткой и «Любовь» с символом, от которого не любящий похабства Фандорин поморщился. Получалось, что Сергей Никифорович Субботин имеет не совсем полное представление о размерах царьковской державы. А может быть, с прошлого года, когда титулярный советник собирал сведения о подпольной империи, ее пределы расширились. Как известно, высокоприбыльные и многопрофильные корпорации растут быстро.

Эраст Петрович достал наугад папку из спортивного раздела. Так-с, борцовский клуб «Самсон». На обложке фамилия, в скобках: «номинальный владелец»; вторая фамилия, приписано: «хозяин» и пометка «см. Персоналии». Внутри даты, цифры, суммы, перечень борцов с указанием выплат. Очевидно, Царь зарабатывал не только на билетах, но и на договорных поединках. Никаких шифров, кодов — верное свидетельство, что составитель архива чувствует себя в безопасности и нежданных визитов полиции нисколько не опасается.

Быстро и уверенно делая свое дело, Фандорин внимательно прислушивался, не заскрипит ли лестница. Выстрелы по-прежнему доносились, но со значительного отдаления, а крики стали вовсе не слышны. Молодец Девяткин, кажется, уже довел «пинчеров» до самой Яузы.

Второй шкаф следовало бы назвать, на библиотечный манер, «Предметно-персональным каталогом». Здесь на ящиках были таблички «Актеры», «Должники», «Друзья», «Информанты», «Клиенты», «Девочки», «Мальчики», «Свои», «Спортсмены», и так далее — всего не меньше двадцати. Никаких игривых картинок, всё очень деловито. Внутри тоже папки, именные. Эраст Петрович наскоро перебрал раздел «Друзья» и только головой покачал: чуть не вся московская управа, гласные городской думы, огромное количество полицейских чиновников. Разбираться, кто из них у Царя на жаловании, а кто просто пользуется его любезностями, сейчас времени не было. Сначала следовало исполнить дело.

Он открыл ящик с этикеткой «Должники» и на букве «Л» обнаружил искомое: «ЛИМБАХ, Владимир Карлович, 1889 г.р., СПб, корнет Лейб-гусарского полка». На разграфленном листке помечены суммы, от пятидесяти до двухсот рублей. Некоторые перечеркнуты с припиской «возвр.». В одном месте написано: «букет за 25 руб.». Две последние записи таковы:

«4.10. В связи с Альтаирской-Луантэн (?). Сделать предложение.

5.10. Отказался. Принять меры».

Ну вот, кажется, и всё. Вероятно, услышав сплетню о том, что Лимбах стал любовником Элизы, Царь встревожился. История с наказанием Смарагдова свидетельствует, что на эту актрису подпольный воротила делает большую ставку. Очевидно, так же, как миллионер Шустров, он видит в ней большой потенциал. (Эта мысль Эрасту Петровичу была отрадна: все-таки он потерял голову не из-за обычной кокотки, а из-за великой артистки, женщины поистине выдающейся.) Если непредсказуемого и опасного для Элизы партнера попросту прикончили, то надоедливому корнету сначала попытались «сделать предложение»: допустим, чтобы в обмен на зачет долга он оставил актрису в покое. Или наоборот: чтобы Лимбах перешел на положение «информанта», докладывая Царю о поведении и умонастроении премьерши. Около театра Фандорин стал случайным свидетелем этого объяснения (или одного из них). Лимбах ответил отказом («Я офицер гвардии его величества!»). Очередной его разговор с Мистером Свистом закончился ссорой и ножевым ударом.

На всякий случай Эраст Петрович заглянул в секцию «Актеры», но Смарагдова там не обнаружил. Это естественно: зачем хранить папку, если человек уже на кладбище?

Не удержавшись, взял досье Элизы. Узнал про нее кое-что новое. Например, дату ее рождения (первое января 1882 года), в графе «пристрастия» было написано: «духи с ароматом пармской фиалки, лиловый цвет, денег не посылать, серебряных ваз не посылать, любит слоновую кость». Он припомнил, что у нее в волосах часто бывают затейливые заколки из чего-то белого. А запах фиалок, который он считал ее природным ароматом, выходит, объясняется духами? На графе «Любовники» Эраст Петрович нахмурился. Там было два имени. Первое — его собственное, перечеркнутое. Второе — Лимбаха, с вопросом.

Всё это, впрочем, были глупости, не имеющие никакого значения. Главное — версия подтвердилась, а значит, можно перейти к стадии прямого объяснения.

Если в разгар беседы вернутся «пинчеры» — не беда. Серьезной опасности для профессионала эта шушера не представляет. Свой компактный плоский «браунинг» Эраст Петрович все же положил на стол, прикрыв листом бумаги. Сел в кресло, закинул ногу на ногу. Раскурил сигару. Потом громко позвал:

— Эй, наверху! Хватит шептаться! Пожалуйте вниз!

Невнятное бормотание, доносившееся со второго этажа, стихло.

— Поживей, господа! Это я, Фандорин!

Звук опрокинутого стула. Топот на лестнице. В кабинет ворвался Свист, держа в руке «маузер». Увидел мирно покуривающего гостя, остолбенел. Из-за плеча своего подручного высунулся господин Царьков — по-прежнему в халате, но без ночного колпака, вокруг лысины топорщатся всклокоченные волосы.

— Присаживайтесь, Август Иванович, — мирно сказал ему Фандорин, не обращая внимания на «маузер». Расслабленность позы была обманчивой: едва указательный палец Мистера Свиста начал бы движение, как кресло тут же опустело бы. Пуля пробила бы обшивку. Трудное искусство моментального перемещения Эраст Петрович когда-то освоил в совершенстве и старался не терять формы.

Многозначительно взглянув на помощника, самодержец всемосковский осторожно вышел вперед и встал напротив незваного гостя. Свист продолжал держать сидящего на мушке.

И превосходно. У собеседника должна быть иллюзия, что он владеет ситуацией и может оборвать беседу в любой момент — роковым для Эраста Петровича образом.

— Я ждал вашего визита. Но при менее экстравагантных обстоятельствах. — Царьков кивнул на окно, из-за которого все еще слышались выстрелы, хоть и редкие. — Мне известно, что вы меня в чем-то подозреваете. Я, собственно, даже знаю, в чем. Могли бы цивилизованно условиться о встрече, и я бы вас разуверил.

— Хотелось сначала заглянуть в ваш архив, — пояснил Фандорин.

Лишь теперь Царь заметил выпотрошенные шкафы. Пухлое лицо исказилось от гнева.

— Кто бы вы ни были, пускай тысячу раз Ник Картер или Шерлок Холмс, но это наглость, за которую придется ответить! — процедил Царьков.

— Г-готов. Но сначала мне ответите вы. Я обвиняю вас — или, если быть технически точным, вашего главного помощника — в двух убийствах.

Липков иронически присвистнул.

— Где два, там и третье, — сказал он с угрозой. — Чего мелочиться?

— Погодите. — Царь поднял палец, чтобы Свист не встревал. — С какой стати я стал бы убивать Смарагдова и этого, как его... — Он пощелкал пальцами, будто не мог вспомнить фамилию. — Ну, гусара... Черт, я даже не помню, как его зовут!

— Владимир Лимбах, и вы отлично это знаете. У вас в архиве на него имеется досье с любопытнейшими з-записями. — Фандорин показал на папку. — Давайте с Лимбаха и начнем.

Царьков взял папку, заглянул, подергал себя за эспаньолку.

— У меня в картотеке кого только нет... Что я, обязан помнить всякую мелочь? А, да. Корнет Лимбах. «Сделать предложение». Помню.

— Б-браво. В чем же оно состояло? Чтобы мальчик не докучал госпоже Луантэн своими домогательствами? А мальчик проявил строптивость?

Все больше злясь, Царь швырнул досье обратно на стол.

— Вы вторглись ко мне среди ночи! Устроили балаган со свистом и пальбой! Рылись в моих бумагах и еще смеете требовать от меня объяснений? Мне достаточно щелкнуть пальцами, и вы отправитесь на тот свет.

— Не понимаю, почему вы до сих пор не щелкнули, — заметил Мистер Свист.

— Мне про вас говорили, что вы гений проницательности, — не обращая на него внимания, цедил слова Царь. — А вы просто самоуверенный, надутый идиот. Это же надо — соваться ко мне в Контору! И с такой чепухой! Да будет вам известно, светило сыска, что...

— Убрать пистолет! Буду стрелять! — грянул тут голос из-за спины Липкова.

В дверях, со стороны столовой, возник Жорж Девяткин. Его «наган» целил в Мистера Свиста.

— Эраст Петрович, я поспел вовремя!

— Черт! Кто вас просил вмеши...

Закончить Фандорин не успел. Липков быстро развернулся, вскинул руку с «маузером». Ассистент выстрелил первым, однако бывший полицейский, предвидя это, ловко качнулся в сторону. «Маузер» сухо, куда тише «нагана», крякнул. Раздался металлический звон — пуля ударила в петлю двери, полетели щепки, одна из которых вонзилась Девяткину в щеку.

У Эраста Петровича не осталось выбора. Он схватил из-под листа бумаги свой «браунинг» и, прежде чем Свист успел нажать на спуск еще раз, выстрелил наверняка, в затылок. Превосходно шедшая операция в единый миг обернулась катастрофой...

Убитый наповал, Липков ударился о шкаф и сполз на пол. Пистолет выпал из разжавшихся пальцев.

А господин Царьков проявил нежданную прыть. Он подобрал полы своего шлафрока и с отчаянным криком, разбежавшись, скакнул прямо в окно. Колыхнулись шторы, зазвенели стекла, и властелин московских изысков исчез в ночной тьме. Вместо того чтоб пуститься за ним в погоню, Фандорин бросился к Жоржу.

— Вы не ранены?

— Судьба охраняет художника, — сказал Девяткин, выдергивая из кровоточащей щеки занозу. — Это к вопросу о фатуме...

У Фандорина облегчение немедленно сменилось яростью.

— Зачем вы вернулись?! Вы всё испортили!

— Мои преследователи разбрелись по берегу, и я подумал, что должен убедиться, все ли с вами в порядке. Я не собирался вам мешать... Дверь была нараспашку, крики... Я просто заглянул. Вижу — он в вас целится, сейчас выстрелит. Да что я оправдываюсь! — вспылил и Девяткин. — Я вам жизнь спас, а вы...

Какой смысл был препираться? Эраст Петрович только зубами скрипнул. В конце концов, сам виноват. Знал, кого с собой брал!

Он выбежал на крыльцо, но Царя, конечно, след простыл. Гоняться за ним по темному парку было делом безнадежным.

Вернувшись в кабинет, Фандорин позвонил Субботину домой — слава Богу, по нынешним правилам всякому чиновнику сыскной полиции полагался дома телефонный аппарат. Коротко рассказал о происшедшем. Сергей Никифорович пообещал прислать полицейских из ближайшего участка, Четвертого Мещанского, а также прибыть лично.

Ассистенту Эраст Петрович сказал:

— Уходите. Только, ради Бога, другим путем — в сторону проспекта. Скорее всего, пинчеры прибудут сюда быстрей, чем полиция.

— И не подумаю. — Девяткин подвязал себе щеку преогромным носовым платком и стал еще больше похож на Рыцаря Печального Образа. — Чтоб я вас бросил здесь одного? Никогда!

«Ах, Маса, как же мне тебя не хватает», — тоскливо подумал Эраст Петрович.

Как ни странно, полиция прибыла первой. А, может быть, ничего странного: надо полагать, «пинчеры» встретили на пути к дому Царя, и тот увел их от греха подальше. Трудно было бы представить Августа Ивановича в роли полководца, руководящего штурмом укрепленной позиции.

Чтоб не терять времени в ожидании — неважно, атаки или подмоги — Фандорин вслел горе помощнику следить за подступами к дому, а сам взялся за более подробное изучение архива. К приезду Субботина (тот прикатил на пролетке примерно через полчаса после прибытия местных полицейских) план последующих действий более или менее определился.

— Вопросов два, — сказал Эраст Петрович чиновнику в разговоре с глазу на глаз, предварительно рассказав, как было дело. — Первый: где искать Царя? Второй: что делать с этим? — Он кивнул на американские шкафы.

— Погубить меня хотите? Папки не возьму. Тут пол-Москвы, включая почти все мое начальство. Это меня не удивляет. Мир и люди, живущие в нем, несовершенны, я давно знаю. Господь Бог рано или поздно воздает каждому по делам его. — Титулярный советник кивнул на труп Мистера Свиста, уже положенный на носилки, но еще не погруженный в полицейскую карету. — Вот что,

Эраст Петрович. Вы лучше заберите этот динамит к себе. У вас целее будет. В протоколе осмотра я напишу, что шкафы пустые. Что ж касается господина Царькова, в городе мы его больше не увидим. Он не дурак и отлично понимает: ему сошла бы с рук любая шалость, но только не утрата этакой картотеки. Считайте, что Царь отправился в добровольное изгнание и отказался от престола.

— Зато я от Царя не отказался, — грозно сказал Фандорин, задетый неуспехом операции. — За ним два убийства. Я добуду Августа Ивановича хоть из-под земли.

— Да где вы его станете искать? Земля-то большая.

Эраст Петрович показал на стопку папок.

— Концерн нашего приятеля имеет три филиала: в Петербурге, Варшаве и Одессе. Там у Царя свои люди, свои деловые интересы. Имена и адреса все обозначены. Уверен, что он ретируется в один из этих трех г-городов. Я должен вычислить, куда именно преступник направится — на север, на запад или на юг.

— Вычислить? Но как?

— Не б-беспокойтесь. На то есть дедукция. Вычислю и доставлю обратно как миленького, — с мечтательной улыбкой пообещал Фандорин, предвкушая работу, которой можно забыться.

ВОЗВРАЩЕНИЕ

В Москву он вернулся в первый день ноября. С пустыми руками, зато почти исцеленный.

Свое обещание Фандорин выполнил только наполовину. Правильно вычислил город, куда сбежал Царьков: Варшава. Там у Августа Ивановича предприятие было поставлено на более широкую ногу, чем в Петербурге или Одессе. К тому же в случае неприятностей прямо под боком находилась граница. Этим аварийным выходом Царь и воспользовался, как только пронюхал, что в столицу генерал-губернаторства прибыл некий седовласый господин, очень хорошо осведомленный обо всех варшавских контактах беглого москвича.

Погоня продолжалась по всей Германии и закончилась в гамбургском порту. Всего на двадцать минут опоздал Фандорин — и увидел корму парохода, на котором затравленный Царь улепетывал в Америку. Сгоряча Эраст Петрович хотел купить билет на следующий рейс. Взять эмигранта в Нью-Йорке было бы проще простого — довольно послать в агентство Пинкертона телеграмму, чтобы встретили гостя на причале и не спускали с него глаз до фандоринского прибытия.

Но азарт, питавший Эраста Петровича все дни преследования, начинал выветриваться. Овчинка не стоила выделки. История с экстрадицией растянется на долгие месяцы, исход ее туманен. В конце концов, Царь сам никого не убивал, исполнитель и единственный свидетель мертв, доказать причастность подозреваемого к преступлениям, совершенным на другом конце света, будет практически невозможно. Но даже если Царькова выдадут, можно не сомневаться, что судить его в Москве никто не станет. Городским властям скандальный процесс с неминуемыми разоблачениями совершенно не нужен. Если бы

Фандорин доставил Царя в Первопрестольную, это никого бы не обрадовало.

Назад Эраст Петрович ехал, освеженный погоней, а двое суток в купе помогли ему привести в порядок мысли и чувства. Кажется, теперь он был готов вернуться к жизни, в которой главенствуют разум и достоинство.

Глубокое заблуждение полагать, будто умный человек умен во всем. Он умен в материях, требующих ума, а в делах, касающихся сердца, бывает очень и очень глуп. Свою глупость Эраст Петрович признал, посыпал голову пеплом и твердо вознамерился исправиться.

Что такое, в сущности, «ум» и «глупость»? То же самое, что «взрослость» и «инфантильность». В этой нелепой истории он все время поступал по-детски. А нужно вести себя по-взрослому. Восстановить нормальные отношения с Масой. Перестать дуться на Элизу, которая ни в чем не виновата. Она такая, какая есть — незаурядная женщина, великая актриса, а что не любит, тут ничего не поделаешь. Сердцу, как говорится, не прикажешь. Умеет ли оно вообще любить, сердце актрисы? Так или иначе, Элиза заслуживает ровного, уважительного отношения. Без мальчишеских взглядов украдкой, без дурацких обид, без ревности, на которую нет никакого права.

Прямо с Александровского вокзала он поехал в театр, где как раз должна была идти репетиция. Из газет Фандорин знал, что за время его отсутствия «Кометы» были сыграны дважды, с триумфом. Очень хвалили госпожу Альтаирскую-Луантэн, не меньше восторгались ее партнером, которого именовали не иначе как «настоящий японец г. Газонов». С особенным удовлетворением рецензенты отмечали, что билеты на спектакль сделались доступнее, поскольку доблестная московская полиция наконец сумела разогнать ссеть театральных барышников. Следующее представление «восточной пьесы» расчетливый Штерн отсрочил на две недели — очевидно, чтобы не спал ажиотаж.

По лестнице, ведущей к зрительному залу, Эраст Петрович поднимался в совершенном спокойствии. Однако в фойе его ждал сюрприз: там прохаживалась Элиза. Он заметил ее первой. При виде стройной фигуры, перехваченной в талии широким поясом, сердце замерло, но всего на мгновение — хороший знак.

— Здравствуйте, — сказал он негромко. — Что ж вы не на репетиции?

Она порозовела.

— Вы...? Как долго вас не было!

— Я ездил в Европу, по делу.

Он мог быть собой доволен: голос ровный, приветливый, благожелательная улыбка, никакого заикания. Элиза выглядела более взволнованной, чем он.

— Да, Маса сказал, что вы оставили записку и уехали... И Девяткину вы тоже написали. Почему именно ему? Это странно...

Она говорила одно, а думала, кажется, о другом. Смотрела, словно хочет что-то сказать, но не решается.

Из зала неслись крики. Эраст Петрович разобрал голос главного режиссера.

— Отчего Ной Ноевич ругается? — спросил Фандорин с легкой улыбкой. — Неужто вы провинились, и он вас выставил за дверь?

Он сделал вид, что не замечает ее смущения. Не желал поддаваться на актерские уловки. Вероятно, Элиза женским инстинктом почувствовала, что он изменился, выпутался из паутины, и теперь она хочет снова вовлечь его в свой зыбкий, неверный мир. Такова натура артистки — не может примириться с потерей обожателя.

Но Элиза приняла его шутливый тон:

— Нет, я сама вышла. Там у нас очередной казус. Опять в «Скрижалях» кто-то написал про бенефис.

Не сразу Фандорин понял, о чем речь. Потом вспомнил, как во время самого первого знакомства с труппой, еще в сентябре, в священном журнале появилась непонятная запись: до бенефиса осталось сколько-то там единиц, и Штерн возмущался из-за «кощунства».

— Шутка, повторенная д-дважды? Глупо.

«Снова заикаюсь, — подумал он. — Ничего. Это признак, что спадает напряжение».

— Не дважды, а трижды. — Ее глаза, как всегда, смотрели на него и в то же время будто бы мимо. — С месяц назад кто-то снова написал про единицы. В первый раз было восемь единиц, во второй семь, а сегодня почему-то пять. Наверное, шутник сбился со счета...

И опять возникло ощущение, что она говорит не о том, о чем думает.

— В третий раз? — Он нахмурился. — Для шутки, даже глупой, м-многовато. Я попрошу Ноя Ноевича показать мне «Скрижали».

— А знаете, — сказала вдруг Элиза. — Мне сделали предложение.

— Какое? — спросил он, хотя сразу догадался, о чем речь.

Ах, сердце, сердце! Вроде бы обо всем с ним договорился, а все равно подвело — затрепетало.

— Руки и сердца.

Он заставил себя улыбнуться.

— Кто ж смельчак?

«Зря сыронизировал, прозвучало уязвленно!»

— Андрей Гордеевич Шустров.

— А-а. Ну что ж, человек серьезный. И молодой.

«Зачем я сказал «молодой»? Как будто посетовал, что сам немолод!»

Так вот о чем ей хотелось поговорить. Совета, что ли, будет просить? Ну уж нет, слуга покорный.

— Прекрасная партия. Соглашайтесь.

«А вот это прозвучало неплохо».

Ее лицо сделалось таким несчастным, что Эраст Петрович устыдился. Все-таки опять смальчишествовал. Взрослый человек доставил бы даме удовольствие: изобразил бы ревность, внутренне оставаясь невозмутим.

Актриса и миллионер — идеальная пара. Талант и деньги, красота и энергия, чувство и расчет, цветок и камень, лед и пламень. Шустров сделает ее всероссийским, а то и мировым «старом», а она в благодарность превратит арифметическую жизнь предпринимателя в фейерверк и праздник.

Внутри всё клокотало.

— П-простите, мне пора.

— Вы возвращаетесь? А в зал не пойдете?

— Дело есть. Совсем забыл. Завтра зайду, — отрывисто сказал он.

«Нужно еще поработать над собой. Самоконтроль, выдержка, дисциплина. И очень хорошо, что она выходит замуж. Совет да любовь. Теперь уж совсем кончено, — шептал Фандорин, спускаясь по лестнице. — Кажется, я собирался что-то сделать?»

Но мысли путались.

Ладно, потом. Всё потом.

ДО БЕНЕФИСА
ЧЕТЫРЕ
ЕДИНИЦЫ

КАКАЯ ДУРА!

«**П**рекрасная партия. Соглашайтесь». До чего равнодушно он это сказал!

Какая дура! Столько дней ждала этого разговора, нафантазировала себе разных мелодраматических сцен. Она объявит о грядущем замужестве — и он зальется смертельной бледностью, станет говорить жаркие, страстные слова. Она скажет: «Милый, бесконечно милый, если б вы только знали...» — и всё, пауза. Дальше только дрожание губ, слезинка на ресницах, боль в глазах и улыбка на устах. Элиза даже посмотрела в зеркале, как это будет выглядеть. Получилось очень сильно. Артистическая половина ее души зафиксировала выражение лица для будущего использования. Но боль была настоящая, слезы тем более.

Боже, Боже, как долго он отсутствовал! Эту любовь она себе выдумала, ее нет и не было. Если мужчина любит, он не может не чувствовать, что ты отчаянно, безумно в нем нуждаешься. Мало ли, что ты сказала и как себя повела. Слова — это всего лишь слова, а поступки бывают импульсивны.

Объяснение может быть одно. Он не любит и не любил. Всё тривиально. Выражаясь языком Симочки, «мужчинам от нашей сестры нужно только одно». Этого господин Фандорин добился, свое мужское тщеславие потешил, донжуанский список пополнил знаменитой актрисой — и больше ему ничего не нужно. Естественно, что весть о ее предстоящем браке он воспринял с облегчением.

Глупо было ждать его возвращения, будто это могло что-то изменить. Достаточно вспомнить, как Эраст повел себя в кошмарный вечер, когда погиб Лимбах. Ни слова участия, ни ласкового прикосновения, ничего. Несколько странных вопросов, заданных холодным, неприязненным

269

тоном. И потом перед репетицией... Она была вся полна нежности, распахнута ему навстречу, а он даже не подошел.

Несомненно, он, как многие другие, осуждает ее. Думает, что она из кокетства свела с ума бедного юношу и тот наложил на себя руки.

Кошмарнее всего, что нельзя рассказать правду. Никому. Особенно человеку, мнение и сочувствие которого нужнее всего...

Четвертый удар Чингиз-хана был самым жестоким.

Гибель антрепренера Фурштатского и тенора Астралова Элиза своими глазами не видела. В уборную, где лежал мертвый Смарагдов, хоть и заглянула, но еще не догадываясь, что он отравлен. Зато на этот раз смерть — насильственная, грубая — предстала перед ней во всей своей кровавой мерзости и безжалостной внезапности. Что за зрелище! А запах, тошнотворный сырой запах только что выпотрошенной жизни! Такое не забудешь.

С какой жестокостью хан выбрал момент! Будто сам Сатана подсказал ему, когда лучше застать ее врасплох, чтоб она была полна радостью бытия, празднично возбуждена, открыта всему миру.

Премьера — день особенный. Если спектакль удался, ты хорошо играла и публика принадлежала тебе вся без остатка — с этим ничто не может сравниться, никакое иное наслаждение. Чувствовать себя самой любимой, самой желанной! В тот вечер Элиза, подобно ее японской героине, ощущала себя летящей по небу кометой.

Она жила ролью, но в то же время зрение и слух существовали сами по себе, успевая следить за публикой. Элиза видела всё — даже то, что увидеть невозможно: радужные волны сопереживания и восторга, колышущиеся над рядами. Разглядела она и Эраста, сидевшего в ложе для важных гостей. Пока Элиза находилась на сцене, он почти не отрывался от бинокля, и это возбуждало ее еще сильнее. Она хотела быть прекрасной для всех, но для него больше, чем для кого бы то ни было. В такие минуты Элиза чувствовала себя волшебницей, насылающей на зал незримые чары — и действительно была ею.

Высмотрела она и своих постоянных поклонников. Некоторые специально приехали на премьеру из Петербурга. Но Лимбаха не было. Это показалось ей странным. Наверное, опять угодил на гауптвахту. Как некстати! Она не сомневалась, что корнет сегодня придет ее поздравить, и тогда можно будет назначить ему свидание. Не для глупостей, а для серьезного разговора. Если он паладин и рыцарь, пусть избавит даму сердца от Дракона, от Идолища Поганого!

Идолище, разумеется, тоже было в зале. Нарочно опоздало, чтобы обратить на себя ее внимание. Хан Альтаирский вошел во время ее танца и демонстративно встал в дверях, похожий своей квадратной, четко очерченной фигурой на Мефистофеля. В красноватом свете горевшей над входом лампочки его плешь сверкнула багровым нимбом Сатаны. По правилам «Ноева ковчега», после начала спектакля в зал никого не пускали, и в проеме страшный человек красовался недолго. Примчался капельдинер, попросил опоздавшего выйти. Элиза увидела в этом благое предзнаменование — ничто не омрачит премьеры. Боже, как ужасно она ошиблась...

После спектакля, во время банкета, она сделала себе подарок: обняла Эраста, поцеловала и, назвав «милым», тихо попросила прощения за случившееся. Он ничего не ответил, но в тот миг он любил ее — Элиза это почувствовала! *Ее все любили!* А вдохновенная речь о таинстве театра, которую она произнесла экспромтом, имела невероятный успех. Произвести впечатление на своего брата актера (особенно свою сестру актрису) — это чего-нибудь стоит!

Когда Шустров попросил ее выйти для «важного разговора», она сразу поняла: будет признаваться в любви. И пошла. Потому что хотела послушать, как он это проговорит — такой умный, взвешенный, сам Штерн перед ним хвостом виляет. Розу подарил, какую-то хитрую, технологически обработанную. Смешной!

Андрей Гордеевич ее удивил. Про чувства не говорил совсем. Едва вышли в коридор, сразу бухнул: «Выходите за меня. Не пожалеете». И смотрит своими никогда не улыбающимися глазами: мол, чего зря слова тратить, вопрос поставлен — пожалуйте ответ.

Но так просто она его, конечно, не выпустила.

— Вы в меня влюбились? — Улыбку в уголках рта слегка наметила, бровями вверх повела — чуть-чуть. Будто сейчас прыснет. — *Вы?* Как сказал бы Станиславский, «не верю»!

Шустров, будто на заседании правления или директората, принялся детализировать:

— По правде сказать, я не знаю, что имеют в виду, когда говорят про любовь. Вероятно, каждый вкладывает в это понятие свой смысл. Но хорошо, что вы спросили. Честность — непременное условие долгого, плодотворного сотрудничества, именуемого «браком». — Он вытер платком лоб. Очевидно, беседа о чувствах давалась миллионеру нелегко. — Я больше всего люблю дело, которым занимаюсь. Жизнь за него отдам. Вы мне нужны и как женщина, и как великая актриса. Вдвоем мы своротим горы. Отдам ли я за вас жизнь? Несомненно. Буду ли я вас любить, если вы перестанете представлять интерес для моего дела? Не знаю. Это я вам со всей честностью, потому что без честности...

— Вы про честность уже объяснили, — изо всех сил стараясь не расхохотаться, сказала она. — Когда дали формулировку брака.

Они шли по коридору артистического этажа, до ее уборной оставалось несколько шагов.

— Я вам не только себя предлагаю. — Шустров взял ее за руку, остановил. — Я положу к вашим ногам весь мир. Он будет наш — мой и ваш. Вас он будет любить, а я его буду доить.

— Как это «доить»? — она подумала, что ослышалась.

— Как корову, за вымя. А молоко станем пить вместе.

Они пошли дальше. Настроение Элизы вдруг изменилось. Ей уже не было смешно. И дразнить Шустрова тоже расхотелось.

«А что, если мне его Бог послал? — думала Элиза. — Чтобы спасти от страшного греха. Ведь я собираюсь из страха, из эгоизма рисковать жизнью влюбленного мальчика. Андрей Гордеевич — не зеленый юнец. Он сумеет защитить свою суженую».

Она повернула ручку двери и удивилась — комната была заперта.

— Должно быть, уборщик закрыл. Надо взять ключ со щита.

Терпеливо, по видимости совершенно спокойно миллионер ждал ответа.

— Есть одно осложнение, — не поднимая глаз, сказала Элиза, когда вернулась. — Формально я замужем.

— Знаю, мне докладывали. Муж, отставной гвардии ротмистр хан Альтаирский, не дает вам развод. — Шустров слегка двинул плечом. — Это проблема, но всякая проблема имеет решение. У очень трудной проблемы может быть очень дорогое решение, но оно есть всегда.

— Вы думаете от него откупиться?!

«А в самом деле? Чингиз-хан привык жить на широкую ногу, он любит роскошь... Нет, откажется. Злоба в нем сильнее алчности...»

Вслух она произнесла:

— У вас ничего не выйдет.

— Так не бывает, — уверенно отвечал он. — У меня всегда что-нибудь выходит. Обычно именно то, к чему я стремлюсь.

Элиза вспомнила слухи, ходившие в труппе: о том, как безжалостно и энергично шел этот купеческий сынок к огромному богатству. Наверняка он повидал всякое, преодолел множество преград и опасностей. Серьезный человек! Такой слов на ветер бросать не станет. Вот кому, наверное, можно рассказать о Чингиз-хане правду...

— Я займусь вопросом вашей юридической свободы, как только получу на это право — в качестве вашего жениха.

Он снова взял ее руку, поглядел, будто решая — поцеловать, не поцеловать. Не поцеловал — пожал.

— Мне нужно всё обдумать... Как следует, — слабым голосом молвила она.

— Естественно. Каждое важное решение нужно всесторонне взвешивать. Три недели на обдумывание вам хватит?

Ее ладонь он выпустил — как вещь, в права владения которой пока еще не вступил.

— Почему именно три недели?

— Двадцать один день. Это число приносит мне удачу.

Впервые с тех пор, как она знала Андрея Гордеевича, он улыбнулся. Это поразило ее не меньше, чем если бы в небе средь темной ночи вдруг выглянуло солнце.

Только в это мгновение Элиза дрогнула сердцем.

Он не арифмометр! Он живой человек! Его придется любить. И что, если он захочет детей? Ведь «плодотворное сотрудничество, именуемое браком» действительно приносит плоды. Миллионеры вечно желают иметь наследников.

— Хорошо. Я подумаю...

Она повернула ключ, открыла дверь — и в нос ударило запахом смерти. Элиза закричала, зажмурила глаза, но они успели воспринять кровавое послание, которое адресовал ей изверг. Оно гласило: «Ты — моя. Всякий, кто смеет к тебе приблизиться, умрет страшной смертью».

Никто кроме Элизы не понял и не мог понять, что произошло на самом деле. Чингиз-хан, как обычно, устроил все с дьявольской изобретательностью. Все вокруг ахали, толковали о самоубийстве и жалели бедного, свихнувшегося от любви мальчишку. Элизе адресовали слова сочувствия, по большей части фальшивого, и жадно на нее пялились, будто в ней что-то изменилось. Ной Ноевич, тоже поужасавшись, тихо сказал: «Ну, Элизочка, поздравляю. Самоубийство поклонника — высший комплимент для актрисы. На следующий спектакль места будут брать штурмом». Все-таки в человеке, до такой степени одержимом театральностью, есть нечто пугающее.

Она сидела в фойе, ждала вызова к следователю, Симочка давала ей капли, Вася укутывал шалью. Внешне Элиза вела себя, как требовали ситуация и натура актрисы: с умеренной некрасивостью рыдала, дрожала плечами, заламывала руки, сжимала себе виски и прочее. Но думала не актерское, а женское. Собственно, мысль крутилась всего одна, неотступная: *выбора нет, нужно выходить за нелюбимого.* Если кто-то на свете и мог ее спасти от исчадия, то лишь Шустров с его миллионами, его уверенностью, его силой.

С какой же тоской смотрела она на Эраста, когда он задавал ей свои вопросы, пытался разобраться в тайне, ответ к которой знала только Элиза. Фандорин был великолепен. Он один не растерялся, когда все кричали и бегали. Все сразу инстинктивно начали его слушаться. А как иначе? В нем столько природной значительности! Она была ощутима всегда, но особенно проявилась в минуту кризиса. Ах, если б он, подобно Шустрову, обладал мощью и влиянием! Но Эраст всего лишь «путешественник», одиночка. Ему не справиться с Чингиз-ханом. В любом случае, она ни за что не согласилась бы подвергать жизнь Фандорина опасности. Пусть живет, пусть пишет пьесы. Брак с Андреем Гордеевичем — это способ спасти не только себя, но и Эраста! Если хан, с его сатанинской вездесущестью, пронюхает о том, что она *была в связи* с драматургом, ему конец. Нужно держаться от Фандорина подальше, хотя единственное, чего ей хотелось, — спрятать лицо у него на груди, вцепиться в него крепко-крепко, изо всех сил, и будь что будет.

Это преступное желание стало почти нестерпимым после долгого разговора с японцем.

Вечером, после репетиции (семнадцатого октября это было, в понедельник), она попросила Масу проводить ее до гостиницы. Ехать на авто не хотелось, потому что выдался чудесный осенний вечер, а идти одна Элиза боялась — за каждым углом ей мерещилась тень Чингиз-хана. Пугала и мысль о вечере в пустом номере, о бессонной ночи. А еще хотелось поговорить о *нем*.

Разговор, начавшийся по дороге, был продолжен за ужином в «Массандре», а потом в гостиничном вестибюле. В номер Элиза партнера не пригласила — чтобы у Чингиз-хана, если он за нею следит, не возникло ревнивых подозрений. Она не имела права подвергать опасности жизнь славного «Михаила Эрастовича». Он очень ей нравился, и чем дальше, тем больше. Симпатичный, будто слегка пришепетывающий акцент не казался ей смешным — через пять минут она переставала замечать, что Маса неправильно произносит какие-то русские звуки. А сам японец оказался не только способным актером, но и в высшей степени приятным человеком. Эрасту очень повезло с другом.

Ах, сколько новых, важных вещей о любимом узнала от него Элиза! Даже не заметила, как пролетела ночь. Из ресторана в «Лувр» они пришли за полночь, устроились в удобных креслах, попросили чаю (Маса — с ватрушками) и говорили, говорили. Потом смотрят — на улице уже светает. Она поднялась в номер, привела себя в порядок, переоделась, вместе позавтракали в гостиничном буфете, а там уж пора и на репетицию.

Так откровенно и доверительно Элиза ни с кем еще не разговаривала. Притом о вещах, которые ее больше всего волновали. Какое удовольствие беседовать с мужчиной, который не смотрит на тебя с вожделением, не рисуется, не пытается произвести впечатление. Вася Простаков тоже из породы не ухажеров, а друзей, но собеседник из него так себе. Ни умом, ни знанием жизни, ни меткостью наблюдений с японцем ему не сравниться.

Ночь пролетела незаметно, потому что говорили о любви. Маса рассказывал про своего «господина» (так он называл своего крестного отца). Какой тот благородный, талантливый, бесстрашный и умный. «Он вас любит, — сказал японец, — и это его мучает. Единственное, чего он боится на свете, это любви. Потому что те, кого он любил, погибли. Он винит себя в их смерти».

Тут Элиза вздрогнула. Как это похоже на ее ситуацию! Стала расспрашивать.

Маса сказал, что не видел первую женщину, которую любил и потерял «господин». Это было очень давно. Но вторую знал. Это очень и очень печальная история, которую он не хочет вспоминать, потому что начнет плакать.

Но потом все-таки рассказал — нечто экзотичное и удивительное, в духе пьесы про две кометы. Он вправду заплакал, и Элиза тоже плакала. Бедный Эраст Петрович! Как жестоко обошлась с ним судьба!

«Не играйте с ним в обычные женские игры, — попросил ее Маса. — Он для них не годится. Я понимаю, вы актриса. Вы иначе не можете. Но, если вы не будете с ним искренней, вы его потеряете. Навсегда. Это было бы очень грустно для него и, думаю, для вас. Потому что мужчины, подобного господину, вы нигде больше не встретите, даже если проживете сто лет и все сто лет сохраните свою красоту».

Здесь она совсем расклеилась. Разревелась, не заботясь о том, как при этом выглядит.

«Вы сейчас не похожи на актрису, — сказал японец, подавая ей платок. — Высморкайтесь, а то нос будет распухший».

«Какой?» — гнусаво переспросила Элиза, не поняв слово «расупуфусий».

«Красный. Как слива. Сморкайтесь! Вот так, очень хорошо... Вы будете любить господина? Вы скажете завтра, что ваше сердце принадлежит только ему?»

Она замотала головой, снова заплакала.

«Ни за что на свете!»

«Почему?!»

«Потому что я его люблю. Потому что не хочу...»

Его погубить, хотела сказать Элиза.

Маса надолго задумался. Наконец сказал:

«Я думал, что хорошо понимаю женское сердце. Но вы меня удивили. «Люблю», но «не хочу»? Вы очень интересная, Элиза-сан. Несомненно поэтому господин вас и полюбил».

Он еще долго ее уговаривал не упрямиться. Однако чем красочней расписывал японец достоинства Эраста Петровича, тем незыблемей делалась ее решимость уберечь его от беды. Но слушать все равно было приятно.

Утром, когда она увидела Фандорина на репетиции — такого обиженного, гордого, — испугалась, что не совладает с собой. Даже произнесла молитву Всевышнему, дабы Он помог ей преодолеть соблазн.

И Бог ее услышал. После того дня Эраст исчез. Уехал. Мысленно она вела с ним нескончаемый разговор, всё готовилась к встрече. И вот встретились...

Она, конечно, тоже хороша. Все подготовленные фразы из памяти вылетели. «Знаете, мне сделали предложение». Ляпнула с ходу — сама испугалась, как легкомысленно это прозвучало.

Он и бровью не повел. «А-а, ну что ж».

Оказывается, японцы тоже ошибаются. Не очень-то, выходит, хорошо знает Маса своего «господина».

Или была любовь, да закончилась. Такое тоже бывает. Сколько угодно.

ПОВСЕДНЕВНОЕ

Так уж вышло, что вся искренность, весь душевный жар, из-за растерянности и онемения не выплеснувшиеся на Фандорина, достались человеку, хоть и хорошему, но маловажному — Васе Простакову. Он был верный, надежный друг, иногда на его плече хорошо и утешительно плакалось, но с тем же успехом она могла бы зарыться лицом в шерсть своей собаки, если б у Элизы таковая имелась.

Вася выглянул из зала через минуту после того, как Эраст повернулся и ушел. Лицо у Элизы было несчастное, в глазах слезы. Простаков, конечно, к ней кинулся — что такое? Ну, она ему всё и рассказала, облегчила сердце.

То есть не совсем всё, разумеется. Про Чингиз-хана не стала. Но о своей *любовной драме* поведала.

Завела Васю в ложу, чтоб никто не мешал. Закрыла лицо руками и сквозь слезы, сбивчиво заговорила — прорвало. Про то, что любит одного, а выходить должна за другого; что выбора нет; верней есть, но ужасный: влачить кошмарное существование, которое хуже смерти, либо отдаться немилому.

На сцене Штерн отрабатывал с Газоновым трюк с хождением по канату. Масе недоставало грации. Романтический герой должен соблюдать определенную строгость в жестикуляции, а японец слишком раскорячивал колени и оттопыривал локти. Остальные актеры, пользуясь перерывом, разбрелись кто куда.

Простаков взволнованно слушал, осторожно гладил ее по волосам, но никак не мог взять в толк главного.

— Ты о ком говоришь-то, Лизонька? — не выдержал он. (Вася один называл ее так, они были знакомы с театрального училища.)

Лицо недоуменное, доброе.

— О Фандорине, о ком еще!

Можно подумать, тут можно любить кого-то другого! Она заплакала навзрыд.

Вася насупился:

— Он сделал тебе предложение? Но почему ты обязана за него выходить? Он старый, седой весь!

— Дурак ты! — Элиза сердито выпрямилась. — Это ты старый, жухлый! В тридцать лет выглядишь на сорок! А он... Он...

И как начала говорить про Эраста Петровича — не могла остановиться. Вася на «жухлого» не обиделся, он вообще был не из обидчивых, а уж Элизе и подавно прощал что угодно. Слушал, вздыхал, сопереживал.

Спросил:

— Значит, любишь ты драматурга. А предложение кто сделал?

Когда она ответила, присвистнул:

— Ух ты! Правда, что ли? Вот это да!

Они оба повернулись на приоткрывшуюся дверь. По театру вечно разгуливали сквозняки.

— Я еще не ответила согласием! У меня остается четыре дня на размышление, до субботы.

— Гляди, конечно... Тебе решать. Но ты сама знаешь, многие женщины, особенно актрисы, как-то умеют устраиваться. Муж — одно, любовь — другое. Обычная штука. Так что ты того, не убивайся. Шустров мильонщик, далеко пойдет. Будешь у нас хозяйкой театра. Главнее Штерна!

Да, Вася был настоящий друг. Желал ей добра. Элиза (что греха таить) за минувшие дни обдумывала и эту вероятность: отдать руку Андрею Гордеевичу, а сердце оставить Эрасту Петровичу. Но что-то ей подсказывало: ни тот, ни другой на подобный менаж не согласятся. Слишком серьезные мужчины, оба.

— Эй, кто там подслушивает? — сердито крикнул Вася. — Это не сквозняк, я видел чью-то тень!

Дверь качнулась, послышались шаги — кто-то быстро шел прочь, ступая на цыпочках.

Пока Простаков пролезал через узкий проход между кресел, любопытствующий успел исчезнуть.

— Кто бы это? — спросила Элиза.

— Кто угодно. Не труппа — банка с пауками! Каков поп, таков и приход! Штерновская теория надрыва и скандала в действии! Ну поздравляю, нынче же все узнают, что через четыре дня ты выходишь за такого человека!

Чудесный Вася по-настоящему расстроился. А Элиза не очень. Узнают — и очень хорошо. Одно дело, если б она похвасталась сама, а тут утечка произошла без ее участия. Пусть полопаются от зависти. А она еще посмотрит, выходить за «такого человека» или нет.

Однако проболтался неизвестный шпион остальным или нет, осталось непонятно. Напрямую никто с Элизой о Шустрове не заговаривал. Что же до косых, завистливых взглядов, то их на ее долю всегда хватало. Положение премьерши — розовый куст с острейшими шипами, а по части ревности театральная труппа переплюнет гарем падишаха.

И все-таки куст был розовый. Благоуханный, прекрасный. Всякий выход, даже во время репетиции, приносил сладостное забвение, когда выключаешься из мрака и страха реальной жизни. А уж спектакль — вообще беспримесное счастье. Два представления, сыгранные после премьеры, получились превосходными. Все играли с удовольствием. Пьеса давала возможность каждому актеру на время держать зал, ни с кем не делясь. А еще из-за внезапного исчезновения барышников заметно переменился состав публики. В партере стало меньше блеска драгоценностей, сияния накрахмаленных воротничков. Появились свежие, живые, преимущественно молодые лица, повысился эмоциональный градус. Зал охотнее и благодарнее реагировал, и это, в свою очередь, электризовало артистов. Главное же — на лицах не читалось жадного ожидания сенсации, скандала, этих вечных спутников штерновского театра. Люди, заплатившие спекулянтам за место в первых рядах четвертную, а то и полусотенную, желали за свои деньги увидеть больше, чем просто театральный спектакль.

Очарование роли, которая досталась Элизе, заключалось в труднопостижимости. Идея гейши — воплощенной, но в то же время неплотской красоты — будоражила воображение. Какое пьянящее ремесло — служить объектом желаний, оставаясь недоступной для объятий! До чего это похоже на существование актрисы, на ее прекрасную и печальную судьбу!

Когда Элиза, тогда еще просто Лиза, перешла с балетного на актерское отделение училища, мудрый старый преподаватель («благородный отец» императорских театров) сказал ей: «Девочка, сцена щедро тебя одарит — и оберет до нитки. Знай, что у тебя не будет ни настоящей семьи, ни настоящей любви». Она беспечно ответила: «Пускай!» Потом, бывало, жалела о своем выборе, но для актрисы обратной дороги нет. А если есть, значит, она не актриса — просто женщина.

Штерн, для которого на свете не существует ничего кроме театра, любил повторять, что всякий подлинный актер — эмоциональный голодранец, и пояснял это, как многое другое, с помощью денежной метафоры (меркантильность Ноя Ноевича была одновременно его силой и его слабостью). «Предположим, что в обычном человеке чувств имеется на рубль, — говорил он. — Полтинник человек тратит на семью, двадцать пять копеек на работу, остальное на друзей и увлечения. Все сто копеек его эмоций расходуются на повседневную жизнь. Не то актер! В каждую сыгранную роль он инвестирует по пятаку, по гривеннику — без этой живой лепты убедительно сыграть невозможно. За свою карьеру выдающийся талант может исполнить десять, максимум двадцать первоклассных ролей. Что остается на повседневность — семью, друзей, любовниц или любовников? Алтын да полушка».

Ной Ноевич очень не любит, когда с ним спорят, поэтому Элиза выслушивала его «копеечную» теорию молча. Но, если б стала возражать, сказала бы: «Неправда! Актеры — люди особенные, и эмоциональное устройство у них тоже особенное. Если не обладаешь этим зарядом, на сцене делать нечего. Пускай во мне изначально чувств было на рубль. Но, играя, я не расходую свой рубль, я пускаю его в оборот, и каждая удачная роль приносит мне дивиденды. Это обычные люди с рождения до смерти проживают эмоций на сто копеек, а я существую на проценты, сохраняя капитал в неприкосновенности! Чужие жизни, частью которых я становлюсь на сцене, не вычитаются из моей, а плюсуются к ней!»

Если спектакль удавался, Элиза физически ощущала переполняющую ее энергию чувств. Энергии этой было так много, что она насыщала весь зал, тысячу человек! Но и зрители, в свою очередь, заряжали Элизу своим огнем. Этот волшебный эффект знаком всякому настоящему актеру. Покойный Смарагдов, любитель пошлых сравнений, говорил, что актер, вне зависимости от пола, всегда мужчина. От него зависит, удастся ли довести публику до экстаза либо же он просто вспотеет, выбьется из сил, а любовница уйдет неудовлетворенной и станет искать иных объятий.

Вот почему Элизе было скучно думать о кинематографе, которым грезил Андрей Гордеевич. Что ей за прок, если зрители в сотне или тысяче электротеатров будут рыдать или вожделеть, видя ее лицо на куске тряпки? Ведь она сама этой любви осязать и чувствовать не сможет.

Пускай Шустров думает, что она примет его предложение из честолюбия, из жажды всемирной славы. Ей же нужно лишь одно: чтоб он избавил ее от Чингиз-хана. За это она готова быть вечной должницей. Брак, даже без любви, может оказаться гармоничным. Шустров ценит в ней актрису больше, чем женщину? Ну так она и есть в первую очередь актриса.

Но вторая половина ее натуры, женская, билась крыльями, будто попавшая в силок птица. Насколько легче было бы выходить замуж по расчету, если б не существовало Фандорина! Через четыре дня нужно добровольно запереть себя в клетку. Она из чистого золота и надежно защищает от рыскающего вокруг хищного зверя. Однако это означает навсегда отказаться от полета двух комет в беззвездном небе!

Знать бы наверное, без сомнений, что Эраст к ней охладел. Но как это выяснить? Своему партнеру Масе она больше не верила. Он очень хороший, но для него душа «господина» такие же потемки, как для нее.

Вызвать Эраста на откровенный разговор? Но это все равно что вешаться на шею. Известно, чем такие сцены заканчиваются. Второй раз убежать от него она уже не сможет. Чингиз-хан проведает о ее увлечении, и что произойдет дальше, гадать не надо... Нет, нет, тысячу раз нет!

После долгих сомнений Элиза придумала вот что. Никаких любовных выяснений, конечно, допускать нельзя. Но можно в ходе какого-нибудь нейтрального разговора попытаться уловить — по взгляду, по голосу, по непроизвольному движению — любит ли он ее по-прежнему. Она ведь актриса, ее душа по-особенному чутка на подобные вещи. Если не ощутит магнетического притяжения, то не из-за чего и страдать. А если ощутит... Как быть в этом случае, Элиза не решила.

На следующий день после встречи в фойе, в среду, когда она пришла на репетицию, он уже был на месте. Сидел у режиссерского столика, читал записи в «Скрижалях» — с таким неестественно сосредоточенным видом, что Элиза догадалась: это нарочно, чтобы на нее не смотреть. И внутренне улыбнулась. Симптом был обнадеживающий.

Тему для разговора она подготовила заранее.

— Здравствуйте, Эраст Петрович. — Он встал, поклонился. — У меня к вам просьба как к драматургу. Я теперь много читаю про Японию, про двойные самоубийства влюбленных — чтобы лучше понимать мою героиню Идзуми...

Он слушал молча, внимательно. С магнетизмом пока было неясно.

— ...И прочла очень интересную вещь. Оказывается, у японцев принято перед уходом из жизни сочинять стихотворение. Всего пять строчек! Мне это кажется таким красивым! А что, если моя гейша тоже напишет стихотворение, которое в нескольких словах подытожит всю ее жизнь?

— Странно, что я сам об этом не подумал, — медленно сказал Эраст. — Вероятней всего, гейша именно так бы и п-поступила.

— Так напишите! Я прочту стихотворение, прежде чем нажать электрическую кнопку.

Он задумался.

— Но пьеса и так написана стихотворным размером. Стихотворение будет звучать, как обычный м-монолог...

— Я знаю, что нужно сделать. Вы сохраните японский поэтический размер: пять слогов в первой строчке, семь во второй, пять в третьей и по семь в двух последних. Для русского слуха это будет звучать, как проза, и отличаться от трехстопного ямба, которым написаны монологи. Стихи у нас будут выполнять функцию прозы, а проза — функцию стихов.

— Превосходная идея.

В его глазах мелькнуло восхищение, только непонятно чем — идеей или самой Элизой. Так она и не определила, излучает Фандорин магнетизм или нет. Должно быть, помешало собственное излучение, слишком сильное...

Она хотела продолжить изыскания завтра, но ни в четверг, ни в пятницу Эраст в театре не появился, а потом настал судьбоносный день — суббота.

Что отвечать Андрею Гордеевичу, Элиза не знала. Пусть сложится как сложится, думала она утром в номере, стоя перед зеркалом и выбирая наряд. То есть несомненно надо соглашаться. Но в то же время многое будет зависеть от самого Шустрова: какие слова произнесет, как будет смотреть.

Светло-лиловое с черным шелковым поясом? Слишком траурно. Лучше с темно-зеленым муаровым. Немного рискованное сочетание, но подходит для обоих исходов... Шляпа, конечно, венская, с вуалеткой...

Заодно уж попробовала представить, что наденет на свадьбу. Конечно, никакого корсета, кружев, оборок. О фате смешно говорить — при третьем-то замужестве, да и вообще все эти флердоранжи не для Элизы Луантэн. Платье будет сверху обтягивающее, внизу пышное. Безусловно красное, но не просто красное, а с черным зигзагом, будто ты охвачена языками пламени. Надо сделать набросок и заказать Буше, он волшебник, он сошьет как надо.

Элиза представила: вот она, как огненный цветок, вся устремленная вверх; он — стройный, представительный, в черно-белом. Они стоят на виду у всех, на столе цветы и хрусталь, и жених целует ее в уста, а она отводит руку в длинной палевой перчатке...

Бр-р-р! Нет, это совершенно невозможно — чтобы она, в огненном платье, под звон бокалов, целовала Шустрова в губы! Достаточно было зримо вообразить эту картину, и Элиза сразу поняла: не бывать этому никогда. И уж тем более не бывать тому, что происходит ночью после свадебного банкета!

Скорее, скорее, пока не вступил голос рассудка, она кинулась крутить ручку телефонного аппарата, попросила коммутатор соединить с «Театрально-кинематографической компанией». Уже почти три недели Элиза снова жила в «Лувре», на этом настоял Ной Ноевич. Сказал, что «дура» не может занимать апартаменты премьерши, это нарушает иерархию и порождает лишние склоки. А Элиза и не спорила. Она отвыкла жить без ванной, к тому же бедняжка Лимбах к ней в окно больше не влезет...

Ответил секретарь, сказал, что Андрея Гордеевича сегодня в конторе не ожидается, и любезно сообщил домашний номер. Верно, это сострадательная судьба давала Элизе шанс одуматься. Но она им не воспользовалась.

Услышав ее голос, Шустров спокойно сказал:

— Очень хорошо, что вы позвонили. Я как раз собираюсь ехать к вам в отель. Не отменить ли вам ради такого случая репетицию? Я велел накрыть стол к завтраку, отпустил прислугу. Выпьем шампанского, вдвоем.

— Никакого шампанского! — выпалила Элиза. — Ничего не будет! Это невозможно! Невозможно и всё! Прощайте!

Он сглотнул, хотел что-то возразить, но она дала отбой.

В первую минуту испытала невероятное облегчение. Потом ужас. Что она натворила! Отказалась от спасательного круга, теперь только утонуть!

Но настоящий ужас был впереди.

ЖИЗНЬ КОНЧЕНА

Впервые за всю свою карьеру Элиза чуть не опоздала на репетицию. Зато была сегодня в особенном ударе — по двум причинам. Нервный трепет всегда обострял градус ее игры. И кроме того, когда она исполняла танец с веером, в зал вошел и тихо сел сзади Фандорин.

— Одна Элиза работает! — раздраженно крикнул Штерн (он нынче был не в духе). — Остальные ворон считают! Лев Спиридонович, еще раз, со слов: «Прелестница какая! Глядел бы и глядел!»

Едва с граммофонной пластинки вновь зазвучала переливчатая японская музыка, центральные двери с грохотом распахнулись. В проход с разбега влетел молодой человек с растрепанными волосами, без головного убора. Он был красен и свиреп лицом, щегольски одет, широко размахивал рукой, в которой поблескивало что-то маленькое — кажется, металлическая коробочка.

Ной Ноевич вовсе взбеленился.

— Почему посторонний? Кто пустил? Почему кавардак? Кто отвечает за порядок в театре? — заорал он на ассистента. Тот развел руками, и Штерн обрушил свой гнев на незнакомца, подбежавшего к сцене. — Вы кто такой? Что себе позволяете?

Молодой человек, озираясь, сунул ему визитную карточку. Режиссер прочел имя, осклабился:

— Мсье Симон! Коллеги, нас посетил компаньон нашего Андрея Гордеевича! Суайе, так сказать, бьенвеню, шер ами!

Блуждающий взор француза остановился на Элизе. Она была в том самом лиловом платье с зеленым поясом, но при этом в японских лаковых сандалиях.

— Мадам Луантэн? — хрипло спросил невоспитанный иностранец.

— Oui, monsieur.

Она уже догадалась: Шустров прислал компаньона, чтобы тот уговорил ее переменить решение. Довольно странный посланец Амура, и ведет себя странно!

А мсье Симон на чистом русском возопил:

— Стерва! Убийца! Какого человека погубила!

Размахнулся, швырнул золоченую коробочку. Та угодила потрясенной Элизе прямо в грудь, упала, на пол выкатилось обручальное кольцо с бриллиантом.

А скандалист влез на сцену и, кажется, вознамерился наброситься на премьершу с кулаками. Вася и Жорж схватили его за плечи, но он их отпихнул.

— Что случилось?! В чем дело?! — неслось со всех сторон.

Буян кричал:

— Кокетка, гадина! Три недели проморочила голову и отказала! Ненавижу таких! Tueuse*! Самая натуральная tueuse!

Испуганная и ошеломленная, Элиза попятилась. Это еще что за мексиканские страсти?

На сцену с двух сторон одновременно впрыгнули Фандорин и Маса. Схватили сумасшедшего за руки, да понадежней, чем Простаков с Девяткиным. Эраст Петрович развернул мсье Симона лицом к себе.

— Почему вы называете госпожу Луантэн убийцей? Немедленно объяснитесь!

Сбоку Элизе было видно, как француз заморгал.

— Эраст... Петрович? — пролепетал он. — Господин Маса?!

— *Сенка-кун?* — Маса разжал пальцы. — *Одоройта на!* Кажется, узнал. И Фандорин тоже воскликнул:

— Сеня, ты?! Десять лет не виделись!

— Одиннадцать, Эраст Петрович! Почти одиннадцать!

С Фандориным они пожали друг другу руки, с Масой обменялись поклонами, причем француз (хотя какой он француз, если «Сеня») поклонился низко, в пояс. Всё это было в высшей степени непонятно.

_____
* Убийца *(фр.)*.

месье Симон

ФОТОГРАФИЯ   Н. САКУРОВА

— Я был уверен, что ты в Париже... Но погоди, об этом позже. Скажи, что стряслось? Почему ты набросился на г-госпожу Луантэн?

Молодой человек всхлипнул.

— Мне Андрюша позвонил, утром. Говорит, катастрофа. Отказала. И голос такой похоронный. Приезжай, говорит. Я сел в авто. У меня, Эраст Петрович, «бугатти» гоночный, пятнадцать лошадиных сил — не керосинка, на которой мы с вами когда-то трюхали, помните? — Он было оживился, но опять сник. — Приезжаю к Андрюхе на Пречистенку. А там у входа полицейские, толпа, блицы щелкают...

— Да что случилось? Г-говори толком!

— Он с отчаянья себе горло расчикал, бритвой. Я видел — ужас. Всё в кровище. Так расчихвостил, будто колбасу ломтями резал... А в другой руке коробочка с кольцом...

Чем у них закончился разговор и откуда они с Фандориным друг друга знают, Элизе осталось неведомо. Как только она услышала про бритву и перерезанное горло, в глазах у нее потемнело, потом что-то сильно ударило в затылок. Это она лишилась чувств и упала, стукнулась об пол головой.

Она пришла в себя, должно быть, через минуту или две, но Эраста и Сени-Симона в зале уже не было. Над Элизой хлопотали Сима и Василиса Прокофьевна: первая махала веером, вторая совала нашатырь — в театре всегда имелся изрядный его запас, потому что у актрис легко возбудимые нервы. Газонов мрачный сидел в углу сцены, прямо на полу, по-японски скрестив ноги. Остальные члены труппы сгрудились вокруг режиссера

— ...Трагическое событие, но не нужно отчаиваться! — говорил Ной Ноевич. — Покойный был человеком большой души, он о нас позаботился! Как вы помните, он завещал «Ковчегу» капитал, который позволит нам безбедно существовать. А кроме того, на меня приятное впечатление произвел его партнер. По-моему, прекрасный молодой человек — эмоциональный, порывистый. Думаю, мы найдем общий язык. Друзья мои, во всяком несчастье нужно находить свои плюсы, иначе жизнь на земле давно прекратилась бы! Представьте себе, что будет твориться на нашем следующем спектакле, как только публика узнает о причине нового самоубийства.

Здесь все обернулись и увидели, что Элиза очнулась. Как выразительны были обращенные на нее взгляды! Как много рассказывали они о каждом! По Лисицкой было видно, что она мучительно завидует той, из-за кого убивают себя мужчины и о которой завтра опять напишут газеты. Резонер Лев Спиридонович глядел печально и сочувственно. Вася жалостно вздыхал. Девяткин неодобрительно хмурился. Мефистов провел пальцем по горлу и беззвучно поаплодировал. Дурова скорчила гримаску, означавшую: ах, господа, какие вы все идиоты. Ловчилин подмигнул: неплохо изобразила обморок, браво.

А Ной Ноевич приблизился к Элизе и шепнул:

— Держись, девочка! Голову выше! Всеевропейская слава, вот что это такое!

Он был, пожалуй, еще отвратительней Мефистова.

«Не будет вам никакого спектакля, не потирайте руки, — мысленно сказала она Штерну. Элиза, как очнулась, уже знала, что делать. Само пришло. — Но вы, Ной Ноевич, не переживайте. Потом наверстаете. Концерт памяти великой актрисы, огромные сборы, газетные заголовки про театр — всё будет. Но уже без меня».

Не было смысла объяснять им всем, что это убийство. Не поверят. Им нравится сказка о Belle Dame sans merci*, доводящей поклонников до смерти своей жестокостью. Ну и ради Бога. Если люди хотят запомнить Элизу Луантэн именно такой, быть по сему.

Она ощущала бесконечную, смертельную усталость. Трепетать крылышками уже не было сил. Пора положить конец всему: ужасу, злодейству, бесконечной пляске смерти. Из-за Элизы никто больше не погибнет, ни один человек. С нее довольно. Она уходит.

Никакого решения Элиза не принимала. Оно возникло само как единственно возможное, естественное.

---

* Безжалостная Дама *(фр.)*.

Ной Ноевич пребывал в возбуждении. Предвидя осаду со стороны репортеров и зевак, он принял меры: переселил Элизу в «Метрополь», где есть этаж для важных постояльцев — с особенным швейцаром, не допускающим посторонних. Дело, разумеется, было не в обороне от прессы. Штерну важно было продемонстрировать, как роскошно живет ведущая актриса его театра.

Элиза не спорила. Клубникина с Простаковым перевезли ее на новое место, в шикарный трехкомнатный апартамент с роялем и граммофоном, с балдахином над кроватью, с пышными букетами в хрустальных вазах.

Она сидела в кресле, не снимая шляпы и накидки, тускло смотрела, как Сима развешивает в гардеробной комнате платья. Убить себя — это тоже требует усилия. А сил не было никаких. Совсем.

Завтра, сказала себе она. Или послезавтра. Но жить больше не буду, это несомненно.

— Я всё разложила, — сказала Сима. — С вами посидеть?

— Идите. Спасибо. Со мной все в порядке.

Они ушли.

Она не заметила, как стемнело. За окном на Театральной площади светились фонари. В комнате было много блестящего — бронза, позолота, лак — и всё это мерцало, играло бликами.

Элиза провела рукой по густо напудренному лицу — поморщилась. Надо умыться.

Она медленно добрела до ванной. Каждый шаг давался с трудом.

Включила электричество. Посмотрела в зеркало на белое лицо с синими подглазьями, лицо самоубийцы.

На туалетном столике, меж флаконов и коробочек, лежало что-то белое. Сложенный листок. Откуда?

Она механически взяла, развернула.

«*Я тебя предупреждал ты навсегда моя. Каждый с кем ты спутаешься сдохнет*», прочла Элиза, узнала почерк и вскрикнула.

Никакого завтра, никакого послезавтра! Прекратить эту муку немедленно! Даже в аду не может быть страшнее!

Она не ломала себе голову, откуда Чингиз-хан узнал о переезде и как умудрился подкинуть в ванную записку.

Сатана, он и есть сатана. Но апатию и вялость будто сдуло порывом ветра. Элизу трясло от нетерпения.

Всё, всё! Прочь из этого мира! Скорей!

Включив повсюду свет, она стала метаться по комнатам в поисках подходящего средства.

Смерть готова была принять ее в свои объятья повсюду. Окно являло собой открытую дверь в Небытие — довольно лишь переступить порог. Люстра сверкала подвесками, среди которых нашлось бы место и для висящего тела. В шкатулке для лекарств лежал пузырек лауданума. Но актриса не может уходить из жизни, будто обычная женщина. Даже в смерти она должна быть прекрасной. Последний выход, под занавес, нужно поставить и сыграть так, чтобы это запомнилось.

Подготовка сцены заняла и отвлекла Элизу, ужас сменился лихорадочным оживлением.

Она вынула цветы, разбросала их по полу ярким благоуханным ковром. Поставила кресло. С двух сторон две пустые хрустальные вазы.

Протелефонировала на рецепцию, велела принести в номер дюжину красного вина, самого лучшего.

— Дюжину? — переспросил бархатный голос. — Сию минуту-с.

Пока доставляли, Элиза переоделась. Черный шелковый халат с китайскими драконами был похож на кимоно — напоминание о последней роли.

Вот и вино. Она велела открыть пробки.

— Все-с? — спросил официант, но не очень удивился. От актрисы можно ожидать чего угодно.

— Все.

Шесть бутылок Элиза опорожнила в одну вазу, шесть в другую.

Неслучайно женщины с развитым чувством красоты, если уж решают покончить с собой, обычно вскрывают вены. Кто-то ложится в ванну, набросав туда лилий. Кто-то опускает разрезанные руки в тазы. Но хрустальные вазы с красным бордо, чтоб благородное вино своим цветом поглотило кровь — о таком Элиза не читала. Это нетривиально, это запомнится.

Не завести ли музыку? Она перебрала граммофонные пластинки, выбрала Сен-Санса. Но отложила. Пластинка доиграет, а сознание, возможно, еще не померкнет. Придется умирать не под прекрасную музыку, а под отвратительный скрип иглы.

Она представила себе, какого шума наделает ее смерть и — глупо, конечно, — пожалела, что всего этого не увидит. Можно вообразить, что за похороны устроит Ной Ноевич. Толпа за катафалком растянется на несколько верст. А что напишут газеты! Какие будут заголовки!

Интересно, кого возьмет Штерн на роль Идзуми? Ему нужно будет вводить замену срочно, пока не угасла шумиха. Наверное, переманит Германову из Художественного. Или вызовет телеграммой Яворскую. Бедняжки. Им можно посочувствовать. Трудно соперничать с призраком той, чья кровь вытекла в вино.

Еще пришла в голову вот какая мысль. А не оставить ли письмо, рассказывающее всю правду о Чингиз-хане? Можно приложить его записку, это будет доказательством.

Но нет. Много чести. Негодяй будет интересничать, наслаждаться ролью инфернального мужчины, сведшего в могилу великую Элизу Луантэн. Да еще, чего доброго, выйдет сухим из воды. Одной записки для суда, пожалуй, будет маловато. Лучше пускай все думают и гадают, что за порыв унес таинственную комету в беззвездное небо.

И вот она села в кресло, завернула широкие рукава, взяла острые маникюрные ножницы. В статье о какой-то юной самоубийце-декадентке (в России ведь нынче целая волна самоубийств) Элиза читала, будто перед вскрытием вен та долго держала руки в воде — это смягчает боль. Не то чтоб такой пустяк, как боль, сейчас что-то значил, но все-таки лучше избежать вторжения грубой физиологии в акт чистого духа.

Десять минут, сказала себе она, опуская кисти рук в вазы. Вино было охлажденным, и Элиза поняла, что десяти минут ей так не высидеть — пальцы онемеют. Пожалуй, довольно пяти. Бездумно, почти безучастно она стала смотреть на часы. Оказывается, минута — это ужасно долго, целая вечность.

Три раза стрелка качнулась с деления на деление, потом зазвонил телефон.

Сначала Элиза поморщилась. Как некстати! Но стало любопытно: кто бы это мог быть? Что за сигнал посылает ей жизнь напоследок, от кого?

Встала, стряхнула красные капли.

Гостиничный оператор.

— Вас просит некто господин Фандорин. Прикажете соединить?

Он! Неужели почувствовал?! Боже, а она совсем про него не думала в эти страшные часы. Не позволяла себе. Чтобы не утратить решимости.

— Да-да, соедините.

Сейчас он скажет: «Милая, единственная, опомнитесь! Я знаю, что у вас на уме, остановитесь!»

— П-прошу извинить за поздний звонок, — раздался сухой голос. — Я выполнил вашу просьбу. Хотел передать в театре, но известные вам обстоятельства помешали. Я о стихотворении. О пятистишьи, — пояснил он, не услышав отклика. — Помните, вы просили?

— Да, — произнесла она тихо. — Очень любезно, что вы не забыли.

А хотела бы сказать: «Любимый, я делаю это для тебя. Я умираю, чтобы ты жил...»

Непроизнесенная реплика очень ее растрогала, Элиза смахнула слезинку.

— Запишете? Я п-продиктую.

— Минутку.

Боже, вот чего не хватало, чтобы сделать уход идеально прекрасным! Любимый позвонил, чтобы продиктовать ей предсмертное стихотворение! Его найдут на столе, но никто, никто кроме Эраста не будет знать всей красоты произошедшего! Это, верно, и есть истинный «югэн»!

Он монотонно надиктовывал, она записывала, не вдумываясь в слова, потому что все время посматривала в зеркало. Ах, что за сцена! Голос Элизы, повторяющей строчки, ровен, даже весел, на устах улыбка, а в глазах слезы. Жаль, никто не видит, не слышит. Но это безусловно лучшее, что она сыграла в своей жизни.

Ей хотелось напоследок сказать ему нечто особенное, чтобы смысл открылся позднее и он вспоминал бы эти слова до конца дней. Но ничего конгениального моменту в голову не пришло, а портить его банальностью Элиза не стала.

— Вот, с-собственно, всё. Спокойной ночи.

В его голосе была выжидательность.

— И вы не спрашиваете о Шустрове? — произнес он после паузы. — Вам это не интересно?

— *Это* мне неинтересно. — Элиза задохнулась и полупрошептала-полупрошелестела. — Прощайте...

— До свидания, — еще холодней, чем в начале разговора, молвил Эраст.

Линия стала мертвой.

— Ах, Эраст Петрович, как вы будете раскаиваться, — сказала Элиза зеркалу.

Посмотрела на листок и решила перебелить стихотворение. Из-за того что левая рука была занята трубкой, строчки расползлись вкривь и вкось, некрасиво.

Только теперь она вчиталась по-настоящему.

В ином рожденьи
Не цветком, а пчелою
Хотела б я быть.
О, что за злая доля —
Гейши робкая любовь...

Про «иное рожденье» понятно, японцы верят в переселение души, но в каком смысле «не цветком, а пчелою»? Что это означает?

Вдруг она поняла.

Быть не вечным объектом чужих вожделений, а самой превратиться в желание, в целеустремленность. Самой выбирать свой цветок, жужжать и кусаться!

Увянуть без сопротивления или быть сорванным — участь гейши и участь цветка. Но у пчелы есть жало. Если нападет враг, пчела пускает в ход жало, не заботясь о последствиях.

Вот что за сигнал послала Элизе жизнь в последнюю минуту!

Нельзя сдаваться без борьбы! Нельзя капитулировать перед Злом! Ошибка в том, что Элиза вела себя по-женски: она хотела, чтоб от Чингиз-хана ее защищали другие мужчины, а когда защитников не осталось, просто сложила руки и зажмурилась. Постыдная слабость!

Но она станет пчелой прямо в нынешнем своем рождении! Истребит врага, убережет того, кого любит, и еще будет счастлива! «Лишь тот достоин счастья и свободы, кто тра-та-та идет за них на бой!» От волнения у нее выскочила из памяти часть строфы, но это было неважно.

Самой сразить Дракона! Предстать перед Эрастом сильной и свободной!

Прекрасное величие этой идеи наполнило Элизу восторгом.

Она позвонила в рецепцию.

— Заберите из моего номера две хрустальные вазы с бордо. Доставьте от моего имени в номера «Мадрид», для актеров театра «Ноев ковчег», — сказала Элиза. — Пусть выпьют за победу Света над Тьмой!

Служитель в восхищении воскликнул:

— Как это тонно, мадам!

БОЙ С ДРАКОНОМ

Убить, как убивают бешеную собаку — без нравственных терзаний, без христианских заповедей. Чтоб никого больше не покусала.

И самое чудесное, что ничего за это деяние не будет. То есть, конечно, произойдет шумный процесс, с присяжными, с давкой в зале, с журналистами. Мысль о суде Элизу нисколько не пугала. Совсем наоборот. Продуманно небрежная прическа. Простой и эффектный стиль одежды — во все траурное, с легким отблеском стали, как подобает воительнице. Безусловно оправдают. Безусловно дело прогремит на всю Европу. Безусловно никакой Саре Бернар и Элеоноре Дузе в самых сладких мечтах не снилась такая слава!

Это-то всё было чудесно, театрально, с гарантированными аплодисментами. Но ведь сначала нужно умертвить человека. Не то чтоб Элизе было Чингиз-хана жалко, вот уж нет. Она и человеком его не считала — уродливой аномалией, раковой опухолью, которую необходимо как можно скорее прооперировать. Но как убивают, Элиза понятия не имела. На сцене она проделывала это много раз — например, когда играла графиню де Теруар в «Жертве термидора». Там всё было просто: подняла руку с пистолетом, за кулисами рабочий ударил по медному листу, и жестокий комиссар Конвента с воплем падает. Однако в жизни всё наверняка труднеи.

И стало Элизе ясно, что без консультанта или секунданта, одним словом, помощника не обойтись.

Начала перебирать возможные кандидатуры.

Эраст отпал сразу. В ее пьесе ему отводилась совсем иная роль: устыженного, восхищенного и прощенного.

Газонов? Слишком приметен своей азиатской внешностью. И потом, он тоже теперь знаменитость. Делить славу на двух актеров не хотелось.

Вася? Это он в японской пьесе великий фехтовальщик, а в жизни рохля. Наверняка и оружия никогда в руках не держал. Здесь бы какого-нибудь военного...

А Жорж? Во-первых, бывший офицер. Во-вторых, преданно и нетребовательно влюблён. В-третьих, настоящий рыцарь, человек чести. В-четвертых, герой — довольно вспомнить, как он схватил змею, бр-р-р. Неболтлив. И, что важно, привычен оставаться в тени.

Назавтра она уединилась с Девяткиным в пустой ложе и, взяв с него клятву молчания и повиновения, всё рассказала. Он слушал с пылающим взором, иногда даже скрежетал зубами на злодея, доставившего ей столько горя и безнаказанно погубившего пятерых ни в чем не повинных людей. Никаких сомнений рассказ Элизы у Девяткина не вызвал, за это она была ему особенно благодарна.

— Так вот в чем дело... — прошептал ассистент, ударив себя кулаком в лоб. — Ах, как оно всё... Рок, фатум! Теперь понятно. А мы-то.

— Кто «мы-то»? — насторожилась Элиза. — Про кого это вы?

— Не имеет касательства. Связан словом чести, обязан молчать. — Жорж приложил ладонь к устам. — А вам бесконечно благодарен за доверие. Более можете мне ничего не говорить. Известен ли вам адрес, по которому я могу найти изверга? Не беспокойтесь, я обойдусь без полиции. Заставлю его стреляться с двух шагов, по жребию, без шансов. А откажется — убью на месте!

Этого-то Элиза и опасалась.

— Я должна уничтожить его сама. Своими руками. Не хватало еще, чтоб вы отправились из-за меня на каторгу!

Он сверкнул глазами.

— Сударыня, ради вас я не то что на каторгу — ради вас я... я... готов спасти от гибели весь про́клятый мир! И простер руку над залом, такой смешной, трогательный. Ах, если б у вас открылись глаза, если б вы увидели, каков я на самом деле! Если б вы могли меня полюбить — это всё бы изменило!

— Никогда еще за пределами сцены мне не признавались в любви столь... величественно, — не сразу нашла

Элиза правильное слово. — Вы мой рыцарь, а я ваша дама. Это красивые отношения. Давайте не будем выходить за их пределы. А заступаться за меня не нужно. Я сейчас нуждаюсь не в защитнике, а в помощнике. Помните: вы дали клятву повиноваться. Ведь вы человек слова?

Он угас. Плечи поникли, голова опустилась.

— Не тревожьтесь. Девяткин слово держит. И к роли помощника ему не привыкать. Един в девяти лицах, как шутит Ной Носвич...

Успокоившись, она объяснила, что помощь его будет негласной. Иначе это получится уже не преступление в состоянии аффекта, под воздействием секундного порыва, а предумышленное убийство со сговором — совсем иной коленкор.

— Приказывайте, повелительница. Я всё исполню, — все еще с горечью, но уже спокойнее молвил Жорж.

— Добудьте мне пистолет и научите из него стрелять.

— У меня есть револьвер, «наган». Немного тяжеловат для вашей ручки, но вы ведь будете стрелять в упор?

— О да!

Разговор состоялся шестого ноября. Три дня подряд после репетиции они спускались в подвал, где в просторных каменных складах хранились декорации каких-то давно забытых спектаклей, и Элиза училась стрелять, не зажмуриваясь. Выстрелы звучали оглушительно, грохот будто лопался, не находя выхода под тяжелыми сводами. Наверху — проверили — пальбы было не слышно.

В первый день ничего путного не получилось. Во второй Элиза, по крайней мере, не роняла после выстрела оружие. Опустошила весь барабан, но не попала в манекен ни единого раза. Наконец, на третий день, держа тяжелый револьвер обеими руками и стреляя с совсем близкого расстояния, она продырявила болвана пятью пулями из семи. Девяткин сказал, что получилось неплохо.

Больше практиковаться времени не осталось. Назавтра, в четверг, после спектакля, должно было свершиться возмездие.

Элиза не сомневалась, что Чингиз-хан явится в театр. Он и прежде не пропускал ни одного представления, а уж теперь, над свежей могилой несостоявшегося жениха, непременно захочет себя продемонстрировать. Вчера и третьего дня она видела, что он провожает ее через площадь, от театра до гостиницы, затаившись в свите поклонников. После того как газеты — не впрямую, но вполне прозрачными намеками — сообщили, что самоубийство «молодого миллионера» связано с «непреклонностью» некоей «слишком известной актрисы», любопытствующие стерегли Элизу у служебного выхода и шли за ней по пятам, но, слава Богу, не лезли, а почтительно глазели издали.

Играла в этот вечер она феерически, будто какая-то магическая сила носила ее по сцене, и временами казалось — еще чуть-чуть и взлетишь, взмахнув рукавами кимоно, словно крыльями. Никогда еще публика так жадно не пожирала ее глазами. Элиза чувствовала это алчное внимание, упивалась им, пьянела от него. За кулисами Лисицкая, которой тоже досталась весьма эффектная роль, прошипела: «Это воровство! Перестаньте красть мои выходы! Вам своих мало?»

Чингиз-хан был в амфитеатре. Сначала Элиза его не видела, но в третьем действии, во время любовной сцены, над головами сидящих вдруг поднялся знакомый силуэт. Убийца, которому сегодня суждено было стать убитым, встал и оперся о колонну, сложив на груди руки. Если он рассчитывал сбить актрису, то просчитался — Элиза обняла Масу с еще большей страстью.

После спектакля, как обычно, выпили по бокалу шампанского. Штерн был очень доволен, сказал, что изложит свои впечатления об игре каждого в «Скрижалях».

В самом конце короткого собрания вдруг появился Фандорин. Поздравил труппу с удачно сыгранным спектаклем — вероятно, из вежливости, потому что в зале Элиза его не видела. Она посмотрела на него только один раз, коротко, и отвернулась. Он на нее и вовсе не глядел. «Погодите же, Эраст Петрович, раскаетесь, — со сладким злорадством подумала она. — Очень скоро».

Потом Девяткин сделал объявление: «Господа, завтра, как обычно, репетируем в одиннадцать. Но учтите: отныне к опоздавшим будут неукоснительно применяться меры, безо всякого снисхождения. Штраф в один рубль за каждую минуту опоздания!» Все на это поворчали, повозмущались и стали расходиться.

— Хан здесь, — шепнула Элиза своему секунданту. Ее била дрожь. — Будьте наготове, ждите. Сегодня всё решится!

— Места себе не нахожу, — сказал Девяткин, когда они остались вдвоем. — А если вы замешкаетесь и он выстрелит раньше? Опомнитесь! Женское ли это дело?

— Ни за что. Жребий брошен.

Она храбро улыбнулась, вскинула подбородок. От резкого движения закружилась голова, и Элиза испугалась, что упадет в обморок. Но ничего, обошлось. Только колени дрожали все сильней.

Тогда Жорж вздохнул и достал из кармана небольшую штуковину черного металла.

— Вы героиня. Кто я такой, чтобы удерживать вас от подвига? Это вам, держите.

Она взяла легкий, почти ей по руке, пистолет.

— Что это? Зачем?

— «Баярд». Благородное оружие с благородным названием. Я потратил на него всё, что оставалось от жалования. А «наган» оставлю себе. Если вы окажетесь в опасности, я буду наготове. Уж этого запретить вы мне не можете!

На глазах у нее выступили слезы.

— Спасибо... Теперь я не буду бояться. Почти... Но как из него стреляют?

— Пойдемте в подвал. Я покажу.

Они спустились, и она отстреляла целую обойму. Это было совсем другое дело! Оружие можно было держать одной рукой, отдача почти не чувствовалась, а пули легли в манекен рядышком.

Доволен остался и Жорж. Он вставил новые пули, щелкнул чем-то, вернул пистолет Элизе.

— Теперь просто с предохранителя — и огонь! Помните: я рядом, я начеку.

По пути к выходу она проинструктировала секунданта еще раз:

— Вы ни в коем случае не оглядываетесь. Ни во что не вмешиваетесь. Только если я позову на помощь, хорошо?

Он кивнул, с каждым мгновением делаясь все мрачнее.

— Не вздумайте вытаскивать свой «наган»! Вы погубите нас обоих!

Снова кивнул.

— Лишь в том случае, если хан приготовится стрелять. Вам всё понятно?

— Понятно-то понятно... — пробурчал Девяткин.

В это время они проходили мимо зала.

— Подождите минуту.

Ее потянуло взглянуть на театральный занавес. Может быть, она его больше никогда не увидит. А если увидит, то нескоро. Ведь на время процесса ее, наверное, посадят в тюрьму?

Уборщики уже заканчивали свою работу: внесли и поставили возле помоста столик Ноя Ноевича — для завтрашней репетиции. Сверху, строго посередине, как любит Штерн, установили лампу, положили чистую бумагу, оточенные карандаши и, с особым почтением, «Скрижали».

Элизе захотелось прочесть, что там написал про ее нынешнюю игру Ной Ноевич.

Приятно: *«Для Э.Л.: Чудесная взвинченность! Рецепт успеха: натягивать струну до предела, но не обрывать!»*

Это на сцене. А в жизни иногда приходится и оборвать.

Перед тем как выйти наружу, Элиза набрала полную грудь воздуха и посмотрела на часики. Ровно полночь. Идеальное время для кровопролития.

Шагнула на тротуар, как Мария Стюарт на эшафот.

Несмотря на позднее время, у подъезда стояла толпа. Раздались хлопки, крики, несколько человек подали букеты, кто-то попросил расписаться на фотокарточке. Полыхнул блиц.

Кивая и улыбаясь, Элиза краем глаза наблюдала за фигурой в длинном черном пальто и лоснящемся цилиндре.

Он здесь, здесь!

Передала цветы Девяткину, который с грехом пополам обхватил их одной левой. Правую руку он держал в кармане.

Шагов через двадцать Элиза вынула из кармашка муфты пудреницу, чтобы подглядеть в зеркальце. Полтора десятка поклонников и поклонниц следовали за ней на почтительном расстоянии, а впереди всех, громко стуча каблуками, шел Чингиз-хан.

На виду у публики исполнить задуманное будет легче. Довольно вообразить, что играешь роль.

Элиза обернулась. Вздрогнула, будто лишь сейчас заметив человека в длинном пальто. Он ухмыльнулся из-под черных усов.

Она вскрикнула. Немного ускорила шаг.

Стук каблуков за спиной тоже убыстрился.

«Не попасть бы в тех, кто идет за ним», подумала Элиза. Мысленно досчитала до пяти. Остановилась.

— Мучитель! Изверг! — пронзительно закричала она. — Нет больше моих сил!

От неожиданности Чингиз-хан шарахнулся в сторону. Теперь можно было смело стрелять, за спиной у него темнела пустая площадь.

— Бог мне судья! — импровизировала Элиза. — Пускай я погибну, но сгинешь и ты!

Элегантно выдернула из муфты пистолет, шагнула вперед. Рука не дрожала, высокий артистический восторг делал каждое движение безупречным.

Хан дернулся, уронил цилиндр.

— Умри, сатана!

Она изо всех сил сжала указательный палец, но выстрела не было. Нажала снова, снова — спусковой крючок не поддавался.

— Предохранитель, предохранитель! — шипел сзади Девяткин.

У Элизы померкло в глазах. Это был провал!

Поклонники закричали, замахали руками. Очнулся и Чингиз-хан. Он не попытался вынуть оружие. Просто поднял воротник, повернулся и рысцой побежал прочь, растаял во мраке.

Снова полыхнула фотовспышка. Камера запечатлела Элизу Альтаирскую-Луантэн в эффектной позе: с протянутой рукой, в которой пистолет.

— Браво! Это из будущей постановки? — шумели почитатели. — Как оригинально! Мы вас обожаем! Я не пропустил ни одного вашего спектакля! Я ваша обожательница! Я репортер «Вечерней газеты», позвольте вопрос!

— В чем дело? — страшным шепотом спросила Элиза секунданта. — Почему он не выстрелил?!

— Но вы не сняли предохранитель...

— Какой еще предохранитель? Что такое этот ваш предохранитель?

Жорж взял ее под руку, повел прочь.

— Ну как же! Ведь мы в подвале стреляли... Вы видели! И я вам напоминал...

— Не помню. Я была взволнована. И потом, когда я стреляла из «нагана», там не было никакого предохранителя.

— Господи, всякий гимназист знает, что на пистолете в отличие от револьвера есть такой рычажок, вот он!

— Я вам не гимназист! — Элиза истерически всхлипывала. — Это вы виноваты! Секундант называется! Не объяснил толком! Господи, да отгоните же их от меня! И сами уходите! Видеть никого не хочу!

Она побежала вперед, захлебываясь плачем. Девяткин послушно отстал.

— Госпожа Альтаирская устала! Прошу явить деликатность, — донесся сзади его голос. — Приходите на спектакль, господа! Позвольте артистам иметь частную жизнь!

Театральный мир полон рассказов и легенд о постыдных, чудовищных провалах. Нет ни одной актрисы, даже среди самых прославленных, кому не снится кошмар, где она забывает роль или совершает жуткую оплошность, а в ответ — зловещее молчание зала, и потом свист, шиканье, грохот кресел. Элиза была уверена, что с ней такого никогда не произойдет. Но главный выход своей жизни она провалила с позором. Бредя вслепую по гостиничному коридору, она думала не о последствиях своего нападения на Чингиз-хана (они безусловно будут), а о своей безнадежной никчемности.

Жизнь — не театр. Никакой рабочий не ударит за сценой по металлу, чтоб прозвучал выстрел, и злодей сам собой не повалится. Спасительный занавес не заслонит от беснующейся публики. Наряд и грим снять нельзя.

«Я бездарна, моя жизнь бездарна, я заслужила свою участь». Нахохленной птицей, не снимая шляпы, Элиза сидела в темной комнате, разбитая и обессилевшая. Не заметила, как уснула.

Привидевшийся ей сон был невыносимо страшен. Будто сидит она в своей гримерной, все стены которой заняты зеркалами, хочет посмотреть на себя — а отражения нет. В какую сторону ни повернешься, в какое зеркало ни посмотришь — пусто. И вроде бы кажется, что сбоку нечто такое чернеет, но поймать невозможно. Сидит она, вертит головой всё быстрей и быстрей, вправо-влево, вправо-влево, да только нет никакой Элизы. «Это я сняла сценический костюм и грим, а без роли меня не существует», догадалась она, и так ей сделалось страшно, что со стоном и слезами проснулась.

Если б за окном светило солнце, возможно, наступило бы облегчение. Но грязный ноябрьский рассвет был еще хуже ночной тьмы, а от неудобной позы затекло всё тело. Элиза чувствовала себя нечистой, нездоровой и *старой*. Со страхом оглядела она комнату. Проступающие сквозь полумрак контуры предметов испугали ее. На стене мерцало большое зеркало, но заглянуть в него Элиза ни за что бы сейчас не решилась. Реальный мир давил на нее со всех сторон, он был угрожающ и непредсказуем, она не понимала развития его фабулы и не смела предположить, какою станет развязка.

Вскочив, она принялась бесцельно метаться по комнатам. Прочь отсюда, прочь! Но куда?

Туда, где всё знакомо и предсказуемо. В театр! Его стены подобны неприступной крепости. В нее нет доступа ни посторонним, ни реальной жизни с ее опасностями. Там она будет в своем царстве, где все знакомо и понятно, ничто не страшно.

После гибели несчастного Лимбаха для Элизы устроили новую уборную, в противоположном конце коридора, очень светлую и нарядную — Ной Ноевич распорядился. Нестерпимо захотелось сию же секунду выбежать из жуткого, насквозь чужого номера, пересечь площадь и оказаться там, среди афиш и фотографий, напоминающих о былых триумфах. О том, что Элиза Луантэн действительно существует.

Лишь привычка к дисциплине во всем, что касается внешности и одежды, помешала ей немедленно сорваться с места. С небывалой поспешностью — за какой-то час — Элиза привела себя в порядок, переоделась, надушилась, уложила волосы в тугую прическу. Это до некоторой степсни ее укрепило. В зеркале она, во всяком случае, отражалась. Ну бледна, глаза запали, но в сочетании с темно-синим бархатом и широкополой шляпой эта болезненность выглядела даже интересной.

Когда она шла по улице, мужчины оглядывались. Элиза понемногу начинала успокаиваться. Попала в гулкое фойе театра — вздохнула с облегчением. До репетиции оставалось больше полутора часов. К одиннадцати она придет в форму. А дальше... Но о том, что будет дальше, она себе думать не позволила.

Ах, как хорошо в театре, когда он пуст! Сумрак не пугает, шорох шагов — и тот отраден.

Еще она очень любила темный, безлюдный зрительный зал. Это обширное пространство без актеров безжизненно; оно покорно и терпеливо ждет, когда Элиза наполнит его своим светом.

Она приоткрыла дверь — и остановилась.

Вдали, под сценой, на режиссерском столике горела лампа. Кто-то стоящий спиной резко обернулся на скрип. Силуэт был высок, широкоплеч.

— Кто это? — с испугом вскричала Элиза.

— Фандорин.

«Вот что за сила потянула меня сюда! — пронзило Элизу. — Это судьба. Это спасение. Или окончательная гибель — теперь все равно».

Она быстро пошла вперед.

— Вы тоже ощутили зов? — с трепетом проговорила она. — Вас привел сюда инстинкт?

— Меня привела сюда химия.

В первый миг Элиза удивилась, потом поняла: это он о внутренней химии, химии сердец!

Только голос у Фандорина звучал не так, как следовало бы. Не взволнованно, а озабоченно. Приблизившись, Элиза увидела, что он держит в руках раскрытый журнал.

— С-смотрите. Этого вчера не было.

Она рассеянно взглянула на страницу с сегодняшним числом. Наверху размашисто написано: *«ДО БЕНЕФИСА ЧЕТЫРЕ ЕДИНИЦЫ. ГОТОВЬТЕСЬ!»*

— Да, не было. Я ушла последней, после полуночи. — Элиза пожала плечами. — Но почему вас заботит эта затянувшаяся глупая шутка?

«Какие глубокие у него глаза, — думала она. — Вот бы он смотрел так на меня всегда».

Фандорин тихо сказал:

— Там, где убивают, не шутят.

ДО БЕНЕФИСА

ДВЕ
ЕДИНИЦЫ

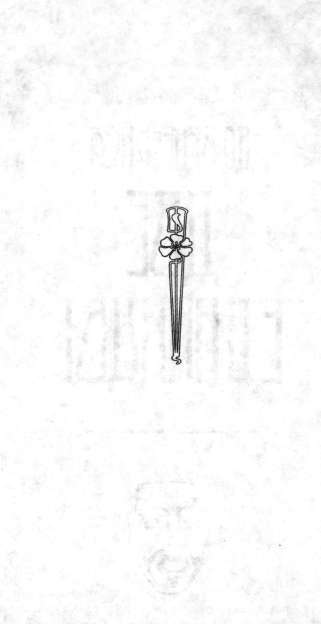

НОВЫЕ И СТАРЫЕ ВЕРСИИ

Эти слова у Эраста Петровича вырвались сами — он еще не пришел в себя, так неожиданно она здесь появилась. Но Элиза, слава Богу, не расслышала.

Переспросила:

— Что?

— Ничего. П-пустое...

И подумал: мне вредно смотреть на нее вблизи. Симптомы болезни усиливаются. Анализ-экстрактор он спрятал за спину, чтоб не вдаваться в объяснения. Хотя каким-то образом оправдать свое присутствие все-таки придется.

Что у нее за взгляд! Посмотри такими глазами любая другая женщина, можно было бы не сомневаться: любит всей душой. Но это актриса...

Единственный раз она проявила неподдельность чувств — когда упала в обморок при известии о гибели жениха. Острая боль пронзила в тот миг сердце Фандорина. Выходит, за миллионера Элиза собиралась не по расчету, а по любви?

Эта мысль терзала его потом весь день, мешала сосредоточиться на деле. В конце концов он совершил недостойный поступок. Поздно вечером позвонил в «Метрополь», предварительно справившись у Штерна, какой номер занимает Элиза, и вонзил шпильку: прочитал язвительную танку. Смысл пятистишья был очевиден: грош цена вашей любви, мадам; быть может, в следующей жизни из вас выйдет больше проку.

Она отвечала ему совершенно неживым голосом. Изображала, будто ей всё нипочем, даже смеялась, но ввести его в заблуждение не смогла. Если уж такая артистка не способна скрыть своего горя, значит, оно велико. Зачем тогда было отвечать Шустрову отказом? Воистину душа актрисы темна, словно сумрачное засценье.

Фандорину стало стыдно, он дал себе слово оставить Элизу в покое. И последующие дни держался поодаль. Лишь вчера вечером вынужденно показался ей на глаза, но близко не подходил.

Вчера не придти в театр было нельзя. Этого требовали интересы расследования.

Смерть Шустрова была, кроме прочего, очень сильным ударом по фандоринскому самолюбию. Версия, на которую он потратил столько времени и сил, лопнула. Мистер Свист мертв; Царь находится по ту сторону Атлантики. Банда московских барышников более не существует и к гибели миллионера иметь отношения не может.

В том, что это никакое не самоубийство, Эраст Петрович почти не сомневался. Не того склада человек Шустров, чтобы из-за несостоявшегося жениховства накладывать на себя руки. Но следовало побывать на месте трагедии и лично все проверить, а потом уж предаваться самобичеванию, приводить в порядок взбудораженные чувства и перепутавшиеся мысли.

— Едем на Пречистенку, — сказал он «мсье Симону», когда дамы захлопотали над упавшей в обморок Элизой. — Я должен это увидеть.

Маса выразительно посмотрел на господина, наткнулся на ничего не выражающий взгляд, вздохнул и отвернулся.

Так и не наладил Эраст Петрович отношений с товарищем после возвращения из Европы. Узнав о предстоящем замужестве Элизы, Фандорин явился домой в Сверчков переулок мрачнее тучи. Говорить ни о чем не хотелось. Да и нечем было хвастать. Ведь взять Царя не удалось. Операция с самого начала шла нескладно, закончилась провалом, а виноват был сам Эраст Петрович. Если б он взял в Сокольники не бестолкового Жоржа, а Масу, исход получился бы совсем иной.

— Отстань, — сказал Фандорин слуге. — Никаких вопросов.

И японец, естественно, оскорбился. Мало того что господин исчез почти на две недели, ничего толком не объяснив, но еще и рассказывать не хочет? Такого за тридцать три года не случалось ни разу.

— Тогда я вам тоже ничего рассказывать не буду! — объявил Маса, явно имея в виду Элизу и свои с ней отношения.

— Да уж, пожалуйста.

Фандорин и не желал ничего слушать про богатую любовную жизнь госпожи Альтаирской-Луантэн. Пускай с кем хочет целуется-милуется, за кого хочет выходит замуж. Ее дело.

В общем, рано понадеялся Эраст Петрович на выздоровление. На него вновь накатила хандра. Исключительно чтобы отвлечься и чем-то занять мысли, на следующий день он съездил в театр и сделал то, что собирался: просмотрел хулиганские записи в «Скрижалях».

Их на тот момент было три.

От 6 сентября: «*ДО БЕНЕФИСА ВОСЕМЬ ЕДИНИЦ, ОДУМАЙТЕСЬ!*»

Потом на второй странице октября, просто: «*ДО БЕНЕФИСА СЕМЬ ЕДИНИЦ*».

И самая свежая, под датой 1 ноября: «*ДО БЕНЕФИСА ПЯТЬ ЕДИНИЦ*».

Буквы крупные. Почерк один и тот же. Написано химическим карандашом.

Очевидная бессмыслица. Кто-то из актеров развлекается — видимо, чтоб подразнить режиссера и послушать, как тот будет орать.

Эраст Петрович еще раз перелистал «священную книгу», чтобы проверить, не пропустил ли он запись про шесть единиц, но ее не было. Тогда рассердился, отложил журнал. Шутка была не только глупая, но и небрежная. Внимания эти письмена не заслуживали.

В следующий раз он появился в театре пятого ноября, в субботу — когда Элиза должна была дать ответ Шустрову. Хоть и боролся с собой, но все-таки пришел. Какой она будет в этот день? Смутится из-за его прихода или нет? Горькое стихотворение про любовь гейши лежало в кармане. Эраст Петрович сочинил танку ночью, терзаясь бессонницей.

Но вручить не успел. События пустились вскачь, когда в зрительный зал ворвался старый знакомый, персонаж из прежней жизни.

315

Сеня сильно изменился, Фандорин даже не сразу его узнал. Превратился в бойкого молодого человека европейской наружности, путающего русские и французские слова, а все же в повадках нет-нет да проскальзывал полууголовный хитровский подросток, с которым Эраст Петрович когда-то пережил одно из самых мрачных приключений своей сыщицкой биографии.

По дороге на Пречистенку, под рев мощного двигателя «бугатти», немного поговорили — верней, покричали.

— Как получилось, что вы занялись кинематографом? И почему стали Симоном? — спросил Фандорин.

— Ой, Эраст Петрович, *сильвупле*, говорите мне «ты», как раньше. Я с вами и с господином Масой все эти годы разговаривал. Когда не знал *кэ фэр*, всегда вас спрашивал. Мысленно. А вы *репондируете*: «Делай, Сеня, так». Или, *висеверса*: «Не делай этого, не будь *кретен*».

Он трещал без умолку. Видно было, что ужасно рад нежданной встрече, даже на время забыл о горестном событии. В этом Сеня совсем не изменился. Он и раньше не умел долго унывать.

— «Симон» я стал, потому что француз не может «Семён» выговорить, язык у него по-другому выворачивается. А *синема* полюбил, потому что ничего лучше на свете нету. Как первый раз увидал «Из пушки на Луну», сразу понял: вот он, мой *шмен дан ля ви*, «жизненный путь» по-русски!

— М-мерси, — поблагодарил Эраст Петрович за перевод.

— *Де рьен.* Пошел я прямо к великому мьсе Мельесу. Говорить по-ихнему еще толком не умел, смех и грех. *Вузэт жени*, говорю. *Жё вё вивр е мурир пур синема.** На бумажке написал, нашими буквами. Наизусть выучил. А больше ни гу-гу.

— А больше ничего и не надо. Всё главное сказано. У тебя с ранних лет были незаурядные п-психологические способности.

— Потом ушел от Мельеса. Старик начал терять *флэр*, отстал от жизни. Сейчас для *синема* главное что? Размах! Вот у Гомона размах. В прошлом году мы с ним в Париже электротеатр загрохали на три тыщи четыреста мест! Но в компаньоны Гомон меня не взял, и я ушел. И потом,

---

* Вы гений... Я хочу жить и умереть для кино! *(фр.)*

тесно во Франции. Все локтями пихаются. Настоящие дела можно делать только у вас в России. Если ты *энержик*.

Держа одну руку на руле, а другой размахивая, он глянул на Фандорина, приподнявшего бровь на «у вас в России». Но Сеня понял удивление неправильно. Принялся объяснять:

— «*Энержик*» — это когда все время *револьвируешь*. Самое главное качество для успеха. Без других качеств можно обойтись, без *энержик* — никак. У вас тут умных много, трудящих много, даже честные попадаются. Но сонные все, квелые. Придумал что-нибудь толковое и сидит себе на заднице, как медведь. Провернул хорошую сделку — и скорей отмечать. А надо быстро, быстро, *санзарет*. Человек-*энержик*, даже если не шибко *антелижан*, башковит, десять раз споткнется, одиннадцать раз вскочит и все равно умного, но квелого перегонит. У вас тут, я смотрю, все разговоры про *революсьон, либерте-эгалите*. А России не *революсьон*, России надо скипидару под хвост, чтоб бегала шустрей.

На последнем слове Сеня-Симон поперхнулся, пригорюнился.

— Шустров Андрюша — вот это был *жени*. Я не в смысле «жених», а в смысле, как это...

— Гений.

— Да, гений. Каких бы мы с ним тут дел наворотили! Если б не баба-змея. Такие, как Андрюха, они только с виду каменные, а сами жутко *пасьоне*, трепетные. Каменное сердце, если раскалится, а на него ледяной водой, оно — хрусть! и трескается.

— Красивая м-метафора, — сказал Эраст Петрович и непроизвольно потер левую половину груди. — Но чтобы про «бабу-змею» я от тебя больше не слышал. Госпожу Луантэн я никому оскорблять не позволю. Это раз. А во-вторых...

Он хотел присовокупить, что Элиза тут скорее всего ни при чем, но запнулся. Теперь, после новой смерти, Фандорин уже ни в чем не был уверен.

Симон понял заминку по-своему. Вновь позабыв о печальном, хитро подмигнул:

— Сразу бы сказали. Вы, я гляжу, все такой же. *Фам-фаталями* увлекаетесь. Только фамилию зачем-то поменяли. Мне Андрюха уши прожужжал: Фандорин, Фандорин, будет нам *фабюль* сочинять, а я и знать не знаю, что это вы. Кстати, звучит неплохо: Фандорин. На «Фантомас» похоже. Вот бы про кого фильму снять! Не читали? Настоящая литература, не Эмил Зола и не Лев Толстой. Сила! В главной роли можно господина Масу попробовать. Это ведь он «японец Газонов»? Я только сегодня понял. Господин Маса и по стенам лазить может, и ногами по морде бить, и всякое-разное. А что косоглазый, неважно. Фантомас всегда в маске. Он *жени* злодейства!

И стал взахлеб рассказывать про какого-то воротилу преступного мира, героя модных романов. Эраст Петрович знавал подобных субъектов и в жизни, поэтому слушал не без интереса, но гоночное авто уже влетало в один из пречистенских переулков. С визгом затормозило подле нарядного особняка, вход в который охранял полицейский.

Приехали.

Следователь был незнакомый, некто капитан Дриссен, из канцелярии обер-полицмейстера. Смерть миллионера — дело серьезное, не корнетишка какой-нибудь. Скромному служаке вроде Субботина не доверили.

Офицер Фандорину не понравился. Таких пронырливых, сладких с вышестоящими и грубых с низшими, в полиции всегда хватало, а в последние годы этот типаж расплодился повсеместно. Про Эраста Петровича капитан, разумеется, слышал, поэтому разговаривал сахарно. Всё показал, все разобъяснил и даже собственные умозаключения доложил, о чем его не просили.

Умозаключения, если коротко, сводились к следующему.

Как установлено опросом свидетелей, покойный был уверен, что этот день станет счастливейшим в его жизни. С утра он собирался ехать с визитом в гостиницу «Лувр» к своей невесте, известной артистке Альтаирской-Луантэн, дабы надеть ей на палец обручальное кольцо.

— Кстати, где оно, господин Симон? — прервал доклад Дриссен, воззрившись на Сеню не сахарно, но грозно. — Вы схватили его и убежали, а с меня спросят.

— Ерунда, — мрачно махнул рукой парижанин. В доме погибшего товарища он весь сжался и только вздыхал. — Если что — возмещу. *Па де проблэм.*

318

Известие о том, что для компаньона деньги не проблэм, офицера порадовало. Он сладко улыбнулся, стал рапортовать дальше.

Картина выходила ясная. Невеста в последний момент передумала, о чем сообщила покойнику по телефону. Шустров обезумел от горя, схватил бритву. Рука у него дрожала, поэтому сначала он нанес себе несколько мелких порезов, потом наконец справился со слабостью и рассек артерию вкупе с трахеей, отчего незамедлительно воспоследовала кончина.

Факты Эраст Петрович выслушал со вниманием, умозаключения — без. Долго сидел на корточках над трупом, разглядывал изуродованное горло в лупу.

В конце концов поднялся, очень озабоченный. Сказал почтительно ожидающему капитану:

— Знаете, есть полицейские, который за определенный г-гонорар передают в бульварную прессу всякие пикантные детальки о происшествиях. Так вот, если в газеты просочится известие, что следствие связывает смерть Шустрова с именем упомянутой вами артистки, я буду считать ответственным лично вас.

— Позвольте... — вспыхнул Дриссен, однако Эраст Петрович блеснул на него своими чрезвычайно выразительными синими глазами, и офицер умолк.

— ...И ежели такой казус произойдет, я приложу всё свое влияние, чтобы дальнейшим местом вашей службы оказалась Чукотка. Я редко обременяю высокое начальство своими просьбами, поэтому отказа в таком п-пустяке мне не будет.

Полицейский кашлянул.

— Однако же, сударь, я не могу нести ответственности за других. Слухи могут проистечь из театра... Дело вызовет у публики огромный интерес. Там ведь у них уже были самоубийства.

— Одно дело — слухи. Другое — официальная версия. Вы меня поняли? Ну то-то.

Унизительное для Фандорина подозрение подтвердилось.

Царь и Мистер Свист к театральным смертям, скорее всего, отношения не имели. Потому что миллионера

Шустрова убить они не могли, а он был именно убит. Судя по почерку, тем же преступником, что умертвил Смарагдова и Лимбаха.

Расследование требовалось начинать заново.

Обыкновенно, если случается череда таинственных злодеяний, проблема состоит в отсутствии сколько-нибудь правдоподобных гипотез. Здесь же все было наоборот. Версий возникало слишком много. Даже если идти от азов дедукции — двух главных побудительных мотивов, по которым один человек умерщвляет другого: «кому выгодно» и «ищите женщину».

Кому могла быть выгодна смерть миллионера?

Ну, например, всему «Ноеву ковчегу» и лично господину Штерну. По завещанию, товариществу актеров достается значительный капитал. Это раз. Настойчивость, с которой предприниматель добивался ухода труппы в кинематограф, всех нервировала и раздражала. Мир театра патологичен, наполнен гипертрофированными страстями. Если в подобной среде сформировался некто с наклонностями убийцы (а это почти несомненный факт), вышеназванных резонов может оказаться вполне достаточно. Здесь нужно учитывать еще и психологию *артистического преступника*. Это особенный тип личности, для которой толчком к злодеянию может стать «красота» замысла — в дополнение к практической выгоде.

Что касается cherchez la femme, то женщину-то как раз искать не придется. Кандидатура очевидна. Однако, если убийства совершались из-за Элизы, возникает целый букет версий.

Шустров сделал предложение той, на которую вожделенно взирает множество глаз, к кому алчно тянется много рук. (Противно, что и сам Эраст Петрович какое-то время теснился в этой толпе.) Среди обожателей госпожи Альтаирской вполне может оказаться некто, из ревности способный на преступление.

Сюда, в отличие от версии cui prodest*, легко плюсуются два предыдущих убийства. Про Лимбаха ходил слух (неважно, правдивый или нет), что он добился у Элизы

_____
* Кому выгодно *(лат.)*.

взаимности. То же самое сплетничали и о Смарагдове. Эраст Петрович сам читал в рецензии на «Бедную Лизу» весьма прозрачный намек на то, что «вызывающая чувственность игры ведущих актеров» проистекает «не из одной только сценической страсти».

К двум основным побуждениям, каким подвержены люди обычные, следовало прибавить мотивации экзотические, возможные только в театре.

Помимо ревности любовной есть еще ревность актерская. Премьерше в труппе всегда люто завидуют. Известны случаи, когда прима-балеринам товарки подсыпали перед спектаклем в туфли толченое стекло. Оперной певице в гоголь-моголь однажды добавили перцу, чтобы сорвать голос. Всякое бывает и в драматическом театре. Но одно дело — подсунуть в корзину с цветами змею, и совсем другое — хладнокровно отравить Смарагдова, разрезать живот Лимбаху, располосовать горло Шустрову.

Насчет последовательности разрезов сахарный капитан Дриссен, конечно, ошибся. Исследование ран показало, что первым был нанесен смертельный удар. Остальные сделаны позднее, когда судороги уже кончились. Это видно и по следам крови на полу, и по самим мелким разрезам: они ровные, аккуратные, будто сделаны по линейке. Зачем убийце понадобилось это художество, вопрос. Но почерк всех преступлений характеризуется некоторой вычурностью, театральностью. Смарагдов отравлен вином из кубка Гертруды; Лимбах оставлен истекать кровью в запертой уборной; мертвому Шустрову изрезали бритвой горло.

Кстати, о театральности. В пьесе, сочиненной Эрастом Петровичем, одному персонажу, купцу, в отместку за коварство отсекают голову. Шустров — предприниматель, в некотором роде тоже купец. Нет ли тут отсылки к спектаклю? Всё возможно. Придется выяснять, не прослеживается ли параллелей между поступками московского миллионера и японского толстосума.

Имелась еще одна версия, вовсе сумасшедшая. Эрасту Петровичу не давали покоя «бенефис» и чертовы единицы, поминаемые в «Скрижалях». Они даже ночью ему приснились: острые, сияющие багрянцем и тающие, тающие. Сначала их было восемь, потом семь, потом пропали сразу две и осталось пять. Между прочим, раны на горле мертвеца были похожи на багровые единицы — одна большая, жирная, и десять потоньше. Всего одиннадцать единиц. 11 — опять-таки две единицы. Бред, шизофрения!

Голова, без того отупевшая от унизительных любовных терзаний, отказывалась выполнять привычную аналитическую работу. Никогда еще Эраст Петрович не находился в столь паршивой интеллектуальной форме. Цветы с гадюками, кубки с отравой, окровавленные бритвы, хрупкие единицы перемешивались в его мозгу, кружась абсурдными хороводами.

Но выработанные годами навыки, воля и привычка к самодисциплине в конце концов возобладали. Первый закон расследования гласит: когда версий слишком много, их число нужно сократить, для начала устранив самые маловероятные. Поэтому прежде всего Эраст Петрович решил избавиться от назойливых единиц.

Для этого понадобится вычислить шутника, делающего в «священной книге» идиотские записи. Взять его за шиворот (если окажется дамой — за локоток) и потребовать объяснений.

Дело было немного хлопотное, но в сущности простое — еще одна причина, по которой Фандорин начал именно с «бенефиса».

Вечером десятого ноября, после спектакля, Эраст Петрович пришел за кулисы выпить с труппой шампанского. Актеры — народ суеверный и к традициям относятся серьезно, поэтому даже совсем непьющие, вроде Региной или Ноя Ноевича, чокнулись с остальными и пригубили вино.

Фандорин запомнил, кто где оставил свой бокал. Когда артистическое фойе опустело, сложил все их в саквояж, пометив каждый, и унес с собой. Буфетчик из театра уже ушел, так что до завтра пропажи никто не заметит. А ночью Эраст Петрович намеревался сюда наведаться еще раз и вернуть бокалы на место.

В последний год, посвященный занятиям химией, Фандорин потратил много времени на исследование групп крови, новое открытие, которое представляло важность не только для медицины, но и для криминалистики.

В будущем оно обещало еще более интересные результаты, однако уже и теперь анализ кровяных следов мог оказать следователю изрядную помощь. В судах пока еще отказывались признавать подобную экспертизу в качестве улики со стороны обвинения, однако уже был случай, когда анализ крови помог оправдать невиновного. В одном из домов терпимости произошло убийство с ограблением. На платье одной из желтобилетных, попавших под подозрение, полиция обнаружила свежие пятна крови и на этом основании сочла проститутку убийцей. Алиби у нее не было, в прошлом девица уже находилась под судом. Присяжные явно склонялись к обвинительному вердикту. Однако исследование пятен продемонстрировало, что это кровь иной группы, чем у жертвы. Проститутка была отпущена, и героем дня стал не ее адвокат, а медицинский эксперт.

Очень заинтересовавшись этим открытием, Эраст Петрович пошел дальше. В частности, установил, что группу крови можно установить по следам слюны. С этой целью и были временно похищены бокалы из театрального буфета.

Глубокой ночью в своей домашней лаборатории Фандорин взял пробы и осуществил анализ. Бокалов всего было десять — Масу и Элизу из числа подозреваемых в хулиганстве он исключил. Штерна, поколебавшись, оставил. Кто его знает, не сам ли режиссер дурочку ломает — ради «теории надрыва» или чего-то подобного.

Как и следовало по науке, образцы разделились на четыре части: у трех членов труппы была первая группа, у двух — вторая, еще у троих — третья и у двоих четвертая. Кроме того, частицы жидкости во всех случаях обладали дополнительными индивидуальными особенностями. Микроскопические добавки никотина, помады, лекарств, присутствующие в слюне, позволяли надеяться, что идентификация окажется легче, чем рассчитывал Фандорин.

Теперь нужно было вернуться в театр и проделать еще одну процедуру.

Снаружи уже рассвело. Бреясь и переодеваясь, Фандорин прислушивался, спит ли Маса. Впервые за долгое время у Эраста Петровича появилась возможность хоть чем-то похвастать перед японцем. Конечно, не Бог весть какой прорыв, но все же есть что рассказать.

Однако Маса ровно сопел в своей комнате — как показалось Фандорину, обиженно. Оно и к лучшему. Сегодня же автор каракулей определится. Тогда можно будет рассказать Масе всю историю, помириться с ним и подключить его к расследованию. Убийца на свободе, он опасен. Не до ерунды.

Следующим этапом станет забор проб из «Скрижалей». Все записи про бенефис сделаны химическим карандашом, который перед употреблением слюнят. Анализ-экстрактором собственного изобретения Эраст Петрович намеревался соскрести частицы бумаги с впитавшейся в нее слюной. К сожалению, минувшей ночью сделать этого он не смог — «Скрижали» забрал уборщик, чтобы отнести в зал, а ждать, когда прислуга уйдет, Фандорин не захотел. Все равно ведь придется везти бокалы назад.

В театр он вошел через служебный подъезд, открыв дверь отмычкой. По заведенному Штерном правилу, в день репетиций никто из обслуживающего персонала не смел появляться в здании до обеденного перерыва, чтобы не мешать священнодействию. Только привратник сидел в своей будке, отделенный от зала целым этажом. Поэтому не приходилось опасаться, что Эраста Петровича в этот ранний час кто-то увидит.

Без каких-либо осложнений он сначала отнес на место бокалы, затем проник в зал. Журнал лежал там, где ему полагалось: на режиссерском столике.

Фандорин включил лампу, приготовил экстрактор, открыл книгу. Застыл.

На пустой странице, прямо под сегодняшней датой, химической синевой переливалась запись: «*ДО БЕНЕФИСА ЧЕТЫРЕ ЕДИНИЦЫ. ГОТОВЬТЕСЬ!*»

В четвертый раз! И единиц теперь тоже четыре...

Пораженный, он поднес книгу к самым глазам. Сказал себе: «Очень хорошо. Следы свежие. Нынче же мы узнаем, кто этот шутник». Хотя то, что это шутка, уже не верил.

Сзади скрипнула дверь.

Фандорин обернулся — Элиза.

ФАНДОРИНУ МЕШАЮТ ДЕДУКТИРОВАТЬ

При ней брать пробу было невозможно. Эраст Петрович спрятал экстрактор. До репетиции времени оставалось еще много, актеры начнут собираться не раньше чем через час. Если Элиза оставит его одного хотя бы на пять минут, этого хватит.

— Вы не подниметесь к себе в уборную? — спросил он после томительной паузы.

— Да, мне нужно снять пальто и шляпу, переобуться. Вы меня проводите? Пойдемте через фойе. За кулисами пыльно.

Отказываться несучтиво, подумал он, отлично понимая, что сам себя обманывает. Быть с ней рядом, идти вдвоем по пустым полутемным коридорам — это ли не счастье?

Чувствуя себя жалким и безвольным, Фандорин молча следовал за Элизой. Внезапно она взяла его под руку, что было странно — находясь в закрытом помещении, дамы обычно этого не делают.

— Господи, идти так бы... — прошептала она о чем-то своем.

— Что?

— Ничего, ничего...

Отпустила.

У дверей гримерной, извинившись, она попросила подождать, пока наденет таби — японские носки — для сандалий.

Минут через пять позвала:

— Можно войти.

Элиза сидела перед трюмо, но смотрела на Фандорина, а он видел ее сразу во всех ракурсах: затылок, лицо, оба профиля. Подсвеченные лампами волосы переливались, будто золотой шлем.

— Прошу вас, побудьте со мной. Просто побудьте. Мне очень плохо...

Он опустил голову, чтобы не глядеть ей в глаза. Боялся себя выдать, боялся, что бросится к ней и начнет лепетать жалкую чушь о любви.

Эраст Петрович стиснул зубы, заставил себя думать о деле. Экстракцию слюны из «Скрижалей», очевидно, придется отложить до вечера, но тут и без анализа было над чем поразмышлять.

Итак, в журнале появилась четвертая запись. Хронология и арифметика такова: 6 сентября до некоего бенефиса остается восемь единиц и кого-то призывают «одуматься»; 2 октября единиц остается семь; 1 ноября почему-то всего пять; наконец, сегодня, одиннадцатого ноября, единиц уже только четыре и неведомый автор велит «готовиться». В этой чехарде цифр, на первый взгляд произвольной, Фандорин чувствовал систему. А коли так...

— Я искренне соболезную вашему г-горю, — сказал он вслух, потому что Элиза явно ждала от него каких-то слов. — Потерять жениха это ужасно.

— Ужасно потерять себя! Ужасно каждую минуту пребывать в отчаянии и страхе!

Она плачет? Почему она зажала рот ладонью?

Эраст Петрович порывисто двинулся к ней. Остановился. Снова шагнул вперед. Элиза, обернувшись, обхватила его за талию, прижалась лицом, зарыдала.

«Это нервное. Очень понятно. Объятие означает лишь, что она нуждается в опоре, в утешении». Осторожно, очень осторожно он положил ей на плечо руку. Другой погладил по волосам.

Плакала Элиза долго, и все это время мысли Эраста Петровича отказывались возвращаться к загадке единиц.

Но когда актриса подняла свое мокрое лицо и взглянула на Фандорина, ему невыносимо захотелось наклониться и осушить губами каждую слезинку. Он отступил назад. Как за спасительную соломинку, схватился за дедукцию.

«Изменяющийся остаток единиц означает, что первоначально их было определенное число. В результате вычитания, каким-то образом связанного с течением времени, это число уменьшается. Первый вопрос: что это за число? Сколько единиц было вначале?»

— Я больше не могу, — шептала Элиза. — Я должна вам рассказать... Нет, нет!

Она быстро отвернулась, увидела себя в зеркале, ахнула.

— На кого я похожа! До репетиции пятьдесят минут! Вы не должны меня видеть такой! Пожалуйста, подождите снаружи. Я приведу себя в порядок и выйду к вам!

Однако рыдания не прекратились. Стоя в коридоре, Фандорин слышал, как она всхлипывает, что-то бормочет.

Наконец Элиза вышла, напудренная, заново причесанная.

— У меня нервный срыв, — сказала она, пытаясь улыбаться. — Кажется, сегодня на репетиции я буду великолепна. Если только не впаду в истерику. Позвольте мне опереться на вашу руку, это придаст мне сил.

Их плечи соприкасались, он чувствовал, что она вся трепещет, и испугался, не передастся ли дрожь ему.

«Икс минус игрек равняется восемь. Икс минус игрек плюс один равняется семь. Икс минус игрек плюс три равняется пять. Икс минус игрек плюс четыре равняется четыре...» В гимназии Фандорин не блистал успехами по алгебре и помнил ее смутно, а в программу плодотворного старения включать эту вроде бы бесполезную дисциплину не стал. И напрасно. Возможно, математик решил бы это бредовое уравнение. Хотя уравнение с двумя неизвестными, кажется, решения не имеет? Или имеет? Он не помнил. Если б не близость горячего плеча Элизы, если б не аромат ее волос, мысль не дергалась бы и не перескакивала с одного на другое...

Они хотели войти в зал через боковую дверь, однако она почему-то оказалась заперта. Пришлось идти к центральной.

— ...Я не могу больше видеть в журнале эту чушь про единицы! — кричал Ной Ноевич, размахивая руками. — Тот, кто делает это, хочет меня извести! Тычет в меня своими единицами, как иголками! Режет меня ими, как бритвами!

Вчерашнее предупреждение ассистента о штрафе за опоздание подействовало. Хоть до одиннадцати оставалось минут двадцать, уже собралась почти вся труппа. Актеры сидели в первом ряду, лениво слушая вопли режиссера.

— Устроимся пока сзади, — попросила Элиза. — Мне нужно взять себя в руки... Что-то никак не получается... Сейчас я рассыплюсь на осколки. Как разбитое зеркало.

«Режет единицами, как бритвами?» Фандорин встрепенулся. Сколько разрезов было на шее у миллионера?

— Всё, больше не могу. Будь что будет, — срывающимся голосом говорила Элиза, но Эраст Петрович на нее больше не смотрел, не слушал. В голове у него щелкали цифры.

— Всех убивает Чингиз-хан! Мой бывший муж! Он сошел с ума от ревности! Убил двух моих поклонников в Петербурге! И троих в Москве! Это не человек, а сатана! Он и меня убьет! — давясь слезами, лепетала актриса.

— Чингиз-хан жил в двенадцатом веке, — рассеянно сказал Фандорин. — Двенадцать это не то. Правильное число «одиннадцать»! Одиннадцать единиц! Итак. Восемь это одиннадцать минус три. Семь это одиннадцать минус четыре. Пять это одиннадцать минус шесть. Почему вдруг такой скачок? Черт побери! *Потому что первое ноября!* А одиннадцатого ноября, сегодня, остается только четыре единицы. Но что такое эти четыре единицы?

Она глядела на него с испугом.

— Вы нездоровы?

— Что?

— Вы... не слушали меня?

Эраст Петрович с трудом отключился от арифметики.

— Что вы. Конечно, слушаю. Всех убивает ваш бывший муж Чингиз-хан... Это п-психоз. Вы слишком многое перенесли. Нужно успокоиться.

Страх в ее взгляде усилился.

— Да-да, психоз! Не придавайте значения! Я не в себе. Пообещайте мне ничего не предпринимать! — Она молитвенно сложила руки. — Забудьте! Умоляю!

В зал вплыла раскрасневшаяся Василиса Прокофьевна.

— Уф, чуть не опоздала!

Взглянула на плачущую Элизу, заинтересовалась.

— Что репетируете, Элизочка? А, я догадалась. «Король Лир», пятый акт. Корделия: «Лишь одного тебя мне жаль, отец мой бедный! А я сама невзгоды презираю!» Неужели мы будем играть Шекспира?

«Мы действительно похожи на отца и дочь, — с неудовольствием подумал Фандорин. — Она молодая женщина, а у меня волосы седые». Элиза же, вспыхнув, отодвинулась.

— Я последняя? — Регинина присмотрелась. — Нет, цербера Жоржа еще нет, слава тебе, Господи.

Действительно, собрались все кроме ассистента. На самом краю первого ряда Фандорин разглядел круглую голову Масы. Японец о чем-то шептался с Симочкой Клубникиной, но в то же время косился на своего господина.

«Четыре единицы — это время! Час и минуты! Однако куда пристроить выбивающуюся из ряда цифру?»

Ухо ему щекотнуло дыхание Элизы:

— Вы обещаете забыть то, что я сказала?

А на сцену поднялся Штерн, оглядел зал.

— Гейша Идзуми! Хватит отвлекать уважаемого автора! Пожалуйте к нам! Мы начинаем! Черт подери, где Жорж? Хорош радетель дисциплины! Без одной минуты одиннадцать, а его нет? Кто-нибудь видел Девяткина? Где Девяткин?

Фандорина качнуло в кресле.

«Ну конечно! Девятка!»

— Где Девяткин?! — воскликнул он вслед за Штерном и поднялся.

— Здесь я, здесь!

В центральном проходе появился ассистент. Сегодня он был не похож на себя: во фраке, с накрахмаленной грудью и с белой хризантемой в петлице. Повернувшись, Жорж зачем-то запер дверь на ключ. Увидел Фандорина с Элизой — и вроде как обрадовался.

— Эраст Петрович? Не ожидал. Но это еще лучше. Без драматурга картина мира была бы неполной.

— Девяткин, мне нужно с вами поговорить. — Фандорин пристально смотрел на ассистента. — Ответьте на мои вопросы.

— Разговаривать с вами мне некогда.— Чудодейственно переменившийся помощник режиссера спокойно и уверенно улыбался. — А вопросы сейчас отпадут сами собой. Я всё объясню. Пожалуйте за мной, к сцене.

— Зачем вы заперли дверь? — спросила Элиза. — Это что, новое правило?

Но Жорж не ответил, порхающим шагом он шел между рядов к сцене. Легко взбежал по лесенке на ханамити. Левой рукой достал из кармашка часы и показал присутствующим.

— Дамы и господа, поздравляю вас! — торжественно объявил он. — Бенефис скоро начнется. До него остается всего две единицы!

БЕНЕФИС

ОДИННАДЦАТЬ ЕДИНИЦ И ОДНА ДЕВЯТКА

Принаряженный Жорж, почему-то позволивший себе обращаться к труппе без разрешения Ноя Ноевича, нес со сцены околесицу:

— Сейчас ровно 11 часов 11 числа 11 месяца 1911 года! Это девять единиц. Через 11 минут число единиц достигнет одиннадцати, и мгновение сделается совершенным! Тогда я его остановлю! Настанет мой бенефис, дамы и господа!

Не сказать чтоб Элиза вслушивалась в эту галиматью, ее занимали собственные переживания. Она проклинала себя за то, что расклеилась и наговорила лишнего. Слава Богу, Эраст не воспринял ее истерическое бормотание всерьез. Он и сам сегодня был странный. День что ли такой, все не в себе?

Онемевший от нахальства помощника Штерн, услышав про бенефис, так и взвился.

— А-а, так это вы?! — возопил он страшным голосом и тоже взлетел на помост. — Это вы исписали чушью священную книгу! Да я вас...

Ловко и звонко ассистент влепил кумиру и учителю оплеуху. Она прозвенела громче выстрела. Все обмерли, а Ной Ноевич с вытаращенными глазами схватился за щеку и сжался.

— Сядьте на место, — велел ему Жорж. — Вы больше не режиссер. Режиссер теперь я!

Бедняга тронулся рассудком. Это было ясно!

Широкими шагами он вышел на середину сцены, где была установлена декорация, и поднялся в комнату гейши. Остановился у низкого столика, сел на пол, откинул крышку бутафорской шкатулки — той самой, куда сходились провода, зажигающие в финале полет двух комет.

Первое оцепенение прошло.

— Э, брат, да ты того... — Ловчилин поднялся, крутя пальцем у виска. — Тебе успокоиться надо.

Встал Разумовский.

— Жорж, душа моя, что ты на сцену влез? Иди сюда, потолкуем.

— Дзевяткин-сан, сэнсэя нерьзя бичь! — сердито говорил Газонов, поднимаясь на ханамити. — Хузе ничего нету!

А Штерн, всё держась за щеку, взвизгнул:

— С ним не толковать, его вязать нужно! И в Канатчикову дачу!

Вдруг все снова умолкли. В руке у Девяткина появился пистолет — памятный Элизе «баярд», свидетель ее постыдного провала.

— Сесть! Всем сесть в первый ряд! — приказал ассистент. — Молчать. Слушать. Времени в обрез!

Заверещала Сима. Василиса Прокофьевна охнула:

— Матушки мои! Убьет, скаженный! Сядьте, не дразните его!

Костя, Лев Спиридонович, Штерн отступили. Опустились в кресла, причем Разумовский с перепугу уселся на колени к бывшей супруге, а та и не пикнула, хотя в обычное время подобная вольность резонеру дорого бы обошлась.

Не испугался один японец.

— Дай писторет, дуратёк, — ласково сказал он, продолжая идти вперед. — По-хоросему.

Акустика в зале была чудесная. Выстрел грянул так громко, что у Элизы заложило уши. В подвале, когда она тренировалась в стрельбе, «баярд» палил тише. Маса как раз ступил с ханамити на сцену. Взмахнув руками, он полетел вниз, под кресла первого ряда. Он был ранен в голову. Из разорванного уха лилась кровь, по виску пролегла красная полоса. Отчаянно завизжала Клубникина, забрызганная каплями.

Что тут началось! С криками актеры бросились врассыпную. Лишь оглушенный Газонов остался на полу, да Фандорин не тронулся с места.

Элиза схватила его за руку.

— Он сошел с ума! Он всех перестреляет! Бежим!

— Некуда, — сказал Эраст Петрович, неотрывно глядя на сцену. — И поздно.

Все три двери зала оказались заперты, а бежать за кулисы никто бы не посмел — на сцене, скрестив ноги, сидел сумасшедший, помахивая пистолетом. Вот он вскинул руку, прицелился вверх, снова выстрелил. С люстры посыпалась хрустальная крошка.

— Все на место! — крикнул Девяткин. — Две минуты потеряно впустую. Или вы хотите умереть, как глупые животные, так ничего и не поняв? Я стреляю без промаха. Если через пять секунд кто-то не сядет в первый ряд, убью.

С точно такой же прытью все бросились обратно. Тяжело дыша сели. Элиза ни на шаг не отстала от Эраста Петровича. Тот поднял Масу, усадил рядом с собой, протер платком кровоточащую рану.

— *Нан дзя?* — процедил Газонов.

— Контузия. Забыл японское слово.

Японец мотнул головой.

— Я не пуро царапину! Это сьто? Это?! — он ткнул пальцем в Девяткина.

Ответил Фандорин непонятно:

— Одиннадцать единиц и одна девятка. Я очень виноват. Поздно с-сообразил. И оружия с собой нет...

Снова ударил выстрел. Из спинки пустого кресла рядом с Эрастом Петровичем полетели щепки.

— Тишина в зале! Нынче я режиссер! И это мой бенефис! Штраф за болтовню — пуля. Остается восемь минут!

Левую руку Девяткин держал на шкатулке — там, где находились кнопки, включающие электричество.

— Если вы сделаете какое-нибудь быстрое движение, я нажму. — Ассистент обращался к Фандорину. — Глаз с вас не спущу. Знаю, какой вы прыткий.

— Там не только пульт освещения, верно? — Эраст Петрович сделал паузу и скрипнул зубами (Элиза отчетливо это слышала). — Зал з-заминирован? Вы ведь сапер... А я — чертов идиот...

Последние слова были произнесены совсем тихо.

— В к-каком смысле «з-заминирован»? — просипел Ной Ноевич. У него прерывался голос. — Б-бомбами?!

— Ну вот, Эраст Петрович, испортили весь эффект! — словно бы обиделся Девяткин. — Про это я хотел в самом

335

конце сказать. Ювелирная электро-инженерная работа! Заряды рассчитаны так, чтоб взрывная волна уничтожила все внутри зала, не повредив здания. Это называется «имплозия». То, что за пределами нашего с вами мира, меня не интересует. Пускай остается. Тихо, господа артисты! — прикрикнул он на зашумевшую аудиторию. — Что вы раскудахтались? Почему вы, учитель, хватаетесь за сердце? Вы сами говорили: весь мир — театр, а театр — весь мир. «Ноев ковчег» — лучшая на свете труппа. Мы все, чистые и нечистые, идеальная модель человечества! Сколько раз вы повторяли нам это, учитель?

Штерн жалобно вскричал:

— Это так. Но взрывать-то нас зачем?

— Есть два высших акта творчества: создание и уничтожение. Стало быть, должны быть два типа творцов: художники Добра и художники Зла, они же художники Жизни и художники Смерти. Еще вопрос, чье искусство выше! Я верно служил вам, я учился у вас, я ждал, что вы оцените мою безграничную преданность, мое усердие! Я был готов довольствоваться ролью художника Жизни, театрального режиссера. Но вы глумились надо мной! Вы отдали мою роль ничтожному Смарагдову. Вы говорили, что я прислуга за все, что мой номер девять. И я изобрел свой собственный спектакль! Мой великолепный бенефис! Вас тут одиннадцать полноправных артистов, все претендуют на хорошие роли, все желают быть номером первым. Вы — единицы, а я всего лишь девятка. Оцените же красоту моей пьесы: я отыскал точку, в которой одиннадцать единиц сойдутся с одной девяткой. Ровно в 11 часов 11 минут 11 числа 11 месяца 1911 года, — Девяткин расхохотался, — наш театр улетит в небеса. Когда на счетчике электрических часов появятся цифры 11:11, грянут гром и молния. А если вы вздумаете буянить, я нажму кнопку детонации сам — вот я держу на ней палец. Крыша и стены этого ковчега станут нашим саркофагом! Признайтесь, учитель, что такого прекрасного спектакля не бывало со времен Герострата! Признайтесь — и признайте, что ученик превзошел учителя.

— Я призна́ю все, что угодно, только не нажимайте! Выключите часы! — взмолился Ной Ноевич, не сводя глаз с левой руки безумца — она не отрывалась от шкатулки. — Ваша выдумка с цифрами бесподобна, феноменальна, гениальна, мы все оценили ее красоту, мы все в восторге, но...

— Заткнитесь! — Ассистент качнул в сторону режиссера пистолетом, и Штерн проглотил язык. — В мире нет ничего кроме искусства. Оно единственное, ради чего стоит жить и умирать. Вы тысячу раз это говорили. Мы все люди искусства, мой бенефис — наивысший акт искусства. Так радуйтесь вместе со мной!

Вдруг с места вскочила маленькая травести.

— А любовь? — крикнула она пронзительно. — Как же любовь? Весь мир — не театр, весь мир — любовь! Господи, я так тебя люблю, а ты не понимаешь! У тебя воспаление мозга, ты болен! Жорж, я все для тебя сделаю, мне никто кроме тебя не нужен! Не губи этих людей, что они тебе? Они не ценят твоей души, так черт с ними! Я буду боготворить тебя за всех! Уйдем, уедем!

Она простерла к нему руки. Элиза, несмотря на оторопь и ужас, была тронута, хотя монолог, пожалуй, был исполнен с «пережимом». Элиза проговорила бы эти слова иначе — без крика, на полутонах.

— Ах да, любовь! — Девяткин покосился вниз — на электрический хронометр, вмонтированный в шкатулку. — Совсем про нее забыл. Я ль не сражался за свою любовь? Я ль не повергал ниц дерзцев, встававших меж мною и Прекрасной Дамой? Но она отвергла меня. Она не пожелала соединиться со мной на ложе Жизни. Так мы соединимся на ложе Смерти! Сегодня у меня не только бенефис, но и бракосочетание! Сядь, недоженщина! — крикнул он Дуровой. — Ты оскорбляешь своим видом последние минуты бытия. А ты, холодная богиня, иди сюда! Быстрей, быстрей! Осталось четыре минуты!

Глядя в дуло уставленного на нее «баярда», Элиза поднялась. Беспомощно оглянулась на Фандорина.

— Скорей, — шепнул тот. — Иначе п-психопат выстрелит.

Она не помнила, как поднялась на сцену, как села рядом с Девяткиным. Внизу, прямо перед глазами, на счетчике светились цифры. 11:08 — и быстро сменяющиеся секунды.

— В последний миг я возьму вас за руку, — тихо сказал ассистент. От него сильно пахло цветочным одеколоном. — Не бойтесь. Настоящие кометы — это мы с вами.

Вот теперь Элизу затрясло по-настоящему.

— П-послушайте, художник Зла, — громко сказал Фандорин, перед этим что-то шепнув японцу. — Ваша арифметика хромает. Красота бенефиса подмочена. Нас тут перед вами не одиннадцать, а двенадцать. Один лишний. Выпустите меня отсюда.

Девяткин нахмурился.

— Я об этом не подумал. Да, вы — двенадцатый. Драматург здесь ни к чему. Я сам автор этой пьесы под названием «Апокалипсис». Уходите. Через кулисы. И расскажите всем про мой бенефис! — Он погрозил пистолетом проворно взбежавшему на сцену Фандорину. — Только без фокусов. Если поторопитесь — успеете.

— Б-благодарю.

И тот, кого Элиза так страстно, так нескладно любила, со всех ног кинулся прочь. Кто бы мог представить, что он поведет себя столь недостойно и жалко! Мир вокруг будто свихнулся. Нелепая и непонятная жизнь точно так же заканчивалась: нелепо и непонятно.

ДВА РАЗА ПО ОДИННАДЦАТЬ

Пошла десятая минута двенадцатого.

Постановщик апокалипсиса сидел с блаженной улыбкой на устах, держа одну руку на кнопке. Вторая сжимала пистолет.

— Как хорошо, какое счастье, — всё повторял сумасшедший. — И вы со мной! Еще немножко, всего полторы минутки...

Они сидели рядом на циновках, по-японски.

Ной Ноевич молча разевал рот. В последние мгновения жизни вечная говорливость его оставила.

«Злодей» со «злодейкой» рыдали, обняв друг друга.

Бедняжка Дурова безвольно съежилась, похожая на брошенную тряпичную куклу.

Разумовский пытался взять Василису Прокофьевну за руку и, кажется, просил прощения, но Регинина отталкивала его — не прощала.

Клубникина пробовала кокетливо улыбаться:

— Жорж, ведь вы пошутили? Никаких бомб нет? Вы хотите нас просто напугать?

Бедная субретка! Женщины этого склада так полны жизни, что просто не способны вообразить собственную смерть.

Приподнялся Ловчилин. Его подвижная физиономия плаксиво сморщилась.

— Жорж, отпусти меня! Я никогда не метил в первачи. Если ты девятка, я максимум шестерка!

— Шалишь, — ответил Девяткин. — Без ловчил мир неполный. Сиди!

Элизу поразило, что за минуту до конца молился один Вася Простаков. Он закрыл глаза, сложил руки и шевелил губами.

— Нехоросё, — сказал вдруг Маса. Он зажимал рану красным от крови платком. — Есри умирачь, надо курасиво. А у вас два нуря.

— Какие два нуля? — нахмурился Девяткин.

— Секунды. Надо сьтоб тозе одзинацачь.

Жорж посмотрел на электрические часы.

— Тогда не получится одиннадцать единиц, — возразил он. — Хотя, конечно, два нуля — это не очень, согласен.

— Будзет тринацачь единиц. Это есё ручше. Самое курасивое чисро. А торинацачь прюс девятка это двацать два. Два радза по одзинацать — в два радза ручше!

— А ведь верно! — Жорж просветлел. — Японцы знают толк в красоте! Одиннадцать секунд ничего не меняют. Сейчас переставлю хронометр!

«Вот и у меня есть время помолиться, — подумала Элиза. — Господи, иже еси на небеси...»

Она возвела очи вверх. Увидеть небо, конечно, не рассчитывала. Наверху чуть покачивалась бархатная падуга, темнели колосники, чернел трап галерки со свисающими тросами. На что еще смотреть актрисе, готовящейся проститься с жизнью?

Боже, что это?

По одному из канатов, с помощью которых на штанкетах крепятся декорации, прямо над головой у Девяткина и Элизы, быстро перебирая руками, скользил Фандорин. За две минуты он успел взбежать на трап, пробраться в самый центр и начать спуск. Но зачем? Он мог бы сейчас находиться в безопасности, а вместо этого погибнет со всеми! За оставшиеся секунды спуститься все равно не успеет. Да если и успел бы — Девяткин просто нажмет на кнопку, он ведь начеку!

Молитва так и осталась непроизнесенной.

Бенефициант снял палец с кнопки и стал подкручивать колесико циферблата, проставляя в секундном окошечке число 11. Сдвинул какой-то рычажок, очевидно, меняя время детонации. В тот же миг Фандорин прыгнул с высоты в несколько саженей и упал прямо на Девяткина. Что-то хрустнуло, Элизу отшвырнуло в сторону, а когда она приподнялась, рядом лежали два неподвижных тела, одно поверх другого. В среднем окошечке выскочили две единицы, но секунды еще помигивали.

11:11:01, 11:11:02, 11:11:03, 11:11:04...

На сцену с гортанным клекотом взлетел Газонов. Его качнуло. Не устоял на ногах, упал.

— Пуровода! — кричал он. — Эриза-сан, пуровода!

— Что? — растерянно переспросила она, зачарованно наблюдая за мельканием цифр.

11:11:05, 11:11:06, 11:11:07...

Ползя по-крабьи, японец перевалился через порог домика гейши, перекатился по соломенным циновкам и со всех сил рванул на себя шкатулку. Лопнули провода, погасло табло, с потолка над залом почему-то посыпались искры.

— Фусё, — сказал Газонов, лег на спину и зажмурил глаза. У него, должно быть, кружилась голова. — Курасивая смерчь подозьдет. Сначара курасивая дзизнь.

«Взрыва не будет. Мы спасены», — подумала Элиза. И разрыдалась. Что толку, если *он, он* разбился?! Лучше бы они погибли вместе, окутанные грохотом и пламенем!

— Эраст Петрович... Он спас всех нас и погиб, погиб... — простонала она.

Маса открыл глаза, сел. Посмотрел на лежащего ничком господина. Обиженно возразил:

— Фусех супас я. Господзин мне помогар. Он сказар торько: «*Маса, дзюитибё!*», «Маса, одзинацачь секунд!» и убезяр. А я ромай горову, сьто он хотер. Горова и так сромана, борит. Думачь црудно. Но я поняр!

— Какая разница, кто всех спас... Он разбился! Он упал с такой высоты!

На коленях она персползла к любимому, припала к его спине, заплакала.

Газонов тронул ее за плечо.

— Пусчиче падзяруста, Эриза-сан.

Мягко отодвинул Элизу. Немного пощупал лежащего, удовлетворенно кивнул. Перевернул Фандорина на спину. Лицо у Эраста Петровича было бледное, неподвижное, невыносимо прекрасное. Элиза укусила себя за кисть, чтоб не завыть от горя.

А японец обошелся с павшим героем непочтительно. Сжал ему пальцем шею, нагнулся и стал дуть в нос.

Длинные ресницы Фандорина затрепетали, распахнулись. Синие глаза воззрились на Масу — сначала равнодушно, потом с изумлением. Эраст Петрович оттолкнул от себя японца.

— Что ты себе п-позволяешь?! — вскричал он и стал озираться.

Произошло чудо!

Он жив, жив!

Газонов сказал что-то, укоризненно качая головой. Лицо Фандорина стало смущенным.

— Маса говорит, что я совсем разучился прыгать с высоты. Давно не т-тренировался. Он прав. Кости целы, но от удара потерял сознание. Стыдно. Ну-ка, а что наш художник Зла?

Вдвоем с Масой они стали мять и щупать Девяткина. Тот вскрикнул. Он тоже был жив.

— Исключительно крепкая к-конституция. Отделался сломанной ключицей, — резюмировал Эраст Петрович и повернулся к залу. — Всё кончено, успокойтесь! Кто хочет, может встать. Кто слишком взволнован, лучше остаться в креслах. Господа актеры, принесите дамам воды! И нашатырю.

Осторожно, еще не до конца поверив в спасение, некоторые встали. Первой вскочила Дурова.

— Не трогайте! Вы делаете ему больно! — крикнула она Масе, который стягивал запястья ассистента ремнем.

— Его в каторгу нужно! Он нас всех чуть не угробил! — Мефистов грозил Девяткину костлявым кулаком. — Я буду свидетельствовать на суде! О, как я буду свидетельствовать!

Ной Ноевич вытирал платком макушку.

— Бросьте, Антон Иванович, о каком суде вы говорите? Это буйнопомешанный.

Руководитель «Ковчега» оживал прямо на глазах. Вот и голос окреп, засверкал взгляд. Поднявшись на сцену, режиссер встал в величественной позе над стонущим Девяткиным.

— С феноменальным провалом вас, мой бездарный ученик. Художнику такого специфического дарования место на уже помянутой мною Канатчиковой даче. Там применяют прогрессивные методы лечения и, кажется, даже есть драматический кружок. Когда подлечитесь, можете его возглавить.

Вдруг Штерн чуть не полетел с ног. Сзади наскочила Дурова, оттолкнула его.

— Вы не смеете над ним издеваться! Это подло! Георгий Иванович нездоров! — Она опустилась на колени, принялась стирать с лица Девяткина пыль и грязь. — Жорж, я все равно люблю вас! Я всегда буду вас любить! Я буду навещать вас в больнице каждый день! А когда вы выздоровеете, я увезу вас. Вся беда в том, что вы вообразили себя титаном. Но титаном быть необязательно! Титаны все время пыжатся и поэтому несчастны. Маленьким человеком быть лучше, поверьте мне. Видите, какая я маленькая? И вы станьте таким же. Мы созданы друг для друга. Вы это поймете. Не сейчас — потом.

Оглушенный, страдающий от боли Девяткин не мог говорить. Только пытался отстраниться от «дуры». Судя по гримасе, быть маленьким человеком он не желал.

— А что, коллеги, — воскликнул Ной Ноевич. — Бенефис-то, между прочим, вышел эффектный! Жалко лишь, публики не было. А станем рассказывать — никто не поверит. Решат, мы сами все разыграли, сами повсюду взрывчатки понасовали, ради рекламы... Кстати, — забеспокоился он и перешел на шепот, — взрывчатка не может взять и от чего-нибудь сдетонировать? Умоляю, тише! Ксантиппа Петровна, не кричите вы так!

ПОСЛЕ БЕНЕФИСА

РЕКОНСТРУКЦИЯ

Любящая женщина говорила человеку, едва не взорвавшему театр, прекрасные слова. Потом приехала медицинская карета, и санитары увели связанного безумца, бережно поддерживая его с обеих сторон. Сердобольная Василиса Прокофьевна, забыв о пережитом ужасе, накинула поникшему ассистенту на плечи пальто, да еще перекрестила болезного.

Люди жалостливы к сумасшедшим, думал Фандорин, и, наверное, это правильно. А между тем тип психического расстройства, именуемый маниакальностью, порождает самых опасных на свете преступников. Им свойственны стальная целеустремленность, абсолютное бесстрашие, виртуозная изобретательность. Наибольшую угрозу несут в себе маньяки с размахом. Те, кто одержим не мелким бесом похоти, а демоном миропреобразования. И если им не удается преобразовать мир в соответствии со своим идеалом, они готовы уничтожить всё живое. По счастью, пока никакому герострату испепелить храм жизни не под силу, руки коротки. Но прогресс создает все более мощные средства разрушения. Грядущая война — к сожалению, видимо, неизбежная — будет невиданно кровопролитной. Она разразится не только на земле и на поверхности моря, но и в воздухе, в глубине вод, повсюду. А век еще только начался, технический прогресс неостановим. Трагикомичный Жорж Девяткин — не просто свихнувшийся от артистического честолюбия горе-режиссер. Это прообраз злодея нового типа. Они не удовольствуются одним театром в качестве модели бытия; они захотят весь мир превратить в гигантскую сцену, ставить на ней пьесы своего сочинения, отвести человечеству роль послушной массовки, а коли спектакль провалится — погибнуть вместе с вселенским Театром. Всё именно этим и закончится.

Безумцы, захваченные величием и красотой своих концепций, взорвут Землю. Надежда лишь на то, что найдутся люди, которые их вовремя остановят. Такие люди необходимы. Без них мир обречен.

Но эти люди не всесильны. Они уязвимы, подвержены слабостям. Например, некто Эраст Петрович Фандорин, столкнувшись с катастрофой не вселенского, а игрушечного масштаба, чуть не дал модели бытия погибнуть. Следует признать, что в этой абсурдной истории он вел себя жалко.

Конечно, есть смягчающие обстоятельства.

Во-первых, он был не в себе. Ослеп, оглох, потерял ясность мысли, утратил самоконтроль. Тут обе стороны — и преступник, и расследователь — были в состоянии помешательства, каждый по-своему.

Во-вторых, трудно не заплутать в лабиринтах неестественного мира, где игра подлинней реальности, отражение интересней сути, артикуляция заменяет чувства, а под гримом не разглядишь лица. Только в театре, среди людей театра могло произойти преступление с подобными мотивами и в подобном антураже.

Офицерик с далекой имперской окраины так и тянул бы армейскую лямку, подобно чеховскому Соленому, разыгрывая демонизм перед гарнизонными барышнями. Но вихрь театра, долетевший до азиатской дыры, подхватил поручика, оторвал от земли, завертел, унес прочь.

Маленький человек возжелал стать большим художником и ради утоления этого ненасытного голода был готов принести в жертву что угодно и кого угодно, включая самое себя.

Его любовь к Элизе была отчаянной попыткой зацепиться за жизнь, уйти от самоистребления, к которому влекла его одержимость искусством. И в любви Девяткин действовал в точности, как поручик Соленый: вел нелепую осаду предмета страсти, люто ревновал и жестоко расправлялся с удачливыми соперниками-тузенбахами.

Что может быть нелепее трюка с гадюкой? Жорж оказался рядом с Элизой и один из всех не растерялся, потому что это он и засунул змею в корзину. В среднеазиатской степи Девяткин, вероятно, научился обращаться с пресмыкающимися — демоническому поручику подобное hobby было бы к лицу. (Не будем забывать, что Девяткин хранил склянку с ядом кобры, которым смазал острие рапиры.) Он знал, что укус сентябрьской гадюки особенной опасности не представляет, и нарочно подставил руку. Рассчитывал вызвать у Прекрасной Дамы горячую благодарность, которая затем перерастет в любовь. Благодарность-то Жорж вызвал, но ему было невдомек, что у женщин благодарность и любовь проходят по разным ведомствам.

Одновременно с этим разочарованием случилось еще одно, артистическое. Девяткин не получил роли Лопахина, на которую так надеялся. Она досталась Ипполиту Смарагдову. Сраженный неблагодарностью Штерна, своего боготворимого учителя, ассистент взбунтовался — как некогда другой помощник, ангел Сатана, восстал на Учителя Предвечного. Со всякой личностью маниакального склада, балансирующей на грани помешательства, может произойти переход в иное качество. Нечто щелкнет в мозгу, возникнет и оформится некая idée fixe, которая ослепит своей мнимой неопровержимостью, завладеет сознанием — и всё, обратной дороги нет.

Для Жоржа подобным озарением стала бредовая идея об одиннадцати единицах и одной девятке. Видимо, она возникла внезапно, в момент тотального отчаяния, и заворожила Девяткина своим блеском. И все же поначалу он был еще готов пощадить мир, не разрушать его. В первой записи сказано: «Одумайтесь!»

Будущий бенефициант давал миру-театру такую возможность. Он убил Смарагдова, который мало того, что «украл» роль, но еще и нагло, вызывающе волочился за Элизой. Расчет Девяткина был очевиден и поначалу вроде бы подтвердился. Режиссер поручил своему помощнику вести роль Лопахина на репетициях, пока Смарагдову не будет найдена достойная замена. Можно не сомневаться: если б Штерн, как собирался, пригласил знаменитость со стороны — Леонидова или еще кого-то, российский театр постигла бы новая утрата. Прямо накануне премьеры с Лопахиным произошло бы несчастье, и пришлось бы выпускать на сцену Девяткина. Но появился Фандорин со своей японской драмой, и план, составленный с инженерной тщательностью, рухнул.

Когда же ассистенту сделалось ясно, что на взаимность Элизы надеяться нечего, он всецело отдался своей апокалипсической идее. В последующих записях, которые появлялись по мере календарного прибавления новой «единицы», никаких «одумайтесь» уже нет. Приговор был вынесен и конфирмован. Мир-театр взлетит на воздух, а Элиза, не ставшая земной невестой, будет Невестой Небесной.

Невеста же до свадьбы должна сохранять непорочность. Поэтому тех, кого «жених» подозревал в посягательстве на ее целомудрие, он истреблял.

Так погиб юный дурачок Лимбах. Пропуск на актерский этаж корнет, конечно, получил от помощника режиссера. Мальчишке наверняка ужасно понравилась идея дожидаться Элизу в ее собственной уборной — чтобы поздравить с премьерой тет-а-тет...

Мизансцена была обставлена искусно. Известно, что маниакальные личности, находящиеся во власти сверхидеи, могут проявлять недюжинную изобретательность. Удар ножом поперек живота должен был напомнить об угрозе гусара совершить харакири. На случай, если номер не пройдет (а к тому времени Девяткин уже знал, что Фандорин занимается расследованием и что человек это опытный), преступник принял меры предосторожности. Во-первых, обзавелся рассекухой — оружием московских бандитов. Во-вторых, написал кровью на двери буквы «Ли». Этот трюк был хитроумен, и он достиг цели. В случае, если следователь или Фандорин не поверят в «харакири», можно будет подсказать иную разгадку оборванного имени — что Девяткин очень ловко и исполнил. Будто бы случайно навел разговор на прошлое Мистера Свиста, а перед тем как прозвучит подлинная фамилия бывшего полицейского — Липков, — маньяк немедленно отступил в тень. Он знал, что наживка будет проглочена.

Эрасту Петровичу было тягостно сознавать, сколько он совершил ошибок. Как долго позволял убийце водить себя за нос!

Досадней всего, что самая первая версия, наиболее очевидная, сразу вывела его на Девяткина. Но тот сумел выкрутиться и даже войти к Фандорину в доверие... Стыдно, как стыдно!

Изначальный просчет заключался в том, что отравление премьера Эраст Петрович счел хладнокровным, тщательно подготовленным убийством, а на самом деле это была акция художника, без колебаний поставившего на кон и свою собственную жизнь. Увы, Фандорин не догадался, что отравитель играл со Смарагдовым на равных, испытывал собственную судьбу. Строго говоря, это было не убийство, а поединок. Только бедный Ипполит об этом не знал — не знал, что, выбирая кубок, решает свою участь. Очень вероятно, что собутыльники чокнулись и оба выпили — «демонической личности» тоже хотелось испытать Рок, увериться в своей избранности.

Точно так же Девяткин решил поступить с вышедшим на след Фандориным — только посредством не вина, а отравленной шпаги. Какой режиссерской находкой Жоржу, должно быть, казались эффектные интермедии со смертельным исходом! Но всегдашняя удачливость не подвела Эраста Петровича. Охотник чуть сам не угодил в собственный капкан, однако сумел из него выкарабкаться — благодаря недюжинной находчивости и лжесвидетельству влюбленной в него Дуровой, которая (он не сомневался) его прикроет.

Этот рискованный эпизод не образумил «художника Зла». Болезненная идея бенефиса засела в его воспаленном мозгу слишком прочно. Легче было отказаться от веры в Рок. «Рок слеп, — помнится, сказал Девяткин. — Зряч только Художник!»

Он безусловно был весьма одаренным артистом. Штерн недооценивал этого «актера на третьи роли». Партию бестолкового, но благородного недотепы Жорж исполнил талантливо.

Операция в Сокольниках представляла для него немалую опасность. Вся тщательно выстроенная ложная версия могла рухнуть, если б Фандорин прижал Царя к стенке и вынудил к откровенному разговору. Вероятно, идя с Эрастом Петровичем по ночному парку, маньяк колебался — не надежней ли выстрелить в спину чересчур ретивому расследователю. Однако чутье подсказало махинатору, что лучше этого не делать. Сама походка Фандорина (тигриная поступь изготовившегося к действию синоби) свидетельствовала, что такого человека застать врасплох невозможно.

Девяткин поступил хитрее. Он увел от дома «пинчеров», а сам вернулся подслушивать. Как только разговор с Царем повернул в нежелательную сторону, Жорж появился на сцене — опять-таки проявив полное бесстрашие перед лицом опасности. Уловка сработала. Эраст Петрович, как последний болван, ринулся через пол-Европы по фальшивому следу. Хорошо еще, в Америку не уплыл. Завтра, 12 ноября, прочитал бы в «Нью-Йорк таймс» о таинственном взрыве в московском театре...

Убивая Шустрова, еще одного настырного претендента на Невесту, Девяткин уже не слишком маскировался. Позволил себе неосторожное художество — расписал горло соперника одиннадцатью единицами. Но даже с этой подсказкой Фандорин не сумел вовремя разгадать замысел преступника и предотвратить психопатический «бенефис». Из-за конфликта между разумом и чувствами Эраст Петрович чуть было не дал труппе, молекуле человечества, погибнуть.

Перечитывая «Откровение Иоанна Богослова», Фандорин часто задерживался глазами на строчке, где говорится о том, как «содрогнутся стерегущие дом». Думал: те, кто стерегут дом, не имеют права дрожать. Они должны быть тверды, смотреть в оба и вовремя предотвращать опасность. Это их миссия, Путь, смысл существования. Всю свою жизнь он числил себя одним из этого воинства. И вот — содрогнулся, проявил слабость. В доме, который он взялся стеречь, едва не грянул апокалипсис.

«Довольно содрогаться, — сказал себе Эраст Петрович, когда больного увезли санитары, а истерическое напряжение в зале немного разрядилось. — Я зрелый человек, я мужчина. Хватит ребячиться».

Он опустился в кресло рядом с Элизой, которая одна из всех не кричала, не размахивала руками, не ужасалась, а просто сидела, тускло глядя перед собой.

— Всё, к-кошмар окончен. Химера рассеялась. У меня предложение. — Он взял ее за холодные вялые пальцы. — Давайте не играть в жизнь, а жить.

Концовки она, кажется, не услышала.

— Окончен? — повторила Элиза и покачала головой. — Только не для меня. Мой личный кошмар никуда не делся.

— Вы о бывшем муже? О хане Альтаирском? Это ведь его вы называете «Чингиз-ханом»?

Она вскинулась. Посмотрела на него с ужасом.

— Господи, Эраст Петрович, вы обещали забыть... Это мой психоз, вы сами сказали... Я вовсе не то имела в виду...

— То, то. Вы вбили себе в г-голову, что Смарагдова, Лимбаха и Шустрова умертвил ваш бывший муж, из ревности. Их всех действительно убили. Но сделал это не хан Альтаирский, а Девяткин. Он больше не опасен. Успокойтесь.

Эрасту Петровичу хотелось поскорей перейти к главному — тому, ради чего он подсел к Элизе. Поговорить с ней, наконец, без недомолвок и глупостей, как подобает взрослым людям.

Но Элиза не поверила ему. В ее взгляде по-прежнему читался только страх.

— Ну хорошо. — Фандорин мягко улыбнулся. — Я встречусь с вашим супругом и поговорю с ним. Я сделаю так, что он оставит вас в покое.

— Нет!!! Не вздумайте!

На крик обернулись.

— Всё позади, — нервно сказал Штерн. — Возьмите себя в руки, Элизочка. Остальные дамы уже успокоились, не начинайте сызнова.

— Умоляю, умоляю, — зашептала она, держа Фандорина за руку. — Не связывайтесь с ним! Это вам не бедный свихнувшийся Жорж! Хан — исчадие ада! Вы ошибаетесь, если думаете, что всех убивал Девяткин! Конечно, после «бенефиса» легко поверить во что угодно, но это совпадение! На хладнокровное убийство Жорж не способен! Если уж я проговорилась, пусть вы знаете всё! Чингиз-хан — самый опасный человек на свете!

Эраст Петрович видел, что она на грани срыва, и потому старался говорить с ней как можно рассудительней.

— Поверьте мне: самые опасные люди на свете — это б-безумцы с амбициями художника.

— Хан совершенно безумен! Он помешался на ревности!

— А художнические амбиции у него есть?

Элиза немного растерялась.

— Нет...

— Ну, стало быть, мы с ним как-нибудь д-договоримся, — заключил Фандорин, поднимаясь.

Разговор о важном в любом случае придется перенести на более позднее время, когда Элиза перестанет беспокоиться о своем кавказском Отелло.

— Боже, вы меня не слушаете! Смарагдов был отравлен — так же, как Фурштатский! Шустров зарезан бритвой — так же, как Астралов! Всё это сделал Чингиз-хан! Он сказал мне: «Жена хана Альтаирского не может иметь любовников и не может выйти за другого!» При чем здесь Девяткин? Когда погиб Фурштатский (это антрепренер, он ко мне сватался в Петербурге), я еще не играла в «Ковчеге» и не была даже знакома с Жоржем!

— Астралов? Тенор? — нахмурился Эраст Петрович, припоминая, что несколько месяцев назад действительно зарезался бритвой известный петербургский певец.

— Да, да! Когда умер Фурштатский, хан протелефонировал мне и признался — это его рук дело. А на похоронах Астралова, он сделал вот так!

Она провела пальцем по горлу и затряслась.

— Мне никуда от него не деться! Он знает каждый мой шаг! Я находила от него записки повсюду. Даже у себя в уборной! Даже в номере «Метрополя»! Не успела переехать, а в ванной на столике записка: *«Каждый с кем ты спутаешься сдохнет»*! Никто кроме Штерна еще не знал, в каком номере я буду жить! И Девяткин не знал!

— В самом деле? — Фандорин вновь опустился в кресло. — Во всей труппе один Ной Ноевич знал, где именно вы остановитесь?

— Да, только он! Меня перевезли Вася и Симочка. Вася раскрыл чемоданы, а Сима развесила мои платья, разложила туалетные принадлежности...

— Где, в ванной? Прошу меня извинить, — прервал ее Эраст Петрович. — Я должен вас покинуть. Мы обязательно поговорим. Позже.

— Куда же вы?— всхлипнула Элиза. — Умоляю, ничего не предпринимайте!

Он сделал успокоительный жест, ища глазами Масу.

Тот сидел надутый, с замотанной головой.

— Не обижайся, — сказал ему Эраст Петрович. — Я кругом виноват перед тобой. Прости. Лучше скажи, что думаешь о своей п-подружке госпоже Клубникиной?

Японец печально ответил:

— Я на вас не обижаюсь, господин. Что ж обижаться на больного? А обижен я на Симу-сан. Откуда вы узнали, что я сейчас думаю о ней?

Предмет обсуждения находился неподалеку, в десятке шагов. Раскрасневшаяся от пережитых волнений Симочка что-то жарко рассказывала Ловчилину, держась рукой за грудь.

— ...Мое бедное сердце чуть не лопнуло от ужаса! Оно и сейчас всё трепещет!

Костя посмотрел туда, где у Клубникиной трепещет сердце, и уже не мог отвести взгляда.

— Надо на него подуть, тогда оно успокоится. Только прикажите, — шаловливо предложил «проказник».

Маса пожаловался:

— Эта пустая девица любила меня только за красоту. Теперь, когда пуля обезобразила мои черты, она на меня смотреть не хочет. Я к ней подошел, а она говорит: *«Масик, ты конесьно герой, но от чебя парёным пахнет»*. И сморщила нос. А от моей раны брезгливо отвернулась!

Меня перевязала добрая Регинина-сан. Она, кстати, еще очень ничего. И в хорошем теле...

— Меня интересует, любит ли Клубникина деньги?

— Она только о них и говорит. Что сколько стоит, да какую бы вещь она себе купила, если б получала больше жалованья. Она не говорит о деньгах, только когда делает любовь, но сразу после любви начинает просить подарки. Я был ранен, истекал кровью, а она от меня отвернулась!

Почувствовав, что на нее смотрят, Клубникина оглянулась, сложила губы розочкой и послала Масе воздушный поцелуй.

— Скажите ей, господин, что я не желаю ее больше знать!

— Сейчас.

Фандорин подошел к Симе, выразительно взглянул на Ловчилина, и тот моментально испарился.

— Мадемуазель, — тихо спросил Эраст Петрович, — сколько вам платит хан Альтаирский?

— Что? — пискнула Клубникина, замигав пушистыми ресницами.

— Вы шпионите за Элизой, доносите обо всем ее мужу, подкладываете записки и прочее. Не смейте мне лгать, иначе я объявлю об этом всем, вслух. Вас выгонят с позором из т-труппы... Хорошо, исправлю вопрос. Меня не интересует сумма вознаграждения. Я должен знать, где я могу найти этого г-господина.

— Помилуйте! Как можно?! — Глаза Симы наполнились чистыми, высококачественными слезами. — Элиза моя любимая подруга! Мы с ней как сестры!

Фандорин дернул углом рта.

— Считаю до т-трех. Раз, два...

— Он снимает квартиру в доходном доме Абрикосова на Кузнецком, — быстро проговорила Клубникина, поморгала — слезы высохли. — Теперь вы меня не выдадите? Смотрите, вы обещали!

— Давно вы у хана на жалованьи?

— С Петербурга... Милый, родной! Не погубите! Ной Ноевич ославит меня на весь театральный мир! Меня не возьмут ни в одну приличную труппу! Поверьте, я умею быть благодарной!

Она часто задышала, придвинувшись к Эрасту Петровичу. Он покосился в ее декольте и, поморщившись, отодвинулся.

По лицу Симы снова, все с той же фантастической легкостью полились слезы.

— Не смотрите на меня с таким презрением! Это невыносимо! Я наложу на себя руки!

— Не выбивайтесь из амплуа субретки, м-мадемуазель.

Он слегка поклонился и быстро пошел к выходу. Только поманил за собой Масу.

О ЛЮБВИ И БРАКЕ

П режде всех прочих дел нужно было отвезти японца к специалисту по мозговым травмам. То, что Масу покачивало из стороны в сторону, а также зеленоватый оттенок его лица вызывали у Эраста Петровича беспокойство. Подозрительна была и необычная словоохотливость. По опыту Фандорин знал: если японец без умолку болтает, значит, скрывает паршивое самочувствие.

По дороге на Девичье Поле контуженный говорил уже не о Симе и непостоянных женщинах, а о себе и героических мужчинах.

Началось с того, что Фандорин извинился за свой неудачный прыжок и похвалил помощника за проявленную расторопность.

— Да, — важно отвечал Маса. — Я герой.

Эраст Петрович сдержанно заметил:

— Очень возможно. Но решать, герой ты или нет, предоставь другим.

— Ошибаетесь, господин. Всякий мужчина сам решает, герой он или нет. Нужно сделать выбор и потом уже ему не изменять. Мужчина, который сначала решил быть героем, но потом раздумал, являет собой жалкое зрелище. А мужчина, который посередине жизни вдруг перешел из негероев в герои, рискует испортить себе карму.

Приподняв на лоб автомобильные очки, Эраст Петрович с тревогой покосился на пассажира — не бредит ли.

— А попонятней?

— Мужчина-герой посвящает свою жизнь служению какой-нибудь идее. Чему или кому он при этом служит — неважно. У героя могут быть жена и дети, но лучше обойтись без этого. Печальна участь женщины, связавшей свою судьбу с героем. Еще жальче детей. Страшно расти, чувствуя, что отец всегда готов тобою пожертвовать ради своего служения. — Маса горько вздохнул. — Другое дело, если ты негерой. Такой мужчина выбирает семью и служит ей. Геройствовать ему нельзя. Это все равно что самурай предаст своего сюзерена ради того, чтобы покрасоваться перед публикой.

Фандорин внимал с интересом. Масины философствования иногда бывали любопытны.

— Чему же служишь ты?

Японец поглядел на него с обидой и изумлением.

— Вы еще спрашиваете? Тридцать три года назад я выбрал вас, господин. Один раз и на всю жизнь. Женщины иногда — довольно часто — скрашивают мое существование, но я не обещаю им многого и никогда не связываюсь с теми, кто ожидает от меня верности. У меня уже есть кому служить, отвечаю им я.

И стало Эрасту Петровичу стыдно. Он сконфуженно закашлялся, чтобы прочистить возникший в горле ком. Маса увидел, что его господин смущен, но причину понял неправильно.

— Вы себя казните за любовь к Элизе-сан? Напрасно. Мое правило к вам не относится. Если вы желаете любить женщину всей душой и чувствуете, что это не мешает вашему служению, так на здоровье.

— А... а в чем, по-твоему, мое служение? — осторожно спросил Фандорин, вспомнив, что всего четверть часа назад размышлял о «стерегущих дом».

Японец беспечно пожал плечами:

— Понятия не имею. Мне все равно. Достаточно, что у вас есть какая-то идея и вы ей служите. А моя идея — вы, и я служу вам. Всё очень просто и гармонично. Конечно, любить всей душой — очень большой риск. Но, если вам угодно знать мнение человека, хорошо разбирающегося в женщинах, такая, как Элиза-сан, подошла бы нам лучше всего.

— *Нам?*

Эраст Петрович сурово посмотрел на японца, но взгляд Масы был открыт и ясен. И сразу же стало очевидно, со всей определенностью, что у японца никогда и ничего с Элизой не было, не могло быть. Лишь в помрачении рассудка мог Фандорин вообразить, будто Маса способен относиться к избраннице своего господина как к обыкновенной женщине.

— Вы ведь не хотите, чтобы между нами влезла ревнивая жена, которая возненавидит меня за то, что нас с вами многое связывает? Всякая нормальная супруга так бы и поступила. Но актриса — дело иное. У нее кроме мужа есть театр. Ей не нужно сто процентов ваших акций, ей довольно сорока девяти.

Автомобиль, подпрыгнув на трамвайных путях, пересек Садовое кольцо.

— Ты всерьез собрался меня женить? — спросил Фандорин, переходя на русский. — Но з-зачем?

— Сьтоб быри дзети, и я их учир. Сын, — уточнил Маса, подумав. — Девотьку я вряд ри смогу научить чему-то хоросему.

— И чему ты стал бы учить моего сына?

— Самому гравному. Чему его не смозете научить вы, госпдзин.

— Интересно! Это чему же я не смогу научить своего сына?

— Быть сясторивым.

Ужасно удивленный, Фандорин не сразу нашелся, что сказать. Он никогда не думал, что его жизнь со стороны может казаться несчастливой. Разве счастье — не отсутствие несчастья? Разве наслаждение — не отсутствие страдания?

— На свете счастья нет, но есть покой и воля, — вспомнил он заветную формулу, всегда ему очень нравившуюся.

Маса подумал-подумал, не согласился:

— Это ошибочное рассуждение, сделанное человеком, который боится быть счастливым, — вновь перешел он на свой родной язык. — Пожалуй, это единственное, чего вы боитесь, господин.

Снисходительность его тона взбесила Фандорина.

— Пошел ты к черту, философ доморощенный! Это строка из Пушкина, а поэт всегда прав!

— Пусикин? Ооо!

Маса сделал почтительное лицо и даже поклонился. Он уважал мнение авторитетов.

В приемном покое университетской клиники, когда японца уводили на обследование, он вдруг посмотрел на Эраста Петровича своими маленькими проницательными глазками.

— Господин, я вижу по вашему лицу, что вы снова отправляетесь на дело без меня. Прошу вас, не наказывайте меня так. У меня шумит в ушах и немножко путаются мысли, но это не имеет значения. Думать будете вы, я буду только действовать. Для истинного самурая контуженная башка — пустяки.

Фандорин подтолкнул его в спину.

— Иди-иди, пусть сенсей профессор тебя подлечит. Истинный самурай должен быть желтого цвета, а ты весь зеленый. И потом, дело у меня ерундовое, не о чем говорить.

Однако на дело Эраст Петрович отправился не сразу. Сначала заехал на телеграф, потом на междугороднюю телефонную станцию. К доходному дому Абрикосова на Кузнецком Мосту фандоринская «изотта» подкатила уже в сумерках.

Хан Альтаирский квартировал в бельэтаже, занимая всю его левую половину.

— Как доложыт? — спросил у Фандорина, подозрительно его оглядев, привратник, ражий черноусый молодец в черкеске, с огромным кинжалом у пояса. — Его высокостэпэнство заняты. Кушат изволят.

— Я сам о себе д-доложу, — благодушно ответил Эраст Петрович.

Взял джигита за шею. Одновременно надавил большим пальцем на точку «суй», указательным на точку «мин» и придержал обмякшее тело, чтоб не произвело лишнего шума. Сия манипуляция обеспечивала нездоровый, но беспробудный сон продолжительностью от пятнадцати до тридцати минут, в зависимости от крепости организма.

Цилиндр и пальто Фандорин оставил в прихожей, посмотрелся в зеркало — в порядке ли пробор. Потом отправился по коридору на мелодичный звон серебра.

Его высокостепенство действительно кушали.

Лысоватый густобровый брюнет с надутой физиономией, которая показалась Фандорину смутно знакомой, мрачно жевал, потягивая красное вино. Судя по этому напитку, а также по взрезанному поросенку и голландской ветчине, законов шариата в своей диете хан не придерживался.

При виде незнакомца хозяин забыл прикрыть рот и замер с только что откушенным куском хлеба между зубов. Прислужник, как близнец похожий на усыпленного привратника, тоже застыл с графином в руках.

— Кто это таков? Почему впустили? — грозно пророкотал хан, выплюнув хлеб на скатерть. — Муса, взашей его!

Фандорин покачал головой. Как можно было выйти замуж, пускай и очень ненадолго, за такого мужлана? Эту женщину безусловно нужно спасать — не от воображаемых врагов, а от самой себя.

Слуга поставил вино и кинулся на Эраста Петровича, по-гусиному шипя. Гость обошелся с Мусой так же, как с его предположительным братом: усыпил и аккуратно положил на пол.

Кровь отлила от смуглой плеши брошенного мужа. В ожидании того, что незваный посетитель будет немедленно выпровожен, хан отпил вина, проглотить не успел, и теперь оно вытекало по подбородку на крахмальную салфетку. Вид был жуткий — будто у человека приключился удар с горловым кровотечением.

— Кто таков? — повторил его высокостепенство свой вопрос, но в совершенно иной тональности — не с возмущением, а с ужасом.

— Моя фамилия Фандорин. Но, возможно, для вас я стану Азраилом, — назвался Эраст Петрович именем мусульманского архангела смерти. — Всё будет зависеть от исхода нашей б-беседы.

— Фандорин? Тогда я знаю, кто вы. Вы автор этой идиотской пьесы, а также сыщик-любитель с большими связями. Я навел о вас справки.

Хан сорвал с себя испачканную салфетку и величественно сложил на груди руки, сияющие перстнями.

— Я вижу, вы немного успокоились. — Фандорин сел рядом и рассеянно взял в руку десертную вилку. — Зря. Буду к-краток. Вы перестаете докучать госпоже Луантэн. Это раз. Даете ей немедленный развод. Это два. В противном случае... с вами случится *нечто противное*.

Он покривился — каламбур был решительно нехорош. Но уточнять смысл угрозы Эраст Петрович счел излишним. Оппонент явно не заслуживал, чтобы перед ним метали бисер, а тон и взгляд всегда красноречивее слов.

Что хан до смерти перепуган, было очевидно. Еще чуть-чуть — грохнется в обморок.

— Я уже сам решил, что больше близко не подойду к этой сумасшедшей! — воскликнул его высокостепенство. — Она в меня хотела из пистолета стрелять!

Про пистолет Эраст Петрович слышал впервые, но известие его не удивило. Опасно доводить до крайности женщину артистического темперамента.

— Сами виноваты. Нечего было изображать из себя убийцу. Стало быть, по первому п-пункту мы договорились. Остается второй.

Альтаирский выпятил грудь.

— Никогда я не дам ей развода! Это исключено!

— Я знаю, — задумчиво прищурился Фандорин, — вы говорили Элизе, что жена хана не может иметь любовников и не может выйти за другого. Иное дело — *вдова* хана.

Пожалуй, все-таки собеседник был напуган недостаточно. Эраст Петрович крепко взял его за шиворот, приставил к горлу серебряную вилку.

— Я мог бы убить вас на д-дуэли, но я не стану драться с мерзавцем, запугивающим беззащитных женщин. Я просто прикончу вас. Как вот этого п-поросенка.

Налитый кровью глаз хана скосился на блюдо.

— Вы меня не убьете, — просипел упрямец сдавленным голосом. — Вы не по этой части, а совсем по противоположной. Говорю же, я навел о вас справки. Я навожу справки обо всех, кто крутится подле Элизы... А впрочем, если угодно, убивайте! Развода все равно не дам!

Подобная твердость вызывала определенное уважение. Видимо, первое впечатление от его высокостепенства было не совсем верным. Эраст Петрович убрал вилку и отодвинулся.

— Вы так сильно любите жену? — удивленно спросил он.

— Какая к чертовой матери любовь! — Альтаирский стукнул кулаком по столу, поперхнулся от ненависти. — Элиза, эта сссу...

Лицо Фандорина бешено дернулось, и хан проглотил бранное слово.

— ...Эта сударыня разбила мне жизнь! Отец лишил меня старшинства! А если я разведусь, он оставит меня без содержания! Сто двадцать тысяч в год! И что же мне тогда прикажете — *трудиться*? Никогда хан Альтаирский не осквернит себя работой. Лучше убейте!

Аргумент был веский. Эраст Петрович задумался. Не убивать же, в самом деле, этого владыку слабого и лукавого, плешивого щеголя, врага труда?

— Насколько я понимаю, вы хотите жениться на Элизе. А гражданский брак вас не устроит? — заискивающе спросил супруг. Ему, видно, тоже очень хотелось найти компромисс. — Это сейчас модно. Ей понравится. И вы обо мне больше никогда не услышите. Клянусь! Хотите, я уеду в Ниццу, навсегда? Но только не требуйте от меня невозможного!

От Кузнецкого Моста до «Метрополя» он шел пешком. Нужно было собраться с мыслями, приготовиться к разговору с Элизой. Ноябрьский ветер пытался сорвать с головы цилиндр, приходилось его придерживать.

«Со мной случилась тривиальная вещь, — говорил себе Эраст Петрович. — Через подобное проходит, вероятно, каждый второй. С чего же я взял, что сия чаша минует меня? Правда, с остальными мужчинами болезнь, имя которой «седина в бороду, бес в ребро», кажется, происходит по иным причинам. Я читал об этом. Кто-то вдруг чувствует, что ему недолго осталось быть мужчиной, и от этого впадает в панику. Кто-то спохватывается, что в молодости недокуролесил. И первое, и второе ко мне вроде бы отношения не имеет. То, что случилось со мною, не болезнь. Скорее — травма. Как известно, кость легче ломается в месте прежнего перелома. Вот и у меня, по стечению случайностей, хрустнул старый перелом души.

Да разве важно, по какой именно прихоти судьбы на тебя обрушивается любовь? Она приходит, распахивает дверь. Твое привычное жилище вдруг озаряется нестерпимым светом. Ты по-иному смотришь на себя, на свою жизнь, и тебе не нравится то, что ты видишь. Можно прикинуться бывалым кавалером и превратить всё в галантное приключение; глядишь, сияние притухнет. Можно вытолкать непрошеную гостью за порог и повернуть ключ; через некоторое время жилище вновь погрузится в привычный мрак. Можно, переполошившись, выпрыгнуть в окно и бежать на край света. Я, собственно, попробовал сделать и то, и другое, и третье. А теперь нужно испытать еще одно средство — просто сделать шаг навстречу и не отводить глаз. Это требует мужества».

Вот какой рассудительный монолог произносил Эраст Петрович перед самим собой, но чем ближе подходил к отелю, тем сильней нервничал. В фойе даже мелькнула малодушная мысль: «А может, Элизы нет в номере?»

По портье сказал, что госпожа Луантэн у себя и услужливо позвонил наверх, осведомившись:

— Как вас представить?

— Фандорин...

В горле стало сухо. Опять начинается ребячество?

— Просят пожаловать.

«В любом случае я обязан сообщить, что муж предоставляет ей полную свободу! — прикрикнул на себя Эраст Петрович. — Ну а касательно прочего... Это уж *ее* дело!»

В том же сердитом настроении он и начал разговор.

Сказал, что бояться больше нечего.

Что хан Альтаирский негодяй и мелкий пакостник, но не убийца. В любом случае отныне он исчезнет из ее жизни. Развода не даст, но предоставляет полную свободу.

Что вопрос с двумя петербургскими смертями прояснен. После скоропостижной кончины киевского антрепренера Болеслава Игнатьевича Фурштатского, как это

365

всегда бывает в подобных случаях, производилось вскрытие. Из телеграммы, присланной судебно-медицинским ведомством, следует, что причиной смерти была остановка сердца, никаких следов яда не обнаружено. Хан Альтаирский просто воспользовался этим печальным происшествием, чтобы припугнуть мятежную супругу.

Не то с тенором Астраловым. В телефонном разговоре со следователем, который вел дело, выяснилось, что след от бритвы почти идентичен ране, оборвавшей жизнь господина Шустрова: скользящий удар при небольшом уклоне слева вправо. Такой может нанести себе либо человек, сидящий на стуле, либо некто, кто в этот момент стоял у жертвы за спиной. 11 февраля, в день гибели Астралова, Элиза уже состояла в труппе «Ноева ковчега», была знакома с Девяткиным, и тот — что неудивительно (счел возможным вставить Фандорин) — сразу проникся к ней страстной любовью. Каким именно образом убийце удалось подобраться с бритвой сначала к Астралову, а потом к Шустрову, пока не вполне понятно, однако это можно спросить у самого маньяка. После всего, что случилось, таиться ему незачем; к тому же люди данного сорта обожают хвастать своими «подвигами». Девяткин охотно всё расскажет.

Элиза выслушала отчет не перебивая. Руки, как прилежная гимназистка, сложила перед собой на столе. Глаза актрисы не отрывались от лица Эраста Петровича, но тот предпочитал смотреть в сторону. Боялся, что собьется.

— Довольно ли вам моих объяснений или желаете взглянуть на телеграмму? Можно запросить полную копию патологоанатомического заключения. Даже произвести эксгумацию и п-повторное исследование.

— Я вам верю, — сказала Элиза тихо. — *Вам* — верю. Но факт остается прежним: эти люди убиты из-за меня. Ужасно!

— Читайте Достоевского, сударыня. Красота — страшная и ужасная вещь. — Он нарочно заговорил суше — не желал впадать в сентиментальность. — Одних заставляет стремиться ввысь, других загоняет в самый ад. Мегаломания неумолимо вела Девяткина по пути саморазрушения.

Однако, если б безумец нашел в вас взаимность, ему расхотелось бы властвовать над м-миром. Он был готов довольствоваться вашей любовью. Как и я...

Последняя фраза вырвалась непроизвольно. Фандорин наконец посмотрел Элизе в глаза — и то, к чему он намеревался подойти лишь после обстоятельной интродукции, проговорилось само. Отступать было поздно. А впрочем, без дипломатии и тактических прелюдий даже лучше.

Эраст Петрович вздохнул поглубже и повел речь не мальчика, но мужа (вернее, всего лишь кандидата в мужья, притом гражданские):

— Помните, я сказал, что влюблен в вас? Так вот, я ошибся. Я вас люблю, — мрачно, почти обвиняющим голосом начал он и сделал паузу, чтобы дать ей возможность отреагировать.

Она воскликнула:

— Я знаю, знаю!

Взяв брюзгливый тон, Фандорин уже не мог с него сойти:

— Превосходно, что вы это знаете. Но я надеялся услышать д-другое. Например: «Я вас тоже».

— Я вас тоже люблю, все это время! — тут же со слезами вскричала Элиза. — Люблю безумно, отчаянно!

Она простерла к нему руки, но Эраст Петрович не поддался искушению. Он должен был проговорить всё, что намеревался.

— Вы актриса, вы не можете без п-преувеличений. Говорю это без осуждения. Я принимаю вас такой, какая вы есть. И надеюсь на такое же отношение с вашей стороны. Прошу вас, выслушайте меня до конца, а уж потом решайте.

До сего момента Фандорин стоял. Теперь сел с другой стороны стола, словно бы проложив между ними границу, об условиях пересечения которой еще предстояло договориться.

— Я давно живу на свете. С вами я вел себя, как последний д-дурак... Не возражайте, просто слушайте, — попросил он, когда она отрицательно затрясла головой и всплеснула руками. — Я ведь с самого начала знал, на что могу рассчитывать, а на что — нет. Видите ли, у женщины всегда написано на лице, способна она к большой любви или не способна. Как она себя поведёт, если жизнь заставит выбирать: между любимым и собой, между любимым и детьми, между любимым и идеей.

— Какой же выбор, по вашему мнению, сделаю я? — робко спросила Элиза.

— Вы выберете роль. Это-то меня в вас и устраивает. Мы с вами одного поля ягоды. Я тоже выберу роль. У меня она, правда, не театральная, но это всё равно. Поэтому предлагаю честный союз, без лжи и самообмана. У нас с вами будет брак по расчёту.

— То же самое мне предлагал Шустров, — содрогнулась она.

— Возможно. Но наш с вами расчёт будет не коммерческим, а любовным. Выражаясь предпринимательским языком, предлагаю любовь с ограниченной ответственностью. Не морщитесь! Мы любим друг друга, мы хотим быть вместе. Но при этом мы оба любовные инвалиды. Я не согласен ради вас отказываться от своего образа жизни. Вы не пожертвуете ради меня сценой. А если пожертвуете, то скоро об этом пожалеете и станете несчастны.

Кажется, ему удалось пробиться сквозь её привычку к аффектированности. Элиза слушала его серьёзно и внимательно — не заламывала рук, не изображала сияющего любовью взгляда.

— Знаете, мне кажется, мы идеально подходим друг другу, — перешёл Фандорин ко второму пункту, не менее деликатному. — Я — зрелый мужчина, вы — зрелая женщина. Есть древняя китайская формула, помогающая рассчитать правильное сочетание мужского и женского возрастов в момент союза. Количество лет, прожитых невестой, должно равняться половине лет жениха плюс семь. Так что по к-китайским понятиям вы ненамного младше идеального для моей избранницы возраста. Вам тридцатый год, а по формуле должно быть тридцать четыре с половиной. Невелика разница.

Как он и рассчитывал, сомнительная китайская премудрость заинтересовала Элизу. Она наморщила лоб, зашевелила губами.

— Постойте... Не могу сосчитать. Сколько же это вам лет? Тридцать четыре с половиной минус семь и умножить на два...

— Пятьдесят пять.

Она расстроилась:

— Так много?! Я не дала бы вам больше сорока пяти!

Тема для Эраста Петровича была болезненная, но он хорошо подготовился.

— У человека бывает три возраста, и все они лишь относительно связаны с числом прожитых лет. Первый — возраст ума. Бывают старцы с интеллектуальным развитием десятилетнего ребенка, встречаются и юноши со зрелым рассудком. Чем старее человек умом, тем лучше. Второй возраст — духовный. Высшее достижение на этом пути — дожить до мудрости. Она может снизойти на человека лишь в старости, когда отступила суета, иссякли страсти. До этого мне, как я теперь вижу, далеко. В духовном смысле я моложе, чем хотелось бы. Наконец, есть возраст физический. Здесь всё зависит от правильной эксплоатации тела. Человеческий организм — это такой аппарат, который поддается бесконечному усовершенствованию. Износ с лихвой восполняется приобретенными навыками. Уверяю вас, сейчас я владею телом много лучше, чем в молодости.

— О, я видела, как вы за две минуты взбежали на трап галерки и спустились оттуда по тросу! — Элиза целомудренно опустила глаза. — Были у меня и другие возможности оценить ваше владение телом...

Однако Эраст Петрович не позволил разговору перетечь в несерьезное русло.

— Что скажете, Элиза? — Он почувствовал, что голос срывается, и кашлянул. — Как вам мое... п-предложение?

Всё сейчас зависело даже не от ее слов, а от того, *как* она их произнесет. Если его искренность не пробилась сквозь защитную личину актерства, ничего путного из их союза не выйдет.

Элиза побледнела, потом залилась краской. Снова побледнела. Странная вещь — ее глаза будто избавились от вечной косинки, оба смотрели прямо на Фандорина.

— Одно условие. — Она тоже будто внезапно охрипла. — Никаких детей. Дай мне Бог не разорваться между тобой и сценой. Если мы не сможем ужиться друг с другом, нам будет больно, но мы справимся. А детей жалко.

«Это говорит не маска, — с неимоверным облегчением подумал Эраст Петрович. — Это говорит живая женщина. Обращение на «ты» — уже ответ». Еще он подумал, что Масу ждет разочарование. Не суждено японцу учить маленького Фандорина, как быть счастливым.

— Разумно, — сказал Эраст Петрович вслух. — Я и сам хотел вас об этом п-просить.

Однако здесь запас Элизиной разумности и сдержанности иссяк. Она вскочила, опрокинув стул, бросилась к Фандорину, прижалась и самозабвенно забормотала:

— Держи меня крепко, не выпускай из своих рук! Иначе меня сорвет с земли, сдует в небо! Я пропаду без тебя! Тебя мне Бог послал во спасение! Ты моя единственная надежда, ты мой якорь, мой ангел-хранитель! Люби меня, люби, как только можешь! И я буду любить тебя, как только умею и сколько хватит сил!

А вот теперь он уже не мог понять, настоящая она сейчас или незаметно для себя соскользнула в какую-нибудь роль. Если и так, то как было сыграно, как сыграно!

Но лицо Элизы было мокрым от слез, губы дрожали, плечи сотрясались, и Фандорину сделалось стыдно за свой скептицизм.

В сущности, играет она или нет, не имело большого значения. Эраст Петрович был счастлив, безусловно счастлив. И будь что будет.

ПРИЛОЖЕНИЕ

Э. Ф.

Две кометы в беззвездном небе

ПЬЕСА
ДЛЯ ТЕАТРА КУКОЛ

В ТРЕХ ДЕЙСТВИЯХ

с песнями, танцами, трюками,
фехтовальными сценами
и митиюки

ДЕЙСТВУЮЩИЕ ЛИЦА:

ОКАСАН,
хозяйка чайного дома «Янаги»

КУБОТА,
советник Сацумского князя

О-БАРА,
приемная дочь хозяйки, гейша высшего ранга

ЮБА,
ее ученица

ИДЗУМИ,
приемная дочь хозяйки, гейша высшего ранга

СЭН-ТЯН,
ее ученица

КИНДЗО,
вор

ПЕРВЫЙ УБИЙЦА

СОГА
по прозвищу Первый Меч, ронин,
живущий в чайном доме

ВТОРОЙ УБИЙЦА

ФУТОЯ,
богатый купец

НЕВИДИМЫЙ,
дзёнин клана синоби

НЕСЛЫШИМЫЙ,
воин клана синоби

Сцена делится на две части, сменяемые поворотом круга. В одной половине декорация постоянная — это сад чайного дома и комната Идзуми; в другой половине декорации меняются. Слева к сцене приделан мостик ханамити, углубляющийся в зал примерно до пятого ряда. Между ханамити и стеной есть пустое пространство. Все время действия на краю сцены, справа, сидит Сказитель — в строгом черном кимоно с гербами. Его слегка подсвечивает бумажный фонарь.

ДЕЙСТВИЕ ПЕРВОЕ

Картина первая

У ворот чайного дома «Янаги», которые гостеприимно распахнуты, установлен помост. В самом его центре на подставке лежит лютня сямисен, а у края выставлены две подушки: одна побольше и пороскошней, другая поменьше и поскромней. Играет тихая музыка.

С к а з и т е л ь *(бьет деревянной колотушкой в лежащий перед ним барабан — раздается гулкий, негромкий звук).*

Вот чайный дом «Янаги», на всю столицу он
Прославился искусством изысканных пиров.
Почтенная хозяйка, чтоб закрепить успех,
Двух гейш непревзойденных в питомицы взяла.
С тех пор известность дома умножилась весьма,
И ныне повсеместно «Янаги» знаменит.
Из Са́цумы далекой сегодня важный гость
Почтит своим вниманьем изящества приют.
По случаю такому парадные врата
Открыты нараспашку, чтоб каждый видеть мог,
Как высоко отмечен сегодня чайный дом.

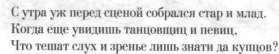

С утра уж перед сценой собрался стар и млад.

Когда еще увидишь танцовщиц и певиц,

Что тешат слух и зренье лишь знати да купцов?

Перед тем как произнести последнюю строфу, Сказитель бьет в барабан — и на ханамити устремляется публика. Норовя занять место поближе к сцене, зрители рассаживаются спиной к залу. Впереди гейши-ученицы: девушка Юба и девочка-подросток Сэн-тян, за ними купец Футоя и Первый Убийца (он одет монахом, на голове большая соломенная шляпа), потом вор Киндзо и ронин Сога (в залатанном кимоно, но с двумя мечами за поясом).

С к а з и т е л ь *(бьет в барабан).*

А вот сама хозяйка — Ока́сан имя ей,

Что значит просто «мама» — здесь всем она, как мать.

И гостя дорогого, от радости дрожа,

Ведет она с почетом на лучшее из мест.

Ведь господин Кубота по должности своей

У Сацумского князя советник и министр.

Окасан с поклонами усаживает на почетном месте самурая, сама скромно садится рядом. При появлении гостя все зрители на ханамити склоняются. Пока между Куботой и хозяйкой идет беседа, все сохраняют почтительную неподвижность, только Сэн-тян непоседливо вертится на месте.

О к а с а н. О, как же мне приятно, что вы, Кубота-сан, меня не позабыли и через столько лет! Ах я, конечно, стала уродлива, стара, но вижу вас — и снова от счастья трепещу.

Изящно закрывает лицо рукавом — делает жест «Приятное смущение».

К у б о т а. Уж как тебя забудешь? Эх, золотые дни! Но глупо в день осенний лить слезы по весне. Да, мы не те, что прежде. Что было, то прошло, однако быть нам странно в обиде на судьбу. Я сделался вельможей, высоко вознесен, а ты владеешь лучшим из чайных

всех домов. К тебе я прибыл нынче не в память о бы-
лом. Я прислан с порученьем от князя моего. Их свет-
лости угодно в столице среди гейш избрать себе в усла-
ду наложницу одну.

*Окасан изящно взмахивает рукавами — делает жест
«Большое радостное изумление».*

Князь моему сужденью привычен доверять. Поруче-
но мне было в столицу поспешить. Я к князеву приезду, все обойдя дома, десяток гейш первейших обязан отобрать. Во время представленья одну он избе-
рет. Воистину для гейши завидная судьба!

Подумай, сколько денег досталось бы тебе. А как
у заведенья поднялся бы престиж!

О к а с а н. О чести несравненной не смею и мечтать.
Мне лучшая награда — что лицезрею вас.

Делает жест «Самая глубокая признательность».

Я покажу вам тотчас, чем славится мой дом. Открою
без утайки сокровища свои. Недаром я ворота велела
распахнуть. Мой дом и мое сердце открыты так же
вам.

Делает жест «Беспредельная искренность».

Сначала перед вами О-Бара, дочь моя, свое искусство явит. Не будьте к ней строги.

Хлопает в ладоши.
*Появляется приемная дочь хозяйки О-Бара и подним-а-
ется на сцену. Она в великолепном парчовом кимоно
с алой подкладкой. Высокая прическа украшена заколка-
ми в виде бабочек. Лицо, как и положено гейше, густо
набелено. Движения точные, смелые, в каждом жесте
сквозит чувственность.*
*Поднимается Юба, семенит к сцене, с поклоном подает
госпоже маленький барабан и возвращается обратно.*
*Начинается выступление. О-Бара сначала танцует
под быструю музыку, отбивая такт ударами по бара-
бану. Все время гейша не сводит глаз с гостя, всячески
показывая, что выступает только для него.*

Сказитель *(во время танца).*

«О-Бара», то есть «роза», не зря ее зовут.
Мужское сердце мигом пронзят ее шипы.
Нет у О-Бары равных, когда огонь страстей
Разжечь она захочет и щедрость пробудить.
Не тайна для О-Бары, зачем приехал гость
(Об этом в чайном доме давно уж слух прошел).
Очаровать Куботу задумала она,
Чтоб тот помог ей князя наложницею стать.

Танец окончен. Ученица забирает барабан, гейша садится к сямисену и поет красивым, низким, чуть хриповатым голосом, глядя на самурая.

О-Бара *(поет).*

Как оплетается вьюнок
Вкруг криптомерии могучей,
Хотела б я, мой господин,
Вкруг тела вашего обвиться.
Свои листочки-лепестки,
Свой аромат, свои цветочки
Я посвятила б только вам,
Мой повелитель драгоценный!

Кубота слушает, покачивая головой в такт. Окасан искоса поглядывает на него: доволен ли.

Во время выступления О-Бары на ханамити происходит следующее.

Киндзо, пользуясь тем, что зрители поглощены представлением, приступает к своему воровскому делу. Сначала он ловко обшаривает соседа-ронина: ищет за поясом, в широком рукаве, приподнимает сзади полу кимоно. Но ничего ценного не находит и брезгливо качает головой. Двигаясь на корточках, переползает немного вперед. Начинает обрабатывать купца. Тут ему везет гораздо больше. Он вынимает из рукава кошель, из-за пояса шелковый кисет и позолоченную трубку, в подкладке кимоно находит потайной карман, откуда выуживает несколько золотых монет.

Выступление гейши заканчивается. Она низко кланяется одному Куботе и с глубоким вздохом, который сопровождается жестом «*Чувственное волнение*», *удаляется на противоположную сторону сцены, где садится.*

К у б о т а (*хозяйке*). Прелестница какая! Глядел бы и глядел. На что уж я немолод, и то вскипела кровь. А князю и подавно понравится она. С княгиней, право слово, неловко и сравнить. Жену ведь господину родитель подбирал. Не о красе он думал — о пользе для казны…

О к а с а н. Позволите ль теперь мне Идзуми пригласить? Она иного стиля, но тоже хороша.

Кубота кивает, хозяйка хлопает в ладоши.
Появляется Идзуми. Она в неброском, но элегантном кимоно бело-голубого цвета с серебряным шитьем. Двигается плавно, почти невесомо. Взгляд опущен. Кланяется сначала гостю, потом хозяйке, потом публике. Ее ученица Сэн-тян порывисто поднимается, бежит к сцене и подает веер, после чего не торопится вернуться на место.
Идзуми начинает медленный, изысканный танец.

К у б о т а (*взволнованно*). О, сколько благородства! Рисунок танца чист! Она точь-в-точь, как ива над тихою рекой!

С э н - т я н (*звонко*). Вы слышали, сестрица? Он танец оценил! Он ивою назвал вас над тихою рекой!

О к а с а н. Негодница какая! Несносное дитя! Она у нас недавно. Простите, господин!

Кубота так увлечен гейшей, что не слышал ни крика, ни извинений. Сэн-тян бегом возвращается назад, отдав у Идзуми веер. Та садится к сямисену, играет и поет.

И д з у м и.

Все истинно красивое неявно,
Не слепит, не бросается в глаза.
У красоты такой негромкий голос,
Не всякий его может услыхать.
Прекрасное пленяет совершенством.

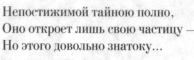

Непостижимой тайною полно,
Оно откроет лишь свою частицу —
Но этого довольно знатоку...

С э н - т я н *(обернувшись к залу)*. Слыхали все? Слыхали? О, как она поет! На свете нету краше моей Идзуми-сан!

Юба толкает ее локтем в бок, девочка умолкает.

Во время выступления Идзуми вор продолжает работать. Обчистив купца, он перебирается к «монаху». Здесь его ждет сюрприз. Ничего не обнаружив в рукаве, Киндзо приподнимает край рясы — там блестит клинок обнаженного меча. Вор в страхе отползает. Пристраивается позади Юбы. Хочет сунуть руку ей за пояс, но, не удержавшись, любовно поглаживает обтянутое тканью крутое бедро.

Не оборачиваясь, Юба хлопает неведомого наглеца по руке. Киндзо затихает.

Идзуми заканчивает петь. Снова кланяется на три стороны и, потупив взор, удаляется, чтобы сесть рядом с О-Барой.

К у б о т а *(громко)*. Моя была бы воля, я б поиск прекратил! Наложница такая как раз нам и нужна! Скромна, манер прекрасных, собою хороша! И чести господина не нанесет урон. А главное — в ней виден тот истинный югэн, без коего вульгарна любая красота.

Наклоняется к Окасан и что-то горячо ей говорит.

С к а з и т е л ь.

И долго превозносит Идзуми самурай.
Ценитель он югэна, «сокрытой красоты».
Все семь ее отличий Идзуми назвала
В своей негромкой песне, пленившей старика.
А в заключенье речи Кубота от души
Былой своей подруге полезный дал совет.

К у б о т а. Хоть князь в искусстве сведущ, но молод он еще. Неплохо б представленье расцветить, оживить. Пущу я дом «Янаги» последним выступать...

Окасан делает жест «Незаслуженная обида», но Кубота ей хитро улыбается.

От гейш, от песен, танцев, успеет князь устать. Вот тут ты и предъявишь товар ему лицом. Сначала пустишь розу *(кивает на О-Бару)*, чтоб пробудился он. Потом ты сделай вот что: жонглера иль шута найми повыкрутастей. Князь любит ловкачей. Пускай он похохочет над зрелищем простым. Но выйдет тут Идзуми, и обомлеет он. Вульгарная забава отличный даст контраст, чтоб оценить югэна изысканный узор.

Сказитель.

    Уходит гость высокий. Окасан вслед ему
    Поклоны посылает, растрогавшись до слез.
    Его расположеньс, приязненный совет
    Сулят хозяйке дома невиданный барыш.

Окасан, беспрестанно кланяясь, провожает самурая. Все присутствующие склоняют лбы к земле, лишь Сога, как подобает человеку благородного звания, кланяется не столь низко.

Именно поэтому он первым видит, как «монах», едва лишь господин Кубота с хозяйкой скрылись за кулисой, резко разгибается, вскакивает и, выхватив спрятанное оружие, бросается вперед.

Всё происходит в одно мгновение.

Сэн-тян с визгом хватает убийцу за рясу. Тот спотыкается, высвобождается, но за эту секунду Сога тоже успевает подняться и обнажить меч.

Убийца с яростным криком бежит к Идзуми, занося клинок. Та в ужасе застывает, прикрыв лицо руками.

О-Бара проворно откатывается в сторону.

Зрители кричат, мечутся.

Но ронин двигается еще быстрей, чем «монах», и, вскочив на хaнамити, заслоняет собою Идзуми.

Происходит поединок на мечах. Убийца издает гортанные крики, Сога безмолвен.

Сказитель (*очень часто бьет в барабан, говорит быстрым речитативом*).

Остер клинок злодея, движения быстры!
То спереди, то сбоку наскакивает он!
Но Согу не напрасно прозвали «Первый Меч».
В искусстве фехтованья он первый среди всех.

Наконец, после точно рассчитанного удара Соги, «монах» падает мертвым. Ронин застывает в положении выпада. Замирают без движения и все остальные: кто закрыв лицо, кто с воздетыми руками.

Свет меркнет. Занавес закрывается.
Сцена поворачивается.

Картина вторая

Передняя часть сцены изображает сад чайного дома «Янаги». Это основная, несменяемая декорация. Там декоративный мостик, молодая яблоня, большой каменный фонарь. Чуть в глубине — узкая приподнятая веранда-энгава, обрамляющая павильон. На энгаве по краям два масляных фонаря, которые, в зависимости от времени суток, то горят, то нет. Сёдзи (бумажные стены павильона) тоже могут быть то раздвинуты, то задвинуты. Сейчас они закрыты. Внутри горит свет, виден силуэт Идзуми, которая сидит и медленно перебирает струны сямисена. Звучит печальная прерывистая мелодия.

Ночь. В саду темно.

Сказитель бьет в барабан — по энгаве, бесшумно ступая, проходит и исчезает Сога, его рука лежит на рукоятке меча.

Сказитель.

Когда у врат «Янаги» возник переполох,
Удобный этот случай вор наш не прозевал.
Украденные вещи напарнику отдал

382

И в суматохе шумной пробрался в чайный дом.
До ночи затаился, но лишь сгустилась тьма,
На поиски добычи отправился, ловкач…

Бьет в барабан.

Появляется Киндзо. Озирается по сторонам. Видит силуэт гейши. Застывает, очарованный музыкой.

С к а з и т е л ь.

С дневного покушенья прошло лишь шесть часов.
Не спит Идзуми, трепет не может превозмочь.

В сад, пятясь, входит Юба. Она метет дорожку метелкой, согнутая в три погибели.

Натыкается задом на Киндзо. Оба, испуганно вскрикнув, поворачиваются друг к другу.

Ю б а. Вы кто такой? И как вы попасть сюда смогли?

К и н д з о *(не растерявшись).* Ах, редкая удача! О, как мне повезло!

Ю б а *(подозрительно).* Чему это вы, сударь, обрадовались так? Сейчас я, право слово, охрану позову!

К и н д з о *(беря ее за рукав).* Не надо звать охрану. Пробрался я сюда с одним лишь устремленьем — вас снова повстречать! Сегодня я вас видел у сцены, близ ворот, и от любви безумной рассудком изнемог. Украдкой в сад пробрался, брожу здесь, сам не свой. Не думал и не чаял вас встретить в час ночной!

Ю б а *(смягчаясь, но все еще настороженно).* Хозяйка моя нынче не в духе, всё кричит. Послала среди ночи дорожки подметать…

К и н д з о *(забалтывая ее).* Вы давеча видали ту схватку на мечах? Какое представленье! Я прямо обомлел! Подумал поначалу, что это всё всерьез. Как кровь фонтаном брызнет! Ей-ей, шикарный трюк! Жаль только, гость вельможный ушел и не видал, как ловко разыграли актеры смертный бой.

Ю б а. Какие там актеры? Я до сих пор дрожу. Опять враги пытались Идзуми умертвить!

К и н д з о. Опять враги пытались? О чем вы, не пойму…

Ю б а. Вы, верно, не из местных. Весь город говорит, что у Идзуми нашей завелся тайный враг. Уж третий раз убийцу к ней подсылает он. Но всякий раз спасает ее наш Сога-сан. Он самурай бездомный, всё достоянье — меч, но предан ей безмерно, как пес сторожевой.

Быть гейшей знаменитой — судьба не из простых. Любовь мужчин опасной бывает иногда. Отвергнутый Идзуми какой-то ухажер решил ей за обиду, как видно, отомстить.

К и н д з о. Вы, гейши, так жестоки! Красотка вроде вас пронзит стрелою сердце, а вам и дела нет. Нельзя пред нашим братом плясать и песни петь, а после недотрогу собой изображать.

Ю б а. Ну, я еще не гейша, лишь ею быть учусь, хоть госпожа считает, что проку во мне нет.

Вот госпожа О-Бара в мужчинах знает толк. Ее-то недотрогой никак не назовешь. Про госпожу Идзуми она мне говорит, что та сама, нарочно, подстраивает всё. Что будто бы желает она таким путем достичь скандальной славы, быть на устах у всех. Что верный ее ронин, свирепый Сога-сан нарочно нанимает каких-нибудь бродяг, а после сам их режет, несчастных дураков. Ведь он отлично знает их каждого в лицо. Ему с его уменьем не стоит ничего наемника-болвана в капусту изрубить. И тут двойная прибыль, считает госпожа: растет и слава гейши, и слава храбреца.

К и н д з о. Ой, что-то не похож был «монах» на простака. Рубился он на славу, тут мастера видать.

Ю б а. Не наше это дело. Скажите лучше мне, вы сами-то откуда и как вас величать?

К и н д з о. Зовите меня Киндзо. Фамилию мою я вам открыть не смею, пока не буду знать, что в вас обрел взаимность, что вы на страсть мою ответили любовью и стали мы одно.

Торгового я дома наследник молодой. Мне честь отцовской фирмы невместно уронить.

Сказитель.

> Услышав про такое, красотка тот же час
> Подумала: пожалуй, я «стану с ним одно».
> Собою он пригожий и в обхожденьи смел.
> А коль к тому ж богатый, чего же мне еще?

Киндзо начинает обнимать Юбу. Она не слишком сопротивляется. Они жарко обхватывают друг друга.

> Воришка есть воришка. И в этот пылкий миг
> Поглядывает Киндзо, чего бы утянуть.

Киндзо шарит за поясом у Юбы, заглядывая ей через плечо. Прячет в рукав черепаховый гребень, зеркальце, потом осторожно вынимает из прически красивую заколку.

> Но не проста и Юба. Ей хочется скорей
> Проверить, в самом деле богат ли ухажер.

Юба одновременно щупает за поясом у своего воздыхателя. Обнаруживает тощий кошелек. Шарит в нем.

> Но что за незадача! Кошель почти что пуст!
> Утратили объятья всю сладость для нее.

Девушка сердито топает ногой, пытается высвободиться.

Вдруг на краю энгавы появляется Сога. Он бесшумно спрыгивает, подбегает к Киндзо и хватает его за шиворот.

Сога. Кто это здесь с тобою, девчонка, отвечай! Ты смеешь к нам в «Янаги» любовников водить?

Юба *(смущенно)*. Ах, что вы, ваша милость! То братец мой родной. Приехал вот проведать. Не виделись давно...

Ронин бесцеремонно обыскивает испуганного Киндзо. Достает из рукава украденные вещи: зеркальце, заколку, гребень. Юба возмущенно всплескивает руками, но молчит. Не найдя оружия, Сога теряет интерес к Киндзо.

С о г а. Ну брат так брат. Плевать мне. Смотри лишь, егоза: ведите себя тихо! Покой не нарушать!

Так же бесшумно исчезает.

Ю б а. Мерзавец! Прощелыга! Ты вор, ты негодяй! Хорош купец, однако! Богатства — два гроша!

Бьет его кулаками в грудь. Киндзо хохочет.

К и н д з о. Гляди-ка! Вот чертовка! Залезла в кошелек! А я и не заметил! Какая ловкость рук!

Ю б а. Я, может, и чертовка, да только не краду! Твоих вещей не брала, а ты мои украл!

К и н д з о. Нашла ты чем гордиться! Да если хочешь знать, на свете нет соперниц у доли воровской. Свободен я, как ветер. Никто мне не указ. Весь мир — моя добыча. Я царь среди людей!

Лишь вот что мне в досаду: живу один, как перст. Я царь, да без царицы мне царствовать тоска. Иди ко мне в подруги! Уйдем с тобой вдвоем!

Сейчас я без лукавства с тобою говорю. Проворна ты, смышлёна, мордашка хоть куда. С тобою мы на пару наделали бы дел...

Он склоняется к ней, шепчет на ухо. Она сначала отворачивается, потом начинает прислушиваться. Его руки снова ее обнимают.

С к а з и т е л ь.

Сладкоречивый Киндзо зовет ее с собой.
Прельщает вольной жизнью и сладостью любви.
Но чтобы в путь с добычей идти — не налегке,
Должна ему девица как следует помочь.
В богатом этом доме есть поживиться чем.
Разнюхает пусть Юба, где ценности лежат.

На эти уговоры склоняется она.
Манят ее скитанья и кармы властный зов...

*Любовники сливаются в поцелуе. Потом, крепко взяв
Юбу за руку, Киндзо уволакивает ее в гущу сада. Едва
они исчезли со сцены, из-за каменного фонаря появляется черная фигура. Это Второй Убийца, который
там прятался. Он достает из-за спины маленький ар-
балет, кладет стрелу на тетиву и целится в силуэт
играющей на сямисене Идзуми.*

*Но точно так же внезапно, как накануне, на энгаве воз-
никает Сога. Он стремительно спрыгивает вниз и одним ударом закалывает Второго Убийцу. Тот с криком
падает.*

*Звуки музыки обрываются. Видно, как Идзуми встает.
Сога прячет меч в ножны и затаскивает труп под веранду.*

Сказитель.

Телохранитель верный опять удар отвел.
Не дремлет храбрый Сога, надежен Первый Меч.
Взволнован он, встревожен. Вот новая напасть!
Спешит убрать он тело скорее с глаз долой.
Спокойствие Идзуми он хочет охранить.
Не надо знать бедняжке, что смерть витала здесь.

*Идзуми открывает перегородку, видит Согу, успокаи-
вается и раздвигает сёдзи широко. Видно внутренность ее комнаты. Она устлана циновками, украшена
цветами. Посередине два низких столика. На одном
сямисен, на другом большая лакированная шкатулка
с выдвижными ящиками.*

Идзуми. Ах, это вы, мой славный, мой драгоценный страж. Мне показалось, будто я услыхала крик.

Сога. Ночная птица это. Спокойно все вокруг. Ложи-
тесь, отдохните. Я буду начеку.

Идзуми *(содрогаясь).* Мне не до сна сегодня! Кто
этот лютый враг, что хочет непременно Идзуми
умертвить?

Сога. Я спрашивал уже вас, допытывался я: попробуйте припомнить отвергнутых мужчин.

Идзуми. Да разве всех упомнишь? Они, как стая мух. Жужжат и докучают: «Моею стань, моей!» Они не понимают, что истинный юг̀эн манит, но ускользает, схватить его нельзя.

Мне не нужны объятья и клятвы не нужны. На свете нет мужчины, кого я полюблю.

Сога слушает, низко опустив голову. Голос Идзуми смягчается.

Один лишь вы, друг милый, понять меня смогли. А ведь вначале тоже молили о любви. Но вы великодушны, довольно вам того, что я в вас благородство и преданность ценю.

Жестом приглашает ронина подняться в дом. Входя, он отодвигает сёдзи еще шире и оставляет их открытыми. Они садятся: Идзуми перед шкатулкой, в профиль к залу; Сога напротив.

Сога. Я вел себя нелепо. Как если бы желал цветком не любоваться, а скомкать и сорвать. Смотрю на вас — и счастлив. Вы рядом — жизнь полна. Такому совершенству весь век бы я служил.

Идзуми поднимает крышку ларца — в ней зеркало. Гейша грустно смотрит на свое набеленное лицо.

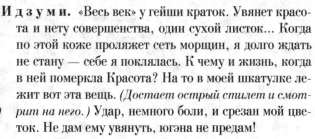

Идзуми. «Весь век» у гейши краток. Увянет красота и нету совершенства, один сухой листок... Когда по этой коже проляжет сеть морщин, я долго ждать не стану — себе я поклялась. К чему и жизнь, когда в ней померкла Красота? На то в моей шкатулке лежит вот эта вещь. (*Достает острый стилет и смотрит на него.*) Удар, немного боли, и срезан мой цветок. Не дам ему увянуть, юг̀эна не предам!

Сога. Ну что за разговоры! Вам двадцать лет всего! Поверьте, есть на свете иная красота. Она взамен приходит телесной красоте, когда свой путь по жизни красиво ты пройдешь...

И д з у м и *(легкомысленным тоном, пряча стилет).*
Вы правы, это будет еще не скоро так. Ведь молодость продлится лет пять иль даже семь…

Сказитель бьет в барабан.
Гейша меняется в лице, голос дрожит.

Ах, как могла забыть я? Совсем из мыслей вон: рука
чужая хочет обрезать мой цветок…

С испугом оборачивается к саду, как если бы тот таил
в себе угрозу. Сога тоже, положив руку на меч. Оба за-
стывают.

Свет медленно гаснет, занавес закрывается.

Поворот сцены,

Картина третья

Заброшенный храм. Ночь. В глубине смутно темнеет
большое изваяние Будды.
Сказитель бьет в барабан. Нервно озираясь, входит
Футоя. У него в руке небольшой, но тяжелый мешок,
в котором что-то позвякивает.
Ждет, оглядываясь и вздрагивая от каждого шороха.
Время от времени гремит гром, вспыхивают зарницы.

С к а з и т е л ь.
Ненастной темной ночью купец Футоя-сан
К покинутому храму пришел тайком от всех.
Зачем торговец важный, богач из богачей,
В лихое это место явился вдруг один?
Ах, черное то дело! Назначил встречу здесь
Тот человек, кого все «Невидимым» зовут.
Про ниндзя иль синоби, зловещий клан убийц,
Слыхали все, но мало кто видел их живьем.
Берут они заказы на темные дела.
И нет на свете силы коварней и страшней.
«Дзёнином» называют их жуткого вождя,
Кого о тайной встрече Футоя попросил,..

Сказитель бьет в барабан, вспыхивает молния.

Голос Невидимого *(гулкий, непонятно откуда идущий).* Я здесь. Приступим к делу. Знать, важное оно, уж если ты с синоби связаться пожелал.

Футоя от неожиданности чуть не подпрыгивает. Не знает, в какую сторону смотреть. В конце концов адресуется к статуе.

Футоя. Да-да, нужда большая меня к вам привела. Убить одну особу никак я не могу. Уже четыре раза к ней подсылал убийц. Бродячих самураев, разбойников лихих... Но крепко охраняют особу ту, увы. Без помощи синоби мне тут не обойтись.

Невидимый. Как звать? Когда? И сколько? Вот что мне нужно знать.

Футоя. Как звать? Идзуми, гейша. Когда? Тут сложность есть. Заказец хорошо бы исполнить не тотчас, а в миг, когда подам я условленный сигнал. У них в саду «Янаги» там яблонька растет. На ней сломаю ветку — ну, стало быть, пора...

Невидимый. Ага, заказ с отсрочкой, готовность — миг любой. То первого разряда по сложности контракт.

Футоя *(поспешно).* Мне все расценки ваши посредник сообщил. И я доставил сумму — тут ровно тыща рё.

Показывает мешок, не знает, как его передать.

Невидимый. Сказал тебе посредник, что, сделавши заказ, его ты никогда уж не сможешь отозвать? Таков закон наш древний: коль кто приговорен, во что бы то ни стало он должен умереть.

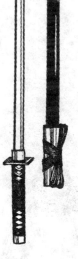

Футоя *(кланяясь).* Зачем же отзывать мне, раз деньги заплатил?

Невидимый. Клади мешок к подножью. Контракт наш заключен.

Сказитель бьет в барабан.

Футоя кладет мешок к подножью статуи и пятится.

Н е в и д и м ы й. Мой воин самый лучший исполнит твой заказ. «Неслышимый» — вот имя, мной данное ему.

Ф у т о я *(робко).* Мне сказывали, будто положено у вас взамен расписки штучку такую выдавать...

Н е в и д и м ы й. Да, мой дракон из яшмы. Есть у меня кинжал с драконом на эфесе — знак ранга моего. Вернуть ты мне обязан священный талисман, когда исполнен будет с тобою наш контракт.

Ф у т о я. А как же я узнаю, кому отдать его?

Н е в и д и м ы й. Посланец мой предъявит кинжал с клинком «змея».

Удар барабана. Луч прожектора освещает изваяние Будды. Видно, что из-за статуи высовывается рука, держащая длинный кинжал с извилистым, как змея, клинком. Вторая рука отвинчивает с рукоятки навершье и бросает купцу. Тот подхватывает яшмового дракона, почтительно прижимает ко лбу, кланяется. Луч гаснет.

Н е в и д и м ы й. Но знай, купец Футоя, в ответе ты за знак. И если пропадет он, заплатишь жизнью ты.

Купец застывает в позе ужаса. Удар барабана одновременно со вспышкой молнии. Тьма.

Занавес закрывается.
Поворот сцены.

Картина четвертая

Сад перед павильоном Идзуми. Сёдзи закрыты. На энгаве сидит Окасан, с ней рядом приемные дочери. По бокам — ученицы Юба и Сэн-тян с большими веерами в руках. Ярко светит солнце. Жарко.

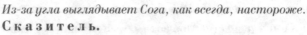

Из-за угла выглядывает Сога, как всегда, настороже.

С к а з и т е л ь.

> Последовав совету Куботы-мудреца,
> Окасан клич пустила по городу всему:
> «Почтенный дом «Янаги» желает пригласить
> Жонглеров, акробатов, фигляров и шутов».
> По ярмаркам, по циркам слух этот вмиг прошел.
> Назавтра ж притащился весь балаганный люд.
> Взыскательной хозяйке непросто угодить.
> О чести заведенья заботится она.
> Никто не подошел ей, но вот к исходу дня
> В «Янаги» заявился престранный человек...

Сказитель бьет в барабан. Все начинают двигаться: дамы, ученицы с веерами, то появляющийся, то исчезающий Сога.

На сцену выходит Неслышимый. Он одет не в кимоно, а в обтягивающее трико, размалеванное шутовскими разноцветными полосами. Лицо закрыто сплошной шелковой маской, где нарисована дурашливая физиономия со ртом до ушей. У него при себе сумка с реквизитом. Неслышимый подходит вихляющей клоунской походкой к Окасан. Сэн-тян хихикает, прикрыв рот ладошкой.

Жестом фокусника, будто прямо из воздуха, Неслышимый достает свернутую трубкой бумагу и протягивает хозяйке.

С к а з и т е л ь.

> С поклоном протянул он листок бумаги ей.
> Берет она, читает написанное там:
> «Немой я от рожденья. Зовусь Нитонисё.
> Лицом обезображен, всегда в личине я.
> А что умею делать, сейчас вам покажу».

Окасан пожимает плечами, показывает письмо одной приемной дочери, потом другой. Жестом велит начинать представление.

Луч прожектора поднимается и освещает канат, протянутый над сценой. Неслышимый достает из сумки и ловко закидывает на канат веревку с крюком, в два счета карабкается вверх. Идет по канату, кривляясь и делая вид, будто вот-вот упадет. Начинает жонглировать вынутыми из кармана ножиками. Зрители с восхищением смотрят. Сэн-тян забывает махать веером, визжит от восторга.

С к а з и т е л ь.

Нетрудно догадаться, что это он и есть —
Кого главарь синоби «Неслышимым» назвал.
Лицо его под маской сокрыто неспроста:
Чужим не может ниндзя свой облик показать.
Предстать без маскировки возможно для него
В знак высшего доверья — и то среди своих.
А нем он не с рожденья. Историю о том,
Как речи он лишился, тут стоит рассказать.
Однажды получил он приказ убить главу
Другого клана ниндзя — опаснейший приказ.
Схватить живьем убийцу охранники могли,
Подвергнуть его пытке и развязать язык.
Не чая жив остаться, перед заданьем он
Язык себе отрезал, не дрогнула рука.
С тех пор его прозвали «Неслышимым» друзья.
Средь них примером чести и мастером он слыл...

Акробат спрыгивает вниз и подает хозяйке еще один листок.

О к а с я н *(читает вслух).* «Теперь вам птицу Хоо позвольте показать. Горят, да не сгорают у феникса крыла. Я знаю жест волшебный. При помощи его огня стихию злую возможно подчинить».

Неслышимый показывает эффектный фокус. Достает из сумки и прикрепляет к рукавам потешные птичьи крылья. Потом берет с энгавы незажженную масляную лампу, льет на «крылья». Делает «волшебный жест»: комично приседает и расставляет руки. Затем чиркает

пальцем о колено — палец загорается огнем. Проводит
горящим пальцем по одному «крылу», по другому —
и те вспыхивают. Фокусник кружится на месте, ма-
шет горящими «крыльями». Все ахают, ужасаются,
Сэн-тян подпрыгивает и визжит.

В это время Сказитель объясняет, как устроен фокус.

С к а з и т е л ь.

Трюк этот, хоть эффектен, но в исполненьи прост.
Облив горючим маслом тряпичные крыла,
Обжечься не рискует сам фокусник ничуть.
Особенным раствором пропитана та ткань.
Огонь не тронет кожи, ее не опалит,
Жест якобы волшебный тут вовсе ни при чем.

Сэн-тян повторяет «волшебный жест».

О к а с а н *(довольным голосом)*. Вот это нам годится!
Ты взят, Нитонисё. До представленья будешь в «Янаги» проживать. Прошу вас, отведите актера, Сога-сан,
во флигель для прислуги, пусть разместится там.

Сога подходит к фокуснику, подозрительно оглядывает
его. Выдергивает из-за пояса ножи, которыми Неслы-
шимый жонглировал, смотрит на них, забирает себе.

С о г а. У нас ходить с оружьем тут не заведено. Тем
более ты ловок с ножами чересчур. Не по сердцу мне,
парень, глумливый твой оскал. Глаз не спущу с тебя
я. Что встал? Шагай за мной.

Ронин уводит Неслышимого со сцены.

Окасан подает знак ученицам — они раздвигают сёдзи.
Хозяйка и ее приемные дочери входят в комнату Идзу-
ми и садятся. Окасан жестом отсылает учениц. Те
удаляются с поклоном, после чего Сэн-тян убегает
вприпрыжку.

О к а с а н. Ну вот, теперь спокойна за представленье
я. Урод этот вихлястый отлично оттенит твой страст-
ный зов, О-Бара, и твой, Идзуми, стиль. Кубота —
наш союзник. Он думает, что ты, Идзуми, его князю
придешься по душе. Но вкус у князя, может, иной,

чем у слуги. Зов плоти, как известно, сильней у молодых. И я не исключаю, что именно тебя он выберет, О-Бара. Уж мне ль не знать мужчин! Скажу вам откровенно, мне это все равно, кого из вас с триумфом в наложницы возьмут. Вас, дочки дорогие, обеих я люблю! Лишь только б не достался чужому дому приз... А впрочем, нет соперниц у вас в столице всей. Одной из вас, я знаю, победа суждена.

О-Бара. Я в княжестве богатом сияла б, как звезда! Нет, не звезда, а солнце! И князь в его лучах размяк бы мягче воска. Всю Сацуму шутя к рукам я прибрала бы. Великая мечта! О, если б это счастье добыла мне судьба! Я вечно благодарной вам, матушка, была б!

Окасан. Что скажешь ты, Идзуми?

Идзуми. Покорна карме я. Моя бы воля — право, жила б я вечно здесь. Но гейше не пристало решать свою судьбу. Коль скоро вы решили, что прибыльней меня отдать в мужские руки — ну, так тому и быть.

Окасан. Никак обиду слышу я в голосе твоем? Подумать можно, будто тебя я продаю уродливому старцу иль грязному купцу! Князь Сацумы и молод, и, говорят, пригож. Быть может, ты познаешь с ним радости любви. И будешь благодарна Окасан и судьбе.

Идзуми. Слыхала много раз я о радостях любви. И песни о них пела пред публикою я. Но что это такое, я не желаю знать. Скучны мне все мужчины, не верю я в любовь.

Окасан. Напрасно ты не веришь. Любовь на свете есть. Точнее выражаясь, всего любовей три. Одна любовь — земная. Подвластны ей все те, кто духом припадает к поверхности земной. Таких людей не меньше, чем девять из десяти. Грешна, грязна, но сладка подобная любовь.
Еще бывают люди, кого прельщает ад. Отравленную страсть их я «адской» назову. То огненное зелье!

Сгорает в нем душа без всякого остатка, уходит в черный дым.

Встречается, хоть редко, еще одна любовь. Она пленяет души, что ввысь устремлены, поэтому «небесной» зовут ее в стихах. Но век ее недолог, как бабочки полет. Или полет кометы, что раз в две сотни лет прочертит через небо свой осиянный след...

Идзуми. Комета одинока, никто не нужен ей. Ах, если б мне кометой по жизни пролететь! Пускай полет недолог, но сколько красоты!

О-Бара. Любовь? Комета? Право, и слушать-то смешно. По мне хоть взвейся в небо, хоть отправляйся в ад, но выдави из жизни всё, что она дает. К нам в руки сам свалился чудесный сочный плод. Сок выдавить до капли мы из него должны!

Окасан *(с печальным вздохом).* Отказываетесь, дочки, вы обе от любви. Но тут не нам, а карме положено решать. Небесная, земная иль адская любовь: начертана дорога, свернуть с нее нельзя.

Все три женщины застывают в разных позах. Окасан по-буддистски складывает ладони и закрывает глаза; О-Бара подносит руку поправить прическу; Идзуми сидит, изящно склонив голову.

Свет гаснет, занавес закрывается.

Поворот сцены.

ДЕЙСТВИЕ ВТОРОЕ

Картина первая

Комната О-Бары, ярко и богато разукрашенная с преобладанием золотого и алого. Когда сцена раздвигается, видно две застывшие фигуры. Это О-Бара и мужчина в соломенном плаще и низко надвинутой на глаза шляпе. Они сидят напротив друг друга, склонившись — будто шепчутся. Комната тускло освещена.

Сказитель.

Когда же ночь спустилась, проник к О-Баре гость.

(Бывало, что мужчины наведывались к ней.)

И этот, что под шляпой таит свое лицо,

Захаживал, пожалуй, почаще всех других.

Не для любовных игрищ сегодня он пришел.

Сидят они и тихо речь тайную ведут...

Бьет в барабан. Свет в комнате делает ярче, фигуры задвигались.

О-Бара *(нетерпеливо)*. Снимите эту шляпу! Смотрите мне в глаза! И говорите четче, я плохо слышу вас! Исполнили вы дело, как давеча клялись? На вас я положилась. Надеюсь, что не зря.

Мужчина снимает шляпу и плащ. Это Футоя.

Футоя *(оглянувшись, негромким голосом)*. Кричать об этом деле мне, знаешь, не с руки. Устроил всё как надо. Так, как хотела ты. Теперь тебе довольно подать условный знак. Решишь: пора — так ветку у яблони сломай... Я грязную работу исполнил всю один. Ух, жути натерпелся, не приведи Господь. Могли ведь и прикончить, у них характер крут. Связался с этим сбродом лишь из любви к тебе.

О - Б а р а. И этот о любви мне тут вздумал говорить! Вас, господин Футоя, считала я умней. Мы с вами любим деньги, мы любим силу, власть. А глупости и вздохи оставим для других. И если вы рискнули столь многим в этот раз, на то у вас причины имеются свои. Вы знаете, что, если я князя приручу, вся с Сацумой торговля, считай, у вас в руках. Пролитой крови брызги — не мне вам объяснять — любого клея крепче нас склеют навсегда.

Ф у т о я *(со вздохом).* Всё верно, мы душою с тобой, как близнецы. И тысячу монет я не на́ ветер пустил. Рассчитываю после с лихвою их вернуть. И все же горько думать, что разлучимся мы. Вот станешь ты у князя наложницей, Бог даст. В ручную обезьянку ты превратишь его. (Ох, это ты умеешь, тебе здесь равных нет.) Но мне в твоих объятьях тогда уж не бывать...

О - Б а р а. Ты умный, сильный, зрелый. Такой же, как и я. Мы оба знаем цену объятиям с тобой.

Ф у т о я. А ну скажи, О-Бара, какая им цена?

О - Б а р а. Довольно, что мы знаем: цена объятьям есть. Легко их покупают, легко их продают. Кто этого не понял, Идзуми тот глупей.

Ф у т о я. Скажи еще мне вот что. Идзуми я обрек на смерть наживы ради, к ней нет во мне вражды. Но ты, лишь об Идзуми заходит разговор, от ненависти будто чернеешь вся лицом.

О - Б а р а *(яростно).* Мне ненавистен этот ее надменный вид! Югэн ее паршивый мне в горле словно кость! Кому нужна, скажите, такая красота, которую пощупать и разглядеть нельзя? Находятся, однако, на свете дураки, кто томную Идзуми предпочитает мне! Нет, я не понимаю! Я не могу понять! А то, что непонятно...

Ф у т о я *(подхватывает).* ...Должна ты истребить. Ах, бедная Идзуми. И князь тут лишь предлог. Не этот, так другой ты сыскала бы резон.

О - Бара. Идете на попятный? Жалеете ее?

Футоя. Жалею, не жалею, пустой то разговор. Гласят законы ниндзя, что отменить заказ теперь уж невозможно. Считай, она мертва.

О - Бара *(с мечтательной улыбкой).* Тогда еще немного я с веткой потяну. Теперь приятно будет на дуру мне смотреть. Вдохнув волос Идзуми чудесный аромат, смерденье мертвечины я буду ощущать.

Футоя. Уж коль о мертвечине заговорила ты, одна мне закавыка покою не дает. В заклад свершенной сделки их дзёнин мне вручил свой тайный знак, который я должен сохранить. А если пропадет он, считай, что я мертвец. Вот он, дракон из яшмы, всю пазуху прожег... *(Достает фигурку.)* Скажу, чего боюсь я. Коварны и хитры проклятые синоби. Вдруг вздумается им знак этот взять и выкрасть?

О - Бара. Зачем? Я не пойму.

Футоя. Я за сохранность знака поклялся отвечать. Придут они и скажут: «Где яшмовый дракон? Иль жизнью заплати нам, иль состояньем всем». Куда от них я денусь? Разденут догола. Вполне в привычках ниндзя такой коварный трюк. А ты им неизвестна, в секрете наша связь. Возьми-ка ты дракона, получше его спрячь.

Футоя протягивает гейше яшмового дракона, О-Бара принимает знак совершенной сделки. Оба застывают в этой позе.

Свет гаснет.
Поворот сцены.

Картина вторая

Сад перед павильоном Идзуми. День. Фонари на энгаве не горят. На авансцене стоит Неслышимый в странной позе: выставил вперед руки, в них зажато несколько деревянных ножей. На краю энгавы так же неподвижно стоит Сога. Рядом с ним сидит Сэн-тян.

С к а з и т е л ь.

По видимости внешней в «Янаги» тишь да гладь.
Но близок день великий, когда решится всё.
Волнуется хозяйка, волнуется весь дом,
Судьба как будто мира поставлена на кон.
С усмешкой наблюдает за этой суетой
Лик кармы вездесущей. Известен ей финал
Заранее спектакля с названием «Судьба».
Начертанного свыше не избежит никто...

Ударяет в барабан.

Неслышимый начинает двигаться — жонглирует деревянными ножами. Сэн-тян хлопает в ладоши.

Сога спускается с веранды и решительно приближается к жонглеру. Тот показывает ему, что ножи деревянные, но ронина интересуют не ножи.

С о г а. Послушай-ка, приятель, не нравишься ты мне. Дурить ты можешь женщин, но только не меня. Сними свою личину. Хочу я посмотреть, что у тебя за рожа, подвоха нет ли тут.

Жонглер показывает шутовскими жестами: «Нельзя! Я уродлив!»

Пустое! Повидал я немало страшных рож. Безносых и безглазых, изрубленных мечом...

Хочет взять Неслышимого за плечо, но тот ловко уклоняется. Это повторяется несколько раз. Сога начинается сердиться.

Эй, братец, я с тобою шутить не стану тут! Иль хочешь ты отведать хороших тумаков?

Из павильона на энгаву выходит Идзуми, наблюдает. В это время Сэн-тян, пользуясь тем, что на нее никто не обращает внимания, подходит к фонарю и начинает лить себе на рукава масло.

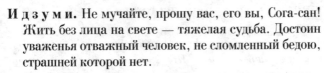

И д з у м и. Не мучайте, прошу вас, его вы, Сога-сан! Жить без лица на свете — тяжелая судьба. Достоин уваженья отважный человек, не сломленный бедою, страшней которой нет.

Касается своего лица и содрогается.

Сэн-тян повторяет «волшебный жест», который изобразил Неслышимый перед фокусом с огнем.

С о г а. Я не учу вас танцам иль песням, госпожа. Вы тоже не учите, как службу мне нести...

С э н - т я н (*высекает кресалом огонь, поджигает трут и кричит*). Смотрите все, смотрите! Свершив волшебный жест, я тоже птицу Феникс сейчас представлю вам!

Зажигает свое кимоно. Оно вспыхивает, Идзуми отчаянно кричит. Сога застывает в растерянности. Не теряется лишь Неслышимый. Он бросается к девочке, голыми руками срывает с нее горящее кимоно, швыряет его на землю. Девочка испуганно плачет, но она цела. Неслышимый упал на колени, согнулся от боли и прижал обожженные руки к груди, но не издал ни единого стона.

Сога и Идзуми бросаются к Сэн-тян.

И д з у м и. Ах, что ты натворила! Глупышка, ты цела?

С о г а (*осматривая девочку*). Чудесное спасенье! Ожогов нет совсем. Но если б мигом позже посчел Питонисё, сгорела б ты, дуреха, как пук сухой травы.

Идзуми прижимает к себе ученицу, а ронин переходит к Неслышимому, смотрит на его руки.

А с этим дело плохо... Вчистую обгорел. С ожогами такими ему не выступать. Расстроится Окасан. И парня тоже жаль. Повел себя он храбро. Ей-богу, молодец!

Все застывают: Идзуми и Сэн-тян обнявшись; Сога — положив руку Неслышимому на плечо; Неслышимый — повесив голову.

Свет гаснет. Занавес.
Поворот сцены.

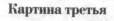

Картина третья

Комната в чайном доме, отведенная жонглеру. Бумажные перегородки. Пол, покрытый соломенными циновками. Никаких украшений, никакой мебели — только низкий столик, на котором разложены необходимые для трюков предметы. В углу на скамейке стоит деревянная бадья с водой для умывания.

Неслышимый сидит на полу, низко опустив голову и сложив у лба крест-накрест замотанные тряпками руки. Он неподвижен.

С к а з и т е л ь.

> Один сидит убийца в убогой конуре.
> В душе его бушует отчаянья пожар.
> Себя он проклинает за глупый свой порыв.
> Все дело загубил он, когда девчонку спас.
> Покрыты волдырями ладони у него,
> Обожжены все пальцы, беспомощны они.
> Кого убьешь руками, в которых проку нет?
> Такой позор синоби лишь смертью искупит...

Бьет в барабан.

Неслышимый вскакивает, исполняет пантомиму отчаяния: беспорядочно мечется по комнате, пытаясь найти способ лишить себя жизни. Хочет достать что-то из мешка, но руки не слушаются. Берет со столика веревку, но не может сделать петли. Наконец, валится ничком и молча, беззвучно катается по полу, бьется головой о циновки.

С к а з и т е л ь *(продолжает)*:

> Но как лишиться жизни, когда калека ты?
> Кинжала не достанешь, не заплетешь петли.
> Нет участи ужасней, отчаянья черней,
> Чем если неспособен ты даже смерть принять.

Неслышимый приподнимается, на коленях ползет к бадье. Ему пришла в голову мысль: утопиться! Он опускает голову в воду и остается в этой позе.

402

С к а з и т е л ь *(продолжает):*

Находит ниндзя выход. Честь будет спасена!

Вода в бадье — всего лишь в три суна глубиной,

Но волею железной синоби наделен.

Не кровью, так водою он смоет свой позор!

Сама судьба, как будто Идзуми пожалев,

Казалось бы, отводит уж занесенный меч.

Но кармы столь причудлив непознанный узор!

И часто себя сами мы губим невзначай...

Бьет в барабан.

Г о л о с   И д з у м и *(доносится из-за перегородки).*
Позвольте мне войти к вам! ...Вы слышите меня? Я вас пришла проведать! Могу ли я войти?

Тело Неслышимого начинает сотрясаться в судороге, но он не меняет позы. Сёдзи раздвигаются. Там на коленях сидит Идзуми.

С к а з и т е л ь.

Узрев картину эту, подумала она:

«Бедняжка! И умыться не может он без рук!

Не может снять он маски и вынужден вот так,

Лицо свое больное водой сквозь ткань мочить!»

Идзуми, поднявшись, быстро приближается к Неслышимому, трогает его за плечо. От неожиданности он рывком распрямляется. Маска вся вымокла, прилипла к лицу.

И д з у м и. Позвольте снять с вас маску и вымыть вам лицо. Клянусь, смотреть не буду, коль это тяжко вам.

Он яростно мотает головой и отодвигается.

Ну хорошо, не стану. Я не за тем пришла... Я так вам благодарна, что вы спасли Сэн-тян! *(Низко кланяется ему.)* В саду я онемела от ужаса совсем и не могла ни слова тогда произнести.

Он неподвижно смотрит на нее. Глаза горят неистовым блеском.

Вы, верно, огорчились, что из-за ваших рук не сможете в спектакле участие принять? Но от ожогов средство есть верное одно. Мой батюшка был лекарь. Достался от него мне снадобий и мазей целебных сундучок. Там есть бальзам чудесный. Способен он за час зарубцевать ожоги и кожу подлечить. День-два, и к вам вернется вся ловкость ваших рук. Прошу вас только тотчас последовать за мной.

Она идет к выходу, оглядываясь на Неслышимого. Он смотрит на нее, но не двигается с места.

С к а з и т е л ь.

Он верит и не верит. О, чудо из чудес!
Причудливая шутка негодницы Судьбы:
Сам полетел на свечку невинный мотылек.
Сама спасает жертва убийцу своего.

Идзуми застывает на пороге, протянув к Неслышимому руку. Он начинает приподниматься и тоже замирает.

Затемнение. Занавес.
Поворот сцены.

Картина четвертая

Комната Идзуми. Сёдзи широко раздвинуты. Неслышимый сидит на циновке, его руки замотаны белоснежными бинтами. Рядом — Сэн-тян. На столике угощение.
Сэн-тян сует Неслышимому в прорезь для рта палочки с рисовым колобком.

С э н - т я н. Какой вы непослушный! Велела госпожа ухаживать за вами и всё вам подавать. Пока бальзам врачует вам руки, я должна быть вашими руками. А ну, откройте рот!

Неслышимый отворачивается.

С э н - т я н. Вы кушать не хотите? Тогда я съем сама.

Съедает колобок, продолжает с набитым ртом:

Давайте я вам плечи и шею разомну. Я госпоже Идзуми так делаю массаж.

Вскакивает, садится у него за спиной, начинает делать массаж. Он пытается отодвинуться, но она не отстает.

Для вас я — что хотите! Вы только дайте знать! Раз жизнь мою спасли вы, я ваша навсегда. И если не поможет бальзам вас исцелить, я заменю вам руки, я не покину вас! Останетесь у нас вы на иждивеньи жить. Прислуживать я буду и госпоже, и вам.

Куда же вы пойдете — без рук, без языка? А здесь я вас раздену, одену, накормлю.

Неслышимый содрогается от подобной перспективы.

Добрее нет на свете моей Идзуми-сан, а вас нет благородней. Чего же мне еще? Какое будет счастье обоим вам служить! ...Но я вас утомила? Хотите вы прилечь?

На энгаву выходит Идзуми. Она в нарядном кимоно, в руке у нее веер.

И д з у м и. Я вам не помешаю? Пусть действует бальзам, а я пока продолжу готовить танец свой.

Сэн-тян садится к сямисену. Медленно и старательно, иногда сбиваясь, аккомпанирует. Идзуми исполняет танец. Неслышимый не отрываясь смотрит на нее.

С к а з и т е л ь.

Следит за дивным танцем беспомощный злодей,
Любуясь поневоле движений красотой.
Что общего у танца Идзуми с ремеслом,
Которому синоби жизнь посвятил свою?
Казалось бы, немного. И все же сходство есть.
Закон единый: тайну в искусство возвести.

Югэн от глаз скрывает сиянье Красоты.
Скрывает Путь синоби убийства черноту.
Как Инь и Ян, стремятся друг к другу силы две,
Без темноты нет света, без света — темноты.
Охвачен странной дрожью, Неслышимый сидит
И сам не понимает, что происходит с ним...

Идзуми прекращает танец, приближается к Неслышимому.

Идзуми. Час миновал как будто. Посмотрим мы сейчас, помог ли вам, как должно, заветный мой бальзам. Прошу, позвольте руку... Вот так, благодарю. И если будет больно, подайте сразу знак.

Осторожно разбинтовывает одну руку, осматривает ее, удовлетворенно кивая. Разбинтовывает вторую.

Ну вот, другое дело. Осталась краснота и опухоль местами не до конца сошла. Теперь я дам вам зелья снотворного испить. Здоровый сон леченье с успехом завершит.

Она приготавливает зелье. Неслышимый с изумлением смотрит на ладони, шевелит пальцами.

Сказитель.

Глядит он и не верит. Ожогов больше нет!
Владеет он руками, вернулась сила в них.
Болезненны движенья, но это пустяки.
Исполнить долг свой сможет убийца без труда.

Идзуми *(с поклоном подает ему чашку).* Вот, выпейте, прошу вас. Уснете быстро вы. А я побуду с вами, посторожу ваш сон.

(Ученице.) А ты поди, побегай. С характером твоим ты все равно на месте не сможешь усидеть. Начнешь скрипеть, вертеться, а это ни к чему. Нитоппсё-сан должен сном крепким спать теперь.

Девочка с поклоном выходит. Неслышимый медлит, не берет чашку.

Ах, вам, наверно, больно пока ее держать. Позвольте я сама вас лекарством напою.

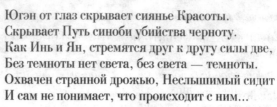

406

Она нежно берет Неслышимого рукой за шею, подносит к его губам чашку. Он вздрагивает, зажмуривается. Медлит, потом выпивает до дна.

Сказитель.

Нежданное желанье, нелепая мечта
Приходит вдруг к убийце. Он говорит себе:
«О, если яд смертельный сюда бы был налит,
С каким бы наслажденьем отраву выпил я!
И в следующей жизни — как знать, всё может быть —
Я мог бы возродиться совсем к иной судьбе.
Возможно, Провиденье свело бы нас опять,
И я тогда иначе себя бы с ней повел».

Идзуми опускает его голову на подушку в виде деревянной подставки. Неслышимый моментально засыпает — его грудь ровно вздымается. Гейша сидит и смотрит на спящего.

Сказитель.

Два чувства вызывает в Идзуми человек,
Который ученицу от лютой смерти спас:
Во-первых, восхищенье. Вот истинный герой!
Когда все растерялись, он был на высоте.
Второе чувство — жалость. Он нем, он без лица!
О как ему, должно быть, на свете тяжко жить!
Глядит она, вздыхает. Попеременно в ней
То восхищенье вспыхнет, то жалость верх возьмет.
Беда, коль в женском сердце поселится восторг.
Еще опасней жалость отзывчивой душе.
Когда ж соединятся два эти чувства вдруг,
От этого слиянья ждать нечего добра.
К тому прибавим тайну. Мужчина без лица
Пугает и прельщает загадкою ее.
Обычного мужчину, как он ни будь красив,
Идзуми из гордыни любить бы не смогла.
Но этот предстает ей десятком тысяч лиц —
Как будто все мужчины у ног ее лежат.
Один есть только способ видение изгнать —

407

Пока он спит, под маску украдкой заглянуть.
Вид страшного уродства Идзуми отрезвит.
Она уж руку тянет, чтоб маску приподнять —
И вдруг, порывом странным охвачена, она
Отходит и садится пред зеркалом своим...

*Идзуми садится перед туалетным столиком, подни-
мает на шкатулке крышку, смотрится в зеркало. Спящий остался у нее за спиной.*

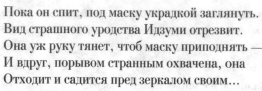

И д з у м и *(взволнованно, вполголоса).* Югэн всегда
невидим! Сокрыта красота! Сорвать ее покровы —
лишь тайну погубить. Возлюбленный без лика! Вот
истинный югэн! Мое воображенье тут может сотво-
рить прекраснейшее в мире, волшебное лицо!

Его любить я буду! Да, это решено: собой мы явим
пару, каких не видел свет. Я — лучшая из женщин,
он — лучший из мужчин. Я хороша, он — лучше,
как яви лучше сон.

Меня увидеть всякий способен без труда. Его ж краса открыта одной лишь будет мне!

*Внезапно Неслышимый бесшумно поднимается и вы-
скальзывает из комнаты. Идзуми этого не замечает.*

Мы, женщины, телесны, пугливы и слабы. Такими
сотворил нас природный женский Инь. Бесстрашен,
бестелесен избранник будет мой. Ведь истинный
мужчина есть воплощенный Дух! Мое лицо увянет,
Краса моя умрет, но Дух бесплотный вечен. Он —
то, что нужно мне!

*Порывисто оборачивается. Видит, что спящий исчез.
Продолжает растерянно:*

И вправду бестелесен... И вправду, словно Дух...
Мои слова он слышал? В смущеньи убежал?

Хватается за голову.
Раздвигаются сёдзи. Заглядывает Сэн-тян.

С э н - т я н. К вам человек явился. Увидеть хочет вас.
Лицо его закрыто. И имя не сказал...

И д з у м и. Лицо его закрыто? Вернулся он ко мне! Нитонисё, входите! Зачем же вы ушли?

С э н - т я н. Нет, госпожа Идзуми, другой то человек. Судить по платью, важный какой-то самурай.

Входит самурай в низко надвинутой соломенной шляпе. Нетерпеливым жестом велит ученице удалиться. Она с почтительным поклоном исчезает. Самурай входит в комнату, закрывает за собой сёдзи. На поклон гейши отвечает кивком. Садится перед ней, снимает шляпу. Это господин Кубота.

К у б о т а. Надеюсь, не узнала девчонка голос мой. Не нужно, чтоб болтали про этот мой визит.

И д з у м и. Вы, господин Кубота?! Какой нежданный гость! Ах, чем я заслужила неслыханную честь?

Кланяется снова, еще ниже.

К у б о т а. Князь прибыл нынче в Эдо и тотчас приказал не мешкая устроить смотрины среди гейш. В день завтрашний он должен явиться ко двору, но послезавтра утром зовет вас всех к себе.

Идзуми кланяется и делает жест «Радостное ожидание».

Советовал ему я особо обратить на гейшу из «Янаги» внимание свое.

Идзуми кланяется и делает жест «Бесконечная признательность».

Сказал, она изящна и подлинный югэн собою воплощает, единая из всех.

Идзуми кланяется и делает жест «О, незаслуженная похвала!».

Сказал, что благородство, изысканность души с небесной красотою соединяешь ты.

Идзуми кланяется и делает жест «Милое смущение».

Теперь почти уверен я в выборе его, и все же мне тревога покоя не дает. Я знаю его светлость. Влияниям чужим подвержен он безмерно, доверчив и горяч.

Наложница, что в замке поселится у нас, вмиг завладеет сердцем и мыслями его. Княгиня — не помеха. Скучна она умом, из года в год рожает одних лишь дочерей. И если князю сына наложница родит, ничто не поколеблет владычества ее. Подумать даже страшно, что будет, коли князь какую-нибудь стерву из Эдо привезет!

Идзуми делает жест «Деликатное сочувствие».

Всех лучших гейш столицы я князю подобрал, но ты одна достойна наложницею стать.

Идзуми кланяется и делает жест «Почтительное сомнение».

Страшишься ты чужбины? Я помогу тебе, и быстро обживешься ты в Сацуме у нас. Союзники мы будем надежные с тобой и князя от ошибок сумеем уберечь.

Идзуми кланяется и делает жест «О, беспредельна ваша мудрость!».

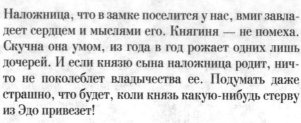

Но прежде без осечки нам нужно сделать так, чтоб не оставить шансов соперницам твоим. Я вкусы господина отлично изучил. Запомни хорошенько, что я тебе скажу: любимый танец князя — «Журчащий ручеек».

Идзуми кивает.

Из песен больше любит «Крик журавлиный» он.

Идзуми кивает.

Надень совсем простое, без блеска кимоно. Спусти пониже вырез да локти покажи. Всегда был его светлость ценителем большим красивой женской шеи и белизны локтей.

Идзуми поднимает руки, и опустившиеся рукава обнажают ее локти. Кубота восхищенно качает головой.

Я вижу, ты советы хватаешь на лету. Могу не опасаться я за смотрин исход.

Поднимается, они обмениваются поклонами. Кубота надевает шляпу и выходит. Идзуми остается одна.

410

*Она держится за виски и слегка раскачивается, словно
ива под ветром.*

*В саду, таясь, появляется Неслышимый. Он смотрит
на Идзуми.*

С к а з и т е л ь.

Воистину бесценны советы старика.
С их помощью Идзуми, конечно, победит.
Но отчего невесел ее прекрасный лик?
Какие мысли тенью легли ей на чело?

*В сад входит О-Бара, гуляющая под солнечным зонти-
ком. Она тоже останавливается перед цветущей яблоней, как бы любуясь ее красотой. Неслышимый прячется глубже в тень.*

Идзуми заметила О-Бару — всплеснула руками.

И д з у м и. Ах, милая сестрица! Прошу, иди сюда!
Мне нужно тебе нечто скорее сообщить!

*О-Бара поднимается в павильон, садится напротив
Идзуми. Они начинают разговаривать. Слов не слышно, но пантомима красноречива: Идзуми горячо говорит, О-Бара взволнованно слушает, то и дело кланяясь
в знак благодарности.*

С к а з и т е л ь *(комментируя их беседу).*

Не хочется Идзуми наложницею быть.
Доверием Кубо́ты пренебрегла она.
Но честью заведенья пожертвовать нельзя.
Другая из «Янаги» пусть гейша победит.
Все хитрости О-Баре поведала она:
О танце и о песне, о скромном кимоно,
И об открытой шее, о белизне локтей.

*О-Бара преувеличенно низко опускает ворот кимоно,
рукава задирает чуть не до плеч. Идзуми кивает: да-да,
именно так.*

Сама пообещала похуже выступать.
От радости О-Бара не знает, что сказать.
Расчувствовались обе и крепко обнялись.

*Гейши изящно обнимаются, не касаясь щеками, чтобы
не повредить слой белил.*

О - Б а р а. Идзуми дорогая! Какой счастливый день! Соперничать так горько мне с названной сестрой! Меня ты победила, без боя уступив. Такого благородства никак я не ждала!

И д з у м и. Нет, то не благородство. Я просто поняла, что фаворитки участь не греет душу мне. Тебе судьба такая скорее подойдет, а я предпочитаю свободу сохранить.

Гейши снова обнимаются, причем О-Бара осторожно салфеткой снимает со своих глаз слезинки.
Выходит, с поклоном закрывая за собой сёдзи.
Спустившись в сад, останавливается перед яблоней.
Оглядывается на павильон.

О - Б а р а *(тихо).* Спасибо за подсказки, теперь я знаю всё, чтоб рыбку золотую поймать наверняка. А всё ж еще вернее добуду я успех, коль буду от «Янаги» одна я выступать. Соперницы другие нисколько не страшны, но ты, моя Идзуми, ступай-ка на тот свет!
С яростью обламывает самую красивую ветку яблони и уходит, обмахиваясь ею.

С противоположного края сцены из тени выходит Неслышимый и провожает ее взглядом.

Затемнение. Занавес.
Поворот круга.

ДЕЙСТВИЕ ТРЕТЬЕ

Картина первая

*Комната О-Бары. Сбоку светится бумажный фонарь. Посереди-
не в золоченой фарфоровой вазе красуется ветка яблони. Сама
О-Бара поправляет грим. Юба сидит рядом, подавая госпоже
баночки, кисточки, притирания. Обе начинаются двигаться после
того, как звучит удар барабана. У О-Бары чудесное настроение,
она напевает, время от времени поглядывает на ветку.*

О - Б а р а *(после паузы).* И кто ж этот проказник?

Ю б а. О чем вы, госпожа?

О - Б а р а. Кто у тебя любовник? Рассказывай давай.

Ю б а. Ах, что вы говорите! Клянусь вам, никого...

О - Б а р а *(перебивает).* Брось, я не верю клятвам. Зато я по
глазам и ста приметам разным всегда могу сказать, любовник
есть иль нету, а есть — хорош ли он. Твой, вижу я, умеет по-
радовать тебя. Вот мне и любопытно, откуда взялся он. Ишь
покраснела, дура. Чему смущаться тут?

Ю б а. От вас не утаишься. Он... просто человек.

О - Б а р а. Богатый хоть?

Ю б а. Не очень.

О - Б а р а. Ох, так и знала я. Выходит, ты сияешь из-за любовных ласк, а не из-за подарков и золотых монет? Была ты,
Юба, дурой, так дурой и умрешь. Гляди только, не вздумай
мне брюхо нагулять! Не слишком увлекайся ты плоти балов-
ством. Любовь — хмельная штука, но проку мало в ней.

Ю б а. Но без нее не в радость и жизнь, как говорят...

О - Б а р а. Цена за эту радость бывает велика.

Ю б а. Не жаль цены высокой, коли товар хорош.

О - Б а р а *(удивленно обернувшись).* Вот новости! Ты спорить затеяла со мной? Грязна любовь земная. Всю вымажет в земле да бросит в грязной луже. Останешься ни с чем. Никчемная девчонка! Ах, как же ты глупа! Я в Сацуму, пожалуй, поеду без тебя. Придворной фаворитке в наперсницы нужна лисица! Рысь! Волчица! Змея! Не то, что ты.

Ю б а *(кланяясь в пол).* Простите, я исправлюсь! Ах, не гоните прочь! Усердной ученицей я вашей быть клянусь!

О - Б а р а. Ну ладно, там посмотрим... Пойду, пожалуй, в сад. Хочу для икэбаны нарвать себе цветов.

Ю б а. Угодно вам какие? Скажите — я сорву.

О - Б а р а *(любовно поглаживая яблоневую ветку).* Ой нет, для ветки этой сама я подберу достойное соседство. А ты тут прибери.

Выходит.

Юба высовывает ей вслед язык. Поворачивается, подает сигнал.

По удару барабана в комнату с другой стороны крадучись входит Киндзо с мешком за спиной.

К и н д з о. Хозяйку я обчистил. Взял деньги, жемчуг, шелк. Теперь давай пощиплем О-Бару мы твою. Узнала ты, где прячет все ценности она?

Ю б а. Вчера я подглядела. Вон там у ней тайник.

Показывает на ножку столика.

Киндзо приподнимает столик, открывает тайник, вынимает оттуда яшмового дракона.

К и н д з о. И всё? А говорили, припаслива она и будто бы любовник богатый у нее.

Ю б а. Должно быть, и для денег есть у нее тайник. Открыть его мне только, прости, не удалось.

К и н д з о *(сунув дракона в мешок).* Плевать! Дракон из яшмы, наверно, дорогой. С какой иначе стати так прятать бы его? А главная добыча моя в «Янаги» — ты! Пойдем отсюда к черту, нас путь неблизкий ждет!

Они выходят на ханамити.

За ними задвигается занавес.
Свет меркнет.

Первое митиюки

В митиюки всё действие происходит на помосте хана-мити. Киндзо и Юба идут стилем «коаруки», то есть, изображая ходьбу, почти не двигаются с места. Он шагает с мешком за плечами, ведет ее за руку. Юба приподняла полы кимоно и шагает не по-женски, а по-мужски — широкими шагами, что символизирует ее разрыв с «Миром цветов и ив», где царят искусственность и аффектированная женственность. Поначалу она то и дело оглядывается на закрытый занавес, потом перестает. Ветер растрепал ее прическу.

Ю б а. А если будут гнаться за нами?

К и н д з о. Наплевать!

Ю б а. А вдруг в тюрьму посадят? Тогда что?

К и н д з о. Наплевать!

Ю б а. А вдруг себе мы крова не сыщем?

К и н д з о. Наплевать!

Ю б а. А ты меня не бросишь? Скажи мне!

К и н д з о. Напле... *(поправляется — и с широким жестом)* ни за что!

С к а з и т е л ь.
Спешат они подальше уйти из этих мест.
Прически раздувает греховный ветер им.

Влечет любовь земная в неведомый их путь
По тропам под ногами пружинящей Земли —
Земли жестокой, доброй, обильной и скупой.
Бродить по ней скитальцам, пока в конце концов
Любовь земную в землю не упечет Земля,
И беспечальный ветер развеет праха горсть...

Свет гаснет.
В темноте Киндзо и Юба исчезают.

Картина вторая

*Снова комната О-Бары. Входит гейша, в руках у нее
цветы. За ней следует укутанный в плащ Футоя.
О-Бара поворачивается к нему, и оба застывают на
месте.*

С к а з и т е л ь.
Сообщника О-Бара к себе призвала вновь,
Сказать, что всё готово, что подан тайный знак.
Неведомо злодейке, что следует за ней
Бесшумный соглядатай отныне по пятам.

*Бьет в барабан. По ту сторону бумажной перегород-
ки появляется Неслышимый и чуть раздвигает сёдзи.
О-Бара и Футоя снова двигаются.*

О - Б а р а. ...И не сегодня-завтра наступит ей конец.
Ничто не помешает успеху моему.

*Садится к столику, вдумчиво и неторопливо начинает
составлять икэбану. Футоя садится рядом.*

Все то, чего желали мы с вами, милый друг, вот-
вот осуществится. Сомнений в этом нет.

Ф у т о я. Известие благое! Теперь прошу отдать ве-
щицу, что доверил я на храненье вам. Знак подан,
для Идзуми последний час настал. Мгновенно исполняют синоби приговор. В любой момент посланец

416

явиться может вдруг, и должен буду тут же дракона
я вернуть.

*О-Бара не спеша заканчивает составлять букет. По-
том приподнимает столик, открывает тайник, шарит в нем. Думает, что перепутала ножку и поочередно ищет в каждой из них.*

Сказитель *(тем временем).*
 Внимает разговору Неслышимый — и вот
 Ясна вся подоплека становится ему.
 Заказчики убийства здесь оба перед ним.
 По их вине Идзуми он должен умертвить!
 С каким бы наслажденьем О-Бару и купца
 Предал он лютой смерти, и платы бы не взял!
 Но в правилах синоби содержится запрет
 Без веских оснований заказчиков карать...

О - Бара. Куда ж он подевался? Отлично помню
я, как прятала дракона в заветный свой тайник...

Футоя. Тут шутки неуместны! Отдай мне талисман!

О - Бара. Проклятье! Он украден! Глазам не верю
я! Вот выдолблена ножка. Надежнейший тайник!

Футоя переворачивает столик.

Футоя. Я понял! Догадался! О, подлая змея! Избавиться теперь ты желаешь от меня? Я стал тебе не
нужен? Полезность исчерпал? Отдать меня ты хочешь на растерзанье им? *(С силой хватает ее за плечи.)* За своего дракона убьет меня дзёнин! Того тебе
и нужно! Отдай его, отдай!

О - Бара *(сопротивляясь).* С ума сошли вы, что ли?
Пустите, идиот! Союзники мы с вами! Зачем мне вас
губить? Должно быть, это Юба ограбила меня! В ней
странную строптивость я стала замечать...

Футоя *(не слушая).* Отдай дракона, стерва! Из-за
любви к тебе грехом свою я карму испортил на века!

Она вырывается, он гоняется за ней по комнате. Валит на пол, но О-Бара сильна и ловка, она снова высвобождается. Наконец оба падают и начинают кататься по циновкам, колотя и царапая друг друга. Всё это происходит без слов и криков, пантомимически.

С к а з и т е л ь *(во время пантомимы).*

Ловушки нам готовит насмешница судьба
И праведным, и грешным. Никто не защищен.
И то-то ей веселье, коль хитрый рыболов
В расставленные сети оплошно попадет.
Неслышимый ликует. Что-что? Дракон пропал?
Теперь имеет право к ответу он призвать
Людишек, подписавших Идзуми приговор!
Синоби безъязыкий берет бумагу, кисть...

Неслышимый вынимает из-за пояса свиток, отрывает от него кусок. Достает переносную тушечницу, кисточку и быстро что-то пишет.

И пишет на бумаге: «Исполнен приговор.
Прошу вернуть дракона, как повелел дзёнин».

Удар в барабан.

Синоби рывком открывает сёдзи и входит в комнату.

О - Б а р а. Довольно! Перестаньте! Мы с вами не одни! *(Неслышимому.)* Как смел без приглашенья явиться ты, фигляр?

О-Бара и Футоя расцепляются. Оба садятся, пытаясь привести одежду и волосы в порядок.

Неслышимый, не обращая внимания на гейшу, подает купцу листок.

Ф у т о я. Бумага? Что такое? Даешь ты это мне? *(Читает про себя, вскрикивает.)* Всемилостивый Будда! Она уже мертва!

Неслышимый достает из-за пазухи кинжал с змееобразным клинком, показывает его и протягивает руку за драконом.

Ф у т о я *(отползая на корточках)*. Заказчики мы оба. Дракона я отдал на сохраненье этой почтенной госпоже.

О - Б а р а. Он врет! Впервые слышу! Не понимаю я, о чем вы говорите! Какой еще заказ?

Неслышимый поднимает с пола ветку яблони и показывает гейше.

О - Б а р а *(поняв, что отпираться бессмысленно)*. Да-да, прошу прощенья. На всякий случай я хотела осторожность вначале соблюсти. Мертва она? Так быстро? Исполнен наш заказ? Возможно ли? Хочу я ее увидеть труп.

Ф у т о я *(громким шепотом)*. Ты нас погубишь, дура! Не оскорбляй его! В таких делах синоби заказчикам не лгут! Отдай ему дракона! Твой фокус не прошел! Иначе нас обоих прикончит он сейчас!

О - Б а р а *(тоже шепотом, отползая к стоящему на полу бумажному фонарю)*. Дурак вы сами, сударь! Дракона нет, пропал! Хотите жить — молчите. И не мешайте мне!

Футоя, кланяясь грозному посланцу, на карачках подползает к ней. Неслышимый смотрит на них, требовательно протягивая ладонь. Кинжал он снова спрятал за пазуху.

О-Бара опрокидывает фонарь, он гаснет. Темнота.

Г о л о с О - Б а р ы. Спасайте меня, ноги!

Г о л о с Ф у т о и. Постой! А как же я?

Слышен топот ног.

> Занавес закрывается.
> Во время сцены митиюки
> там меняется декорация.

Второе митиюки

В пятне света О-Бара и Футоя бегут по ханамити, оставаясь на месте. Они будто вязнут в песке; их бег тягостен, как в кошмарном сне; дыхание прерывистое и тяжелое. Гейша опередила купца. Она сбросила лаковые сандалии и заткнула полы кимоно за пояс, чтоб было ловчее бежать.

Ф у т о я. Бессмысленное бегство! От них не убежать! Они нас всюду сыщут, хоть и на дне морском!

О - Б а р а *(не оборачиваясь).* Бегу я не от ниндзя, а от тебя, болван. Дракона не брала я, не мне и отвечать!

Футоя прибавляет скорости, нагоняет ее.

Ф у т о я. Неужто не любила меня нисколько ты?

О - Б а р а. Любила, отчего же. Но тут не до любви!

Ф у т о я. Права ты, как обычно. Да и совет неплох. Пускай тебя он кончит, а я пока сбегу.

Хватает ее за рукав, швыряет на землю. Сам вырывается вперед.

Мне только бы сегодня от смерти убежать, а после от дзёнина деньгами откуплюсь!

О-Бара хватает его за полу кимоно, он падает. Оба вскакивают и продолжают свой панический бег, толкаясь.

С к а з и т е л ь.

Во всей красе пред вами та смрадная любовь,
Что в первом акте «адской» Окасан назвала.
Любовники пылают сияющим огнем,
Но тот огонь не греет им души, а студит.
Здесь каждый суетится, за прибылью бежит,
Зияет преисподня в конце того пути...

Бьет в барабан.

Луч выхватывает из темноты стоящего перед занавесом Неслышимого. Он подносит ко рту бамбуковую

*духовую трубку, плюет отравленной стрелой —
и Футоя падает. Еще один плевок — падает О-Бара.
Они корчатся на земле и затихают.*

*Неслышимый приближается к трупам. Достает из-за
спины змеиный кинжал, нагибается, что-то делает.
Луч гаснет.*

*Темнота. Слышно, как Неслышимый возвращается на
сцену.*

Шелестит занавес.
Удар барабана.

Картина третья

*Снова заброшенный храм. Внутри темно, лишь одинокий луч освещает Неслышимого. Он сидит без маски,
но лица не видно, поскольку актер повернут к залу
спиной. Руки вытянуты в стороны: в левой — женская
голова, в правой — мужская.*

С к а з и т е л ь.
Неслыханное дело! Не выполнив заказ,
Синоби о свиданьи дзёнина попросил.
Прошенье ему подал, чтобы заданье снять,
Поскольку сам заказчик нарушил уговор...

Бьет в барабан.

Изваяние Будды тускло подсвечивается сзади. Слышится голос.

*Неслышимый кладет головы на пол, руки почтительно
складывает на колени, голову наклоняет.*

Н е в и д и м ы й. Неслышимый, прочел я прошение
твое, и трудно возмущенье мне было одолеть. Когда
бы не заслуги великие твои, тебе бы повелел я окончить жизнь твою.

Неслышимый вынимает змеиный кинжал и приставляет его к своему горлу, демонстрируя готовность немедленно исполнить подобный приказ.

Невидимый (*продолжает*). ...И передал заказ бы другому храбрецу. Исполнен непременно быть должен приговор.

Заказчик ни при чем тут. И жертва ни при чем. Но есть у нас, синоби, священный чести долг. Законы все людские переступаем мы, исчадиями ада считает нас молва. Наш путь лежит во мраке, но есть одна звезда, свет коей осеняет крадущийся наш шаг.

Зачем живет на свете, не знает человек. Придумывает сам он игрушки для себя. Добро и Зло придумал, Уродство, Красоту, и этими цепями он сам себя сковал. Но ведомо лишь Будде, что Зло, а что Добро; красивое уродством становится легко. А истинную ценность имеет лишь одно: раз выбрав Путь, не сбиться и не свернуть с него.

Синоби Путь — убийство. Вот наше ремесло, в высокий ранг искусства оно возведено. Всегда будь верен чести. Иди на свет звезды. Кто ты без чести? Просто убогий душегуб.

Голова Неслышимого клонится все ниже. Наконец он простирается ниц в знак беспрекословного повиновения.

Ну то-то же. Исполни ты в точности приказ, и слабость тебе эту прощу я, так и быть.

Еще одно заданье. Дракона мне найди. Ты жизнью отвечаешь за этот талисман...

Подсветка изваяния гаснет. Неслышимый резко распрямляется. Сидит в неподвижности, в точности напоминая силуэтом Будду.

Сказитель.

Суровыми словами дзёнина устыжён,
Неслышимый их правду всецело сознает.
Зачем он жил на свете? Зачем он сеял смерть?
Зачем без колебаний язык отрезал свой?
К чему всё это было, коль он свернет с Пути?
Такая жизнь и чести, и смысла лишена.

Прожить нельзя без крови акуле или льву.
Нельзя прожить синоби без верности Пути!
Так говорит себе он, крепя ослабший дух.
В борьбе любви и долга последний победил.

Удар в барабан.
Неслышимый вскакивает и застывает, в его руке сверкает змеиный кинжал.

Затемнение, занавес.
Поворот сцены.

Картина четвертая

Сад перед павильоном Идзуми. Ночь. Сёдзи задвинуты,
но внутри горит свет. Виден силуэт гейши, меланхолично перебирающей струны сямисена.
Крадучись, выходит Неслышимый. Останавливается
перед энгавой. Обнажает кинжал. Застывает в неподвижности.

С к а з и т е л ь.
И той же самой ночью, покорствуя судьбе,
Отправился синоби, чтобы исполнить долг.
Сегодня совершится, что кармой суждено.
Ведь человек невластен судьбы исправить ход.
И все ж, едва увидев знакомый силуэт,
Неслышимый замедлил бесшумные шаги...

Бьет в барабан.
На краю энгавы появляется Сога. Видит Неслышимого
с кинжалом в руке, выхватывает меч и молча, яростно
нападает на убийцу.
Следует сцена необычного поединка: он происходит
совершенно беззвучно. Оба противника двигаются, не
производя никакого шума. Особенность фехтовального
искусства синоби состоит в том, что он защищается

*от ударов не клинком, а стремительными переме-
щениями, прыжками, подчас даже делает сальто.
Длинный меч Соги все время рассекает пустоту.
Свой кинжал Неслышимый вообще прячет в потаенные
ножны, за спину.*

*Дуэль напоминает акробатический балет или панто-
миму; музыкальным сопровождением является игра
Идзуми на сямисене.*

*Завершается схватка следующим образом: Неслыши-
мый оказывается около цветущей яблони, уворачивается от очередного удара, и меч рассекает деревце
пополам. Сога невольно оглядывается на падающую яб-
лоньку. Этого мгновения Неслышимому достаточно,
чтобы выхватить кинжал и вонзить его в грудь рони-
ну. Одновременно с этим музыка обрывается, свет
в павильоне гаснет.*

*Синоби подхватывает тело, будто обнимая его, и мед-
ленно опускает на землю. Оглянувшись на павильон
точно так же, как в первом акте Сога, прячет труп
под энгаву. Кинжал снова в ножнах.*

*Потом Неслышимый поднимается на веранду. Приот-
крывает сёдзи, проскальзывает внутрь и задвигает их
за собой.*

Пауза.

*Сказитель негромко, но часто бьет в барабан, имити-
руя стук колотящегося сердца.*

Г о л о с   И д з у м и. Кто дышит здесь? Во мраке кто
  смотрит на меня?

*Снова загорается фонарь. Видно силуэты: Идзуми при-
поднялась на ложе, над ней стоит Неслышимый. Дальнейшее представляет собой театр теней.*

И д з у м и. Ах, это ты? Я знала, что ты ко мне при-
  дешь!

Неслышимый пятится.

  Ну что же ты смутился? Был смел — и оробел? Ты
  думаешь, тебя я с презреньем оттолкну? Так знай
  же, с нетерпеньем тебя я здесь ждала.

Протягивает к нему руки.

424

В любви мне признавались другие столько раз, что первой мне признанье не стыдно произнесть. Люблю тебя всем сердцем, ты послан мне судьбой. И, знаешь, все равно мне, уродлив ты иль нет. Ах, глупость я сказала! Теперь твое лицо мне станет идеалом небесной красоты. Смазливые мордашки отныне будут мне уродливы казаться, противно и смотреть!

Сними скорее маску! Доверие твое я восприму с восторгом, как драгоценный дар!

Удар барабана. Неслышимый рывком сдирает маску.

И д з у м и *(в замешательстве)*. Но нет в тебе изъяна! Прекрасен ты лицом! Зачем, не понимаю, скрываешь ты его? Безмолвен и прекрасен избранник милый мой, как месяц в черном небе, как яркая звезда!

Без грима, как без маски, сейчас я пред тобой. Меня ты тоже видишь такой, какая есть... Давай же поклянемся, что больше никогда не станем друг от друга мы прятать своих лиц. Я не хочу быть гейшей! С тобою я уйду! Мы будем просто двое — такие же, как все. Или почти такие... Что нем ты — не беда. Увидишь, говорлива я буду за двоих.

Ах, разве это важно — случится что потом. Здесь и сейчас, любимый, с тобою вместе мы!

Он простирает к ней руки, она тянет его на ложе.
Гаснет сначала свет в павильоне, а потом и на всей сцене.
Тихая музыка.

Занавес.

Третье митиюки

На ханамити выходит Неслышимый, держа в поднятой руке фонарь. Зрители впервые видят его лицо, оно бесстрастно. За Неслышимым идет Идзуми с узлом в руке. Ее лицо, без белил и грима, освещено лучом. Одета она в простое темное кимоно. Оба застывают.

425

Сказитель.

> В час темный, предрассветный, ушли они вдвоем,
> Покинув дом «Янаги», отринув прежний мир.
> Так думает Идзуми... Куда их путь лежит,
> Она и не спросила. Идет, куда ведут.
> Болтает беспрестанно счастливым голоском.
> Прекрасной ночь глухая ей кажется сейчас...

Бьет в барабан.

Оба исполняют «коаруки», но Неслышимый при этом шагает широко, а Идзуми, в соответствии с каноном женственности, мелко переступает.

И д з у м и. На небе звезд не видно, не видно и луны. Исчезнем, растворимся с тобою мы в ночи. Казалось мне, кометой промчится жизнь моя. Прочертит след по небу и сгинет без следа. Но участь мне иную готовила судьба: я буду жить с любимым, как тысячи живут. Травинкой средь травинок, листком среди листков. Я счастлива с тобою такой же быть, как все! Зачем только велел ты с собой взять кимоно, в котором выступала пред публикою я? *(Показывает на узел.)* Для скромной жизни слишком роскошное оно, из дома в нем не выйти, гостей в нем не принять...

Внезапно Неслышимый останавливается, оборачивается к ней.

И д з у м и *(кладя узел).* Ты выбрал это место, чтоб сделать здесь привал? Ты прав, здесь так красиво: обрыв, под ним река... *(Походит к краю ханамити, смотрит вниз.)* Вот истинный «Карюкай», тот мир цветов и ив, где, верная югэну, таится Красота...

Тем временем Неслышимый достает из узла кимоно, расстилает его на земле. Потом вынимает из рукава свиток бумаги, подает спутнице.

И д з у м и *(с тихим смехом).* Писал перед уходом ты что-то, помню я. Написанное только не дал мне прочитать. Но я сообразила: любовные стихи? Ты выбрал это место, чтоб показать мне их?

Берет одной рукой бумагу, другой — фонарь. Читает.
Через некоторое время фонарь начинает дрожать.

С к а з и т е л ь.

О, бедная Идзуми! То вовсе не стихи.
Синоби признается в проклятом ремесле.
Он пишет: на погибель она обречена,
Одно лишь ей спасенье — исчезнуть без следа.
Должна она покинуть столицу навсегда
И жизнь начать сначала, в далекой стороне.
Ее он отпускает, чем губит честь свою.
Без чести жить мужчине на свете ни к чему.
Проступок свой обязан он смертью искупить,
Но перед этим хочет со следа сбить убийц.
Найдут здесь, на обрыве, Идзуми кимоно,
Забрызганное кровью, а тела не найдут.
Подумают, он в воду труп скинул, и река
Покойницу теченьем куда-то унесла.
Труп самого синоби отыщется иль нет,
Неважно — для дзёнина всё ясно будет тут.
Решит он, что исполнил посланец приговор,
Но разыскать дракона, как видно, не сумел
И, следуя обету, прервал он жизнь свою.
Так поступают ниндзя, кто честью дорожит.
В последних самых строчках ужасного письма
Неслышимый ей пишет прощальный свой завет:
«Беги! Живи! Спасайся! А обо мне забудь.
Пусть для тебя останусь я тенью без лица».

Неслышимый надевает маску.

Оцепенев, Идзуми не знает, что сказать.
Не может шевельнуться, ей мнится: это сон,
Сон дикий, несуразный. Проснуться б поскорей!
Без слов свершилось это прощание с немым...

Бьет в барабан.
Неслышимый выхватывает из-за спины змеиный кин-
жал, пронзает себе горло, нагибается, чтобы кровь
пролилась на расстеленное кимоно, разворачивается

427

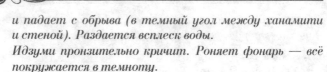

и падает с обрыва (в темный угол между ханамити и стеной). Раздается всплеск воды.

Идзуми пронзительно кричит. Роняет фонарь — всё покружается в темноту.

Слышится пение заупокойной сутры под мерные удары барабана.

В это время актриса должна проскользнуть за занавес, захватив фонарь и кимоно.

Картина пятая

Комната Идзуми.
Она неподвижно стоит на пороге комнаты, в которую только что вернулась.

С к а з и т е л ь.

Пути не разбирая, не видя ничего,
Брела в ночи беззвездной Идзуми наугад.
Но вот она очнулась. И видит: в тот же дом
Назад ее вернули бездумные шаги.
Так кукла из театра, как кончится спектакль,
Безжизненной ложится в привычный свой сундук...

Бьет в барабан.

Идзуми медленно озирает комнату, будто видит ее впервые, и садится перед шкатулкой, в профиль к залу. Смотрит на нее, поднимает крышку с зеркалом.

С к а з и т е л ь.

Полжизни просидела пред зеркалом она,
Любуясь отраженьем прекрасного лица.
Вот и теперь в поверхность зеркальную она
Глядит, как будто хочет там истину узреть.
«Он был убийца, ниндзя. А кто такая ты?
Кто ты на самом деле? Зачем ты родилась?»
Пытливо вопрошает у зеркала она.
Как если б отраженье могло ей дать ответ...

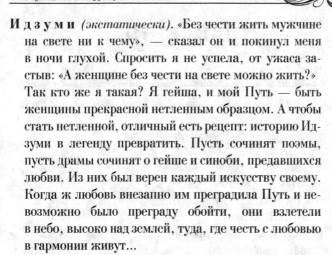

И д з у м и *(экстатически).* «Без чести жить мужчине на свете ни к чему», — сказал он и покинул меня в ночи глухой. Спросить я не успела, от ужаса застыв: «А женщине без чести на свете можно жить?» Так кто же я такая? Я гейша, и мой Путь — быть женщины прекрасной нетленным образцом. А чтобы стать нетленной, отличный есть рецепт: историю Идзуми в легенду превратить. Пусть сочинят поэмы, пусть драмы сочинят о гейше и синоби, предавшихся любви. Из них был верен каждый искусству своему. Когда ж любовь внезапно им преградила Путь и невозможно было преграду обойти, они взлетели в небо, высоко над землей, туда, где честь с любовью в гармонии живут...

Достает из шкатулки стилет, смотрит на него. Продолжает тихо, безо всякой аффектации.

Всё глупости, любимый. Хочу я быть с тобой. А прочее — лишь гейши пустая болтовня. Сквозь черноту и вечность нам суждено лететь с тобой в беззвездном небе кометами двумя...

Вонзает стилет в горло. Свет гаснет, и тут же над залом, как две кометы, загораются два луча.

Занавес.

ОГЛАВЛЕНИЕ

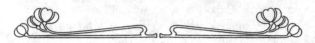

Борис Акунин
ВЕСЬ МИР ТЕАТР
Роман

Художник
Игорь Сакуров

Верстка
Валерий Кечкин
Максим Руданов
Тимофей Струков

Благодарим за помощь в создании иллюстраций
Михаила Душина

А также:
О. Терпугову, Г. Федюк, Е. Пелевину,
К. Сакурову, А. Савина

Издатель Ирина Евг. Богат
Свидетельство о регистрации
77 № 006722212 от 12.10.2004

121069, Москва, Столовый переулок, 4, офис 9
(рядом с Никитскими воротами,
отдельный вход в арке)

Тел.: (495) 691-12-17, 258-69-10. Факс: 258-69-09
Наш сайт: www.zakharov.ru
E-mail: info@zakharov.ru

Подписано в печать 21.11.2009. Формат 84×108 $^1/_{32}$.
Бумага писчая. Усл. печ. л. 22,68.
Тираж 300 000 экз. Заказ № 635

Отпечатано в соответствии с качеством
предоставленного оригинал-макета
в ОАО «ИПП «Уральский рабочий»
620990, г. Екатеринбург, ул. Тургенева, 13
http://www.uralprint.ru   e-mail: book@uralprint.ru